PHILIP ROTH
菲利普·罗斯全集

American Pastoral

美国牧歌

[美]菲利普·罗斯 著
罗小云 译

上海译文出版社

philip
Roth

献给 J.G.

梦想，当白昼滑过

梦想，也许能够成真

世事从不像表面那么糟糕

梦想，梦想，再梦想。

——约翰尼·梅瑟

摘自20世纪40年代流行歌谣《梦想》

意料之中的意料之外……

——威廉·卡洛斯·威廉斯

摘自《肯尼斯·伯克之地》，一九四六年

第一部

乐园追忆

1

这小子被叫作瑞典佬。战争年代我还是个小学生，他在我们纽瓦克一带已是大名鼎鼎，甚至对刚从老王子街犹太区迁来的成年人来说也不例外，实际上这些人还未完全美国化，对高中球星的所作所为也并不太在意。这瑞典佬名字有魔力，长相也不一般。我们国立高中虽以犹太人居多，却没有谁有一丁点像他那样尖尖下巴，金发碧眼，有一张维京人的呆板面孔。这就是塞莫尔·欧文·利沃夫，他降生在我们中间。

瑞典佬是橄榄球队的边锋，篮球队的中锋，棒球队的一垒手，篮球队还两次夺得市里的冠军，他是主要得分手。虽然瑞典佬很行，但这些运动队的命运对学生关系不大，他们的长辈人都没受过什么教育，终日操劳，只把学业上的成就看得比什么都重要。尽管身着运动服、按官方规则进行比赛、对犹太人也没什么伤害，这种身体上的冲撞仍不是我们社区获得乐趣的传统源泉——只有学业上的进取才是。然而，只是由于这瑞典佬，我们这个社区才进入了一种关注自我、关注世界的幻觉，一种各地球迷共有的幻觉：几乎像基督徒（他们想像中的基督徒）那样，这些家庭竟然忘记身在何处，却将希望寄托在一个体育项目上，最根本的是——忘记了战争。

瑞典佬利沃夫受到抬举，在威克瓦西犹太人家里像太阳神般被供奉，主要是因为人们对德日战争的恐惧。瑞典佬在运动场上的不屈表现，给那些因再也见不到儿子、兄弟、丈夫而生活在苦难中的人们提供了一种怪异的、产生错觉的支撑力，使他们进入一种瑞典式的天真状态，获得爽快的解脱。

由于每次倒钩球、过人跃起争球、掷出平直球和左外场双杀而获得的这种赞美、这种圣化怎样影响了他？就是这些使他成为一个稳重的、面无表情的男孩？或这看似成熟的冷静只是一种外在表现，他在内心激烈地压抑着整个社区对他的爱给他造成的自恋？高中拉拉队为瑞典佬捧场不同于为鼓舞球队的士气或为观众提神的喝彩，这是只为他一人的有节奏的跺足礼，是对他货真价实的、尽情展示的完美的狂热，每当他在篮球赛中抢到篮板球或赢得一分，在橄榄球赛上推进一码或截住一人，体育馆里就掌声如雷，喝彩声掠过市露天运动场，甚至在欧文顿公园少有观众的国内棒球赛上，虽没有拉拉队急切地跪在场边，哪怕瑞典佬上来只击了一球或在一垒就被自然杀出局，你也能多少听到一伙威克瓦西铁杆球迷在木椅上对他呐喊助威——喝彩声由八个音节组成，其中三节是他的名字，如：叭叭——叭！叭叭叭……叭——叭！特别在橄榄球赛时，每重复一次速度就更快，直到狂热崇拜顶峰，一阵裙摆飞扬的侧手翻如爆破般袭来，十名强健的小拉拉队员身着橘黄色体操服的身影在我们惊奇的眼前像焰火般闪烁……不是爱你或者爱我，而是爱了不起的瑞典佬。“瑞典佬利沃夫！押韵‘爱你’！……瑞典佬利沃夫！押韵‘爱你’……瑞典佬利沃夫！押韵‘爱你’！”

是啊，他人见人爱。糖果店老板对我们其他人吼道：“嗨你不行！”或“小孩滚出去！”；对他却尊敬地称：“瑞典佬。”父母们微笑着亲切地叫他“塞莫尔”。街上唧唧喳喳的女孩们在他经过时总夸张地表现出对他的倾慕，胆大的还会在他身后大叫：“回来，利沃夫，我的心肝！”而他对这一切却习以为常，满载着这些爱在社区四下游逛，显得满不在乎。这些纯粹的、又无可指责的偶像崇拜般的谄媚言词可使我们其他人心乱神迷、大做白日梦。而瑞典佬则不同，强加在身上的这些爱似乎剥夺了他的感情。众人在这孩子身上看到的是希望的象征——是力量、决心和极力鼓起的勇气的化身，这可使我们高中的参战军人从中途岛、萨勒诺、瑟堡、所罗门群岛、阿留申群岛和塔拉瓦环礁毫发无损地平安归来——在他身上看不到丝毫聪明和嘲讽干扰他尽职的可贵天赋。

对瑞典佬这种男孩来说，聪明和嘲讽就像挥球棒时多余的甩动。嘲讽对人也是一种安慰，除非你一心想成为圣人，那另当别论。也许这就是被他压抑的个性，也许它还处于睡眠状态，或者更可能是，他什么都没想。他的超然态度和对作为毫无情欲的施爱对象表现出的被动，使他显得即使不算神圣，也很出众。他比学校里其他所有人的品性更高贵，这让他名垂青史，成为历史的一种象征，靠的是一种激情。那不是因为他打破威克瓦西篮球队的纪录——与巴利格队交手时得二十七分——而是因为一九四三年极其惨淡的一天，当时五十八架空中堡垒被纳粹德国战斗机击落，两架被高射炮射中，另有五架在轰炸完德国飞回英国海岸后坠毁。

瑞典佬的弟弟是我的同班同学，叫杰里·利沃夫，骨瘦如柴，小脑袋，头脑灵活得有点过分，长得像甘草根似的。他在数学上有点奇才，是一九五〇年一月毕业班致辞代表。杰里和谁都没有真正的朋友关系，多年来却以他专横、暴躁的方式对我保持兴趣。这便是为什么我从十岁起就和他缠到一起，常被他在乒乓球上打败。那还是在温得穆尔街和克尔街的转角处、利沃夫家独门小院精巧的地下室里——"精巧"一词指的是铺着多结松木嵌板，很有点家的味道，而不像杰里认为的那样，是了结一个男孩的合适地方。

杰里在乒乓球台上的进攻性表现出的爆发力远远超过他哥哥在任

何运动项目上的作为。人们聪明地将乒乓球的尺寸和形状设计得不会打出你的眼球。不然，我才不会到杰里·利沃夫家的地下室去玩呢。要不是想有机会可以向人们吹嘘自己对利沃夫家了如指掌，谁也不可能把我拖进那地下室，那里除了一只小木拍，什么防身武器都没有。要论伤人没有比乒乓球更轻的东西，但杰里击起球来心里想的肯定是如何置人于死地。我以前竟未想到他的这种暴力展示与他身为瑞典佬利沃夫的同胞兄弟有什么关联。既然我想像不出有比做瑞典佬的兄弟更好的事——除非做瑞典佬本人——我也体会不到对杰里来说很难想像有比这更糟的。

我不敢到瑞典佬的房间去，只是从杰里房间出来上卫生间时往里看过。他的房间就在房子背面的屋檐下，不很显眼，斜面的天花板，开着天窗，墙上挂满威克瓦西队旗，恰如我所想像的典型男孩子的房间。从朝向草坪的两扇窗户可以看到利沃夫家的车库，瑞典佬上小学时冬天常在那里练习击球，他把棒球吊在梁上，让它晃荡——这大概是从约翰·R.土尼思的棒球小说《托姆金斯韦尔的男孩》中得来的灵感。我一眼就看到瑞典佬床头的书架上摆着那本书和土尼思有关棒球的其他书籍，如：《铁公爵》《公爵的决心》《冠军的抉择》《骨干小子》《年度的新手》，都按字母顺序用两只铜书立夹住，那是成人仪式纪念物——罗丹“思想者”雕塑的小型复制品。我随即就到图书馆借来所能找到的土尼思有关棒球的书籍，从《托姆金斯韦尔的男孩》开始读。对孩子来说，这书虽严肃但扣人心弦，简单生硬却直截了当、高贵厚重。书中讲到一个名叫罗伊·图克尔的男孩子，干净利落的投球手，来自康涅狄格州的山区。父亲去世时，他才四岁。到他十六岁时，母亲又离开了人间。为帮助祖母维持生计，他白天在自家农场干活，晚上到镇上的“南大街麦肯兹杂货店”打工。

这书出版于一九四〇年，书中的黑白插图多少有点表现主义的夸张变形，恰如其分地运用了解剖学技巧，精心地描绘出男孩生活的艰辛。还是早在棒球运动被成千上万球迷发扬光大之前的一个简单的关于世俗命运之谜的故事。当时各主要球队的队员看起来不像身强力壮的小伙子，倒像面黄肌瘦的苦力，画上似乎有点美国大萧条时期的苦行僧味道。大概每十页左右就简洁地描绘了故事中的戏剧性场面：“他要加劲了”，“不公平”，“纳热尔一瘸一拐地回到休息室”等。一张空白页上用浓重的灰色墨水清晰地勾勒出一个骨瘦如柴、若隐若现的球员轮廓，犹如这世界上最可怜的孤魂野鬼，与自然和人类都隔离开来，或者将他瘦削的身影在球场草地上拉得老长，像只毛毛虫。他身穿球服也毫无迷人之处，戴着手套的双手像爪子一般。一幅接一幅的图片清楚地表明：在大联盟打球，尽管很威风，也不过是另一种劳神费力、报酬不多的苦差。

《托姆金斯韦尔的男孩》这书名可以改为《托姆金斯韦尔的羔羊》，甚至可以叫做《从托姆金斯韦尔走向屠宰场的羔羊》。在男孩从最开始的球队耀眼新秀堕落到布鲁克林道奇俱乐部末名小卒的生涯中，每一次胜利都附带失意的惩罚或意外的打击。这孤独思乡的男孩和道奇队老练的接球手德夫 · 利奥纳德之间逐渐形成一种坚固的依附关系，后者成功地教会他在联盟球队打球的方法，并以“面罩后那双坚定的褐色眼睛”耐心教他如何进行无安打球赛[1]。但这种关系在进入赛季六个星期后就被粗野地破坏了，棒球老手一夜间被俱乐部除名。“有种速度在棒球界无人提及：那就是球员身价涨跌的速度。”当这小伙子连续赢得十五场比赛（这位新手的纪录没有哪个联盟的投球手能打破）后，在细雨中被刚赢得巨大胜利、纵情狂欢的队员意外地撞翻在地。肘上的伤整个秋季未愈，使他无法再投球，那年剩下的日子就只好呆坐一旁当替补击球手，只因他在本垒上的实力。过了飞雪的冬天，他回到康涅狄格，白天在农场干活，晚上还是到杂货店打工。他名声很响，又成了祖母的好孩子。他刻苦地坚持锻炼，按德夫 · 利奥纳德的话（“总想将右肩下垂向上摆动是致命的弱点”）去做，努力保持手臂摆动的水平高度。男孩在谷仓外用绳吊着球，寒冷的冬天一大早

1　指投手不让对方有安打或得分的比赛。

就用他“心爱的球棒击打”，直到浑身冒汗。“啪……”击打在球上，发出清脆动听的声音。到下个赛季，他已准备好回到道奇队当个动作敏捷的右外野手，在第二垒就使击球率达到百分之三十二点五，像一员猛将带领球队拼搏到底。在赛季的最后一天与巨人队的比赛中，才到一半对方已遥遥领先。男孩激起道奇队员的勇气，大家奋力反攻，在延长赛的最后，两人出局，只剩两人的情况下，他大胆冲刺、领头跑垒，力挽狂澜，使道奇队终于反败为胜。他拼死一搏、飞身接球，撞到中外场围栏上，以惊人的技巧把道奇队送入世界职业棒球联赛。而他自己则“在右野深处绿色的草地中央痛得翻滚”。土尼思最后写道：“薄暮降临到球员的身上，降临到蜂拥而出的观众身上，降临到用担架抬着毫无知觉的躯体穿过人群的几个人身上……只听啪的一声惊雷。球场骤然下起暴雨。”下来了，下来了，一声惊雷，男孩们的《约伯记》就这么结尾。

我那时才十岁，从未读过类似的东西。生活多么残忍，多么不公道，我简直不敢相信。道奇队里该遭谴责的是拉兹尔·鲁根特，一个重要的接球手，同时也是个酒鬼，性情粗暴的家伙，只知以强凌弱，对男孩嫉妒得要命。然而不是拉兹尔被人用担架“毫无知觉”地抬下场，而是他们中最优秀的球员，这个被称做“男孩”的农场孤儿。他谦虚认真、纯朴忠诚、天真可爱。他勤奋刻苦、和蔼可亲、勇气十足，是一个前途无量的运动员，一个风流倜傥、一丝不苟的小伙子。不用说，我把瑞典佬和男孩看成同一人，真想不通瑞典佬怎么能读这本使我几乎落泪、整夜失眠的书？我若有勇气和他讲话，一定得问问他是否认为书的结局指男孩完蛋了，还是有可能东山再起。“毫无知觉”一词使我感到恐怖。男孩在这一年最后的接球时丧命？瑞典佬知道吗？他关心吗？他是否想过灾难既然能将托姆金斯韦尔的男孩打倒，也会将伟大的瑞典佬打倒？或者这本书不过是有关一个可爱的球星遭到粗野对待和不公正惩罚，关于一个极有天赋、完全无辜的人，其最严重的错误也不过是常常将右臂下垂再摆动起来而已，却被惊雷怒吼的上天无情摧残？——只是放在他“思想者”书立之间的一本普普通通的书而已？

*

克尔街是富裕的犹太人居住区，说富裕是指他们比大多数家庭看起来富。大多数犹太人住在租来的两三家，甚至三四家合住的房子里，放学后我们总是去那里的砖造门廊玩耍：掷双骰子、玩二十一点、打街头棒球，直到廉价的橡皮球被无情地击打在阶梯上，球缝突然爆裂开来为止。还在繁荣的二十年代早期，莱翁农场就被两旁种着洋槐树的街道纵横交错地分隔成一块块，战后到纽瓦克的第一代犹太移民重组为一个社区。这种灵感主要来自美国生活的主流意识，很少模仿他们出生在王子街一带贫穷的第三区、重建波兰犹太人小村落的讲意第绪语的父辈。克尔街的犹太人已有像模像样的地下室、遮阳的走廊和石板阶梯，似乎房屋正面就表现出这些大胆先驱者对美国化形式的渴求。利沃夫一家是先锋中的先锋，他们赐给我们属于我们自己的瑞典佬，一个我们想要的、同其他美国人相差无几的男孩。

提起利沃夫一家，作为父母的娄和西尔维娅看起来一点不比我那出生于泽西城的犹太父母更美国化，也不比他们更有涵养、更会讲话或更有知识。这恰恰更令我惊讶。除了那幢在克尔街的独户院落，我们之间差距不大，并不存在像我从学校学到的那种农民与贵族之间的区别。利沃夫太太和我母亲一样，是个喜爱整洁、举止无可挑剔、相貌姣好的主妇，特别顾及大家的感受，总能给她儿子们自信。她和那个年代许多妇女一样，做梦也未想过要摆脱以孩子为中心的家庭。从母亲那里利沃夫两兄弟继承下来修长的体型、漂亮的头发。尽管她的头发更红，有点鬈曲，依然娇嫩的肌肤上有些雀斑，她也不像他们一样有与雅利安人惊人相似的特征，在街头的人群中也不像他们看起来好像遗传上的变异。

他们的父亲不过五英尺七或八英寸，一个手脚像蜘蛛般细长的人，比我那个将焦躁遗传给我的父亲脾气更糟。利沃夫先生在犹太贫民区长大，他们这些缺乏教育的犹太父亲有意识地促成了勤奋好学、接受高等教育的下一代，对这样的父亲来说，一切事情都是铁定的责任，只有正确或错误，没有折中的方法。他们的野心、偏见和信仰都难以更改，因为他们仔细想过一切并不像他们认为的那样容易逃避。这些精力充沛却能力有限的人既容易交友，又容易厌烦。在他们看来，人生最严肃的事情就是不管一切往前走。作为他们的儿子，我们应尽的职责就是去爱他们。

我父亲是脚医，多年来他的诊所就是我们的客厅，他挣的钱刚够维持生计，而此时的利沃夫先生则靠制造妇女手套富裕起来。他的父亲，也就是瑞典佬的祖父，是十九世纪九十年代从故国来到纽瓦克的。当时他能找到的工作是在石灰桶里鞣制刚剥下来的羊皮。他是和纽瓦克最粗野的斯拉夫人、爱尔兰人，以及意大利移民一道干活的孤独的犹太人。鲁特曼街的那家制革厂属于专利皮革大亨 T. P.豪威尔，是城里历史最长、规模最大的加工和生产皮革制品的企业。皮革生产中最重要的是水源，皮料在大水桶里翻滚，脏水不断流出，成千上万加仑的冷水、热水经过管道涌进涌出。有好的水源就能酿造啤酒和制革，所以纽瓦克两样齐全：大型酒厂和大型制革厂，而对移民来说，就有干不完的潮湿、臭烘烘的苦活。

他儿子娄，也就是利沃夫的父亲，十四岁时就辍学到制革厂干活，帮助维持九口人的大家庭的生计，他不仅能熟练地在染料上用扁平的硬刷将羊皮染色，还会对皮料分类定级。制革厂兼有屠宰场和化工厂两种臭气，总在浸泡熬煮肉类和对皮料拔毛去脂。夏天鼓风机昼夜不停地对悬挂的成千上万张皮子进行烘干，低矮的烘干房里温度高达华氏一百二十度[1]，摆着巨大木桶的房间里像洞穴一样昏暗，满地都是泔水，野人似的苦力们身穿厚重的围裙，手拿铁钩和棍棒，把满载的大车推来拉去，将水淋淋的皮料绞干挂起。在十二小时一班的劳作中，他们被迫像牲口一样忙个不停。这里污浊不堪、臭气熏天，红色、黑色、蓝色和绿色的染料水泼洒一地，碎块的皮子到处都有，地上尽是油洼、盐堆和大桶的溶剂。这便是娄·利沃夫的“高中”和“大学”。令人惊讶的不是他变得多么粗野，而是他有时依然能表现得那么文雅。

他二十几岁就从豪威尔公司毕业，带着两个兄弟成立了一家生产鳄鱼皮包的小公司，替 R. S.所罗门公司加工。所罗门公司是纽瓦克的科尔多瓦革[2]之王，居于鳄鱼皮制造业首位。有一段时间，这一行业似乎要繁荣起来，但大萧条后，这公司还是衰败了，三个忙碌大胆的利沃夫兄弟也破产了。几年后，纽瓦克女士皮件厂开张，娄·利沃夫自己干，买些次等皮货，如劣质的手提包、手套、皮带等，周末在手推车上

1　约等于四十八点九摄氏度。

2　常称西班牙革，一种高级皮革。

卖，晚上则挨家挨户推销。唐内克区位于纽瓦克最东边的半岛似的突出地域，每一批新移民都将它当做刚来时的立足之地，东面和北面的低地被帕塞克河隔开，南面又以盐碱的沼泽为界。那里的意大利人在故国时就会做手套，他们开始在家里帮他计件加工。他提供皮料，让这些人剪裁缝制成手套，自己再去推销。战争爆发时，他正带着一些意大利家庭在西市街的一个小阁楼里缝制儿童手套。生意不好，赚不到什么钱，直到一九四二年妇女救护队意外地下了一笔大订单——一种黑色有衬里的羊皮手套，情况才突然大有好转。他租借了一家旧伞厂，那是在中央大道和第二街交界处被烟熏黑的一大幢四层楼的砖瓦房。很快他就全买下来，还将顶楼出租给一家拉链公司。纽瓦克女士皮件厂开始源源不断地生产手套，每隔两三天就来一辆货车运走。

特别值得庆贺的一桩买卖是与班贝杰公司做成的，比政府的那笔订单还重要。只因娄·利沃夫与路易斯·班贝杰之间一次难得的会面，纽瓦克女士皮件厂打通了班贝杰这条渠道，成为优质女士手套的主要生产商。双方在为市议员梅耶·艾伦斯坦举行的宴会上凑到一起。艾伦斯坦先生从一九三三年就开始担任市议员，也是唯一做过纽瓦克市市长的犹太人。一些班贝杰公司的高层人物听说瑞典佬利沃夫的父亲会到场，就赶来祝贺他儿子被《纽瓦克新闻》选为全县篮球明星。娄·利沃夫意识到这是一生中难得的机遇，可以清除所有障碍、直达巅峰，他厚着脸皮，在艾伦斯坦的宴会上把自己介绍给了传奇人物班贝杰。此人是纽瓦克信誉最高的百货公司的老板、有名的慈善家，他还给市里捐献了一座博物馆。对当地的犹太人来说，这位权贵的重要性不亚于与罗斯福总统有亲密关系的贝拉德·巴拉奇[1]对全国犹太人的影响。据私下的传言，班贝杰只是和娄·利沃夫握握手，最多问了他几分钟有关瑞典佬的事，利沃夫却斗胆直言："班贝杰先生，我们质量好，价格也公道，为什么不能把手套卖给您的顾客？"不出一个月，班贝杰公司便来了订单，第一次就要五百打。

到战争结束时纽瓦克女士皮件厂已是大名鼎鼎（在很大程度上也靠瑞典佬利沃夫的体育成就），是纽约州格拉威斯维尔南部最负盛名的妇女手套品牌之一，那里是手套业的中心，娄·利沃夫用火车将皮料通过富尔顿维尔运去，由最好的制革厂加工。十年后，也就是在一九五八年，在波多黎各也有了分厂，瑞典佬本人成为年轻的董事长。他每天早上从纽瓦克西边的家中乘三十多英里的车到中央大街上班，在经过城郊时可以看到早期移民居住区，那是在莫里斯镇前面居民很少的山丘地带一百英亩大的农场上，在富裕的新泽西旧里姆洛克乡村，

1　美国金融家、政治家（1870—1965），曾任四届总统（从威尔逊到肯尼迪）的顾问。

离祖父利沃夫在美国开始从事皮革行业的厂房很远，他当时用巨大的石灰桶把真皮泡涨两倍后，再刮去橡胶一样的肉脂。

瑞典佬在一九四五年六月从威克瓦西毕业的当天就加入了海军陆战队，急于参加结束这场大战的战斗。有谣传说他的父母疯了似的、竭尽全力劝他退出陆战队参加海军。即使他克服了海军陆战队里声名狼藉的反犹太主义，他还想从进攻日本的战役中活下来？但瑞典佬不可能被人劝阻，而不去接受这种男子汉的爱国主义挑战，这是他在珍珠港事件时私下为自己定的目标。既然他高中毕业后国家还在参战，就要争做勇士中最勇敢的人。他刚结束在南卡罗来纳帕里斯岛的新兵训练。据说那批陆战队员将在一九四六年三月一日攻击日本海滩，然而原子弹早就投到广岛。结果是瑞典佬只好作为“文体技术兵”，将余下的军旅生涯全在帕里斯岛度过。他每天早饭前为全营领做半小时健身操，每周几次为招待新兵安排地下拳击比赛，大部分时间则为基地与南部各武装部队进行的球赛出力，冬天打篮球，夏天玩棒球。他在南卡罗来纳驻扎了大约一年，与一个爱尔兰天主教姑娘订婚，其父是一名陆战队的少校，曾当过普渡大学足球队的教练。他给瑞典佬提供轻松的教练工作，为的是留住他在帕里斯岛打球。在瑞典佬退伍前几个月，他自己的父亲到帕里斯岛待了一星期，住在贝福特的旅馆里，离基地很近。直到瑞典佬与邓尼伟小姐的婚约解除后他才走。一九四七年瑞典佬回家后进了东奥兰治的乌普萨拉学院，二十岁时已有个非犹太人妻子，无牵无挂，最耀眼的是他曾做过一名犹太人陆战队员。还值得骄傲的是他当过新兵训练员，那是在世界上最残酷的军训基地啊。陆战队员由新兵营造就，而塞莫尔·欧文·利沃夫则帮忙训练过他们。

我们了解这一切是因为中学的走廊、教室，到处都充满着他的神话，我那时还是这学校的学生。我现在还记得每年春天总得两三次到东奥兰治的维京运动场看乌普萨拉棒球队在星期六的主场赛。他们的球星就是第四位击球员兼一垒手瑞典佬。在一场迎战姆哈伦贝格队的比赛中打出了三个本垒打，每当我们发现看台上有个人身着套装、戴着帽子，就会相互低声讲："童子军！童子军！"我毕业上大学后，一个仍住在附近的伙伴告诉我，双巨人俱乐部曾给瑞典佬一份合同，可他拒绝了。最后他进了父亲的公司。后来我从父母那里了解到瑞典佬与新泽西小姐结婚，新娘在大西洋城竞选一九四九年美国小姐前还获得联盟县小姐以及乌普萨拉的春天女王等称号，是来自伊丽莎白的非犹太人姑娘——多恩·德威尔。他真的如愿以偿。

一九八五年夏天我到纽约的一个晚上，外出看大都会队与太空人队的比赛。当我和朋友在体育场外转来转去寻找入口处时，看见瑞典佬，比当年看他为乌普萨拉队打球时老了三十六岁。他身穿白衬衣，系条纹领带，炭灰色夏装，依然非常英俊。金发比以前稍许暗淡一些，但还是那么浓密，不像以前剪短，而是遮住耳朵直到衣领。这套衣服很合身，他看起来比我记忆中穿各种运动装时个头更高、身材更清瘦。和我们一道的那位女士最先注意他，她问道：“那人是谁？是……是约翰·林德塞？”我说：“天哪！你们知道那是谁？是瑞典佬利沃夫。”我告诉朋友们，“那是瑞典佬！”

一个身材精瘦、头发漂亮、大约七八岁的男孩和瑞典佬走在一起，这个戴大都会队球帽的小家伙正用力击打他左手吊着的棒球手套。很显然两人是父子，不知因为什么事正开心地大笑。我上前自我介绍：“我在威克瓦西认识你兄弟。”

“你是祖克曼？作家？”他答道，用力地握着我的手。

“我是作家祖克曼。”

“啊，杰里的好伙伴。”

“我想杰里不会有太好的伙伴。他交友时太精明，常在你家地下室玩乒乓球时把我打得一败涂地。在乒乓球上打赢我对杰里很重要。”

“啊，你就是那小子。妈妈常说：‘他来我们家时很乖，很文静。’你知道这是谁？”他对男孩说，“这家伙写的那些书，内森·祖克曼。”

男孩迷惑不解地耸耸肩，咕噜了一声：“嗨。”

“我儿子克里斯。”

“这些是我的朋友。”我挥挥手介绍和我一起的其他三人。我对他们讲：“这是我们威克瓦西高中历史上最伟大的运动员，三项运动真正的艺术家。打一垒就像赫南德兹……想想吧。平直球双杀击球员，你知道吗？”我对他儿子说，“你爸是我们的赫南德兹。”

“赫南德兹是左撇子。”他答道。

“对，那是唯一的区别。”我对这直言不讳的小家伙说，然后对他父亲伸出手，“瑞典佬，见到你真好！”

“我也是。放松点，跳级生！”

“代问你兄弟好！”我说。

他笑了。我们分手后，有人说：“啊！威克瓦西高中历史上最伟大的运动员叫你‘跳级生’！”

“我知道，我不敢相信。”我甚至有些和以前那次一样感到很荣幸被他注意到。那还是我十岁时，瑞典佬和我变得如此亲近，连我在运动场上的绰号都知道。我有这个绰号，只因我在小学时曾跳了两级。

第一局到一半时，与我们同来的女士转过头对我说：“你刚才应看看自己的脸色，你只差告诉我们他就是宙斯了。我看到了你孩童时的模样。”

下面这封信是我的出版商在一九九五年阵亡将士纪念日前几周转给我的。

亲爱的跳级生祖克曼：

首先我对这封信将给您带来的不便致歉。您可能不记得我们在希尔体育场的那次会面了。我当时带着大儿子（现在已是大学一年级学生），您和几个朋友也来看大都会队比赛。那是十年前的事，正处于卡特-古登-赫南德兹[1]年代，您仍然来看大都会队比赛。而现在您再也看不到他们了。

我来信想问您是否愿意什么时候和我面谈一次。若您允许的话，我将无比荣幸地在纽约请您共进晚餐。

我斗胆请您是因为父亲去年去世后我想到的一些事。他活了九十六岁，争强好胜直到最后一刻，这更使大家不愿他离去，尽管他年事已高。

我很想谈谈他和他的一生。我在为他写点颂词，准备私下出版送给朋友、家人和生意上的熟人。大多数人认为我父亲不可战

1　分别指格雷·卡特（Gary Cater）、戴维特·古登（Dwight Gooden）和凯思·赫南德兹（Keith Hernandez），均在二十世纪八十年代效力于纽约大都会棒球队。

胜、麻木不仁，还脾气暴躁。其实根本不是那么回事。并不是每个人都能了解他心爱的人遭到打击时他是多么地难受。

请放心，若您没有时间回信我也能理解。

致礼！

一九四五年威克瓦西高中的塞莫尔·“瑞典佬”·利沃夫

要是其他什么人来和我谈为他父亲写颂词的事，我会祝他好运，然后自己躲得远远的。但有一些理由驱使我当即就回信表示愿意效劳。第一条就是瑞典佬利沃夫想见我。也许有点可笑，进入老年了，见到他在信末的签名，满脑子还涌现出他在场上场下的情景。那是五十年前的事了，魔力依然不减。记得那一年瑞典佬首次同意加入球队，我自己每天都到运动场看橄榄球训练。他在篮球场上已是高分勾手投篮的好手，没人知道他在橄榄球方面也同样神通广大，直到有一天教练孤注一掷，逼迫他上场。我们这个曾在市联赛中输得一塌糊涂的球队一次、两次，有时甚至一场中三次触地得分，大家都把球传给瑞典佬。五六十个小伙子站在场边观看他：头戴皮盔、身穿褐色运动衫，上面有橘黄色的 11 号数字，正为大学队与大学预备队的比赛卖力。大学队的四分卫左撇子拉文索一次次地传球（拉——文——索传给利——沃——夫！拉——文——索传给利——沃——夫！这有节奏的叫喊总能将我带回瑞典佬的鼎盛时期），而大学预备队的队员全线防守不让瑞典佬每次都得分。我已六十多岁了，看法已与少年时不完全一样，但那时的幻觉从未完全消失。如今我依然忘不掉瑞典佬：被人推拉、压倒在地，喘不过气来，慢慢爬起，用力摆脱纠缠，抗议似的抬头望着暗淡下来的秋季天空，发出悲怜的叹息，毫发无损地走回混战的人堆。他得分时，是一种荣耀；而被人揪抓、压在地上，只是站起身来摆脱了事，则是另一种荣耀，哪怕是在混战之中。

终于有一天我也享受到这荣耀。我在十岁以前从未有过了不起的事，和场外其他人一样。要不是由于杰里·利沃夫的关系，瑞典佬也不会注意到我。杰里近来有点把我当做朋友，虽然我难以相信，瑞典佬肯定注意到我常在他家转悠。一九四三年秋天的一个下午，天色已晚，他接过拉文索的一个传球后被大学预备队的全体队员压在地上，教练急忙吹哨宣布结束比赛。瑞典佬小心翼翼地动了动肘，一瘸一拐地跑下场来，看见我和其他男孩在一块，他对我嚷道："跳级生，篮球从不像这样。"

这尊球神（他自己才十六岁）把我一下子带进运动员的天国，被崇拜者认可了崇拜者。当然，球星和影星一样，每个崇拜者都向往与他们有神秘的、私人的关系，而这却是由球星中最质朴的一员当众宣布的，并且是在一群竞争激烈、突然又鸦雀无声的男孩子面前。那次经历令人难忘，我万分惊讶，脸刷地红了，那周其余时间我大概什么都顾不得去想。他装出的可怜相，男子汉的慷慨大方，王子般的风度，以及球星的自我赏识，这些东西他太多了，可以随便分一点给观众。他的慷慨征服了我，使我飘飘然，因为这和我的绰号也联系起来。重要的是这在我心中扎下根来，成为一种象征，比他的运动天才更可贵：这是一种表现他“本色”的天才，也是一种特异的包容一切的能力，而且有一种声音和微笑，即使偶尔表现出优越性也毫不影响。那是一种自然表露的谦逊，对他而言没有任何障碍，他似乎从来不必奋力去开辟一块自己的天地。现在虽已成年，我还是认为自己不是唯一在充满爱国主义的战争年代热心于完全美国化的犹太孩子。那一阵子，我们街区整个战时的希望都集中在瑞典佬那了不起的身躯上，他的一生带有无人企及的天才少年风范。

瑞典佬身上的犹太人特性太少，他和那些身材高大、金发碧眼的球星一个样。我们对待瑞典佬时无形中将他与美国混为一体，这样的偶像崇拜让大家多少有些羞愧和自卑。由他所引起的互相矛盾的犹太人欲望马上又被他平息下去。犹太人的矛盾心理——既想融入社会，又想独立开来；既认为与众不同，又认为没什么特殊——在看到瑞典佬胜利的那一时刻自然消失。实际上我们街区像他一样叫塞莫尔的人多得很，祖先也是所罗门和扫罗之类，他们生下斯蒂芬啦，再下面就是肖恩啦。但他的犹太心又在何处？你不可能发现，然而你知道确实存在。他的非理性在哪？他的焦躁不安在哪？世俗的诱惑呢？没有狡诈，没有心计，也没有顽皮。他驱除这一切，达到完美，无需奋争，不用左右为难、思前想后，只用球星自然的体格塑造风格就已足够。

只是……他去做这一切的主观意识是什么？瑞典佬想的是什么？一定有某种根基，难以想像出其结构成分。

那就是我回信的第二个原因：了解根基。他的思维一直处于怎样的状态？是否有某种东西曾经影响他的生活轨迹？没有谁能一生不被思索、悲痛、迷惑和失败打上烙印。即使有些人在年轻时就经历过这些，他们所受的罪都差不离，只分早晚，时多时少而已。肯定有幻灭，肯定有觉醒。无论是哪种情形我都想像不出，至今对他没有清晰的印象：在残留的青春期幻想中，我依然觉得瑞典佬的一生总是一帆风顺。

谈到他去世的父亲时，他认为并不像人们评价的那样麻木不仁，他写道："并不是每个人都能了解，他心爱的人遭到打击时他是多么地难受。"他在这封费尽心思、语气谦恭的来信中暗示的是什么？不对，瑞典佬肯定受到过什么刺激。这就是他想要谈的，不是他父亲的一生，而是他自己的经历。

我错了。

我们在西四十街区一家意大利餐馆会面。多年来瑞典佬的家人来纽约看百老汇演出或到麦迪逊广场花园体育场看纽约尼克斯队打篮球比赛时，就常到此就餐。我一去就知道无法接触到他的老底。文森特餐馆里的每个人都叫得出他的名字——文森特本人、文森特的妻子、女招待路雅、酒吧招待卡罗和为我们服务的比利——大家亲切地和他打招呼，询问小姐少爷的情况。我后来才知道，他父母在世时，一家人常来文森特举行周年纪念或过生日。他约我到此不会是仅仅为了证明他在西四十九街受人崇拜的程度和在政府大街一样而已吧。

文森特是古老的意大利餐馆之一，位于城中街道西侧，在麦迪逊广场花园体育场和购物中心之间。这些餐馆宽只能放三张桌，长不过有四盏顶灯，从芝麻菜发现以来没有多大变化。小吧台上的电视正转播球赛，不时有客人上前向招待打听比分情况，然后再回到座位就餐。亮绿色塑料软垫椅子，带斑点的肉色地砖，一侧为镜面墙，顶上是仿铜吊灯。作为装饰，角落有一尊五英尺高、亮闪闪的胡椒磨研机，看起来像贾科梅蒂[1]的作品（瑞典佬说，这是文森特意大利老家给他的礼

1　即阿尔伯托·贾科梅蒂（1901—1966），瑞士雕刻家和画家，受立体派影响，作品以人物细如豆茎的骨架风格著称。

物）。作为对称，对面角落里像雕塑一样的架子上放置一只大巴罗洛酒瓶。摆满蒜香番茄酱瓶的桌子对面就是文森特夫人的收银台，那上面的大碗里有餐后免费享用的薄荷糖。点心推车上有拿破仑蛋糕、提拉米苏糖、千层蛋糕、苹果馅饼、草莓蜜饯；我们桌后墙上是题有“送给文森特和安妮”字样的签名照片：小萨米·戴维斯，乔·纳玛斯，丽萨·明尼里，凯·巴拉德，金·凯瑞，杰克·卡特，菲尔·里兹托，约翰尼和乔安娜·卡森。应该有瑞典佬的照片才对，如果我们还在与德国人和日本人交战，而且街对面又是威克瓦西高中的话，肯定会有他的。

我们这边的服务生比利，矮胖秃顶，鼻子扁平得像拳击运动员一样，不用问就知道瑞典佬需要吃什么。三十多年来，经比利的手，瑞典佬一直点店里的招牌菜文森特通心面，先来点蛤蜊。瑞典佬说：“这是纽约最好的通心面。”但我还是点自己喜欢的焖鸡，在比利的建议下，我要“熟透了的”。比利一边点菜一边告诉瑞典佬前一晚上托尼·班奈特曾来过。像比利这种身材的人，可以想像一生整天托着不只满满一盘通心面来回奔忙，多年来承受的压力所致，嗓门很高，声音急促有力，听来有些意外，但也是一种享受。“看见您朋友坐的地方吗？利沃夫先生，看看他的椅子！托尼·班奈特就坐在那里。”他对我说道：“知道托尼·班奈特对那些上前来自我介绍的人说些什么？他说：‘很高兴见到你！’他就坐在您现在的位置。”

款待就这些，接下来该干活了。

他带来三个孩子的照片，从开胃菜到最后的甜点，所有谈话都是关于他十八岁的克里斯，十六岁的斯迪夫和十四岁的肯特。这个孩子的长曲棍球打得比棒球好，但教练对他的限制太多；那个孩子足球和篮球都挺好，一时定不下来到底该干什么；另一个是跳水冠军，还打破学校的蝶泳和仰泳纪录。这三个孩子学习都很用功，成绩全是优秀和良好。一个“迷上”自然科学，另一个喜欢“交际”，还有一个……有张照片上是这些孩子和他们的母亲，这位四十岁左右漂亮的金发女郎是莫里斯县一家周刊的广告经理。瑞典佬赶紧补充说，直到最小的孩子上二年级，她才出去工作。孩子们很幸运有这么好的母亲，现在她每天晚上都陪着他们，先照顾好他们才……

我们边吃边谈，他聊起这些如数家珍，一切都表露出他的好性情。这给我留下深刻印象。我听着他海阔天空般闲聊，耐心地等他透露点实情，但他讲的都是些再明白不过的事。我在想，他没有生命力，有的只是温和乏味——这家伙很满意这样。他真实的自我藏在后面，使人难以捉摸。在席上有好几次我都想到自己干不下去了，如果他老是这样没完没了地夸耀他的家庭的话，恐怕还吃不上甜点我就要抽身走人。到最后我甚至认为他要不是有意把自己遮盖起来，便是精神上有毛病。

他心中要紧的事使他打住。这改变了他的性情，变得像普通人那样平淡无趣。有某种东西给他敲了警钟：一切应顺其自然。

瑞典佬比我大六岁或七岁，快到七十了。他看起来还是那么精神焕发，只是眼角有了皱纹，突出的颊骨下方比硬汉子的标准稍稍凹陷一些。我想这种憔悴大概是跑步或网球运动多的缘故，到最后才知道他冬天刚做过前列腺手术，现正处于恢复期。连我自己也不清楚，让我更为震惊的是了解到他遭受的磨难，还是他的这番坦言。我甚至在想，他近期的手术以及后来的影响也不足以解释他这种精神上的不正常。

我尽量不显得非常渴望的样子，插话问他这段时间在纽瓦克开工厂感觉如何。我这才知道纽瓦克女士皮件厂从七十年代早期就不在纽瓦克了。整个企业早已搬到沿海一带，因为工会使厂商们赚钱越来越难，再也找不到人做计件活，或者不能像你要求的那样去做。其他地方有的是工人，经过训练后他们也可以达到四五十年前的手套厂要求的那种标准。他家在纽瓦克从事这一行已经很久了，出于对工作多年的雇工们（这些人大多数是黑人）负责，瑞典佬在一九六七年的动乱后，考虑到整个行业的经济现实和他父亲的祈求，还是尽量干下去，坚持了大约六年。动乱后，工人的技术越来越糟，他无能为力，只好放弃，在市里的经济崩溃前没受什么损失就脱身了。在那四天的动乱中，纽瓦克女士皮件厂所受的损失不过是坏了一些窗户，而离他们的运货码头大门仅五十码远的西市则有两幢房被烧毁。

“税收、腐败和种族问题都使我父亲头疼。任何人，哪怕来自全国各地，就算对纽瓦克的命运再不关心，他都一样会在迈阿密海滩的小屋或在加勒比海的游艇上，反复对他们讲他心爱的纽瓦克被税收、腐败和种族歧视彻底毁灭。我父亲就是王子街的那些人中的一员，他一生都爱那座城市。纽瓦克发生的事让他心碎。”

“跳级生，那是世界上最糟糕的城市。”瑞典佬接着说，“那里以前什么都出产，现在成了世界上的汽车盗窃之都。知道吗？虽然还不是罪恶之首，也够坏了。盗贼大多数住在我们以前的街区，全是黑人小伙子。在纽瓦克每二十四小时有四十辆车被盗。统计出来的数字就是这样。有点厉害吧？这些车是杀人凶器，一旦被盗，就成了四下乱飞的火箭，街上任何人都是目标，老人小孩全一个样。我们的工厂外面在他们看来就是印第安纳波利斯赛车场。那是我们离开的另一个原因。四五个孩子吊在车窗外，以每小时八十英里的速度穿过中央大街。父亲买下那间工厂时中央大街上跑的是电车，再下去就是汽车展销房，有凯迪拉克、拉塞尔。那时每条小街上都有生产各种物品的工厂。现在这些街上都是酒馆、比萨店和门面破烂不堪的教堂。街上其他一切都在衰败，到处用木条钉上。父亲买下工厂时，几步远的地方是开勒在生产冷却机、福特冈造消防警报器、拉斯基做胸衣、罗宾做枕头、侯尼格做笔尖——耶稣啊，我这些话听上去像父亲说的一样。他讲得对，他常说：‘跃跃欲试啦。’现在主要的产业是盗窃汽车。坐在纽瓦克任何地方，你要做的只有一件事，那就是四下张望。我是在莱恩斯附近的贝根街遭到袭击的。记得亨利商店吗？公园剧场旁边的‘爱情小店’，就在那里，以前是亨利商店的所在地。我高中时第一次约会就在那里。看完电影，我带黑人姑娘阿丽娜·丹兹格去那里的小亭子喝饮料。在贝根街，白人和黑人在一起就不只是喝饮料那么简单了，这意味着引起世界上最强烈的仇恨。从单行道一辆轿车逆向朝我驶来，四个小子将身子伸出窗外。两个人跳下来，笑着，闹着，用枪抵着我的头。我交出钥匙，一个人把车开走了。这一切就发生在从前是亨利商店门前的地方。真的可怕。他们在光天化日之下袭击警车，撞击车尾。触发安全气囊，玩转圈游戏。听说过转圈游戏？玩过吗？你没听说过吧？他们偷车就为干这个。高速行驶，猛踩刹车，拉起手刹，转动方向盘，车就拼命打转。以极高的速度不停转圈。对他们来说，撞死行人算不了什么，杀死驾车者也无所谓，丢掉自己的命也可以。刹车留下的痕迹就能吓死你。在我的车被偷走的那一周，他们在我家前面玩转圈游戏就撞死一个妇女，我亲眼所见，就在我动身离开的那天。那车高速咆哮着，发出尖锐的急刹车声音。太可怕了，令人不寒而栗。这位年轻的黑人妇女，只是把自己的车从第二街开出来，但还是倒霉了。她有三个孩子。两天后就轮到我的一个工人，是个黑人。他们才不管是黑人、白人，什么人他们都要撞死。小伙子叫卡莱克·泰勒，运输工人，当时正下班回家。他做了十二小时的外科手术后，在医院躺了四个月，终身残疾。头部受伤，体内受伤，盆骨破裂，肩被撞坏，脊骨粉碎。一个疯小子正开着偷来的车拼命狂奔，警察在后面紧追不舍，他们以每小时八十英里车速冲过中央大道，泰勒给撞个正着，驾驶座旁的车门都被摔坏。盗车贼才十二岁，他得把垫子卷起来坐在上面才能看清路面驾驶。他到詹姆斯堡关上六个月后又会放出来，坐到另一辆偷来的车上。我的处境也一样。他们用枪指着我抢走车后，把卡莱克弄成残废、撞死妇女，都在那一周。这就够了。”

纽瓦克女士皮件厂现在只在波多黎各经营。离开纽瓦克后，他有一段时间还与捷克斯洛伐克的共产党政府签订合同，除管理自己在波多黎各庞塞岛上的工厂外，还到布尔诺的一家捷克手套厂工作。然而，当他看到波多黎各马亚圭斯附近的阿瓜迪亚有一家他中意的工厂要转让，就从捷克撤回来，那里的官僚从一开始就让他头疼。他在波多黎各买下二手厂房设备，运来机器，建起第二家规模较大的工厂，开设训练课程，又招了三百工人。到了八十年代，波多黎各人的生活也奢侈起来。除了纽瓦克女士皮件厂，差不多所有人都到远东发展，那里劳动力充足且价格又低，最先是到菲律宾，然后到韩国和中国台湾，现在到中国大陆。棒球手套这种销量最大的美国手套，以前是由他父亲的朋友登克莰在纽约的约翰斯敦生产的东西，早已挪到韩国生产了。在一九五二年或一九五三年，当第一个人离开纽约州的格拉威斯维尔到菲律宾去做手套时，人们嘲笑他，就好像他想上月球；而在一九七八年前后他死的时候，这人在当地已有一个四千工人的大厂了，格拉威斯维尔的整个手套产业基本上都迁到了菲律宾。第二次世界大战开始时，格拉威斯维尔大大小小的手套厂有九十家，现在一家不剩，他们或是不再干这一行或是变成了进口商。瑞典佬说："这些人分不清指岔和拇指，只是生意人，他们知道该进口各种颜色、各种规格的这种手套十万副、那种手套二十万副，但不知道究竟怎么做出来。"我问："指岔是什么？""手套上各指之间的部分，是和拇指皮料一块剪下来的一些椭圆形小片。现在有许多人什么都不懂，他们知道的还不如我五岁时懂的一半多，却要作出重大的决定。有个家伙要买鹿皮，质量很好可以做服装，差不多三美元五十美分一英尺，他却要买去剪下巴掌大一块，缝到滑雪手套上。前两天我和他谈过，告诉他花一美元五十美分就可以买很大一块新皮子。要是大的订单，你算算，这就是上万美元的差额。他却一无所知。他本可以把一万美元放进口袋。”

瑞典佬在波多黎各和在纽瓦克一样还干这一行，他解释道，自己已经训练出许多好工人，他们会做手套上的细活，可以生产出达到他父亲那时的纽瓦克女士皮件厂标准的产品。他也承认一家人都喜欢他十五年前建在加勒比海边的度假别墅，而且离他在庞塞的工厂也不远。孩子们都愿到那里玩……肯特、克里斯和斯迪夫热爱冲浪、帆船、潜水和双体船运动……他所说的这些事清楚地表明，只要他愿意，他就能变得很有情趣，但他似乎对自己周围哪些事有趣，哪些事没有趣缺乏判断力。或者由于我不知道的原因，他不想使自己的生活有趣。我真愿意付出一切代价让他回到开勒、福特冈、拉斯基、罗宾和侯尼格时代，回到指岔和怎样做副好手套的细节上来，甚至回到那个只为一块好料花三美元五十美分一英尺买错鹿皮的小子这事上来。但他一讲起来，我就发现没有什么好的办法能把他的话题从他的孩子在海上和陆地上取得的成就上引开。

我们等甜点上来时，瑞典佬说他除了最喜欢的通心粉外，最近也爱吃容易吃胖的萨巴雍[1]，因为在前列腺手术几个月后，他的体重依然

1　一种以鸡蛋、糖和甜酒制成的意大利著名甜点。

偏轻十磅左右。

“手术顺利吧？”

“还不错。”他回答。

我说：“我的几个朋友做过后都比预料的差。这种手术对男人来说是场灾难，就算由此切除了癌细胞也无法弥补。”

“是啊，我知道，那有可能。”

“一个是丧失了性功能，另一个是既阳痿又失禁，都是我这把年纪。他们真受罪，只好用尿布。”

我所说的“另一个”就是我自己。我在波士顿做了手术，除了波士顿的一个朋友外，我谁也没告诉。他陪我度过那段难受的日子，直到我又能站立起来。离开波士顿，我往西开车两个半小时，回到在伯克夏的我独自居住的房子后，我想最好是把做癌症手术和身体虚弱的事埋在心底。

“啊，我还很轻松就过来了。”瑞典佬说道。

“我看你也是。”我语气委婉地附和道，心想这个自我满足的大家伙真的得到了他想要的任何东西。尊重应该尊重的东西，对什么也没有异议，从不因自卑烦恼，也不因迷惑难受，或者遭受无能的折磨，怨恨的毒害，愤怒的驱使……生活对瑞典佬来说就像柔软的绒线球一样慢慢展开。

思绪将我拉回到他信中关于将给父亲写颂词的专业咨询。我自己不想提颂词的事，然而未解的迷团不仅在于他为什么不提这回事，更在于如果不愿意提，为何要放在信的首位。就我所知，他的一生比较而言既不是太富有，也不是矛盾重重。所以，我只能推测那封信主要与他的手术有关，涉及到后来发生的、与他性格不符的事情，或某种突如其来的情感。是啊，瑞典佬利沃夫的亲笔信源于他迟迟地发现了不是健康而是病态，不是强壮而是虚弱的滋味；知道了没有名望是怎么回事，生理上的耻辱、蒙羞、厌恶和绝望是怎么回事。他也才懂得向他人请教是怎么回事。忽然被曾给予自己保障、使自己优于他人的美妙的身躯所背叛，他一下失去平衡，从所有人中抓住了我，想替他拉回死去的父亲，重新获取父亲的力量来保护他自己。有一阵子，他的精神崩溃，在我看来，以前深藏不露的他已经变成一个冲动、衰弱、急需呵护的人。死亡突袭了他的生活之梦（就像我在十年之中遭遇的第二次那样），令我们这种年龄的人烦恼的那些事并没有将他放过。

我不知他是否愿意再回忆一下卧病在床时的脆弱，这会让他真正了解有些事情是不可避免的，正如他家的生活表现出来的那样，是否愿意再回忆一下那种阴影像有毒的霜冻偷偷侵入一层又一层生活的满足之间。他总算如约前来。这意味着无法忍受的痛苦还在，自我保护没有恢复正常，紧急状态并未结束？或者前来露露脸，轻松地聊聊难以忍受的一切就是他想借以摆脱最后恐惧的方法？看他坐在对面吃着萨巴雍，显得那么单纯、诚实，我越想越远。这人的本来面目令我难以琢磨、无从把握。我苦于对瑞典佬这种混乱不堪状态的担忧，只能看到他的外表，无法得出任何结论，不能形成确切的看法。我明白自己到处寻根求源、要弄清这家伙的想法是多么的可笑。这个谜团我可解不开，仅靠推理攻克不了他。这是关于他的谜团的谜团，我这么干如同想从米开朗琪罗的大卫雕像嘴里得到信息那样艰难。

我在信中告诉过他电话号码，如果他不再为死亡感到恐惧，为何不来电话取消约会？既然一切恢复到以前的样子，他又夺回了曾使他无往不胜的那种鼎盛荣光，还找我干什么？不，他的信没有道出全部真相，否则他是不会来的。肯定有迫切想改变的事，或者是曾经使他大病一场的东西并未离他远去。一种未经检验的存在再也不能适应他的需求了，他要让人把某些事情记录下来，所以找到我：写下可能忘却的事情。被省略或被忘却。会是什么事情呢？

或者他只是个幸福的人而已，幸福的人也确实存在，为什么不可能？我对瑞典佬的动机进行的胡乱猜测不过是职业性的急躁，对瑞典佬利沃夫有一种托尔斯泰对他笔下的伊凡·伊里奇怀有的偏见，这个人物在他严厉苛刻的小说中被大大贬低，用专业术语讲，那是因为他创作的初衷就在于要无情地暴露看似平常的东西。伊凡·伊里奇是个身居高位的法官，过着“社会公认的绅士生活”，但在临死时深受焦虑和恐惧的折磨，他不由得想到“也许自己未能像应该的那样活过”。从一开始，托尔斯泰就总结性地写道，作为大法官，在圣彼得堡有漂亮的住房，每年有三千卢布的可观薪金和身居高位的朋友，伊凡·伊里奇的生活是最简单、最平常的，又是最可怕的。也许是吧。在一八八六年的俄国可能是这样。但在一九九五年新泽西州的旧里姆洛克，当这位伊凡·伊里奇打完上午的高尔夫和朋友回到俱乐部吃午餐，得意洋洋地宣称“没有比这更好的”的时候，这也许比托尔斯泰笔下的情形更接近实情。

瑞典佬利沃夫的生活，就我所知，最简单、最平常，但按美国的标准却最了不起。

“杰里是同性恋吗？”我突然问道。

“我弟弟？”瑞典佬笑了，“你真会开玩笑。”

我也许是在开玩笑，恶作剧似的问这样的问题，想冲淡这烦闷的气氛。但我忽然记起在他给我的信中，他曾提到他的父亲“在心爱的人遭到打击时他是多么地难受”，这使我又开始乱猜他的目的究竟是什么，同时我也想起杰里那次遭受的羞辱。我们高中一年级时，杰里极力想赢得班上一个相貌一般、大家认为轻而易举便可到手的女孩的欢心。

作为情人节的礼物，杰里用仓鼠皮给她做了一件衣服，把一百七十五张仓鼠皮晒干，用从父亲厂里偷来的弯针缝制，他就是在厂里才想起这么干的。有人赠给学校生物系约三百只仓鼠用于解剖课教学，杰里装出很勤快的样子，从生物系学生手里将仓鼠皮收集起来，他的古怪和天赋使大家相信了他说的要在家里进行“科学实验”。他还设法把那女孩的身高弄清楚，设计了样式。在车库顶上把仓鼠皮晒干，去除臭气（他以为全部弄干净了），再仔细地缝制，并用白色降落伞上的丝绸镶边，那还是哥哥从北卡罗来纳的切里海军陆战队空军基地寄给他作纪念物的次品降落伞。帕里斯岛球队在那里打赢了陆战队棒球锦标赛该季度的最后一场。杰里将衣服的事只告诉了我，他的乒乓球搭档。他打算用薰衣草纸包好，扎上天鹅绒带子，放在母亲的班贝杰百货公司的大衣包装盒里给那女孩送去。但衣服做好后变得很硬，他无法折叠起来装进盒子里。他父亲后来解释说是由于他那种愚蠢的干燥方法所致。

坐在文森特餐馆里瑞典佬的对面，我猛然想起在他家地下室也见过这模样：这个大家伙当时穿着衬衣坐在地板上。我想要是在今天，肯定会获得惠特尼艺术博物馆所有奖项，但在一九四九年的纽瓦克，没人知道伟大艺术，杰里和我绞尽脑汁想把那件衣服装进盒子。他打定主意要用那只纸盒，因为她打开时就会以为是来自班贝杰百货公司的高档服装。我却在考虑要是她发现不是那么回事，她会怎么想。要吸引这么个皮肤很糟，又没有男朋友的胖女孩的注意，根本用不着费那么大的劲。但我还是帮了杰里，他这人风风火火，要么抽身走开，要么照他说的办，再说他又是瑞典佬利沃夫的弟弟，我还在他家，四下都是瑞典佬得的奖品。杰里最后把衣服整个撕开重新缝制，使线缝在中间以便折叠放入盒子，我帮他一起做，就像在缝制一件盔甲。他在最上面放了一个用纸板剪出的心形图案，用哥特体签名，再用邮包寄走。他花了三个月的时间才将一个根本不可能的想法变成一件疯狂的作品，对人类而言是一段短暂时光。

她打开盒子时大叫起来。她的朋友们说她“怒不可遏”。杰里的父亲同样怒不可遏。“你就这样糟蹋你哥哥给你的降落伞吗？剪掉它？剪掉一只降落伞？”杰里很自卑，不敢告诉父亲自己为的是要那个女孩扑进他怀里，亲吻他，就像拉娜·特纳亲吻克拉克·盖博那样。他父亲和他一道在中午的太阳下晒皮料时，我正好在场。“皮子要适当处理。适当！适当并不是在阳光下而是在阴暗处风干。不能晒焦，真见鬼！杰罗姆[1]！只教你这一次，记得住怎样保存皮料吗？”他边说边做，开始时有些激动，想到亲生儿子做皮件活也这么笨头笨脑，他难以控制

1 “杰里”是“杰罗姆”的昵称。

自己的情绪。他向我俩讲解他们怎样在埃塞俄比亚教商贩们处理羊皮，然后再用船运到纽瓦克女士皮件厂来加工。“可以用盐，但成本高，特别在非洲，非常贵。那里的人偷盐，他们没有盐，你得在盐里下毒才不被偷走。另一种方法是将皮子捆扎起来，用木板或者框架，各种东西都行，然后放在阴暗处风干。孩子，在阴暗处。我们称这些为僵板皮。撒上点火石粉以防腐烂和虫蛀——”我松了一口气，他已经以惊人的速度由愤怒转向耐心的、有些烦琐的技术性灌输，这似乎比他父亲吹胡子瞪眼睛的怒骂更使杰里难受。完全可能就在那一天，杰里发誓决不去碰他父亲干的那一行。

为了去除皮子上的恶臭，杰里用母亲的香水喷洒衣服。当邮递员送去时，皮衣又开始散发之前一直断断续续地发出的臭味了。那女孩打开盒子时顿生厌恶，她觉得遭受了奇耻大辱，惊恐万分，从此以后再也不和杰里讲话。据其他女孩讲，她认为杰里肯定出门去猎杀了这些小畜牲再送给她，只因她的皮肤很糟。杰里知道后气愤不已，就在我们下次玩乒乓球时，他大声咒骂她，称所有的女孩都是该死的蠢猪。如果在那之前是他没有勇气约人出去，之后就是他再也不想尝试。他是没参加高中班级舞会的三人之一，另外两个被我们称作“娘娘腔”。这就是我为什么要问瑞典佬有关杰里的事，而在一九四九年我绝对想不到这种问题，那时我压根不懂什么叫同性恋，也不会想到我熟悉的任何人会是。当时我只知道杰里就是杰里，一个天才，对女孩既狂热又天真。在那些日子这种解释就足够了。也许现在仍能说明问题。我问他“杰里是同性恋吗？”，只是想试试还有什么东西可以打动这不可一世的瑞典佬，让他说点有趣的，不然我就会失礼在与他的谈话中昏睡过去。

我说：“杰里年轻时有些神秘，没有女朋友，也没有亲密伙伴，除了他的聪明才智还有其他某种东西把他隔离于……”

瑞典佬望着我点点头，似乎懂得我内心深处的这种以前谁也没有过的念头。我敢肯定他那寻根究底的注视实际上什么也没看，所有这些表情毫无意义，一点也未透露出他的想法。不知他的心思在何处，甚至搞不清他是否有“思维”。我中途停顿下来，细心品味自己讲的这番话，发现并未引起另一位的注意，与他的思绪毫不沾边，他听后马上又忘得干干净净。我原打算闭口不谈，结账后就抽身走掉，再过五十年，也就是等到了二〇四五年才会想再见他一面。他的眼神似乎总在向人们承诺绝不会干坏事，但我现在觉得这双无辜的眼睛越来越令人厌烦，便拿出他的信来。

人要战胜自己的假想、浅薄，面对他人时才能不带脱离现实的期望，才没有太多的偏见、希望、自大；尽量不要像坦克一样，不需要加农炮和机关枪，也不需要半英尺厚的钢甲，只需赤着双脚毫无威胁地走向他们，而不是用履带压烂草皮，以宽广的胸襟对待他们，做到真正平等，人对人的交流，如同我们常说的那样，这样你就绝不会把人看错。但你还是可能有坦克一样的头脑。在见他人之前你已误解他们，而你打算前去见面；和他们待在一起也会误解他们；你回家谈起这次见面时还会再次误解他们。同样的情形不断重复，这确实令人迷惑、眩晕，简直是一出不可理喻的误解闹剧。我们认为本来该有的意义渐渐被抹去，取而代之的是一种滑稽可笑的意义，我们没有能力去理解对方的思维运行和不可猜测的目的，但究竟该怎样处理这类非同小可、涉及他人的事情？是否每个人都该关起门来像孤独的作家那样把自己隔离开来，待在隔音的小间，遣词造句将人物呼来唤去，认为这些纸面上的人物比我们每天因自己的无知而混为一体的那些人还更为真实？不管怎样说，正确理解他人还算不上人生的全部意义。生活就是误解，不断地误解、误解、再误解，深思熟虑后还是误解。我们知道自己活着，靠的就是这个：我们误解了。可能最好是忘掉有关他人的对与错，一切顺其自然。若能做到这一点——好吧，你就算幸运了。

“在信中你谈到你父亲和他受的打击，我曾想这是指杰里。你家老头在对付性情古怪的儿子时不会比我家的那个好多少。”

瑞典佬笑了笑，并未显得高人一等，也使我放心一些，他心里对我没什么排斥，只在向我示意：尽管他被人崇拜却不比我优越，和我比起来甚至还差一些。“是啊，父亲很幸运，他并不是非得那样。杰里既是他的儿子又是他的医生，杰里比任何人都要使他感到骄傲。”

“杰里是医生？”

“在迈阿密，心外科医生，每年挣上百万美元。”

“结婚了？杰里结婚了？”

他又笑了。笑容中的那种脆弱令人惊讶，那是我们这位破纪录运动家用他赖以生存的冷酷来掩盖的脆弱。不管他内心是否赞许，他的微笑还是表明不愿承认一个人在七十年的生活中所需的那种野蛮的固执。似乎所有十岁以上的人都相信能通过微笑征服他人，用和蔼温馨的笑容应付所有烦恼，当意外之神的强壮手臂向你的脑袋突然袭来时，一次微笑便可化险为夷。我又一次想到他可能真的精神不正常，这种微笑也许就是狂乱的迹象。没有做作，但更糟糕，这微笑毫不虚伪，也未仿效他人。那是一幅讽刺画，是经过一生的努力使自己越来越深地陷下去才形成的东西，但到底陷入的是什么？自己是街区明星的想法包围着他，将他永远裹成一个男孩？似乎他已从他的世界剔除一切他不适应的东西：欺骗、暴力、嘲弄和冷酷，还有那些粗糙的天性，任何可能的威胁，以及恼人的绝望先兆。他对我似乎就像对他自己一样，始终显得朴实和真诚。

除非，除非他不过是性格成熟，和其他成熟的人一样狡诈。也许是他的癌症手术触动了什么东西，使其临时穿透了一生舒适的假象，百分之百的复原已经几乎不可能。除非他并不是没有性格的人物，而是个不愿被人揭示的人物、敏感的人物。要知道，如果你把自己的隐私看得很重，总想让心爱之人过得好些，这世界上最不能信任的那就是勤奋的小说家了。不告诉他你一生的经历，只用灿烂的笑容将他打发，用温柔王子的微笑武器朝他轰击，再吃掉萨巴雍，回到新泽西的旧里姆洛克，然后各走各的道。

“杰里结了四次婚，破我们家里的纪录。”瑞典佬微笑着说道。

“你呢？”我已从他的三个孩子猜测过，那位四十来岁、涉足高尔夫俱乐部的金发女郎很可能是他的第二任或者第三任妻子。但离婚与我心目中的这个人不符，他这个人拒绝承认生活中的非理性因素。若真的出现离婚，也只能是那位新泽西小姐引起的。或者她死了。也许是她嫁给了一位总是想让自己的成就显得圆满、全身心地幻想稳定生活的人，这反而使她自杀。也许那就是……遭到的打击。我企图寻找某种丢失的碎片，来拼接成一个完整连贯的瑞典佬，想从他岁月沧桑的完美面容仔细辨认紊乱的迹象，但在那上面一无所获。我弄不清他显出的这种空白究竟是像大雪掩盖了什么或者说那下面本来就没有什么。

“我？两个妻子，这是我的极限。比我弟弟的胆量差一点。他的新妻子只有三十几岁，比他小一半。杰里是位专娶护士的医生，四个全是他的护士。她们对利沃夫医生崇拜得五体投地，四个妻子生了六个孩子，这使我父亲有些烦恼。但杰里是个大块头，生性粗野的家伙，高大魁梧的一流外科医生，任意支配整座医院，连父亲也得听他的指挥。没办法，不然就会失去他。我这同胞兄弟并不四处拈花惹草，他每次离婚，父亲都大闹一番，想把杰里杀掉一百次。但只要杰里再婚，娶的新妻子在父亲眼里又成了比先前那个更好的公主。‘她是个漂亮女孩，很可爱，我的乖乖！’如果有谁对杰里的那些妻子说三道四，父亲都想杀了他。父亲也喜欢杰里的孩子，五个女孩，一个男孩。父亲很爱那男孩，但那几个女孩更是他的掌上明珠。为这些孩子他没有什么不愿去做。对大家的孩子都这样，只要我们大家，所有孩子，围在他身边，他快活得不得了。他直到九十六岁，从未病过一天。他中风后过了六个月才去世，那段日子真糟。他这一生不错，活得潇洒，是个真正的勇士。他有一种自然的力量，没有人能阻挡他。”在他谈论父亲快结束时，语气有点轻飘，话音里带着对父亲的无比崇敬，自然流露出父亲的期望对他的一生的巨大影响，这远远超过其他任何因素。

“很痛苦？”

“本来还要糟。只不过六个月，其实他有一半的时候已什么都不知道了。一天晚上他悄悄地离去……”

我说“很痛苦”是指他在信中所说的他父亲“在他心爱的人遭到打击时”他是多么地痛苦。即使我把他的信带去，在他面前挥舞，瑞典佬还是会极力躲闪，就像应付五十年前在市运动场举行的那场比赛中我们最差的对手、南边队的争抢球员一样。他连续四次过人，创下了州纪录。当然，我要发掘底层的那种冲动、那种持续的怀疑丝毫未减。我清楚许多的东西还未被发现，这也使他感到恐惧，担心我会刨根问底，会直截了当地告诉他：他不是他希望我们相信他是的那种人。但我也在想，为什么对他有这些看法？为什么非要去了解这家伙？就因为他曾经专门对你说过“跳级生，篮球从不像这样”，你便渴望去了解他？为什么要抓住他不放？你怎么啦？除了你所看到的，他什么也没有，他就在你面前，一览无余。他一直就这样，并没有装出神秘的样子，你在挖掘并不存在的深层。这家伙是个空壳。

我错了。我一生中对其他人从未这么失算过。

2

让我们别忘记能源。美国人不仅统治自己，还统治意大利、奥地利、德国和日本约两亿人。对战争罪行的审判正从地球上彻底清除所有魔鬼。我们独具原子弹的威力，配给制即将结束，价格控制正被取消，在强调自我的浪潮中，汽车工人、煤矿工人、搬运工人、海运工人、钢铁工人，上百万的劳动者不断举行罢工、争取更多利益。星期天早上，在政府大街球场玩棒球和到学校后面的柏油场地上打篮球的全是刚从战场活着回来的小伙子，邻居、老表、兄长，口袋里塞满离家的酬金，退役军人法案让他们为所欲为，这在战前是他们不敢奢望的。日本人无条件投降六个月后，我们学校的高中班又开学了，大家正处于美国历史上集体陶醉的最幸福时刻。能量的爆发向四下传播，周围的一切生机勃勃，牺牲和限制已经过去，大萧条也不见踪影，所有的东西都在运动，盖子已被打开，美国人又从头开始，大家齐心合力。

最重要的事件奇迹般结束，历史的时钟重新设定，一个民族的目标不再被过去限制，如果这些不足以令人振奋，那还有周围的一切，大家共同的心愿：我们这些孩子应该摆脱贫困、无知、疾病、社会的伤害和胁迫——最要紧的是应该摆脱默默无闻。你不能一事无成！要使自己有所作为！

大家都有潜在的焦虑，每天都能感觉到苦难的持续威胁，只有始终如一的勤奋方能免受其害，对基督教世界普遍不信任，许多家庭大萧条后仍心有余悸，担心再受打击。我们这个社区却未陷入一片黑暗。这里因众人的勤奋而欣欣向荣，生活中有了崇高的信仰，果断地指引人们走向成功，今后的生活必将更加美好。目标就是要有目标，目的就是要有目的。这条规律常在人们的歇斯底里中显现。经验告诉他们只需极少的敌意就能不可挽回地毁掉一生。长辈们因为反复无常而情感负重太多，他们意识到与之作对的一切早已联手，然而这条规律使得社区成为大家难以割舍之地。整个社区总是要求我们不得出格，不得游手好闲，要抓住机会、利用优势、牢记重点。

世代之间差异不小，需要进一步论争的东西也有许多，他们不愿放弃的世界观和所崇尚的原则，随着美国时代几个世纪的流逝，我们一无所获，只是变得老态龙钟。他们反复无常的性格与我们无缘。我们内部正在争论不休的一个问题是究竟敢于离他们多远，这确实令人烦恼、矛盾重重。我们有些人敢于对他们那些令人窒息的观点加以反击，但两代人的冲突从未像二十年后那样剧烈，社区不再因误解成为相互伤害的战场。有的是批评指责让人臣服，年轻人的求变能力被无数种要求、规定和戒律所束缚，这些限制终究无法突破。一条是因我们自己的现实利益所在而高度推崇，另一条则被时代普遍认为公正，这类禁忌还在我们孩提时候就完全接受，父辈根深蒂固的自我牺牲精神使我们荒唐的反抗意识消解，几乎将所有不当的欲望泯灭。

我们大多数人还需聚集更多的勇气——或者说更多的愚昧——方能挫伤他们要求我们达到尽善尽美的热情，远离许可的范围去自由翱翔。他们要求我们做到既遵纪守法又高人一等的理由是我们良心上无法承受的，因而那些近乎绝对的控制完全落入他们成人之手，通过我们这一代，他们也尽力完善了自己。命运的这种安排留下无关痛痒的斑斑疤痕，却很少听说有人精神失常，至少当时如此。感谢上帝！那些期望的重负并不一定都具有多大的杀伤力。当然，在有的家庭里父母若将控制闸松动一点会好得多，但大多数情况下，几代人之间的摩擦正好使我们向前迈进。

我这种认为我们乐于生活在此的想法错了吗？没有哪种错觉

比得上长辈们的乡愁所引发的幻象，但在塔巴奇尼克泡菜桶的芳香里成长，不可能与生活在文艺复兴时期佛罗伦萨的贵族少年相提并论，我这种想法全错了吗？我是否真错了，居然认为就在活生生的现实里，生活的丰富已将我们的情感搅动到某种特殊的程度。哪里还有这浩如烟海的细节将你团团包围？细节，细节的无边无际，细节的威力和细节的沉重——如同你死后坟墓上高达六英尺的尘土一样，这无穷无尽的细节在你年轻的生命里将你环绕。

所谓社区，也许就是一个孩子自然会全神贯注的地方，是孩子们透过表象、了解事物本质的畅通渠道。那些街道里，每一个街区、每一座后院、每一幢房子、每一层楼、每一位朋友家里的墙壁、天花板和门窗，都是如此富有个性，即使五十年后你也想不出还有什么比这种渗透更彻底？我们如此敏锐地记录下身边的事物，并用油毯油布、仪式蜡烛、烧饭气味、兰尚台灯和百叶窗标示出社会等级的细微差别。相互之间，我们知道谁的柜子里有什么样的午饭、谁在塞德店里订下哪种热狗；我们了解对方的身体，知道谁走内八字、谁胸部发育了、谁带有发油气味、谁讲话时老吐唾沫；知道谁好斗、谁友好、谁聪明、谁愚笨；知道谁的母亲口音重、谁的父亲蓄胡须、谁的母亲在干活、谁的父亲已去世；我们也多少了解每个家庭因不同情况而面临的人生难题。

当然，还有因贫穷、欲望、幻想和对耻辱的恐惧而产生的不可避免的强烈动荡。我们每个人都处在绝望的思春意念中，孤独而隐秘，尽力约束自己，全靠青春期的不断反省，年轻的旅途才被照亮。好在那个年代，贞洁观念仍居上风，年轻人还热衷于自由和民主一类的国家大事。

令人惊奇的是我们生活中的一切在脑海里时常显现，就像当年的同班同学一样还记得真真切切。今天当我们再次相见时，那份强烈的情感也令人惊奇。最令人惊奇的是我们正接近祖父辈当年那把年纪。那是一九四六年二月我们刚刚进入大学的时候，我们对将要发生的事毫不知情，现在却了如指掌。一九五〇年一月的那个班级的同学都有了自己的归属——当年不能回答的问题全有了答案，未来的谜底已被揭开——这还不令人惊奇吗？在这个国家、在这个时代，像我们这么生活过，真令人惊奇。

这是一篇我没有在第四十五次高中同学聚会时发表的演讲词，与其说是讲给大家听，不如说是留给自己。只是在聚会之后我才开始构思这篇演讲，黑暗中我躺在床上费力琢磨到底是什么触动了自己。演讲的口吻对于一家乡村俱乐部的舞厅来说太书生气，也不是这类春风得意的人们到此想听的。从凌晨三点到六点，我冥思苦想，觉得构思还不错，万分激动之中尽量去理解这种重逢内在的凝聚力和将我们像孩童一般联系到一起的共同经历。尽管有贫穷与特权的等级差异，尽管有许多因家庭的争吵留下深刻印象的焦虑——幸运的是，人们后来发现这些争吵并未带来预料的那么多烦恼——还是有某种强有力的东西将大家团结起来。它不只在我们的出生之地将大家连在一起，而且在要去的地方把大家维系，并指导大家如何到达那里。我们有了新的方法、新的目标、新的效忠对象、新的内在——一种新的悠闲状态，面对异教徒仍想坚持的反犹太主义也没有那么激动反感。这些转变来自何处？在哪出历史剧里，在丝毫不像伟大的生活舞台的教室里和厨房内，这些微不足道的人物粉墨登场？究竟是什么的相互碰撞才产生了我们心中的火花？

我从新泽西开车回来八小时后，这些模糊的、让人无法入睡的问题和答案像影子一样挥之不去。我辗转难眠、烦躁不安，躺在床上不停地琢磨。在新泽西十月下旬的一个阳光明媚的星期天，大家远离那些曾是孩童时代的家园、现在却到处充斥着罪恶、弥漫着毒品的街道，来到犹太郊区的一家乡村俱乐部，这次聚会从早上十一点开始，在热情洋溢的气氛中持续了整个下午。那是在乡村俱乐部高尔夫球场边上的舞厅里，这群老人都是三四十年代威克瓦西的小伙子，他们原以为铁头球杆（那时被叫做九号球杆）是一块肥鲱鱼。现在我不能入睡——只能记起当泊车员将我的车开到门廊的阶梯前时，这次聚会的总指挥，瑟尔玛·布拉斯洛佛友好地问我是否玩得开心，我告诉她："就像硫磺岛战役后回到故里一样。"

凌晨三点左右，我下床来到桌前，理不清的思绪在头脑里嗡嗡作响。我伏案工作到六点钟，终于把聚会演讲词写得像前面这样。只是当我用"令人惊奇"这句话把演讲推向感情的高潮后，才使自己不再被感情的力量震惊，并能重新入睡几个小时，或者说多少近似入睡，因为有一半的时候，我还在不停地记叙，回忆那些刻骨铭心的事情。

是啊，从高中聚会这么美好的庆典上回来，很难立刻就躲进周而复始的日常生活里。如果我才三四十岁，也许在开车回家的路上这三个小时里聚会时的甜蜜感觉就已淡忘。但人到六十二岁，对这类事情就难以把握了，况且刚动过癌症手术一年。不是我想抓住过去的时光不放，而是我现已被它套牢，我看似正远离时光的世界，实际上却在穿越它神秘的核心。

在相聚的几小时里，我们拥抱、亲吻、闲聊、相互招呼和回忆那些长远看来其实并无大碍的令人难堪的往事。"看！谁来了？"、"啊，好长时间了"、"你还记得我？我可记得你"之类的叫喊声此起彼伏。"我们是不是曾经……"、"你是不是那个孩子……"相互间所用的这几个词在整个下午任人们不断重复，大家被同时拉进好些个闲聊的圈子，嘴上喊道“别走开，我马上回来！”。当然，也跳舞了。脸贴着脸，迈着过时的舞步，和着“单人乐队”的伴奏，那个伴奏的小伙子留着胡须，身穿晚礼服，额头上扎条红色手巾（他至少是在我们和着《埃欧兰斯》[1]充满激情的乐曲从礼堂列队出来后，晚了整整二十年才出生的）。他用合成器伴奏，模仿纳京高、弗兰基·莱恩和辛纳屈的风格。在那几个小时里，人们对时间长链，对被称为时间的每一件事情该死的消失过程的理解，像对早上就着咖啡毫不费力咽下甜甜圈一样容易。头扎手巾的单人乐队奏起《骡马车队》，我陷入沉思，时间天使正从头顶掠过，我们生活过的所有时刻都随她的一次次呼吸完结。时间天使当时肯定在场，和我们一起就在雪松山乡村俱乐部的舞厅里听那小伙子模仿弗兰基·莱恩演奏《骡马车队》。有时我看看大家，似乎觉得仍在一九五〇年，似乎“一九九五年”不过是高年级舞会的未来主题，我们都戴着可笑的纸壳面具，装作已接近世纪末的样子。那天下午的时光只是为了给我们自己某种神秘感而人为制造出来的。

分手时瑟尔玛送给我们每个人一只纪念马克杯，里面橘黄色的薄纸袋装着六个卢吉拉奇甜饼，用橘黄色玻璃纸包好，再扎上橙褐（校园色彩）相间条纹的卷曲绸带。这甜饼是来自我们班的学生，一个来自

1 指英国人吉尔伯特和萨利文创作的、于一八八二年上演的嘲讽轻歌剧。

提尼克的面包师的礼物，就像我放学回家吃上的那么新鲜，那时则由我母亲打麻将的俱乐部里的一个菜谱销售商烘烤。离开聚会不到五分钟，我就剥掉双层包装，将六个甜饼全吃下，每个蜗形面团沾满糖粉，缝里夹着细小的葡萄干和核桃片。我一口接一口吞下这些小东西，感受到面粉与黄油、酸奶酪、香草、奶油、蛋黄和蔗糖混合的多种滋味，这是我从小就喜爱的东西。此时我或许也能体会到某种东西从我内森身上消失，如同普鲁斯特所说的，当他辨别出“玛德琳蛋糕的味道”：对死亡的焦虑，从他马瑟尔身上消失一样。普鲁斯特写道：“只需一尝，‘死亡’这词……就对他毫无意义。”我于是狼吞虎咽，不停地将这种渗透油脂的东西塞进嘴里，但到最后也没有类似马瑟尔那样的运气。

再谈谈死亡和欲望，这对上了年纪的人来说是种可以理解的极端要求，预防死亡，抵制它，不惜一切可能的方法，随便怎样观察死亡，无论什么，除了清晰透明以外：

按照我们进门时拿到的小册子上所说，毕业班的一百七十六人中有二十六人现住在佛罗里达……兆头不错，这意味着我们在佛罗里达现有的人还是比死去的多一点（多六个）。另外，整个下午不只我一人，大家在心里都将这些男人戏称为男孩，女人戏称为女孩。有个从佛罗里达赶来的男孩告诉我，在下飞机后从纽瓦克机场到利文斯敦的那一段路程中，他租了一部车急忙赶路，却两次被迫到加油站找厕所，只因受不了身体颤抖。这人叫门蒂·格里克，一九五〇年被选为班上最帅的小伙子。在一九五〇年，他是个身材魁梧、睫毛长长的美男子，是我们最重要的吉特巴舞者，喜欢四处对人叫喊："帅呆了！"他有一次被他哥请到奥古斯塔街的一家妓女院去玩，那里到处是拉皮条的，实际上也就在离他父亲开的布兰夫德酒馆不远的街角。他后来承认自己连衣服都没脱，只是坐在外面走道上翻翻桌上的一本《机械插图》杂志，而他哥哥才真的在"干事"——门蒂算得上是班里最像少年犯的一个了。正是这个门蒂·格里克（现在叫伽哈）带我去亚当斯剧院听伊利诺斯·贾奎特、巴迪·约翰逊和"纽瓦克本地的"莎拉·沃恩唱歌。他曾买票请我去听比利·厄克斯汀（B先生）在清真寺的音乐会。他在一九四九年还搞到票，和我一起到桂园观看美国黑人选美大赛。门蒂曾三四次带我到泽西电台（WAAT）看午夜黑人流行音乐节目主持人比尔·库克的现场播音。星期六晚上我常在自己卧室的黑暗之中聆听比尔·库克的"音乐大篷车"节目。开场曲为艾灵顿的《大篷车》，那极富异国情调，饱经沧桑，兼有非洲与东方的节奏，肚皮舞的鼓点，这一切本身就值得收听。就是紧裹在母亲刚刚洗过的被单里，公爵亲自演奏的《大篷车》还能令我冲动不已。先是"咚！咚！"的开场鼓，开士巴声中传出悠扬婉转的长号声，再就是舞蛇的长笛徐徐吹起。门蒂把它叫做“勃起的音乐”。

到 WAAT 电台比尔·库克的工作室去时，我们乘 14 路车到市里，几分钟后便像上教堂的人一样，静静地坐在他玻璃隔间外面的椅子上，比尔·库克将离开麦克风出来见我们。唱片机上放着“黑人音乐”，此时听众们正悠闲在家，库克诚挚地与两个瘦高的白人机灵鬼握手，他们身着从亚美利加商店买来的单排扣西装和从专卖店买来的衬衣，大翻领。（我身上穿的是专为这晚上的活动而从门蒂那里借来的衣服。）“我将为你们放点什么？”库克优雅地向我们问道，那种圆润共振的嗓音是门蒂在电话里和我闲聊时总爱模仿的。我点的是那种音调优美的东西，如戴纳·华盛顿“小姐”、萨万娜·邱吉尔“小姐”等——在当时音乐主持人放的这些性感“小姐”音乐是多么吸引人啊——而门蒂的口味要求更刺激，欣赏水平在种族上要权威得多，他点的音乐家则是通俗沙龙钢琴手罗斯福·塞克斯、艾伟里·乔·亨特（“当我失去心爱的……我几……乎发疯”）等。门蒂似乎特别喜爱一个四人乐团，叫做“雷—奥—沃克斯”，特别加重第一个音节，完全就像来自南方、放学后为门蒂父亲商店送货的黑人小伙子梅尔威·史密斯那样发音。（门蒂和他兄弟在星期六送货。）门蒂有天晚上大胆地陪梅尔威·史密斯到灯塔街保龄球馆上面的俱乐部——利洛伊德馆里听比博普爵士乐现场演奏，白人很少到那里去，只有音乐家无畏的苔丝狄蒙娜[1]才会去冒这个险。也是门蒂·格里克带我第一次到市街的电台录音棚，从十九美分的柜子里挑选便宜的唱片，并在隔间里试听后再买。战争期间为了鼓舞国内战线的士气，七、八月份每周一个晚上在政府大街广场举行舞会，社区的大人小孩和学童们玩到深夜，围绕我们在夏天没完没了地打棒球的油漆过的白色垒座欢笑着来回奔跑，门蒂常常到热情高涨的人群里乱窜，鼓动那些愿意听没有格伦·米勒和汤米·道尔西那么出名的音乐的人到学校后面昏暗的泛光灯下跳舞。也不管插满旗子的台上正演奏着曲子，门蒂晚上大部分时间都在奔忙，嘴里唱道："卡尔多尼亚，卡尔多尼亚，是什么让你的大脑袋如此坚硬？岩石！"他一边唱，一边欢快地宣布"免费"，就像路易斯·乔丹和他的鼓吹五人组乐队的音乐一样狂热。不管哪个敢死队员只要想听这类音乐，不论何时，或因何种怪异的原因（玩小赌注的七张牌游戏，无数次地看他抽屉里廉价"色情连环画"中的画片，或偶尔围成圆圈手淫比赛时），他都乐于分享。没其他人在家时，我们便钻进他那邪恶的卧室。

1　苔丝狄蒙娜为莎士比亚悲剧《奥赛罗》主角奥赛罗的妻子，受伊阿古诬陷被其夫扼死。

门蒂曾是威克瓦西最聪明的男孩，差不多是众人仰慕的孩子榜样，性格游离于轻微的令人讨厌的肤浅平庸与大胆的让人羡慕的离经叛道之间。现在还是这个门蒂，到了一九九五年，忽然回来却举止无礼，既引起大家的注意又在不断冒犯他人。这个矮小机灵、肮脏龌龊、疯狂愚蠢的门蒂·格里克还是来了，并没有待在牢里。（他曾劝我们在他卧室地板上坐成一个圈，四五个敢死队员褪下裤子，为赢得放在中央罐子里的几美元，比赛看谁先“射精”。那时我就认为他最终肯定会被关进去。）他也没下地狱。（当他在利洛伊德馆差点被一个有色人小子刺死时，我认为他肯定会到那里去。那小子“大麻烟抽多了”，或其他原因，反正都一样。）门蒂只是个退休的餐馆老板，他有三家名叫加尔斯格里尔的牛排餐厅在长岛的郊区，没有比第四十五次高中班同学聚会更让他声名狼藉的地方了。

“门蒂，你不必担心。你身体还是不错的，容貌依旧，真令人惊奇，看起来很好。”

他确实这样。他经常晒日光浴，身材修长，是高个脸窄的慢跑者，身着黑色鳄鱼皮长靴和黑色真丝衬衫，外套绿色羊绒夹克。只是长满银白色头发的脑袋看上去不太像他的，似乎是一个讨厌鬼因曾经那样生活过而遭到的报应。

“我注意身体，那不是我想说的重点。我给笨狗打过电话。”马迪·“笨狗”·谢福是我们三人在玩棒球时组成的敢死队里的明星侧掷球投手。从这次聚会的名册看，他注明的是“金融顾问”(这似乎与我记得的不同，当年他特别怕见女孩，这个娃娃脸的笨狗曾把朝着墙壁扔硬币的游戏当做青春期的主要消遣)，他已有三个孩子，分别为三十六岁、三十四岁和三十一岁，有两个孙辈，分别为两岁和一岁。门蒂说：“我告诉笨狗，如果他不坐在我旁边，我也不来。在我干的这一行，我不得不和真的笨狗打交道，应付该死的暴徒。但这次我从一开始就应付不了。跳级生，不止两次，而是三次，我不得不停车去方便。”

“是啊，”我说，“多年来我们尽量将自己涂抹得让人看不透，而这恰恰把我们直接拉回一眼就能被人看穿的年代。”

“是吗？”

“可能吧。天晓得。”

“我们班上有二十个死了。”他给我看小册子后面标题为“纪念”的那一页。“有十一个男生死了，两个是敢死队的，伯特·贝格曼和尤迪·奥伦斯坦。”尤迪是笨狗的棒球搭档，伯特是二垒球员。“他们俩都死于前列腺癌，又都在这三年里。我常查血。自从听到尤迪的事后，我每六个月查一次。你检查过吗？”

“我查过。”当然，我再也不会去查了，因为已经没有前列腺了。

“多久一次？”

“每年。”

“那不够，要每六个月一次。”

“好吧。我一定去。”

“你还是不错吧？”他抓住我的肩问道。

“我身体很好。”

“嗨，我教你手淫，还记得？”

“我记得你干过，门德尔。我自己想干之前三四个月你就随时要我干，你常使我那样。”

“是我。”他承认，并大声地笑，“是我教跳级生祖克曼手淫的。这份荣耀属于我。”我们这日益缩小的敢死队运动俱乐部的秃顶一垒手和白发左边外野手拥抱在一起。透过他的衣服我触摸到的身躯证明了他将自己保护得多么好。

他高兴地说：“五十年过去了，我还在保持敢死队里的纪录。”

“别太自信，问问笨狗。”

“听说你患过心脏病。”他说。

“没有，不过是心脏分流术，几年前的事了。”

“讨厌的分流术，他们将管子插进喉咙，是吗？”

“是。”

“我见过妻弟插着喉管的样子。我也最想来这么一下！”门蒂说，“我不想以最糟糕的方式来这里，但笨狗老是打电话说‘你不可能永远活下去’，我一再告诉他‘我一定能，笨狗，我不得不！’我真蠢，还是来了，翻开小册子我第一眼看到的就是讣告。”

趁门蒂去拿饮料和找笨狗时，我在手册上看到他的名字，下面写着：“退休餐馆老板，孩子有三个，分别为三十六岁、三十三岁和二十八岁，孙辈有六个，分别为十四岁、十二岁、九岁、五岁、五岁和三岁。”六个孙辈中有两个好像是双胞胎，也许是他们使得门蒂如此惧怕死亡，或者还有其他原因，如依旧到妓院狂欢和穿时髦服装。我当时该问问他。

那天下午我应该问大家许多问题。尽管有点遗憾，但我也知道对于我的那些总是以“不管怎样……”开头的问题，他们的答案也不会让我明白为什么自己有那种离奇的感觉：看不见的事情的发生和亲眼目睹的一个样。只需一个姑娘在拍全班合影时对摄影师说“注意别拍下皱纹”，只需和其他人一道对恰如其分的俏皮话开怀大笑，就能感觉到命运这个文明世界最古老的谜，也是大学一年级的希腊罗马神话课的第一篇作文题目，当时我写的是“命运是被称做莫依雷的三个女神，克洛托纺制生命之线，拉刻西斯掌握生命长短，阿特罗波斯剪断生命之线”。命运变得完全可以理解，平常的事情却变得不可思议，比如照相时我站在倒数第三排，一只手搭在马歇尔·哥尔德斯泰的肩上（“有两个孩子，分别为三十九岁和三十七岁，有两个孙辈，分别为八岁和六岁”），另一只搭在斯坦利·威利科夫的肩上（“有两个孩子，分别为三十九岁和三十八岁，有三个孙辈，分别为五岁、二岁和八个月”）的这种情形。

纽约大学有一个名叫乔丹·维萨的年轻的学拍电影的学生，他是后卫弥尔顿·维森贝格的孙子，和弥尔顿一道来拍一部我们聚会的纪录片用来交某个课程的作业。当我不时地在房间里四下转悠，以自己过时的方法记录下发生的一切时，我听到乔丹正用摄影机采访他人。六十三岁的马里琳·克普里卡告诉他：“这不像其他学校，孩子们不错，老师也很好，我们所犯下的最严重的错误只是嚼口香糖……”六十三岁的乔治·克斯岑鲍姆也说：“是这周围最好的学校，有最好的教师，最好的孩子……”也是六十三岁的里翁·古特曼插话道：“说心里话，这是我相处过的最聪明的一伙人……”“学校在那时完全不同。”同样年龄的劳娜·瑟格拉说。“一九五〇年？只不过才过了几年时间，乔丹。”对另一问题，劳娜这么笑着回答，但笑容里没有太多的欢乐。

有人对我说：“当人们问我是否和你一道上过学，我常告诉他们你怎样在威拉克的课上为我写那篇作文，《红色英勇勋章》。”“但我没有。”“你有过。”“我对《红色英勇勋章》知道什么？直到上大学我才读过这书。”“不，你替我写了关于《红色英勇勋章》的作文，我得了个优加。我晚了一个星期才交上去，威拉克对我说：‘值得等这么久。’”

和我讲话的这人，小个头，神情阴郁，白胡子修剪得很短，一只眼睛下有道吓人的伤痕，两耳都戴着助听器。时间在每个人身上下了一番工夫，而在一些人的身上下的工夫更多。那天下午我见到很少几位这样的人，而他就是其中之一。他走起路来有点跛，拄着拐杖和我说话，呼吸沉重。我没认出他，离他多近我也认不出，即使从戴着的姓名牌上知道他叫艾拉·珀斯勒，我也想不起。谁是艾拉·珀斯勒？特别是我根本就不行，为什么要那样帮他？我真为艾拉写过那篇作文却连那本书都不屑于读一读？艾拉说：“你父亲对我很好。”“是吗？”“我的一生中和他待在一起的那几次使我对自己更满意，比和我自己的父亲度过的整个生命都好些。”“我不知道这些。”“我父亲在我的一生中是个非常边缘的人物。”“他干什么的？给我点提示。”“他靠擦地板为生，一生都在擦地板。你父亲总是鼓励你好好学习，我父亲要我干的事，是给我买一套擦鞋工具在报摊前挣点钱。那就是他要我毕业后干的。蠢极了！在那种家庭真叫受罪。真正愚蠢的家庭。和这些人在一起，我生活在黑暗之中。你会被自己的父亲踢到一边，内森，会最终变成脾气暴躁的家伙。我有个兄弟，我们不得不把他放进精神病院，你不知道这些，谁也不知道。我们连提到他的名字都不允许。他叫艾迪。比我大四岁，常常暴怒，将自己的手咬得鲜血直流。他叫起来像只郊狼，直到父母亲使他安定下来。在学校，当人们问我是否有兄弟或姐妹，我就写'一个也没有'。我在大学时，父母给精神病院签了许可书，让他们给艾迪做前脑叶白质切除手术。之后他就陷入昏迷，最后死去。你想像得到吗？让我到市街法院外面去擦鞋——这就是一位父亲对儿子的忠告。""那你干什么？""我是个心理医生。我是从你父亲那里得来的鼓舞。他是医生。""不准确。他穿着白大褂，但只是个看脚的医生。""每次和伙伴们到你家去，你母亲总端上一碗水果，你父亲常对我说：'艾拉，对这事你怎么看？艾拉，那件事你是怎么想的？'有桃子、李子、油桃和葡萄。我家里从未见过一个苹果。我母亲已九十七岁了，我现在给了她一个家。她坐在椅子上整天哭泣，说实话，我认为她并没有在我小的时候那么伤心。我猜你父亲去世了吧？""是啊，你的呢？""我的那位等不及想死。他把失败真的看得很重。"而我仍搞不清艾拉是谁或他谈了些什么，因为就我所记得的而言，那一天也同所有经历过的每天一样，超出可以回想的范围，也许根本就没有发生过，哪怕有许多个艾拉·珀斯勒和我面对面站着相互作证。我最多能猜到的是，当艾拉在我家受父亲鼓励的时候，我还未出生。

有关父亲问艾拉的看法，以及他吃着我家水果的情形，我绞尽脑汁也没有一丁点印象。有些事从你大脑里慢慢消失，直到完全遗忘，只因它们不够重要。它就属于那一类。而我所完全遗忘的东西却在艾拉身上扎下根来，改变了他的生活。

所以你不必非要看得比艾拉和我远，才懂得为什么我们这一生总认为除了我们自己，大家都错了。我们忘记事情不只因为它们不重要，而是当它们太重要了，也会忘记，因为我们每个人记忆和忘却的模式像迷宫一样绕来绕去，成为和指纹一样独特的身份印记。难怪现实的碎片被有的人像传记那样看重，而对其他人，比如说在同一个餐桌上吃过成千上万次饭的人，只不过像任意渲染的虚构物。但没人会交上五十美元来参加高中同学聚会，只为了对另一个人固有的看法表示抗议。真正重要的事情、那天下午最大的快乐其实很简单，就是看到自己还未被登在“纪念”那一页。

“你父亲去世多久了？”艾拉问我。“一九六九年，二十六年前。很久了。”我回答道。“对谁？对他而言？我不那样认为。对死去的人来说，微不足道。”这时，我听到就在我身后，门蒂·格里克对人讲：“你把谁搞了？”“洛雷勒。”另一人答道。“是啊，每个人都搞了她，我也是。还有谁？”门蒂说。“黛安娜。”“对，黛安娜。没错。还有谁？”“瑟尔玛。”“瑟尔玛？我没想到。”门蒂说，“听到这些我很吃惊。不，我从未想搞瑟尔玛，太矮。就我来说，军乐队的女领队最好。放学后看她们在运动场训练，然后回家手淫。涂了粉饼，可可粉色的粉饼，在她们的大腿上，那使我发狂。你们注意了吗？小伙子总的说来还不错，很多人有成就。但姑娘们，你们看……不，第四十五次聚会不是来看臀部的最好时间。”“真的，真的。”另一位说道。这人讲话很轻，似乎没有在此发现门蒂那种任意发泄的怀旧情感。“时间对女人很残酷。”“知道谁死了？伯特和尤迪。”门蒂说，“前列腺癌。到了脊骨，扩散了。将他们消耗光了。两个都一样。感谢上帝，我去检查过。你们检查了吗？”“什么检查？”另一个问道。“该死！你没检查？”“跳级生，梅斯纳没有检查！”门蒂说道，把我从艾拉身边拖开。

梅斯纳现在已是梅斯纳先生了。阿贝 · 梅斯纳，矮个子、肤色黝黑、体格魁伟、伸颈屈背，是梅斯纳清洁公司的老板——“五小时清洁服务”的招牌挂在政府大街上，一边是修鞋店，那里总播放着意大利电台的节目，人们坐在半高的旋转门后面等拉尔夫修鞋跟；另一边是洛琳的美容院，我母亲曾从那里带回一本《银幕》杂志，我在上面读到一篇题为《乔治 · 拉夫特是个孤独的人》的文章，令我非常惊讶。梅斯纳夫人，像她丈夫一样是个体格健壮、普普通通的矮个子，和丈夫一起打点公司的事务，有一年曾和我母亲在政府大街上一个售货亭卖战争债券和邮票。他们的儿子阿伦和我从幼儿园开始就一同上学，跟我一样在小学里跳级。阿伦·梅斯纳和我常被老师扔进同一个房间，遇到重大节日的集会需要演戏时就叫我们拿点节目出来，好像我们俩是乔治·考夫曼和摩西·哈特[1]一样。战后有好几个赛季，梅斯纳先生——奇迹般地——成了纽瓦克熊队和扬基3A乡村队的干洗匠。有一年夏天，在一个伟大的日子里，我被阿伦招去帮他把为熊队干洗好的队服送走，换了三次公交车，穿过威尔逊大街，来到拉贝特体育馆的俱乐部。

“阿伦，天哪，你还是老样子。”我说。“我还能是谁？”他答道，捧着我的脸吻了一下。“阿尔，”门蒂嚷道，“告诉跳级生，你听到希里马跟他妻子说的什么。跳级生，希里马娶了个新妻子，有六英尺高。三年前他去看心理医生，当时他很沮丧。心理医生对他讲：‘我让你想像一下你妻子的身体时，你会怎么想？’希里马说：‘我想我会割开自己的喉咙。’所以他就离婚了，然后娶了这个非犹太人秘书，六英尺高，三十五岁，大腿长得不得了。阿尔，告诉跳级生她说些什么，这长腿子。”我们俩这么笑着紧抓住对方肌肉减少的手臂，阿伦说道：“她

1 两人均为美国剧作家，合作创作的戏剧《你不能拿走》（1936）曾获得普利策戏剧奖。

说：‘为什么他们都叫马迪、犹迪、杜迪和图迪？若他的名字是查尔斯，为什么要叫图迪？’希里马对她说：‘我真不该带你来，我知道不应该。我也解释不清。没有谁能够解释，这不能解释，就那么回事。’”

那么，阿伦现在怎么样？由干洗匠养大，放学后为干洗匠干活，他本人也恰似一个干洗匠，现在却成了帕萨迪纳高等法院的法官。在他父亲的袖珍清洁器商店里，有一幅富兰克林·罗斯福的加框凹版相片挂在熨烫机上方，旁边是市长梅耶·艾伦斯坦的亲笔签名照片。阿伦告诉我他曾两次担任共和党代表团成员参加总统选举大会时，我想起了这些照片。当门蒂问阿伦是否能给他几张玫瑰碗球场的票，我常和阿伦到布鲁克林去看道奇队星期天的两场连赛，那一年罗宾逊登场。我早上八点出发，就在街角乘车到宾夕法尼亚车站，转地铁到纽约，再转地铁到布鲁克林，来到艾比茨运动场，从午餐包里拿出三明治吃起来，这时人们还未开始击球练习。球赛一开始——阿伦就用他持续高亢的嗓音对联赛进行全程讲解，把我们周围的人都逼疯了——还是这个阿伦·梅斯纳，从夹克里掏出小笔记本仔细记录。我从他后面瞥了一眼，只见他写下：“为门蒂·G搞玫瑰碗的票。”

没什么意思？不精彩？无重大事情发生？是啊，你怎么理解得看你是在哪里长大的，以及你面临的生活是什么样子。阿伦·梅斯纳不能说是来自默默无闻的家庭，但一想起他像个乡下佬似的在艾比茨运动场不停地叫喊，想起他在冬天临近黄昏时，光着脑袋、身穿短呢大衣，在我们那些街道上运送干洗衣物，人们自然会认为他注定不能享受玫瑰联赛这类事物。

很少有谁能坐在一个地方吃鸡肉饭吃这么久，差不多过了整整一个下午。直到大家享用了果馅卷和咖啡后，宴会才算结束。来自梅普尔的孩子们登上演奏台唱起梅普尔大街校歌，一拨又一拨的同学再到麦克风前说上几句，如“这一生值得”或者“为你们大家感到自豪”，人们相互拍拍肩，搂在一起，组织聚会的十人委员会在舞池里列队举起手来，单人乐队奏起鲍勃·霍普主演电影的主题歌《感谢记忆》，我们为他们的辛勤劳动鼓掌致谢。马文·勒博，这个“撒一次尿都比我对自己的两次婚姻更深谋远虑的家伙”，给我讲了他付离婚赡养费的烦恼。他父亲曾把一辆庞蒂克汽车卖给我父亲，以前我们去叫马文出来玩时，他都给我们这些孩子每人一支大雪茄。以前对人最和蔼的朱里尔斯·平卡斯，因移植手术后的长期恢复吃了不少环孢素，现在颤抖得很厉害，不得不放弃自己的验光配镜业。他平静克制地告诉我他是怎样带着一只新换的肾前来聚会：“若不是一个十四岁的小女孩在去年十月死于脑出血，我现在也活不了。”希里马身材高大的年轻妻子对我说：“你是这班上的作家，也许你能解释这些。为什么他们都叫犹迪、杜迪、马迪和图迪？”谢利·明斯科夫，敢死队的另一位球员问我：“你在麦克风前讲你没有孩子，这是真的？”我点了点头，他大吃一惊。他抓住我的手说：“可怜的跳级生。”只是在所有这些都结束后我才发现杰里·利沃夫就在我们中间，他迟到了。

3

我甚至都没想过要去找他。我从瑞典佬那里得知杰里住在佛罗里达，更重要的是我知道他一直是个孤僻的家伙，除了他自己那些令人费解的兴趣外，没有什么能打动他。似乎他现在也不太可能有比过去更多的心思来忍受同班同学的才智。谢利·明斯科夫刚和我告别几分钟，杰里就大步走过来了，身穿和我一样的蓝色双排扣休闲西装，胸部像个大鸟笼，脑袋光秃秃的只剩一束绳样的白发罩在脑门上。他的体型真的有些古怪：尽管宽大的上半身替代了笨拙少年擀面杖似的胸部，但他移动身躯时支撑他的还是那长梯样的双腿，丝毫不比卡通片《大力水手》里的奥丽弗·奥尔的那双长腿粗一点或好看一点，还在学校时这种步态就显得极为笨拙。我一眼就认出那张脸，在那么多的下午，当时我自己的脸成了他仇恨聚集的焦点，我总看见他这张脸在乒乓球台上疯狂的舞动，只因争强好胜、总想置人于死地的秉性而呈深红色——是啊，这张脸的特征我永远不会忘记，四肢颀长的杰里的疙疙瘩瘩小脸，是一种四处觅食的野兽固有的面具，让你不得安宁，直到被他从巢穴里驱赶出来。这张雪貂脸明显地表示："别和我谈妥协！我根本不知什么叫妥协！"现在这脸上具有的只是他一生的固执，总想将球抽向另一家伙的咽喉。可以想像，杰里采取了与他哥哥不同的方法使自己在众人面前也显得极不平常。

"我没料到会在这里见到你。"杰里说。

"我也没料到。"

"我原以为这种场合还不够让你大驾光临。"他笑着说，"我敢肯定你会觉得这种多愁善感有些多余。"

"这正是我认为你会有的想法。"

"你是那种从生活中驱除了所有多余情感的人，毫无回家之类的愚蠢的渴望。对虚幻的东西也不再具有耐心，只会将时光花在不可或缺的事情上。不管怎么说，他们坐在一块，对这些东西称什么'过去'，其实它们连过去的碎片之碎片都算不上。这是一种没有被引爆的过去，没什么真的能被挽回，空洞无物只剩乡愁，大家废话连篇。"

这寥寥数语使我知道自己是谁，这一切是怎么回事，不只说明了他为什么娶四个妻子，就是娶八个、十个或十六个也不难理解。每个人在重逢时都不免陷入深深的自我陶醉，但这是另一种宣泄。杰里的身躯可以被分为瘦骨嶙峋的孩子和体格高大的男人两种，但他的性格始终如一，冷漠地习惯于让人洗耳恭听。这是怎样的一种进化！从行为古怪少年成长为自信男人。先前那种笨拙的冲动似乎被改造成极具智慧和决心的某种混合体。其结果是他不仅成为只知发号施令而从未想过要按他人意见行事的那种人，还成为了你可以指望他搞点事情的那种人。这似乎比我们在孩童时代更符合实情，一旦杰里脑袋里有了什么主意，不管多么不切实际，最终结果都不坏。我明白了自己为什么在孩提时期对他那么入迷，第一次意识到对他的迷恋不仅因为他是瑞典佬的弟弟，更因为他作为瑞典佬的弟弟的那种决然的与众不同，他与那个三项运动全能的人相比尚未完美顺应社会规范的阳刚之气。

“你为什么来了？”杰里问。

关于前一年对癌症的恐惧和前列腺手术后泌尿系统的功能影响，我没有直接讲什么。更确切地说，只是说了些该说的东西。这并不全是为我自己，我答道：“因为我已六十二了，我想在所有那些乡愁的废话形式中，这种最不可能缺乏使人不安的惊奇。”

他欣赏这种说法。“你喜欢使人不安的惊奇？”

“也许吧。那你为什么来了？”

“我碰巧要来这里。反正周末我不得不来，所以就先来了。”他笑着对我说，“我认为他们没想到他们的作家这么简洁，这么谦虚。”当我在用餐接近尾声、被主持人请到麦克风前时，心里对这种场合该讲的话早有准备。(主持人是艾文 · 勒威因，有孩子四个，分别为四十三岁、四十一岁、三十八岁和三十一岁，孙辈五个，分别为九岁、八岁、三岁、一岁和六个月。）我只是讲道："我叫内森 · 祖克曼，是四年级第二学期班会的副主席和班级舞会小组的成员。我既没有孩子也没有孙辈，但十年前做过一次五倍分流手术，这使我感到自豪。谢谢大家。"这就是我给他们的自述，多少如同要求的那样，要么关于医疗，要么让大家有点好笑，说完便坐下。

"你想听什么？"我问杰里。

"就那些，正是你讲的那些，不用装腔作势。威克瓦西的普通人。还能有别的？你的行为总与他们的期待相反，你甚至孩提时候就那样，总能找到可行的办法来确保自己的自由。"

"我想那更适合用来描述你，杰尔[1]。"

"不，不。我找到的是不切实际的办法。个性轻率，小鲁莽先生，每当事情不顺我马上就会发疯，开始高声大叫起来。你才是那种对事情有大局观的人，比我们其他人都更有条理。就是在以前你也对什么都爱动动脑筋、估计形势、做出结论什么的。对自己也很在意，满脑子里是稀奇古怪的东西，真是个敏感的男孩。不，这一点不像我。"

1　杰里的昵称。

“是啊，为了做个好人，我们可是花了血本。”我说。

“对，做坏事对我来说是不可容忍的，绝对不可容忍。”杰里说道。

“现在容易些了？”

“不用担心，手术室使你成为绝不会出错的人了。就像写作一样。”

“写作使你成为常出错的人。你曾以为有的幻觉是对的，实际上却是一种使你无法自拔的保守。还能是别的？作为一种病态，它并不完全毁掉你的生活。”

“你生活得怎样？住在哪里？我在哪里，在某本书的封底上，读到过你和一位贵族住在英格兰。”

“我是住在英格兰，但没有什么贵族。”

“那么是和谁？”

“没有谁。”

“不可能。你要和谁共进晚餐怎么办？”

“我不用晚餐。”

“只是目前。分流术带来的智慧。但我的经验是：个人哲理的保质期只有大约两个星期。事物总在变。”

“看，这就说明了生活已离我而去。我很少见到其他人。我住在马萨诸塞州西部一个小地方，那里到处是丘陵，我与开综合商店的家伙和邮局的那位夫人交谈。那夫人是邮局的局长。就这些。”

“小镇叫什么？”

“你不会知道。在森林里。离一座叫雅典娜的大学城大约十英里。我刚开始时就在那里遇见一位著名的作家，没有谁还在意他，他的有关美德的看法已不适合现在的读者了，但在以前人们都敬重他。他现在像个隐士，离群索居的生活对年轻人来说太苛刻，他却坚持认为这解决了自己的问题。也正在解决我的问题。”

“什么问题？”

“某些问题从我的生活中溜走了，这就是问题。在商店里谈波士顿红袜队，在邮局里谈天气，就这些，这是我的社交话语。我们是否值得有那样的天气。当我来取邮件时，外面阳光灿烂，女局长对我说：‘我们不值得有这种天气。’毫无疑问。”

“女人呢？”

“完了。生活中没有晚餐，也没有女人。”

“你是谁，苏格拉底？我不这么认为。纯粹是个作家，一心只想当个作家，没有别的。”

“一直没有别的，我让自己少受了很多日常生活的罪，我就是靠这个才免于沾上那狗屎。”

“‘狗屎’指什么？”

“我们相互间的印象，一层又一层的误解。我们对自己的看法。毫无用处，自以为是，完全是目中无人。我们只靠这些看法活下去。‘那是她，那是他，这是我。这就是后来发生的事，这就是为什么会发生的原因’——够了。你知道几个月前我见到谁了？你哥哥。他对你说过？”

“不，他没有。”

“他给我写信，约我到纽约吃顿饭。信写得不错。我突然心血来潮，就开车去见他。他打算为你家老头写颂词。他在信中请我帮忙，我也想知道他的想法。他来信说想写点东西，这使我很惊讶。对你而言，他只是个哥哥，对我来说他依然是‘瑞典佬’。你永远无法摆脱这些家伙。我不得不去。但在餐桌上他根本没提颂词的事，我们只是寒暄了一番。就在一个叫做文森特餐馆的地方。就这些。和从前一样，他看起来很不错。”

“他死了。”

“你哥哥死了？”

“星期三去世的。两天前举行的葬礼。在星期五。这就是为什么我到了泽西。看着大哥去世。”

“因为什么？怎么死的？”

“癌症。”

“但他已做过前列腺手术。他说已经取出来了。”

杰里有些不耐烦地说道：“他还告诉了你什么？”

“他有点瘦，没别的。”

“还有别的。”

所以说，瑞典佬也死于这种病。这种病，令门蒂·格里克吃惊的是，夺走了敢死队中一半人的生命；这种病，令我吃惊的是，一年前使我成了“纯粹的作家”；伴随所有这些让人愈加孤独的损失，一切的消失，每个人都走掉，这种病也让我层层剥落，成为一个日渐衰老、所有的能力只为着始终不渝的单个目标的人，一个不管是否喜欢都只在字里行间寻求慰藉的人，却尽力从事所有那些事情中最惊人的事业：完成描写战争期间威克瓦西地区不可战胜的英雄、我们社区的护身符、带着传奇色彩的瑞典佬。

我问道：“我见到他时，他知道自己的麻烦吗？”

“他有他的希望，但他肯定知道。转移了，蔓延到全身。”

“听到这些我很难过。”

“下个月就是他的五十次同学聚会，你知道星期二他在医院里说了些什么？他死掉的前一天对我和他的孩子们？大部分时间里他语无伦次，但有句话他讲了两遍，所以我们听明白了。他说：‘到我的五十次聚会去。'他好像听到班上每个人都在问:'瑞典佬去吗?'所以他不想让大家失望。他很坚强,是个惹人喜爱、简朴单纯、吃苦耐劳的人。他不懂幽默,也不注重情感,只是个可爱的家伙,命里注定要被某些真正的疯狂举动所操纵。一方面他被认为是个平庸之人,没有坏毛病,生来不善言辞,长得也端庄,过着人人想过的普通人生活,就这么回事。符合社会准则,仁慈和蔼,等等。但他尽力去做的是生存下去,使自己的人不受伤害。他努力使自己的那一排人无一伤亡。这对他来说终究是场战争。这家伙也有高尚的一面。他一生中有些令人痛苦的自我克制。他陷入一场自己并没有发动的战争,所进行的战斗就是为了使大家团聚,但他倒下了。平庸、普通——也许是吧,也许不是。人们会想起这些。我不想作评判。我兄弟是这个国家所能找到的最好的人,绝对如此。"

我当时就在想,杰里说这番话是否就算他在瑞典佬还活着时也已形成的看法,是否一点不带哀悼者常有的那种重新评价,以及对他给予他一表人才的哥哥更为苛刻的杰里式的看法表示出的后悔。他哥哥那么完美、那么有条有理、那么稳重和规范,每个人都景仰他,他成了社区的英雄,而这个小的利沃夫只要有什么和他雷同总被人拿去和他比较。刚才这番对瑞典佬不算评判的评判完全可以看成是杰里的一大长进,是几小时前才产生的同情心。这种情况常在人们去世后出现,与他们的争执也烟消云散，人们有呼吸时缺点那么多，有时让人忍无可忍，现在却让你感到最为可亲。当你坐到灵车后面豪华轿车里时，昨天以前你还一点都不喜欢的东西，已成为不只是令人同情的，而且是让人羡慕的事业。到底哪种评价有更大的真实性？是葬礼前的那种不刻意讨好，在日常生活的冲突中逐渐形成的严厉的评价，还是在那以后家庭聚会时被极度的悲哀控制时得出的结论？这就是外人也说不清。棺材入土时的情景能使人们心里起很大的变化，忽然间你会发现并不是那么嫌弃这死去的人，但看见棺材对寻求真相的心理究竟起多大的作用，我没有什么把握。

“我父亲，”杰里说道，“是个难以置信的讨厌鬼。他独断专行，到处插手，也不知人们是怎么为他干活的。他们迁往中央大街时，他让搬运工首先运的是他的书桌，他要放的第一个地方不是在玻璃隔开的办公室里，而是在工厂的正中心位置，这样他就可以监视所有人。你无法想像外边的噪音，缝纫机呜呜作响，冲切机不停地撞击，数百台机器同时开动，把他的书桌、他的电话和他这大人物围在当中。身为手套厂的老板，他却常常亲自扫地，特别是剪裁机周围，人们在那里下料，他想从皮料碎块上知道谁让他亏损。我很早就告诉他去他妈的，但塞莫尔从来就不像我，他性格宽厚，所以人们拼命指责他，说尽难听的话。一个永不满足的父亲，那些永不满足的妻子，还有那个小害人精——怪物女儿，就是妖怪梅丽。他曾经就是那么个顽固的家伙。在纽瓦克女士皮件厂他绝对是个不容置疑的成功人士，吸引了许多人将一切都献给了厂。非常精明的商人，知道如何裁剪手套，知道如何做成生意，对第七街的追逐时髦的人们有很大影响。那里的设计师们什么都对这家伙讲，所以他总能保持前卫。他到纽约时一般都会进商店逛逛，买点竞争对手的产品，从他人的产品中找出特色。常常就在店里，他看看人家的皮料，拿起手套用力拉，像我们老头教他的那样去做。大多数产品他亲自去销，结算所有的账目。女顾客被塞莫尔弄得神魂颠倒。你可以想像，他到纽约来，请这些粗野的犹太佬聚餐，这些买主可以使你成功，也可以使你破产。他招待他们大吃大喝，而这些人则对他佩服得五体投地。不是他对这些人阿谀奉承，而是在晚饭结束时，他自己被人捧上了天。圣诞节来临时，他们总给我哥送戏票和苏格兰威士忌，而不是他去送人家。他知道怎样以自己的为人去赢得这些人的信任，他琢磨出顾客最喜欢参与的慈善活动，弄一张在华尔道夫酒店举办的年度大餐的入场券，像电影明星一样穿上晚礼服亮相，当场捐出一大笔钱资助癌症病人、肌肉萎缩症病人，或管它什么，犹太人联合倡议的东西，反正有纽瓦克女士皮件厂付账。他什么都了解：下个季度的流行色啊，服装的长度是增加还是减少啊。真是个招人喜爱、责任心强、工作卖力的家伙。六十年代遭到几次不愉快的罢工，局势非常紧张。他的雇工也参加罢工，看到他坐在车里来到现场，几个为他缝手套的妇女就跪下道歉说不该离开缝纫机。他们对我兄弟比对工会更忠诚。大家都爱戴他，他是个决不会犯愚蠢错误的完人。除了手套，对他而言没有理由去关心其他事。然而他却在后来的日子里遭受了羞辱、猜疑和痛苦。人们常在乎的那些问题从未把我兄弟难倒过，他以另外的方式获得生活的意义。我不是指他这人单纯。有些人认为他单纯，因为他一生都对人这么好。但塞莫尔绝没有那么单纯。单纯是对的，但从来不是那样。另外，那种自我反省也是他很久才学会的。如果说有什么比扪心自问更糟糕的事在生活中过早出现的话，那就是扪心自问来得太迟。他的生活就是被这颗炸弹摧毁的。爆炸的真正受害者是他本人。”

“什么炸弹？”

“小梅丽心爱的炸弹。”

“我不明白什么叫‘小梅丽心爱的炸弹’。”

“梅丽蒂丝·利沃夫。塞莫尔的女儿。这个‘里姆洛克的爆破手’是塞莫尔的女儿。就是那个炸掉邮局、杀害医生的高中生。这家伙为阻止越战，将早上五点钟去寄信的人轰上了天，一位去医院上班的医生。迷人的小孩。”他语气里全是鄙视，似乎还容纳不下他所有的鄙视和仇恨，“用炸掉商店里的邮局的方式把战争带回家乡，发泄到林登·

约翰逊身上。地方太小，邮局只好设在综合商店里，实际上不过是店后面的一处柜台，有几排带锁的箱子，那就是邮局的全部家当。到那里去买清洗剂、卫宝药皂和力士香皂时顺便买几张邮票，古怪迷人的美国传统。塞莫尔喜欢这些奇怪风俗，那孩子却不。他将孩子从现实中救了出来，可这孩子把他送回现实中。我兄弟认为他能把全家从人间的混乱中拯救出来，带回到以前的里姆洛克，而她将他们送了回去。不知何故她把炸弹安放在邮局的橱窗后面，爆炸时也将商店炸坏了。被炸的那人就是途中顺道去寄邮件的医生。再见吧，美国！你好，现实！”

“我没听说过这些，一点也不知道。”

“那是在一九六八年的事，当时人们的野性刚刚暴露出来。忽然间人们不得不去弄清楚疯狂举动的缘由。到处都是公众活动，限制被取消，权威软弱无力，孩子们都疯了。大家都感到威胁，大人不知结果会怎样，他们手足无措。这是演戏吗？‘革命’真的来了？还是游戏？是警察抓小偷的游戏？到底发生了什么事？孩子们将国家弄了个底朝天，大人也开始疯狂。但塞莫尔不在其中。他是那种知道自己道路的人之一。他明白有什么不对头。但他不像他那个胖妞一样是个胡志明狂，只是个自由派的可爱的父亲，只懂日常生活的哲学大王。他用人们理智地对待孩子的现代思想将她养大，一切都容许，一切都谅解，而她却恨透了。人们不愿承认自己怎样恨他人的孩子，这个小孩却轻而易举使人们承认。她很痛苦，自以为是，从出生以来这小坏蛋都没什么长处。看，我也有孩子，孩子很多，我知道孩子成长时是怎么回事。自我沉溺的黑洞是无底的。长胖是一回事，长头发是一回事，大声放摇滚乐是一回事，但超过极限扔炸弹就是另一回事了。那种罪行永远也弥补不了。那次炸弹事件后，我兄弟没有了退路。那颗炸弹毁掉了他的生活。他完美的一生结束了。这就是她存心要做的。这就是人们（那女儿和她的朋友）怨恨他的原因。他运气太好，众人爱戴，他们就因为这个恨他。有一次我们全部到他家里过感恩节，有德威尔妈妈、多恩的胞弟丹尼、丹尼的妻子、利沃夫家族的所有人、我们的孩子，大家都在场，塞莫尔站起来敬酒。他说道：'我是个不信教的人，但当我看看这一桌人，我就知道有什么东西将光辉洒到我身上。'那些人真想搞掉的就是他，他们做到了，毁掉了他。那炸弹其实可以就在他们的客厅爆炸。那次暴力事件将他的生活弄得很糟，很恐怖。他这一生都没有机会去问自己：'为什么会这样？'当一切都顺利时，他为什么要自寻烦恼？事情怎么就变成这样？这个问题没有答案，那以前上帝是如此庇护他，他根本就不知道这个问题的存在。"

杰里以前也这么关注他哥哥的生活、了解他哥哥的事吗？我并没有意识到那奇怪的大脑里聚集的所有那些专横意念也允许他把注意力投向许多方面。那次死亡不像通常对自我迷恋的威严带来冲击，总的说来它反而强化了这一点："我怎么办？如果发生在我身上呢？"

"他告诉过你很可怕？"

"曾经说过，只有一次。"杰里说，"不，塞莫尔只是默默承受，忍下去。你仔细观察这家伙，看着他，他会一直努力干。"杰里苦涩地说道，"可怜的杂种，他命该如此——天生要承受重担、咽下苦果。"他这么说的时候，我想起瑞典佬从混战的人堆中用力摆脱出来，手里总抓着球，在很久以前那个深秋的下午我是多么深地爱上他，当他选中我进入瑞典佬利沃夫生活的幻影时，改变了十岁的我。那时我有一阵似乎觉得自己也被伟大的事业所召唤，既然我们天神仁慈的面容只照亮我一个人，世界上就没有什么能阻挡我。"篮球从不像这样，跳级生。"那种直率在我听来是多么迷人啊。他使我觉得自己了不起，那是一九四三年一个少年想得到的一切。

"决不屈服，他很坚强。记得吧，我们那时还是孩子，他加入陆战队打日本人？是啊，他成了该死的陆战队员。只有过一次妥协，就在佛罗里达。"杰里说道，"他实在受不了。他带着全家来看我们，有孩子们和第二位非常自私的利沃夫太太。那是在两年前。我们全部到了那个吃石头蟹的地方。一共十二人就餐，噪音震耳，孩子们都极力表现自己，笑声不断。塞莫尔喜欢这个样子，风流倜傥的一家全在那里，生活就如同人们期望的一样。但当馅饼和咖啡端上来时，他起身走开。我看到他没马上回来，就出去寻找。他待在车里，泪流满面，浑身颤抖，抽泣着。我从未见过他那样。我哥是块岩石。他说：‘我想女儿。’我说：‘她在哪里？’我了解他总知道她在哪里。多年来她东躲西藏，他总去看她。我相信他们经常见面。他说：‘她死了，杰里。’起初我还不信。我想这是免得我去跟踪。我以为他一定刚在某处见过她，不管她到哪里，他都会去像对待自己的孩子一样对待这个杀人犯。这杀人犯已四十多岁了，而她杀的人还是杀了。但当时他抱住我，又松开，我不由得想到：是真的？家族里这可恶的怪物真死了？但如果她已死，他又哭什么？若他有一半的头脑就会意识到，有个那样的孩子真是太出格了。若他还有一半的头脑，他早就被这孩子激怒了，并在多年前与她形同路人、分道扬镳了。多年前他就应该把她从头脑里剔除干净，让她滚得远远的。这愤怒的孩子越来越疯狂，还有使她丧失理智的神圣事业。哭得那样——为了她？不，我不吃这一套。我对他说：‘不知你是撒谎还是讲实话，但是如果你说的是真的，她死了的话，那是我所听到的最好的消息。没有其他人会对你这样讲，他们都会深表同情。我和你一块长大，与你直言相告。对你来说最好的就是让她死，她不属于你，她不属于任何与你相关的东西。她不属于与任何人相关的东西。你玩球——得有玩球的场地。她并不在场地上玩，甚至一点都不沾边，就那么简单。她在圈外，天生的畸形人，以不受约束的方式行事。你要停止对她的悲伤，你敞开自己的伤口长达二十五年了。二十五年够了。这已使你发疯。再这样下去会要你的命。她死了？好！让她去。不然会腐烂在你的脑子里，也要夺走你的生命。’这就是我对他说的话。我以为能让他发怒。但他只是哭，不肯罢休。我说过这家伙会被这桩事弄死，他真的死了。”

杰里是说过，不出所料。这是杰里的理论，认为瑞典佬不错，指的是消极，指的是总在努力去做正确的事，说的是一个受社会制约、不发脾气的人物，从不轻易发怒。愤怒的感情既不是他的债务，也就不是他的资本。按照这种理论，恰恰是这种忍气吞声最后毁掉了他。而进攻性却有净化或疗伤的功能。

看起来杰里能坚持下来，毫不犹豫或者说毫不后悔，不屈不挠地执着于自己对事物的看法，是因为他对待愤怒有特别的天赋，他另一种特别的天赋是不回头看。我想，他从不回头。他不因记忆憔悴。对他而言，回头看就是无聊的怀旧，甚至包括瑞典佬的那种回首往事，二十五年后还想到炸弹爆炸以前的事，回想过去，无益地为与那颗炸弹一起烟消云散的一切哭泣。对这女儿的愤怒有何道理？毫无疑问，这样想会好受些。不可否认，生活中没有什么比正当的愤怒更使人振奋。但在这种情况下，要瑞典佬超越之所以成其为瑞典佬的界限，这不是要求过分吗？在他的一生中，人们肯定常对他这么干，以为他曾经是神秘的瑞典佬，他总是法力无边。我在文森特餐厅就那样干过，小孩式的期盼被他天神般的气质震慑，却见他完全和常人一样。要让他人将你看成神的代价就是使你追随者的梦境永不消减。

“知道塞莫尔的‘致命关注’吗？致命关注他的责任，”杰里说道，“被责任完全吸引。他可以在他想的任何地方打球，他却到乌普萨拉，因为父亲要他离家近些。巨人队给他一份双 A 球队合同[1]，有一天还可以和威利·梅斯打球——他却到中央大街为纽瓦克女士皮件厂工作。我父亲让他从制革厂干起，把他放在弗雷林乌森大街一家制革厂干了六个月。每个周六早晨五点钟就起床。知道什么叫制革厂？制革厂就是狗屎堆。还记得夏天的那些日子？强风从东边吹过来，硝皮的恶臭弥漫威克瓦西公园，笼罩在整个社区上空。啊，他从制革厂毕业，塞莫尔做到了，壮得像头牛。父亲又让他在缝纫机前待了六个月，塞莫尔目不斜视、专心掌握那台该死的机器。给他一只手套的皮料，他能缝制起来，比那些缝纫工干得更好，还只用一半的时间。他可以娶到想要的任何美女，但还是和漂—亮—极—了的德威尔小姐结婚。

1　美国职业棒球小联盟中排在第二的实力等级，仅次于 3A。小联盟球队一般附属于大联盟（MCB）母队，为其青年球员或受伤、弃用的球员提供训练、康复和比赛的机会。

你应该见过他们。迷人的夫妻。他们俩到美国各地旅游时总笑容满面。她是天主教后代，他是犹太教后代，一起到里姆洛克老街去养一群吃小谷物早餐长大的后代。可他们得到的是那个该死的孩子。”

“德威尔小姐怎么啦？”

“他们住的房子没有哪一间好，银行的存款不管多少都不够。他让她去养牛，搞不好。让她办苗圃，也不行。他带她到瑞士做世界上最好的整容手术。甚至还没到五十岁，在四十多岁的时候就去了，这就是那个女人想要的。所以他们艰难跋涉到日内瓦让曾给格蕾丝王妃做过的那位来给她整容。他要是在双 A 球队日子会好过些；要是在凤凰城和某个女招待胡来，到马德亨斯打一垒，也会混得不错。那该死的孩子！她口吃，你知道。因她口吃，她要报复大家，就引爆了那炸弹。他送她到语言矫正师那里去，到诊所，看心理医生。为了她，他有干不完的事。可回报呢？砰！这女孩为什么要恨她父亲？这位伟大的父亲，这位真正了不起的父亲，英俊、和蔼，有责任心，不想别的，只为他们——他的家庭着想。为什么她追着他不放？我们自己那可笑的父亲怎么养出这样一位杰出的父亲，而他却生了她？有人告诉我是什么原因引起的。是基因需要分离？所以她不得不离开塞莫尔到切·格瓦拉那里？不，不对。引起这些，使这可怜家伙的余生被置于自己生活之外的毒素是什么？他一直从外面窥视自己的生活。他命里的搏斗就是埋葬这东西。但他能行？怎么干？能指望一个像我哥那样魁梧、可爱、讨人喜欢的傻子去对付这颗炸弹？某一天生活开始嘲笑他，就再不会停下来。”

我们就谈了这些，这就是我从杰里那里听到的全部内容——要再多知道一点就只好自己想办法啦——因为这时一位身材娇小、头发灰白、身穿褐色便服的女士走过来做自我介绍。而杰里这人天生就不会在有第三人出现时能待上五秒钟，所以向我玩笑般地示意后便消失了。当我后来去找他时，听说他早走了，去纽瓦克乘飞机回迈阿密。

我写完他哥哥后——这是我接下来的几个月要干的事：连续六小时、八小时，有时十小时去想瑞典佬，与他交换孤独，占据这个和我几乎完全不同的人物，消失在他体内，日夜揣摩这位明明空虚、天真和朴实的人，再现他的崩溃，把他这个我生命中最重要的角色描绘出来，时间就这么一天天过去——就在我将改掉那些姓名、把突出身份的标志掩盖起来前，我有一种业余作家的冲动，想给杰里送一份草稿，听听他的意见。我打消了这念头：我写作和出版到目前差不多有四十年了，不会到现在还不知道应该打消这种念头。“这不是我哥，”他一定会告诉我，“一点也不像。你误解他了。我哥不会那样思维，不会那样说话。”等等。

是啊，现在杰里可能早已从葬礼后突然使他陷入孤寂的那种客观现实恢复过来，当时那种积怨使他成了医院里人们不敢与之交谈的医生，因为他从不出错。而且，还不同于大多数有成为众人楷模的亲人去世的人，杰里·利沃夫只会因为我没能像他一样抓住瑞典佬的悲剧实质感到好笑，却不会发怒。很有可能：杰里心里厌烦、嘲笑般地翻弄我的草稿，一项一项地带给我坏消息。“那妻子一点不像这样，孩子也不是那样，连我父亲都弄错了。我没说过你引用的那种话。但是，伙计，不提我父亲就如同谷仓少了一堵墙。娄·利沃夫是头畜生，伙计。这家伙不中用。他有魅力，他是和事佬。不，与我们所知的相差十万八千里。我们手里有剑，老爸暴跳如雷、订下规矩，就这么回事。不，没什么相似之处……比如这里，说我哥有心计，通晓事理。书中这人对失败很明智，而我哥认知上有问题，这丝毫不像他的思维，他没有这般理智。耶稣啊，你甚至还给他一位情人。完全是判断失误，祖克。绝对离题了。像你这样的大人物怎么会捣腾出这般东西？”

但是，若杰里的反应真是这样，他不会听到我太多辩解。我去过纽瓦克，找到了中央大街下段荒凉街区上废弃的纽瓦克女士皮件厂。我到威克瓦西看过他们的房子，现已失修，还去了克尔大街，我在那条街上从车里钻出来，沿车道走向车库，去看看瑞典佬以前常在冬天练习挥球棒的地方，可这么做看来很不明智。三个黑小子坐在前面台阶上紧盯着车里的我。于是，我解释道：“有个朋友以前住在这里。”见他们没回答，我加了句：“那是在四十年代。”随后我开车离去。我驱车到莫里斯顿去看梅丽的中学，然后到西面去了旧里姆洛克，找到在阿卡狄山路上塞莫尔·利沃夫一家曾度过青春幸福时光的大石头房子。然后就到村子里一家新开的综合店（麦克弗森商店），坐在吧台边喝了杯咖啡。这家店铺取代了原来那家被利沃夫十几岁的女儿炸掉邮局的商店（哈姆林商店）。她为的是要“把战争拉回美国”。我到过伊丽莎白，那里是瑞典佬美貌的妻子多恩的出生地。我在她所住的艾尔莫拉宜人的街区转了转，开车经过她家常去的圣日内维夫教堂，再一直向东到她父亲住的伊丽莎白河边的老码头一带，这些地方在六十年代由古巴移民和后裔取代了最后那批爱尔兰人。我还从新泽西美国小姐大会办事处搞到玛丽·多恩·德威尔的光面照片，一九四九年她才二十二岁，那时她正被加冕新泽西小姐。我也找到她的另一张照片，刊登在一九六一年的《莫里斯周报》上：拘谨地站在壁炉前，身着颜色鲜艳的休闲西装、裙子和高领毛衣，画面上题为“利沃夫太太，一九四九年新泽西小姐，喜爱居住在一百六十年前的旧房子里，她称这环境反映出她们家族的价值观”。在纽瓦克公共图书馆我查阅了《纽瓦克新闻报》（一九七二年停刊）的运动版的微缩胶片，搜寻瑞典佬为威克瓦西高中（一九九五年已陷入困境）和乌普萨拉学院（一九九五年停办）增光添彩时的记叙和得分情况。这是五十年来我第一次重读约翰·R.土尼思有关棒球的书籍，甚至一时认为自己所写的关于瑞典佬的这本书也可称为《来自克尔大街的男孩》。在土尼思一九四〇年为康涅狄格州托姆金斯韦尔的男孩们写的小说中，那个孤儿作为联赛的主力队员唯一的缺点就是总想将右肩下垂再向上摆动，啊，就这点毛病也足以刺激诸神来毁灭他。

然而，除了这些和其他的努力，我所发现的瑞典佬的世界使我早就想承认我心中的瑞典佬不是他的本来面目。当然，根据这些线索，他给杰里留下的基本影响已荡然无存，也从我的印象中消失，因为这些都是我不了解或者不想知道的东西。瑞典佬的形象在我的书中以完全不同的方式聚集起来，与他肉体聚集的方式截然不同。但是，是否这意味着我想像出一个富于幻觉的人物，完全缺乏真人独具的本质，是否我头脑里关于瑞典佬的概念比杰里所想的更荒谬（他无论如何也不会认为荒谬），是否瑞典佬和他的家人在我心里显现时没有在他弟弟心里那么真实——也许，谁知道呢？谁又能知道呢？要描绘像瑞典佬这样琢磨不透的人物，了解那些人人喜爱、多少有些不愿抛头露面的普通小伙子，谁只要有兴趣都可以猜，在我看来主要是看谁的猜测更周详一点。

“你不记得我，是吧？”这位使杰里匆匆消失的女士问我。她热情地笑着，把我的双手握住。她精心打扮的脸庞在短发的衬托下，显得又大又实在，给人留下深刻的印象，棱角分明，恰如罗马君王的古石雕。她虽然面部有着如同用刻刀划过的深深刻痕，但在玫瑰色的妆容下也只是嘴唇周围皱纹较多，在经历几乎六个小时的亲吻后，唇膏差不多蹭光了。此外，她的肌肤尚有些许姑娘的柔性，显示出她好像没有遭受女性通常经历的种种磨难。

“别看我的姓名牌，我是谁？”

“你告诉我。”我说。

“乔伊丝，乔伊·赫尔本。我有件粉红色安哥拉毛衣，原来是我表姐的，艾斯特尔的，她比我们大三岁。她死了，内森，归入尘土了。我漂亮的表姐艾斯特尔，她抽烟、和比她大的男人约会。在高中时，她和一个每天要刮两次胡子的男人约会。她父母在政府大街有间礼服和束胸衣店，叫格罗斯曼。我母亲在那里上班，班级坐干草车出游时你跟我亲热过。信不信由你，我那时叫乔伊·赫尔本。”

乔伊：聪明的小女孩，披着鬈曲的淡红色头发，圆脸上有些雀斑，丰满性感，总也逃不过罗斯卡先生的眼睛。我们这位体态肥大、有个红鼻子的西班牙老师每天早晨当乔伊身穿毛衣到学校时，总要她起立背诵家庭作业。罗斯卡先生称呼她为“酒窝”。令人惊奇的是，在我似乎毫无所获的那些日子里，人们能获得许多东西。

因为语言的联系还不是完全的不可靠，乔伊形象持续地逗弄我，这不比罗斯卡先生受的影响少，我最后一次见她从政府大街跳上车到学校，当时她穿一双古怪但有挑逗性的、敞开口的橡胶套鞋，明显是她哥哥长大后不能穿才传给她的，就像她漂亮表姐的安哥拉毛衣一样。只要有几行约翰·济慈的名诗不知怎么地在我脑海里出现，我总会想到她在我身下的那种充实丰满的感觉，她美妙的浮力是我这种青春期的男孩敏锐的雷达即使隔着马车上的毛毯也感觉得到的。那些诗句是取自《忧郁之歌》：“……尽管唯有嚼过欢乐之果/味觉灵敏的人方才有缘看见。”

“我记得那次出游，乔伊·赫尔本。你在大车上没有表现出应有的热情。”

“而我现在看起来像斯潘塞·特雷西，”她说道，突然大笑起来。“我再也不害怕了，可太晚了。我过去很害羞——现在再也不那样了。哦，内森，我老了。”她叫道，我们拥抱着。“老了，老了，多么奇怪。你那时想碰我裸露的胸部。”

“只要那样就能让我满足。”

“是啊，”她说，“那时刚长起来。”

“你十四岁，它们大约一岁。”

“总有十三年的差异。那时我比它们大十三岁，而现在它们却比我大十三岁。但我们肯定接吻了，是吧，亲爱的？”

“吻啊，吻啊，吻个不停。”

“我练习过。整个下午我一直在练接吻。”

“和谁练？”

“在手指上。我当时应该让你解开我的胸罩。若你想，现在也行。”

“我恐怕再也不敢在全班人面前解开一只胸罩了。”

“真令人吃惊。当我准备好了，内森却长大了。”

我们来回嬉笑着，紧紧抱住对方，腰向后仰，这样更清楚地看到对方的面部和身体的变化，那是半个世纪的生活对人体的改变。

是啊，我们不停地打量对方，从头到脚，用身体接触，所花的那么长的时间正如我在那架干草车上疑心过的，和生活的本身一样关键。这肉体，人们不管怎么用劲也无法将自己剥离出来；只要是在死之前，人们都无法逃避肉体的束缚。早先我看见阿伦 · 梅斯纳时，就好像在看着他父亲。现在我望着乔伊，看到的则是她母亲的样子，那位袜子卷到膝盖，待在政府大街上格罗斯曼礼服店里的肥胖的女裁缝……但我想着的则是瑞典佬，是瑞典佬和他的肉体对他暴君式的控制。这么孔武有力、才华横溢同时又孤独寂寞的瑞典佬，生活从未使他变得精明，他并不想作为漂亮小子和明星般的一垒手度过一生，只想做个人们能认真对待的人，而不是一个为了满足没完没了的需要就得安排好一切的婴儿。他想最好自己不是这么个天生的体育奇才，似乎对一个人来说，仅有那种天赋是不够的。瑞典佬需要的是他所称的更崇高的呼唤，而他的霉运便是找到了这种呼唤。校园英雄的这种责任感伴随了他的一生。贵族义务[1]。你是英雄，所以你得按某种方式行事，早规定好了。你得谦虚，你得克制，你得恭顺，你得善解人意。这种英雄般理想化手段、这种被当做责任和道义壁垒的战略上和精神上奇怪的渴求，所有这些都运转起来，全因为那战争，因为那由战争引起的糟糕的不确定性，因为这个情感脆弱的社区里的孩子们远离家乡、面临死亡，人们被这个瘦削的、肌肉突起的、自我克制的小伙子如此深深地吸引，因为他有天赋抓住任何人扔到他近旁任何地方的任何东西。对瑞典佬而言，在荒谬的环境中一切就这么开始了——难道还有别的?

一切只因另一桩事了结。一颗炸弹。

当我们在文森特餐馆会面时，他坚持认为他的三个男孩是多么地

1 原文为法语，是欧洲一种起源于中世纪封建制度的传统观念，认为贵族阶级有义务为社会承担责任，即“地位越高，责任越大”。

好，可能是因为他以为我知道炸弹的事，知道他的女儿，那个里姆洛克爆炸手。他想我也和有些人一样对他作过严厉的评价。这么敏感的事，在他的一生中确实是这样——即使在二十七年后，人们又怎么能不知晓或忘记？可能这足以说明他为什么忍不住，即使想克制自己，也要不停地找我谈谈他的克里斯、斯迪夫和肯特的非暴力的诸多成就，也说明他首先想和我谈的是什么。他父亲心爱的人遭到的“打击”就是他的女儿——她像惊雷一样落在所有人头上。这就是他要找我谈的——想我帮他写出来。而我却错过了，我这个人的虚荣心使得我认为他绝不会那么天真，可见我远比谈及的这人要天真得多。坐在文森特餐馆，我只从瑞典佬那里挖到最浅层的珠子，而他想告诉我的却是这个：揭示他人不知、也不可能知的内心生活，这故事悲惨、可怕，不可能置之不理，这是个终极团圆的故事，而我却全错过了。

他父亲是上面的罩盖，下面燃烧的物体是他女儿。他觉察到的有多少？全部。他了解一切，我全弄错了，不知情的是我。他知道死神要来了。发生在他身上的那件事，多年来他还能掩盖一部分，在他的人生旅途上有时也能忍受一些，这次又向他袭来，势头比以前更猛。他尽力把一切抛到一边：再婚的妻子，又生的孩子，那三个优秀的男孩。在我看来，早在一九八五年，在希尔体育场我见到他与年轻的克里斯一起的那天晚上，他就将这些抛在一边了。瑞典佬从地上爬起来，他确实这么做了——有了第二次婚姻，对理智和传统约束下的完整生活打出了第二枪，可传统重塑了一切，无论巨细，形成抵御不当行为的屏障。这第二枪也是对想做个传统的、富于献身精神的丈夫和父亲的观念的再次冲击，要求他重新对作为家庭秩序的核心的标准条例和规定做出保证。如果需要避免任何错位的、特别的、不恰当的、难以接触和理解的东西，他有这方面的天赋。然而，即使是瑞典佬这个上帝赐予了凡人该具备的一切品质的人物，也不能像决裂者杰里指示的那样去摆脱那个女孩，尽力完全摆脱那种疯狂的占有、父亲的责任、对已失去的女儿的偏爱，抹掉那个女孩和那段历史的一切痕迹，从“我的孩子”的歇斯底里中永远跳出来。要是他真能渐渐忘记她就好了，可瑞典佬没有那么伟大。

他得到了生活能给予的最糟糕的教训，可毫无作用。而当那发生时幸福不再同时降临。这都是人为的，即使在那个时候也是以完全与自我和自己的历史疏离的代价换来的。这可爱的、具有绅士风度的男人用他温和的方式处理冲突与矛盾，这信心十足的前运动员所具有的敏感和取之不竭的力量，在任何战斗中以公平的方式去对抗不公平的方式（人类交手时难以根除的恶习），所以他完蛋了。他那种自然的高贵品质也就是他表现出来的那样，他经历了太多的苦难，已不可能再那么天真完美。瑞典佬再也不满足于相信旧的瑞典人方式，但为了他的第二个妻子和他们的三个男孩——为了他们天真的完整性——他还是冷酷地假装下去，他冷峻地压制住自己的恐惧，学会戴上面具生活，用一生的时间来试验忍耐力。一场劫后余生的表演。瑞典佬·利沃夫过的是双重生活。

现在他濒临死亡，支撑他度过双重生活的东西不能再支撑下去了。老天见怜，那种恐怖曾有一半、三分之二、有时甚至十分之九都被淹没，现在却整个地回来了，哪怕他第二次婚姻的英勇作为和对了不起的孩子们的父爱。在身患癌症的最后几个月，这种恐惧又回来了，比以前更糟，她回来了，带来更多的麻烦，这第一个孩子，就是她夺走了一切。一天晚上，他不能入睡，想尽一切办法都不能抑制自己的胡思乱想，他被痛苦折磨得心力交瘁，这时他想："有这么个小子在我弟弟的班上，是个作家，或许我可以告诉他……"但他把一切告诉了作家后又会怎样？他甚至也不清楚。"我要给他写信。我知道他写有关父亲、有关儿子的事，我给他写信谈谈我父亲——他会拒绝？也许他会对此回信。"抛出的鱼钩为的是我。但我来则是因为他是瑞典佬，不必用其他的鱼钩，他本人就是。

是啊，那件事又来了，比以往更糟糕，所以他想："若我把它讲给一位专业人士……"但他约我到那里后，他却不能讲。他抓住了我的注意力，可并不需要。他对此事有了别的更好的看法，他是对的，那一点都不关我的事。这对他有什么好处？一点没有。你找到某人，你会想："我把这事告诉他吧。"但是，为什么？这种冲动就是诉说，会使你解脱。那也是为什么事后你会难受——你解脱了自己。如果真的很悲惨和糟糕，也不会因此而好转，只会恶化。这忏悔般的袒露心迹只会使苦难加重。瑞典佬认识到这一点，他一点不像我想像的那种木头人，他很容易就意识到这些。他意识到通过我也会一无所获。他肯定不愿在我面前像在他弟弟面前那样哭泣，我不是他弟弟，我不是任何人——那就是他看到我时明白的事情。所以他故意随便聊聊他的孩子，然后回家，将故事藏在心里，带入坟墓。我错过了。在所有的人中，他找到我，他了解一切，但我错过这一切。

现在克里斯、斯迪夫、肯特和他们的妈妈会还待在里姆洛克的家中，可能和瑞典佬的母亲利沃夫夫人同住。那位老母亲肯定有九十岁了，在九十岁的年纪为她心爱的塞莫尔服丧。而那女儿，梅丽蒂丝，梅丽……显然没有来参加葬礼，和身材魁梧但对她恨之入骨的叔叔见面，意欲报复的叔叔认为有责任将她抓来，交给警察。等杰里走后，她离开藏身之地前来悼念，亲自到旧里姆洛克，可能经过伪装。她和同父异母的兄弟们、继母，还有祖母一道，为她父亲的死号啕大哭……然而没有，她也死了。如果瑞典佬对杰里说的是真话，四处躲藏的女儿早就死了。可能就在她的藏身之地被人暗害或自杀。任何事情都有可能发生，但“任何事情”都不该发生，至少对他是这样。

这位战无不胜的人物的毁灭真是惨不忍睹。瑞典佬利沃夫身上发生了什么事，肯定不是发生在托姆金斯韦尔的男孩身上的那种事。即使在孩童时代我们就知道，对他来说事情不会像看起来那么简单，总有部分的神秘感，但谁能想到他的一生竟以如此可怕的方式被搞得四分五裂？美国混沌的彗星有一碎片松动脱落、一路飞旋来到旧里姆洛克和他的身上。他威武的相貌、他脱俗的气质、他的荣光、我们对他的英雄角色使其摆脱自我怀疑的那种感觉，所有这些富于男性气质的东西使我们认识到，他的死是政治谋杀，迫使我想到的不是约翰·R.土尼思的托姆金斯韦尔男孩的殉难者故事，而是肯尼迪的被害。约翰·F.肯尼迪只比瑞典佬大十岁，是另一个命运的宠儿，也是一个浑身流露美国性格的人物，他四十多岁时被人暗杀。那是在瑞典佬的女儿以暴力反抗肯尼迪-约翰逊的战争、毁掉瑞典佬生活的五年前。我认为，理所当然，他是我们的肯尼迪。

在这同时，乔伊告诉我她的生活，那时我心地单纯，不过是个四下寻乐的少年，绝不会懂得她的那些事。乔伊向这个被称为“同学会”的煽情的记忆之锅撒下了更多在当时无人知晓的内容，没有人会懂我们提及自己过去时仍然这么天真单纯、滔滔不绝。乔伊告诉我她父亲怎么死于心脏病，那时她才九岁，全家人住在布鲁克林；她和母亲以及哥哥哈罗德怎样从布鲁克林搬到了格罗斯曼服装店所在的纽瓦克港口；她和母亲睡大房间的阁楼上的双人床，哈罗德则睡在厨房里，每天晚上打开沙发当床。等早上收拾好，大家再进去就餐，然后她才去上学。她问我是否还记得哈罗德，现在是斯科奇-普莱恩斯的一名退休药剂师；她还告诉我就在一星期前还到布鲁克林公墓去看她父亲的坟地，她一般每月去一次，一路奔波到布鲁克林。她说，令她惊奇的是这墓地现在对她显得如此的重要。“你到公墓干什么？”“我与他毫无顾忌地谈话。”乔伊说，“我十岁时不比现在更糟。我那时认为人们非要有父母真奇怪，我们三人在一起看来很好。”我俩在那里随着单人乐队的终场歌曲摇晃着，听歌中唱道：“梦啊……当你感到忧伤，梦啊……就是要做的事。”“啊，所有这些，”我对她说，“在一九四八年秋天的干草车上时我完全不懂。”

“我也不想让你知道，我不想让任何人知道。不想让任何人发现哈罗德睡在厨房里，这就是为什么我不让你解开胸罩。我不想你成为我的男朋友来接我去玩，发现我哥哥在哪里睡觉。这和你无关，亲爱的。”

“唉，要是告诉我，我会好受些。早点告诉我就好了。”

“我希望那样。”她说道。开始我们还在笑，但乔伊突然哭了起来，可能是因为那首该死的歌曲《梦》。我们过去常在这一个或那一个家里的地下室调暗灯光，随着这歌声起舞。那时候花衣魔笛乐队里还有乔·斯塔福德，他们总是认真地、以固定和声演唱这歌，和着四十年代那种病态紧张的节拍和木琴空洞漂浮的击打声。她也许是因为阿伦·梅斯纳成了共和党人；二垒手伯特·贝格曼已撒手人寰；艾拉·珀斯勒不再到伊萨克县法院报摊前擦鞋，他逃离那个陀思妥耶夫斯基式的家庭，成了心理医生；朱里尔斯·平卡斯植上十四岁少女的肾，活了下来，但不得不靠药物控制身体的排斥现象而导致全身颤抖；门蒂·格里克依然是个十七岁的毛小伙子；乔伊的哥哥哈罗德在厨房里睡了十年；希里马娶了个几乎只有他一半大、没有让他想割喉的糟糕体态的妻子，但他还需不厌其烦地给她解释过去的每一件事；我似乎形单影只，连个孩子或孙辈也没有；或者用明斯科夫的话说，“类似那样”。毕竟分别多年后，这种团聚将完全陌生的人们拉到一起待上的时间太长，那些任意发泄的情感也在我身边慢慢滑过，我在此又想到了瑞典佬和那个无法无天的女儿在越战时期带给他和家人的狼藉名声。他这个人，几乎不了解自己的不满，而在中年时才觉醒过来，又因自我反省感到恐怖。所有这些常态却被谋杀打断，任何家庭都有可能碰到的鸡毛蒜皮的问题被无法调和的事件夸大了。美国可预见的未来从实实在在的美国历史直接展现出来，一代又一代人逐渐变得更聪明，懂得上一辈人的不足和局限，每一代人又一点点地脱离乡土观念，最大限度地运用在美国的权利，将自己造就成摆脱传统犹太人风俗习惯的理想之人，不带一点从前美国的那种不安全感和古老的桎梏，心地坦然地作为平等公民生活在平等的人群中，然而这种未来被打断了。

失去了这女儿，这美国的第四代。这东奔西藏的女儿曾是他本人完美的复制品，如同他是他父亲的完美的复制品，而他父亲又是父亲的父亲的完美复制品一样……这愤怒、讨厌、人人唾弃的女儿丝毫没有兴趣成为下一个成功的利沃夫。她将瑞典佬从藏身之地赶出来，他似乎才是逃犯，将他赶到一个完全不同的美国。这女儿和这十年的岁月将他独有的乌托邦思想炸得粉碎，而瘟疫四起的美国渗入瑞典佬的城堡，传染了每一个人。这女儿将他拉出向往许久的美国田园，抛入充满敌意的一方，抛入愤怒、暴力、反田园的绝望——抛入美国内在的狂暴。

以前在这个国家里，两代人之间的给予和接受的关系是固定的。那时，每个人都知道他的角色，会认真对待规定，反复去适应我们生来所处的文化氛围。而现在为了成功，这礼仪上的后移民争斗在其他任何地方都不如在我们超凡的瑞典佬以务农为乐的绅士的城堡里那么病态。一个人就如同堆积在一起的一副扑克牌，展开后则是完全不同的东西，没有什么办法可以为他将要遭到的打击作好准备。尽管他小心翼翼、处处表现出自己的善意，可怎么能知道安分守己的生活需要这么高的赌金？人们顺从无非就是想降低赌金。漂亮妻子，漂亮房子，他的事业如施了魔法，把一个老人的那点事情弄得干净利落。真的不枉此一生，这是他的乐园。这便是成功人士的生活。他们是良民，只觉得幸运和感恩戴德，上帝朝下对着他们满脸堆笑。有问题，他们调节。但一切都改变了，成为不可能的事情，没有谁朝下面任何人露出笑容。还有谁能调节？人们生来就不会应付生活中的逆境，更别说应付不可能的事情。但谁又生来就会对付将要发生的不可能的事情？谁生来就会对付不可理喻的悲剧和苦难？谁也不会。人们毫无准备时悲剧往往降临，这就是每个人的悲剧。

他从外部窥视自己的生活。他生活中的挣扎就是要埋葬这种东西，可他又怎么能办到？

在他的一生中，他从未有机会问问自己："事情怎么会成这样？"当过去一切都很正常时，他为什么要去费那番心思？为什么事情成了现在这个样子？这个问题没有答案，在那之前他一直承蒙上帝的恩宠，根本没想到有这种问题存在。

一百个老人大胆地将时钟调回到大家对时间的流逝毫不在意的那个年代，所有这些力图复兴我们班在本世纪中叶那种天真浪漫的激情随着下午的愉快时光即将结束，这时我开始深思那个使瑞典佬临死都大惑不解的事：他是怎么成为历史的玩物的？历史，美国的历史，就是你在书本上、在学校里学过的那东西，却一路钻到平静的、交通不便的新泽西州旧里姆洛克，来到乡下。这里自从华盛顿的军队曾两次冬季驻扎在邻近的莫里斯顿那以后，历史上就再也没什么可提的啦。历史这东西，在独立战争后对当地人们的日常生活并无大的波及，这次却回到这些与世隔绝的丘陵地带，令人难以置信地，带有其可以预见的偶然性，跌跌撞撞地钻进塞莫尔·利沃夫四平八稳的生活中，然后一走了之，留下一片废墟。人们常用长远的眼光看历史，可实际上历史是个突如其来的东西。

就在此时此地，我一边搂着乔伊随着过时乐曲的节拍晃动，一边仔细考虑，试图搞清是什么造成那种命运，它一点不像人们为那位有名的威克瓦西三项全能运动员所勾画的。当时这首乐曲及其渲染的伤感恰到好处，当时瑞典佬和他周围的一切，他的城市和国家正处于繁荣的顶峰。那是人们最富有信心的年代，到处充满富于希望的幻想。乔伊·赫尔本再一次被我紧紧地抱在怀里，在她轻轻地抽泣声中只听见这昔日的流行曲向我们这些六十多岁的老人召唤。“梦想啊……一定会实现”，我将瑞典佬放到舞台上。在文森特餐馆的那天晚上，纵有上千个充分的理由，他也无法迫使自己要求我这么做。就我所知，他也没打算要求我这么做。使我写关于他的故事不可能是他到那里去的原因。也许只是我在那里的原因。

篮球从不像这样。

在我的孩童时代，他就触动了我内心的东西，正如他对无数孩子做过的那样，那就是我想改变自己的最强的想像力。但期望自己进入他人的荣光之中，无论作为孩子或作为成人，都是不可能的事情；从心理学角度出发，你若不是个作家则会一败涂地；但从美学角度出发，你若是个作家也将一事无成。在其毁灭之中拥抱你的英雄，让你的英雄生活在你的灵魂深处，而此时所有的一切都在削弱他，你却想像着进入他的霉运中，不是将你同他处于崇拜焦点的那种无所顾忌的优越感联系在一起，而是与他悲惨衰落的惶恐共命运——啊，这就是值得我思考的东西。

所以……我和乔伊待在一起的时候，总在想瑞典佬和在这只不过二十五年的时间里，从战时在威克瓦西高中凯旋的日子到他女儿在一九六八年扔炸弹的岁月之间，他的国家发生了什么，想到那种神秘的、令人烦恼的特殊的历史过渡期。我想到六十年代、被越南战争不时引起的动乱、一些家庭怎样失去他们的孩子而另一些却没有、塞莫尔·利沃夫一家作为失去孩子的家庭之一又是如何挨过来的。这些家庭富有忍耐力，是善良的，也崇尚自由意志，但他们的孩子却变得狂暴、走进监狱，或者消失到地下，或者逃往瑞典或加拿大。我想到瑞典佬的大崩溃和他是怎样把这想像为因自己未能尽职而造成的。一切从某一刻起必须发生。他是否是任何事情的原因都不要紧。不管怎样，是他要自己负责的。他一生中都在这么做，让自己很牵强地去负责任，不只是要控制他自己，而且要控制任何无法控制的东西，献出他的一切将他的世界聚合到一块。是啊，灾难的原因对他而言就是背离常理。瑞典佬对自己能有其他解释？肯定是背离常理，就那么一次背离常理，即使只是他自己把这看成是背离常理也罢。降临到他头上的灾难起源于他的失职，他是这么想的。

挥去在文森特餐馆就餐时的光环，当时我匆匆忙忙地得出最不经思考的结论——单纯是对的，但从来不是那样——我放到自己舞台上的就是我们一路跟随进入美国的这孩子，他是下一次浸礼的关键人物。在这里人们就如同当年的新教徒一样自由自在，作为一个美国人靠的不全是拼命工作，也不必非要做个发明了众所皆知的疫苗的犹太人或在最高法院占一席之地，也不是非得聪明绝顶、赫赫有名、成为人中豪杰，而是作为新教徒世界的同类，他以普通的方式、自然的方式、美国人常有的方式做到了。随着《梦之歌》优美的旋律，我使自己渐渐离去，远离这团聚，我进入梦乡……梦见现实的岁月。我开始注视他生活的内幕——不是孩子们对其胜利狂喜不已的那种神或半神半人的生活，而是另一位易受伤害的普通人的生活。隐隐约约地，看吧，我发现他在新泽西的蒂尔，在海边的小屋，那个夏天他女儿才十一岁。当时她还离不开他的膝头，还不停地用各种爱称对他呼喊，如她所说，“忍不住”要用指尖去探测他耳朵到头骨最近的距离的念头。她用毛巾裹住身体，跑步穿过房间，到外面的晒衣绳上取一件干浴衣，嘴里大声叫道：“谁也不许看！”好几个晚上她冒冒失失地闯进他正在洗澡的卫生间，当她看见他时大叫道：“啊，对不起，我的天——”“滚开，”他对她喊，“滚出去——我的天！”那个夏天有一次在海滩玩耍后和他单独驾车回家，被日光浴搞得昏头昏脑的，她懒洋洋地倚靠在他光光的肩头，她仰起头，一半天真一半大胆地、早熟地装出成年女性的样子说道：“爸爸，像你吻、吻、吻妈、妈妈那样吻我。”他自己也被晒得头昏脑涨的，整个上午和她在大浪里翻滚已是疲惫不堪。他朝下看见她游泳衣的一条带子从肩上滑落，乳头露了出来，那深红色的就和蜜蜂螫过的肿块一个样。“不，不。”他说道，这使他们两人都大吃一惊。“把衣服弄好。”他不管用地加了一句。她无言地顺从他。“对不起，小甜饼——”“噢，我自找的，”她说道，尽力控制住眼泪，又成了他叽叽喳喳的可爱的伙伴，“在学校也一样，和朋友一起也差不多。我一有什么念头就停不下来，我总被牵着走、走、走。”

好一会，他看着她脸色变得那样苍白或者说扭曲成那样。她尽量把那个字拉得很长，特别是在那天，他几乎都忍受不了。“走、走、走”而他比任何人更了解此时不能做的是什么。如梅丽所说，她“开始瞎胡闹了”。她尽可放心，作为父亲他永远不会在她开口时冲她大喊大叫。“冷静些，”他对多恩说，“放松点，别管她。”但多恩控制不了自己。梅丽开始口吃厉害起来时，多恩就用手搂着她的腰，眼睛盯着她的嘴唇，意思很明白：“我知道你能做到！”可她自己嘴上却说：“我知道你做不到！”梅丽的口吃让她母亲伤透脑筋，也害了她自己。“我不是问题——妈才是！”尔后老师也成了问题，她总在回避梅丽，尽量不让她回答问题。大家开始为她感到难受时，所有人都成了问题。后来她突然讲话流利、不再口吃，大家的恭维也成了问题。她特别憎恨人家夸她说话流利。只要人家表扬她，她就完全失去控制。有时候，梅丽害怕到一定程度时她会说，“我整个系统要短路了。”看到这个孩子能这样集中精力取笑此事，真令人惊讶——他这珍爱的快乐的玩笑家！要是在多恩的控制之下如此快乐就好了。但只有瑞典佬一人能接近她、改变她，尽管他总在克制自己不要恼怒地冲她吼叫：“如果你真的勇敢些，流利地讲话，你觉得会有什么可怕的事发生吗？”这种恼怒从未表现出来过：他不像她母亲那样把手扭来绞去。当她陷入麻烦时，他也不会盯着她的嘴唇，或像她母亲那样纠正她的话。每次她讲话时，他不想将她变成不只是在这个家里而且是在这个世界上的最重要的人物。他用尽一切办法，不让她将这种耻辱变成爱因斯坦的特殊方式。他的目光告诉她，他会尽力帮助她，只要和他在一起，她想怎么口吃都行。所以他对她也讲过："不、不、不要。"他做了多恩宁死也不会做的事——取笑她。

"走、走、走。"

"噢，小甜饼，"他说，就在这时他知道夏天里双方看似无意的玩笑——两人细细品味的那种亲密感，太美妙了，无法放弃，但又不能太认真去考虑，去过分重视，完全超脱肉欲。这会随假期的结束一块消失，她又将整天待在学校里，而他也要回去工作，他们并不能轻易找回那种感觉。只是当他终于了解到这夏天的浪漫需要完全的调整时，他感觉的平衡才失调，一只手把她拉过来，激情地亲吻她口吃的嘴唇，这是她整个月都在索取的，可那时她只是朦朦胧胧地了解到她想要的是什么。

他应该有那种感情吗？他还来不及想就什么都发生了。她才十一岁。这在当时非常可怕。这不是任何他曾经片刻担心过的东西，这是一种你从未意识到的禁忌，是被禁止的、自然而然地认为绝对不能去做的事。你不过是轻而易举地，尽管只在一刹那间，做了这事。在他整个的生命中，不管是作为儿子、丈夫，甚至雇主，他都从未向任何这类偏离情感条例的事情屈服过，他被这些条例束缚。事后他老在想，这种奇怪的父辈错误究竟是不是他的责任感垮掉了，他的余生都在为之付出代价。这次的亲吻没有任何严肃的意味，也不是在模仿什么，以后也未重复过，持续了五秒钟……最多十秒钟……但这次灾难后，每次他刻意去追寻他们苦难的根源，寻到的便是那个反常的时刻。当时她十一岁，而他有三十六岁了。他们两人都被汹涌的海浪和火红的骄阳挑逗起来了，从海滩一块愉快地往家赶的时候——他记得的就是这些。

但那时他也在想，那天过后他可能太故意离她远些了，肉体上本来不需要离她这么远。他只是想让她明白用不着担心他会再一次失去控制，也不必担心她自己纯粹自然的糊涂念头，结果却夸大了那次亲吻暗示的内容，过分在意其挑逗性。他继续努力将此改变为一种完全无害的自发的关系，反而加重了这口吃小孩自我怀疑的负担。而他所想的一切都是为了帮助她，帮她治愈!

那伤害是什么？有什么可以伤害梅丽？是那无法去掉的缺陷本身或者是将缺陷强加到她身上的人们？但怎么做的？他们除了爱她、照顾她、鼓励她，还给予她支持、指导和独立，这些都在他们看来符合常理——而这个还未开窍的梅丽却被玷污了！扭曲了！疯掉了！是什么所致？成千上万的年轻人口吃——他们都没有长大后引爆炸弹！梅丽哪里出错了？他对她做过什么错事，这么严重？亲吻？那次亲吻？这么残忍？一次亲吻就能将人变成罪犯？亲吻的恶果？是他的退却？那就是兽性？但好像不是因为他从此再没有拥抱她，触摸她或者亲吻她——他爱她。她知道这个。

一旦这种微妙的感情开始，自我反省的折磨就没有尽头。不管答案是多么牵强，他的问题总没完没了，他这个人以前从没有重要问题真的要问自己。那次炸弹事件后，他再也不能将生活看成理所当然的事，或者相信他的生活与他所想像的并没有什么特别不同。他发现自己常常回忆起幸福的少年时光，他的成功，似乎这就是他们招致毁灭的原因。所有的胜利在他的审视下都显得肤浅；甚至令他惊讶的是，他的那些美德也似乎像恶行。在他记忆中的过去再没有清白可言。他明白你说的一切所表达的要么比你想说的多，要么比你想说的少；你做的一切要么比你想做的多要么比你想做的少。你说的和做的肯定会起作用，但这作用却不是你所想要的。

他所了解的那个瑞典佬，心地善良、举止端庄、有条有理的塞莫尔·利沃夫，蒸发掉了，剩下的只有自我反省。他不能从脑海里去掉那种想法，认为自己对此负有责任，他也无法诉诸那种有些邪恶的念头——所有的一切都出于偶然。他被容许进入了一个甚至比梅丽的口吃更令人困惑的迷宫：这里没有流利可言。全是口吃。夜晚待在床上时，他把自己的整个生活想像成一张口吃的嘴和扭曲的鬼脸——整个生活没有原因和意义，糟糕透顶。他再也没有什么秩序的概念。一点没有。他把自己的生活想像成口吃者的思维，完全脱离他的控制。

除了她父亲，那一年梅丽热爱着的还有奥黛丽·赫本。在奥黛丽·赫本之前有天文学，天文学之前是四健会[1]，伴随而来的甚至还有使她父亲有点烦恼的一段天主教狂热时期。每次她到伊丽莎白去玩，德威尔外婆都带她上圣吉纳维芙教堂。天主教小装饰品一点一点地进入她的房间，只要他还把它们当成小装饰品，只要她不出格，一切都相安无事。一开始是圈成十字架的棕榈叶，是她祖母在棕枝全日[2]送给她的。那也不错。任何孩子都想把它挂在墙上。然后是蜡烛，放在厚玻璃里，有一英尺高，叫“不灭的蜡烛”，标签上有一幅耶稣的圣心画和一句祈祷词：“啊，耶稣的圣心，他说：‘请求吧，你将得到。’”那不太合适，但只要她不点燃它，只放在梳妆台上作为装饰，也不值得大惊小怪。再就是一幅正在祈祷的耶稣的侧面像挂在床头上方，这一点不好，可他没对她说什么，没告诉多恩，也没对外婆德威尔抱怨，只是对自己讲：“没什么害处，一幅画而已，对她来说不过是一个英俊男人好

1 英语为 4H Club，一个美国非营利性青年组织，于一九〇二年创立，它的使命是“让年轻人在青春期尽可能地发展潜力”。“四健”（4H）分别代表健全头脑（Head）、健全心胸（Heart）、健全双手（Hands）和健全身体（Health）。

2 复活节前的星期日。

看的画，有什么关系？”

有关系的是这雕像，一尊圣母石膏像，是德威尔外婆放在餐厅台架和卧室梳妆台的那些大雕像的袖珍版。这雕像使他和她坐下来谈谈，他问她当利沃夫奶奶和爷爷来玩时，是否愿意将这些画和棕榈叶从墙上取下来放进衣橱里，还有那雕像和不灭的蜡烛。他轻言细语地解释说，尽管在她自己的卧室里她有权利挂上自己想挂的任何东西，但奶奶和爷爷是犹太人，当然他也是，不管是对还是错，犹太人不会挂这些，等等。当然，她是个乖小孩，想讨人喜欢，特别想讨爸爸喜欢，她小心翼翼，当下次瑞典佬的父母来旧里姆洛克时不让他们看见德威尔外婆给她的那些东西。于是，有一天，天主教的一切东西都从墙上和梳妆台上永远消失了。她是个完美主义者，做起事来全凭感情冲动，生活中全心全意地关注新的兴趣，激情一过，所有东西，连同那激情一道被锁进箱子，她自己又朝前走。

现在是奥黛丽·赫本。她从她所能找到的报纸杂志仔细收集这位电影明星的照片或芳名。甚至电影时刻表——“蒂凡尼的早餐，2 点，4 点，6 点，8 点，10 点”，她在饭后将它们从报纸上剪下来，贴到她的奥黛丽·赫本剪辑本里。好几个月她进进出出，装出个顽皮小姑娘的样子，丛林小妖精一样优雅地闪进自己的房间，对所有反光的物体都转动卖弄风情的双眼微笑着，只要她父亲说一句话她便大笑起来，笑声里带有人们所称的那种“感染力”。她买了《蒂凡尼的早餐》的录音带，在卧室里一听就是几个小时。他听见她在那里模仿奥黛丽 · 赫本魅力无比的腔调演唱《月亮河》，非常流利。不管她有多装腔作势、卖弄风情、自我陶醉于大胆表演，家里没有谁表示厌烦，更不会去管她脑子里那个滑稽的不可能实现的美梦。如果奥黛丽 · 赫本能帮她减少一点口吃，就让她继续那滑稽表演吧。这女孩，有上天赐予的金色头发、逻辑心理、高智商、成人一样的幽默感，并能如此对待她自己。她还有修长的四肢、富裕的家庭和独有的执着，什么都有，只缺流利。安全、健康、爱，可以想像的一切优势——只是无法在点个汉堡包时避免让自己蒙羞。

她多么用功！放学后，她两个下午去学芭蕾舞，两个下午由多恩开车送她到莫里斯顿看口吃矫正医生。星期六，她很早起床，自己做早餐，然后骑自行车跑五英里山路到旧里姆洛克的村庄里当地巡回心理医生的小诊所，但这医生有一种谬论。瑞典佬发现梅丽尽管拼命努力，可情况还是越来越糟，他气愤不已。心理医生使梅丽相信口吃是她的一种选择，一种她表现出她特殊性的方式，当她意识到多么奏效时便将自己封闭在里面。医生问她：“如果不口吃，你父亲会怎么看你？你母亲的感觉又会怎样？”他还问，“口吃给你带来什么好处？”瑞典佬不明白让孩子感到要对她不能做到的事负责会有什么好处，所以他去见这位医生。到他离开时，真想宰了他。

从病因学上讲，梅丽的问题似乎与她有这么漂亮和成功的父母有关。瑞典佬竭力理解医生的话，认为医生的意思是父母的好运让梅丽吃不消，所以她从和母亲的竞争中退却，任由她母亲在她的头顶上罩住她、关注她，结果便采取极端手段。另外，为了从漂亮的妈妈身边夺走父亲，她故意作践自己，成为严重的口吃者，因而可以用一种表面的弱点操纵大家。"但梅丽的口吃使她自己很痛苦，"瑞典佬提醒他，"所以我们才带她到你这里。""她得到的好处远远超过遭受的惩罚。"有一阵瑞典佬不明白医生解释的是什么，他答道："不，不，看见她这样口吃我妻子难受得要命。""也许，对梅丽而言，那正是好处之一。她是一个绝顶聪明、操纵心理很强的孩子。如果她不是，你也不会对我这么生气，只因我告诉你口吃特别能操纵他人，即使不是报复性的，也是非常实用的行为方式。"他恨我，瑞典佬心想。这全是因为我看起来的样子。因为多恩的样子，他才恨我。他嫉妒我们的长相。这就是他恨我们的原因——不像他那么矮小和丑陋！心理医生说："父母对有的东西那么关注，女儿有时却认为这种东西很无聊，所以她的成长过程很艰难。除了母亲和女儿之间的自然竞争，最要命的是人们会问小女孩：'想长大后也成为你妈妈那样的新泽西小姐吗？'""但没人这么问过她。谁问她这个？我们从来不。我们没有谈起过此事，这话题也没有出现过。为什么会谈它？我妻子不是新泽西小姐，我妻子是她母亲。”“可是人们会这样问她，利沃夫先生。”“看在上帝的分上，人们问孩子各种没有什么意思的事情，这不算什么问题。”“但你确实也清楚，当孩子根本无法和母亲比，还不能接近这种水平，她的感受是什么，可能会采取——”“她没有采取任何方式。注意点，我认为你可能将一种有偏见的负担强加到我女儿身上了，让她把这看成一种‘选择’。她没有选择，口吃的时候对她而言完全是地狱。”“她常对我讲的并不是那样。上星期六我直截了当地问她：‘梅丽，你为什么口吃？’她告诉我：‘口吃只是更容易些。’”“但你知道她那样说的意思。她的意思很明显。她指的是她就不用努力去做要不口吃就非得去做的事。”“我刚好想到她在告诉我比那含意更多的事。梅丽可能甚至感觉到如果她不口吃，那么，噢，天哪，人们将会发现她真正的问题，特别是在这个承受很大压力的完美主义的家庭里，大家不切实际地非常重视她讲的每一句话。‘我如果不口吃，母亲真的会从我身上看出捣蛋的劣迹，她将发现我真正的秘密。’”“谁说我们是个承受很大压力的完美主义的家庭？耶稣啊。我们是普通的家庭。这是梅丽讲的？关于她的母亲，她这么对你讲？她会从她身上看出捣蛋的劣迹？”“没讲这么多。”“因为这不是真的，”瑞典佬说，“那不是原因。有时我认为原因只是她的大脑反应太快，比她的舌头快多了——”啊，他怜悯地看着我，听着我笨拙的解释。养尊处优的杂种。冷漠绝情、无心无肺的杂种。愚蠢透顶的杂种。愚蠢——这是最糟糕的。所有一切都因为他看起来的样子、我的样子，和多恩的样子……“我们经常遇到有些父亲不能接受、拒绝相信——”噢，这些人没有一点用处！他们只会把事情搞得更糟！请这狗屁心理医生是谁的主意！“我并非不接受任何东西，见他的鬼。是我首先带她到这里的。”瑞典佬说，“我按照任何专业人士建议做的一切来帮她克服。我想从你这里知道的是我女儿这样做对她自己有什么好处，她面部扭曲痉挛、腿部抽筋、敲打桌面、面色苍白，这么难受，你却说她做这一切不是为了别的，只是想操纵她的父母而已。”“那么，她敲打桌子、脸色苍白时谁说了算？谁在那里有权控制？”“当然不是她！”瑞典佬气愤地说。“你认为我对她的看法不仁慈。”医生说。“是啊……在一定程度上，作为她父亲看来，是这样。你可能从未想到过有什么生理上的根据。”“不，我没有说过。利沃夫先生，如果你想的话，我可以给你讲些生理学理论。但那不是我能找到的治疗她的最有效的方法。”

她的口吃日记。她吃过饭后就在厨房桌上把一天的事写入她的口吃日记。看到这些东西，他最想杀掉的就是心理医生。这家伙最后还告诉他——作为“不能接受、不愿相信”的那些父亲中的一个——只有当她的口吃变得对她毫无用处，只有当她想以不同的方式与这个世界发生关系——简而言之，只有当她能找到更有价值的东西来替代这种操纵意识的时候，她才会停止口吃。口吃日记是一个红色三环笔记本，她遵照口吃矫正医生的建议，把口吃时讲的东西记录下来。她坐在那里非常仔细地回忆和记录一天来口吃情况的变化，哪些场合最不容易发生、什么时候以及和谁在一起时最容易出现，这时的她难道不觉得口吃是她最大的仇敌吗？星期五晚上她和朋友急匆匆赶往电影院而将笔记本随手丢在桌上，他读到后的那种撕肝裂肺的痛苦有什么可以与之相比？“我什么时候口吃？有人突然提问而我又毫无准备，这时我容易口吃。人们看我时，那些知道我口吃的人，特别是他们盯着我的时候。尽管有时和那些不了解我的人在一起会更糟……”她继续写，一页又一页，用她非常优雅的书法写下去——她似乎说在所有情形下都口吃。她写道：“甚至当我做得很好时，我还是忍不住要想：‘他要多久就会知道我口吃？我会过多久便开始口吃并毁掉这一切？’”尽管每次都失望，她仍然坐在父母能看见她的地方，每天晚上仔细写口吃日记，周末也不放过。在矫正师的指导下，她用不同的“策略”应付陌生人、店员和那些她谈话比较安全的人。她和矫正师注意研究策略，以便应付与她关系密切的人——老师、女朋友、男孩子，然后是她的祖父母、父亲、母亲。她把这些策略记在日记里，还将与不同的人可能谈到的话题列表，写下讲话要点，预想最可能发生口吃的时候，做好充分准备。她怎么能忍受所有这些自我意识带来的苦难？要求她对随时发生的事情先行安排的这种计划，拒绝从这些单调乏味的工作退却的毅力——是那个杂种所说的“报复手段”？这种不屈不挠的干劲，瑞典佬从未见过，即使在人们将他训练成为橄榄球队员的那个秋天他也没有这么玩命，在他并不真正喜欢其暴力的运动中用头奋力冲撞时也犹豫过，“为了学校的缘故”，他去做了，干得漂亮。

可是梅丽辛辛苦苦做的事对她自己没有半点好处。在矫正师安静、安全的密室里，她被人从内心世界拉出来，据说她感到特别自在，能准确无误地讲话、开玩笑、模仿他人说话和唱歌。但一到外面，她发现口吃又来了，开始左右她，她想尽一切办法，一切办法，避免以 b 开头的字，很快她就急促地乱讲一通。下星期六那位心理医生又要忙于对付字母 b 和“它无意中给她暗示的东西”，或者字母 m 或 c 或 g“无意中给她暗示”的东西。而他猜测的东西没有任何意义。他的那些了不起的主意并没有解决她任何一个难题。人们说什么都没用，到头来全是废话。心理医生帮不上忙，矫正师不起作用，口吃日记没用，他无能为力，多恩也不行，就是奥黛丽·赫本轻盈活泼的演讲也没有丝毫帮助。她实际上处于某种东西的控制下无法脱身。

太迟了：如同神话故事中天真无邪的人被诱惑喝下毒药一样，这活蹦乱跳的孩子过去常在家具上高兴地爬来爬去，穿着黑色紧身连衣裤骑到每一只大腿上。忽然间她向上蹿高，转而又横着发展，长胖了——她背上和颈部的脂肪增厚，不再刷牙和梳头，在家几乎什么都不吃，可在外面独自一人时总在吃东西，干酪牛肉汉堡配炸薯条、比萨饼、火腿、莴苣、番茄三明治、油炸洋葱圈、香草奶昔、根汁汽水加冰激凌球、冰激凌浇巧克力酱和各种糕点。她几乎一夜间变大，成了个行动迟缓、不修边幅的十六岁、身高近六英尺的大家伙，同学给她起的绰号为胡志[1]·利沃夫。

口吃成为她割下所有撒谎杂种脑袋的弯刀。“你他、他、妈的疯子！你冷酷无、无、情的怪、怪物！”只要林登·约翰逊在七点钟的新闻节目一露脸，她就咆哮不已。对着电视上当时的副总统汉弗莱的脸，她叫喊道：“你这笨蛋，闭、闭上你撒谎的臭、臭嘴，你胆、胆小鬼，你、你肮脏同、同谋！”当她父亲作为新泽西商人反战协会特别小组的成员，和他们的指导委员会到华盛顿去见他们的参议员时，她拒绝了一起前往的邀请。瑞典佬以前从不属于任何政治团体，他要不是希望以这种明显的参与方式减少一点她对他的愤怒的话，才不会参加这个组织，并志愿花一千美元为这个指导委员会在《纽瓦克新闻》上刊登抗议广告。他说：“这是你的机会，你可以把心里想的告诉凯斯参议

1　指胡志明（1890—1969），越南民主共和国主席。

员。你可以直接与他谈。这不是你想的吗？”“梅丽，”娇小的母亲对大个子、怒目而视的女儿说道，“你也许会影响凯斯参议员——”“凯、凯、凯、凯斯！”梅丽突然爆发，让父母大吃一惊，一口把唾沫吐到厨房地板砖上。

她现在整天都在用电话，这小孩以前得采取她的电话“策略”才有把握拿起话筒后三十秒内喊出“喂”的一声。她已完全克服了难受的口吃，但还不是她父母和矫正师希望的那样。不，梅丽得出的结论是，使她扭曲的不是口吃，而是企图改变这种现象的徒劳。发疯似的徒劳。她可笑地将这口吃看得那么重要，只是为了迎合里姆洛克这些父母、老师和朋友的期望，这些人使得她过分重视了说话方式这种原本次要的东西。不是她说了什么而是她说的方式使他们不安。要彻底摆脱口吃，她真正需要做的是在发“b”这个音时，丝毫不去管他们怎么难受。是啊，她已不关心自己开始口吃时敞开在每个人脚下的深渊；口吃再也不是她存在的中心——她该死的很有把握这也不会是他们存在的中心。她强烈抗拒扮演像里姆洛克其他那些小女孩一样努力去做、以便获得大家的羡慕和喜爱的角色，她不热衷于此——她将无用的举止、对社会的那点关注和她家的“资产阶级”价值观都扔到一边。她在自己的问题上浪费了够多的时间。“我不想花一生的精力昼夜不停地同该死的口吃纠缠不清，而此时孩子们正被、被、被、被林登活生生烤熟，被、被、被约翰逊烧死！”

现在她的精力全都冒了出来，毫无遮拦，这抵抗力以前曾被用到其他地方，由于不再关心那种古老的障碍，她第一次享受的不仅是彻底的自由，还有令人振奋的对自己完全把握的力量。一个崭新的梅丽出现了，在抗议“罪、罪、罪恶的”战争时，她终于发现有个难题值得她用自己惊人的力量去对付。她把北越称做“越南民主共和国”，谈起这个国家她带有很深的爱国热情，人们还以为她不是出生在纽瓦克的贝斯以色列，而是在河内的贝斯以色列，多恩这么说道。“‘越南民主共和国’——我要是再听到她说一次，塞莫尔，我准会发疯！”他尽力让她相信可能没有她听到的那么糟。“梅丽有信仰，多恩，她有自己的政治立场。没有什么不清楚的，她也不会成为其最佳发言人，这背后有某种想法，肯定有许多感情因素，有许多同情怜悯……”

多恩现在只要和她女儿一谈话，即使不发起疯来，也会逃到屋外、躲进谷仓。只要她们两人一块待上两分钟，瑞典佬就会听到梅丽与她的激烈争吵。多恩说：“有些人只因为自己有令人羡慕的中产阶级父母就会感到非常幸福。”“很遗憾，我没有被洗脑到那种程度，成为他们中的一员。”梅丽回答道。“你是个十六岁的大姑娘了，我能告诉你该做什么，我也必须告诉你该做什么。”“不能因为我十六岁就把我当女、女、女孩看！我要做我想、想、想做的。”“你不是反对战争，”多恩说，“你是反对一切。”“那你是什么，妈？你赞成的是母、母、母牛！”

现在多恩一夜又一夜流着泪上床睡觉。“她是什么？这是怎么回事？”她问瑞典佬，“如果有人要挑战你的权威，你怎么办？塞莫尔，我完全迷惑了。这是怎么了？”他对她讲：“实际上，她是个有顽强意志的女孩，有主见、有事业心。”“这是从哪里来的？我一点也不清楚。我是个坏母亲吗？是这个原因吗？”“你是好母亲，是个了不起的母亲。这不是原因。”“不知她为何这样对待我。我不明白自己对她做过什么或者她认为我对她做过什么。不知道发生了什么事。她是谁？她从哪里来？我管不住她。不认识她了。我以前认为她很聪明，现在一点也不。她变得愚蠢了，塞莫尔，我们每次谈话后她反而更加愚蠢。”“不，她只是对人有些粗鲁莽撞，并不是完全有意的。她依然很聪明，十几岁的孩子都这样。是存在这种剧烈变化，与你或我都没有关系。他们不过是随意地反对一切事物。”“全是因为口吃，对吧？”“为她的口吃我们做了一切能做的事。我们总是这样。”“她因为口吃很恼火，”多恩说，“她因此也没有什么朋友。”“她总是有朋友的，还很多。而且，她已战胜了口吃。口吃不是原因。”“不，是原因。你绝不会战胜口吃，”多恩说，“你总是处于恐惧中。”“那说明不了现在的问题，多尼[1]。”“她满十六了——这是原因？”多恩问。“如果是的话，”他说，“也许很大部分原因是的，我们尽最大努力使她熬过十六岁。”“但是接下来呢？当她过了十六岁，她就会到十七岁。”“她十七岁时就不同了，到十八岁又不同。情况在变。她会有新的兴趣，她将上大学——有学业上的追求。我们可以把这些安排好。重要的是常和她谈谈。”“我不行，不能和她谈话。现在她甚至连母牛也嫉妒，要把人逼疯了。”“那么，我多跟她谈。重要的是不要放弃她，也不要向她让步，哪怕一次又一次地重复相同的话题，也要保持和她交谈。即使看起来没有什么希望也不要紧。你不可能指望说的话马上就有效果。”“但她的回答会产生效果！”“别去管她怎么回答。我们不得不对她讲我们必须讲的，即使这种谈话看起来没完没了。我们要画条线，不画线，她就不会照规矩办事。画好线，她至少有百分之五十的可能会照办。”“假如她仍然不呢？”“多恩，我们能做的就是保持理智、坚强一些，不要丧失希望或耐心，她总有一天会战胜这种对一切都反感的心理。”“她不想战胜。”“那是现在，是今天，但还有明天。我们所有人之间有一种联系，这是重要的。只要我们不放弃她，只要我们不停止交谈，明天就会到来。当然，她令人发疯，我也不认识她了。但如果你没有让

1　多恩的昵称。

她耗尽你的耐心，如果你继续和她交谈，不放弃她，她最终会复原的。”

尽管看起来没有希望，他还是谈啊，听啊，保持理智。这场战斗似乎不会终结，他很有耐心，只要发现她太出格便画线约束。不管她在回答时公开表示出何等恼怒、怎样的嘲讽、刻薄、难以捉摸和虚情假意，他还是坚持询问她有关政治活动、校外情况、新交的朋友等事情，语气温和但执着，这使她恼火。他向她打听星期六到纽约去的情况。她在家里总是随意地高声大叫——她还是个从旧里姆洛克来的孩子，一想到她在纽约可能遇到的那些人他便感到惊慌。

第一次关于纽约的谈话。“你到纽约干什么？到纽约见谁？”“我干什么？去看看纽约，这就是我做的。”“梅丽，你干些什么？”“我做所有人都做的，逛商场，看看橱窗陈列，女孩子会干什么？”“你和纽约的那些热心政治的人搅到一起了。”“不知道你说的是什么，所有的事情都是政治，你刷牙也是政治。”“你和反对越南战争的那些人混在一起了。你是去见他们？是或不是？”“他们是人民，是的。他们是有思想的人民，他们中间有些人不赞、赞、赞成战争。他们大多数不信、信、信奉战争。”“那好吧，我刚巧也不信奉战争。”“那么，你有什么问题？”“这些人是谁？他们多大了？他们以什么为生？是学生吗？”“你为什么想知道？”“因为我想知道你在干什么。每个星期六你都独自一人到纽约去，并不是每家的父母都让一个十六岁的女孩走这么远。”“我去参……我，你知道，那里有人、有狗、有街……”“你带回家这么多关于共产党的材料，带回来这些书籍、传单和杂志。”“我想学学。你教我学习的，不是吗？不光是读书，而是要学习。共、共、共产党的……”“是共产党的。那上面写着共产党的。”“共产党人的思想也不全是共、共产主义。”“举个例。”“关于贫困、关于战争、关于不公平。他们有各种思想。你是犹太人并、并、并不意味着你只有犹太教的思想。是啊，共、共、共产主义也一样。”

第十二次关于纽约的谈话。“在纽约你到哪里去吃饭？”“谢天谢地，不是在文森特餐馆。”“那在哪里？”“到其他人都去的地方，餐馆、自助餐厅、人民公寓。”“住在这些公寓里的是些什么人？”“我的朋友。”“你在哪里遇见他们的？”“我在这里遇见一些，在城里遇见一些——”“这里？哪里？”“中学里，比如说谢、谢、谢丽。”“我未见过谢丽。”“谢丽就是班上表演戏剧时总是拉小提琴的那一位，记得吗？她到纽约去为、为的是上音乐课。”“她也卷入政治了吗？”“爸，一切都是政治。只要她有头、头、头、头脑，又怎么能不卷进去呢？”“梅丽，我不想让你遇到麻烦。你对战争很气愤，许多人对战争都气愤。但有些对战争反感的人不知道限度。你知道这些限度是什么吗？”“限度，这就是你所想到的。不要走极端。好吧，有时你不得不走该死的极端。你以为战争是什么？战争就是一种极端。在这小小的里姆洛克，这不叫生活，这里没有什么极端。”“你不再喜欢这里了。想住在纽约？喜欢那样？”“当、当、当然。”“假如你高中毕业后会到纽约上大学，你会喜欢吗？”“我不知道是否要上大学。看看这些大学的管理，看看他们怎么对付反战学生。我怎么会想上大学？高等教育。那就是我认为低等教育的东西。我可能会上大学，也可能不。我现在还没有开始计、计划。”

第十八次关于纽约的谈话。她有个星期六晚上没能回家。“你决不能再这么干。你决不能和我们不了解的人过夜。这是些什么人？”“决不要说决不。”“谁和你待在一起？”“他们是谢、谢丽的朋友。从音乐学校来的。”“我不相信你的话。”“为什么？你不相、相、相信我也会有朋友？人们会喜欢我——你不相、相、相信这个？人们会招待我过夜——你不相、相、相信这个？你相、相、相、相、信什么？”“你才十六岁。你得回家。你不能在纽约市过夜。”“不要提醒我多大了。我们都知道岁数。”“你昨天走时我们期望你六点钟回家。晚上七点钟你打电话回来说要在那里过夜，我们说不行。你坚持要这样，说有地方住，所以我同意了。”“你同意的，当然。”“但不要再这么干。如果你再这样，你就再也别想一人到纽约去。”“谁说的？”“你父亲。”“我们走着看。”“我再让一步。”“让什么，父亲？”“如果你再到纽约发现太晚时，必须找个地方过夜，你就住在尤曼诺夫家。”“尤曼诺夫家？”“他们喜欢你，你也喜欢他们，他们了解你的一切。他们有一套漂亮的公寓房。”“可是，我一起住的那些人也有漂亮的公寓房。”“他们是谁？”“我告诉过你，他们是谢、谢丽的朋友。”“他们叫什么？”“比尔和梅里莎。”“那比尔和梅里莎又是什么人？”“他们是人、人、人，同其他人一样。”“他们靠什么为生？多大了？”“梅里莎二十二，比尔十九。”“他们是学生？”“是学生。现在他们把人们组织起来为改善越南人的处境做事。”“他们住在哪里？”“你想干什么？来找我？”“我很想知道他们住在哪里。纽约有各种街区，有些好，有些不好。”“他们住在非常漂亮的街区，非常漂亮的房、房、房子里。”“哪里？”“他们住在晨边高地。”“他们是哥伦比亚大学的学生？”“是的。”“这套公寓里住多少人？”“我不明白为什么要回答所有这些问题。”“因为你是我女儿，才十六岁。”“也就是说，我这一生都要这样，就因为是你女儿——”“不，当你满十八岁、高中毕业后，想干什么都行。”“那么我们这里谈的是这两年的区别。”“对的。”“这两年里将会发生的大、大事是什么？”“你会成为自谋生计的独立人。”“如果我愿、愿、愿、愿意，我现在就能自谋生计。”“我不想你与比尔和梅里莎待在一起。”“为、为、为、什么？”“我的职责就是照顾你。我想你和尤曼诺夫一家住，如果你同意，就可以去纽约并在那里过夜。不然你就被完全禁止去那里。你自己选择。”“我到那里是要和我想待在一起的人住。”“那么，你不能再到纽约去。”“我们看着办。”“没有什么‘看着办’。你不能再去，够了。”“我很想看你阻止我。”“想想吧，如果你不同意和尤曼诺夫一家住，你就不准去纽约。”“那战争怎么办——”“我的责任是对你而不是对战争。”“啊，我知道你的责任不是对战争——那就是我去纽约的原因。因、因为那里的人们真正感到对战争有责任。当美国轰、轰炸越南村庄时，他们感到有责任。当美国把婴、婴儿炸、炸成碎、碎、碎片时，他们觉得应该负责。可你不会，妈妈也不会。你不会关心，哪怕只打搅你一天也不允许。你不会因此去别的地方过上一夜，不会为这事睡不着觉。不管以哪一种方式，你都不会真正关心的，爸爸。”

关于纽约的第二十四、二十五和二十六次谈话。“我不能这样谈了，爸爸。我不愿意！我拒绝！谁和父母这样谈！”“只要你还未成年，出去后晚上不回家，你就该和父母这样谈！”“但、但是你使我发、发、发疯，这种敏感的父亲，一心要了解人家！我不想被了解——我要的是自、自、自由！”“如果我是个不这么敏感的父亲也不想了解你，你会感觉好一些？”“我当然会！我想我肯定会的！你为什么不他妈的试、试、试着改变一下，让我他妈的看一看！”

关于纽约的第二十九次谈话。“不行，你成年以前不能搅乱我们的家庭生活。到那时你干什么都可以。只要你还不满十八岁——”“你所想的一切、所谈的一切、所关、关、关心的一切，都是这个该、该死的小、小、小家、家、家庭的好日子！”“这不是你所想的？这不是你感到愤怒的？”“不、不、不是！从、从、从来不是！”“是的，梅丽，你为越南的那些家庭感到气愤。对他们被毁掉而发怒。那些也是家庭。那些家庭也和我们家一样，也想有权利享受和我们家一样的生活。这不是你自己想为他们争取的吗？比尔和梅里莎为他们争取的是什么？使他们能得到和我们一样的安全和平的生活？”“不得不住在这个无人知晓地区享有特权的中心？不，我想这不是比、比尔和梅里莎为他们呼吁的。这不是我为他们呼吁的。”“你没有？那么再想想。实话讲，我认为过上这种在无人知晓地区享有特权的中产阶级生活会使他们很满足。”“他们只是想在夜晚能上床睡觉，就在他们自己的国家，过他们自己的生活，不再担心睡着时是否会被炸、炸、炸成碎、碎、碎、碎片。炸、炸、炸成碎、碎、碎、碎片，全是为了让新泽西的特权阶层的人们过上他们的和、和平，安、安全，贪得无厌、毫无意义、吸血鬼似的小、小、小日子！”

关于纽约的第三十次谈话。梅丽在尤曼诺夫家过夜后回家。“啊，他们这么慷慨，巴、巴、巴利和玛西亚。过着他们舒适的资产阶级生活。”“他们是教授，是严谨的学者，也反对战争。还有其他人在那里吗？”“哦，还有某个反战的英国教授、反战的社会学教授。至少他和他家人一起反战。他们都一块游、游、游行，我认为这才叫一个家庭。而不是这些该死的母、母、母牛。”“看来那里还不错。”“不，我想和朋友在一起，不想八点钟到尤曼诺夫家去。不管什么事情要发生也是在八点以后！如果我想晚上八点以后和你的朋友待在一起，我可以留在里姆洛克。我想八点以后和我的朋友待在一起！”“不管怎样这还不错。我们都让步了。你不能在八点以后和朋友待在一起，但可以和他们待上整个白天，这总比没有要好得多。你同意这么做，我感到很不错。你也应该这样。你下个星期六还去吗？”“我不会很早就安排好这些事。”“如果你下星期六要去就提前给尤曼诺夫家打个电话，让他们知道你会来。”

关于纽约的第三十四次谈话。梅丽未能在尤曼诺夫家过夜。“好吧，就这样。你违约了。星期六不准再离开这个家。”“我被软禁了。”“无期限地。”“你这样害怕的是什么？你认为我会干什么？我和朋、朋友在外面玩，讨论战争和其他重要事情。我不懂你为什么想了解这么多。每次我到哈姆林商、商、商店去，你都要问无、无、无数个该死的问题。你为什么这么怕？你不过是个胆、胆、胆小怕事的家伙，只是躲在这些树林里不敢出来。不要把你的恐惧抛洒到我身上，让我也像你和妈妈一样害怕。你所能对付的是母、母牛。母、母牛和树木。可是，除了母、母、母牛和树木外还有其他东西。还有人，真正痛苦的人。你为什么不说出来？你害怕我会被人睡了？你担心的是这个？我还不至于那么愚蠢被人搞掉。我这一生做过什么不负责任的事？”“你破坏协议，不用多说了。”“这里不是公司。这不是交、交、交、交易，爸爸。是软禁。每天在这房子里就像被软禁。”“你这么干我不太喜欢。”“爸爸，闭嘴吧。我也不喜欢你，我从来都没、没、没有喜欢过你。”

关于纽约的第四十四次谈话。第二个星期六。“我不会开车送你到火车站。你不能离开家。”“你要做什么？把我挡、挡在家里？你怎么能阻止我？把我捆在儿童餐椅上？你就是这样对待你女儿的？我不敢相、相、相信自己的父亲用武力威胁我。”“我不用武力威胁。”“那你怎么能让我待在家里？我不是妈妈那些哑巴母、母、母、母牛中的一个！我再也不住这里，永远，永远也不住。冷、冷漠、平静、镇定先生。你这么害怕的是什么？你为什么这么害怕人们？你听说过纽约是世界上伟大的文化中心之一吗？人们从世界各地赶来就是为了感受纽约的生活。你过去常常要我去经历一切事情。为什么就不能到纽约试试？总比被遗弃在这里好。你为什么这么生气？就是因为我有自己的主意？不是你先提出来的？不是你深思熟虑为家庭作的计划之一，也不是事情本该进行的那个样子？我所做的就是坐上该死的火车到城里去，每天成百上千万的男男女女就这么去工作。结交坏人，但愿上帝不要让我有其他想法。你娶了个爱尔兰天主教徒，你家里人是怎样看待你结交坏人一事的？她嫁给一个犹、犹、犹太人，她家里人是怎样看待她结交坏人一事的？我能比这更坏？也许和一个梳着非洲大蓬头的家伙外出——这是你害怕的吗？我想不是，爸爸。为什么你不去为重要的事情担心，比如战争，而不是你这滥用特权的女儿独、独自乘火车到大、大城市去？”

关于纽约的第五十三次谈话。“你还未告诉我，如果我乘该死的火车到城里，我会遭、遭遇到什么可怕的该死的厄运。他们在纽约也有公寓房和屋顶，他们也有锁和门。不只是在新泽西的旧里姆洛克才有锁。还是想想吧。和‘爱’押韵的塞莫尔·利沃夫[1]？你认为所有陌生的东西都是坏、坏的。你想过没有，有些东西对你陌、陌生却是好的？作为你的女儿，我也会有一种本能在适当的时候和好人在一起？你总认为我会以某种方式乱搞。如果你对我有信心，就会认为我可以和好人凑到一块。你对我没有一点信心。”“梅丽，你知道我谈的什么，你和政治极端分子搞到一起了。”“极端分子。只因、因为他们不同意你、你的观点就极端。”“他们是些有极端政治思想的人……”“要干成

1　利沃夫，英语写作 Levov，和“爱（Love）”有相同韵脚。

任何事情靠的就是坚强的思想，爸爸。”“但你才十六岁，他们大你这么多，比你老练得多。”“那是好事，所以我可以学到一些东西。极端就是因为一些对自由的误解把一个小国家炸、炸、炸掉，那才是极端；把男、男孩子的腿和睾、睾丸炸、炸、炸掉，那才是极端，爸爸。乘汽车或火车到纽约去，在上锁的安全的公寓房里过一夜——我看不出来这有多极端。我认为只要可能，人们每晚哪里都可以睡。告、告诉我这有什么极端。你认为战争坏、坏吗？哦——极端思想，爸爸。那不是极端思想——是有人对某件事关心，而想尽力去改变。你认为那是极端？那是你的问题。对有的人来说，尽力拯救他人的生命比得到哥伦比亚大学的学位更有意义——这是极端？不，另一种才是极端。”“你说的是比尔和梅里莎？”“是啊，她退学了，因为她有比得到学位更重要的事。阻止屠杀对她而言比一张纸上的学、学、学士两个字更重要。你把这叫做极端？不，我认为极端是当这种疯狂行为还在进行时人们却像平常一样继续过着自己的生活，当人们受尽来自四面八方各种剥削时你却每天继续穿上西装、系着领带去上班，似乎什么事都没有发生，那才是极端。那才是极端的愚、愚蠢，一点也不假。”

关于纽约的第五十九次谈话。“他们是什么人？”“他们到哥伦比亚大学读书，又退学了。我给你讲过。他们住在晨边高地。”“梅丽，给我讲得还不够。那里有毒品、有粗暴的人，是个危险的城市。梅丽，你可能陷入许多麻烦，有可能被强奸。”“就因、因为我不听父亲的话？”“那并不是不可能的。”“女孩子不管他们是否听父亲的话都有可能被强奸。有时父亲也强奸。强奸犯也有孩、孩子，那也使他们成为父亲。”“告诉比尔和梅里莎，请他们到这里来和我们度周末。”“哦，他们真的想到这里来玩。”“喂，你九月份到学校去怎么样？你最后两年去读预备学校。也许你待在家里和我们一块生活够了。”“总在计划，总在考虑最恰当的方法。”“我还能做什么？不计划？我是男人，是丈夫，是父亲。我经营企业。”“我经营企、企、企业，故我在。”“有各种学校，有些学校里有各种有趣的人，有各种自由……你去和学校的指导老师谈谈，我也会去咨询——如果你很烦，讨厌和我们一起生活，你可以到学校去。我知道你在这里再也没有什么可干的了。我们都认真想一想你到学校的事。”

关于纽约的第六十七次谈话。“你可以在莫里斯顿，在旧里姆洛克这里随心所欲地积极参与反战运动，你可以在这里把人们组织起来反对战争，在你们学校——”“爸爸，我想照我的方、方式干。”“听我讲，请听我讲。旧里姆洛克这里的人们不反对战争，他们恰恰相反。你想唱反调？就在这里对着干。”“在这里为此事做不成什么。我怎么干？绕着商场游行？”“你可以把这里组织起来。”“要里姆洛克人反战？那就大、大不相同了。反战的莫里斯顿高中。”“对啊，把战争带回家。口号上是这样吧？那么就这么办——把战争带回你住的镇上来。你想不受欢迎？你一定会变得非常不受欢迎，我可以担保。”“我并不想不受欢迎。”“但是，你会的，因为在这里这是个不受欢迎的角色。如果你在这里竭尽全力反战，相信我说的话，你将引起很大的震动。为什么不教这里的人们反战？这也是美国的一部分，你知道的。”“很小一部分。”“这些人也是美国人，梅丽。你可以就在村子里积极地反对战争，用不着去纽约。”“是啊，我可以在客厅里反战。”“你可以在社区俱乐部反战。”“一共就二十个人。”“莫里斯顿是县政府所在地，星期六到莫里斯顿去，那里有反战的人。封泰因法官反战，这是你知道的。阿威利先生反战。他们和我在反战宣传上签过字的。老法官和我一起到华盛顿去过。你也知道，这里的人们不太高兴看见我的名字在那里出现。但那是我的立场。你可以在莫里斯顿组织一次游行，你能设法办到。”“而且莫里斯顿高中的报纸也会报道。那将使军队撤出越南。”“我知道你善于进行反战演说，在莫里斯顿高中已经很有名气了。如果认为不重要，你为什么还去干呢？你肯定觉得这重要。对这场战争，美国的每一个人的意见都重要。梅丽，就从你住的这个镇子开始吧，这就是阻止战争的办法。”“革命不在农村开、开、开始。”“我们没有谈革命。”“只是你没有谈革命。”

那是他们不得不进行的有关纽约的最后一次谈话。谈话起作用了。虽很艰难，但他很有耐心，态度坚决，所以终于起作用了。据他所知，她再没有去纽约。她接受他的建议，留在家里。随后，她把客厅变为战场，把莫里斯顿高中变为战场。一天，她出去把邮局炸飞了，一同毁灭的还有福雷德·康伦医生和村里的综合商店。那是一座木结构的小房，前面挂着社区的公告板，还有一只旧桑纳可水泵和一根金属杆，商店主人诺斯·哈姆林每天早上都在上面升起美国国旗，打从沃伦·甘梅利尔·哈定[1]就任美国总统以来就未中断过。诺斯和他妻子还管理着邮局。

1 美国第二十九任总统（1921—1923）。

第二部

堕落

4

安蒂妮，是个肤色浅灰的女孩，看起来年龄只有梅丽一半大，但她说自己要比梅丽大六岁，自称为丽塔·科恩小姐。她在梅丽失踪四个月后来见瑞典佬。她打扮得像金博士[1]的接班人拉尔夫·艾伯纳西[2]一样，身着自由抗议者[3]背带工装裤和一双丑陋的大鞋，头上蓬松的乱发凸显孩童般稚气十足的脸蛋。他原本一眼就该看出她是谁，因为四个月来他一直都在等待这么个人。可她这么瘦小、这么年轻，看起来不能胜任什么大事，不敢相信她是宾夕法尼亚大学沃顿商学院的学生（正在做一篇有关新泽西州纽瓦克皮件业的论文），更不会相信她是个煽动分子，是梅丽的世界革命的导师。

她在工厂露面的那天，瑞典佬一点不知道丽塔·科恩已经出色地到处都去过了——在装卸码头的地下室窜进窜出，躲避联邦调查局从政府大街派来的监视小组，这些人观察每一个进出他办公室的人员。

每年总有三四次电话或来信要求参观工厂。以前娄·利沃夫就算再忙也会抽出时间来应付纽瓦克学校的学生、童子军或者由市议会或商会陪伴而来的著名人物。瑞典佬不能像他父亲那样从成为手套制造业的权威这件事情上获取那么多的乐趣，他也没有宣称自己像父亲那样对皮革业有什么权威——对其他事情也一样，但他有时还是会帮助学生，在电话上回答问题，如果学生特别认真的话，他也会走一趟。

当然，假如他预先知道这个学生并不是学生而只是他逃亡在外的女儿派来的使者的话，他不会安排在工厂见面。为什么丽塔先前没有对瑞典佬讲她是谁的信使，而要等会面快结束时才讲梅丽的事情？她肯定想先考察瑞典佬，或者她这么久不说是喜欢捉弄他。也许她只不过爱使用权力。她可能就是又一位政客，她说这些话就是要很好地享受一番权力。

瑞典佬的办公桌与生产车间用玻璃隔开，他和那些操作机器的妇女可以清楚地看到对方。他这样安排就是为了既可避开机器的喧闹，又可随时了解车间的状况。他父亲以前决不把自己关在任何办公室里，哪怕是用玻璃隔开还是其他方式。他干脆把办公桌放在车间中

1 指马丁·路德·金（1929—1968），美国黑人牧师，和平运动领袖，曾获一九六四年诺贝尔和平奖，四年后被暗杀于田纳西州的孟菲斯。

2 美国人权运动领导人（1926—1990），是南方基督教领袖会议的创始人和主席（1968—1977）。

3 指乘坐跨州巴士到南方各州进行反种族隔离的游行示威者。

央，周围有两百台缝纫机，像帝王一样居于拥挤不堪的蜂房中心。蜂群在他身旁忙来忙去，电锯发出强大的轰鸣声，他却在电话上与客户和承包商谈话，同时还费力地看文件。他说只有在车间里，才能从噪音中判断出哪台缝纫机出了故障，甚至在女工还未来得及叫工头处理时，他已经拿着螺丝刀赶过去了。纽瓦克女士皮件厂上了年纪的黑人女工头维基在他退休宴会上，(带着她特有的那种难说的羡慕）也证实了这一点。当一切顺利时娄反而烦躁不安，总而言之，维基说，他真是个难以对付的老板。但是遇到剪裁工投诉工头时，工头投诉剪裁工时，皮料晚运到数月或者有损害或者质量差时，发现衬里的承包商在数量上欺骗他时，或者运输商拼命宰他时，当他看见戴着太阳眼镜、开着红色科尔维特跑车的手套剪裁工下班后在工人中间做庄开赌局时，他会感觉舒适，以他特有的方式来加以纠正。当一切都恢复正常后，那骄傲的儿子，当晚倒数第二位讲话者，用他最长的、最诙谐的赞辞介绍他父亲时说道："他又会开始担心起来，弄得他自己和我们大家都心神不定。他总在等待最糟糕的事情，所以他从未失望太久，永远不会措手不及。就像纽瓦克女士皮件厂其他事情一样，这一切都表明担忧是有用的。女士们、先生们，这位作为我一生良师的人，不只是掌握了担忧的艺术，他还使我这一生都受到教育。这是一种有时极为艰难但总是令人获益匪浅的教育。他在我才五岁大时就教我制造完美产品的诀窍，那就是：‘用心去做’——他是这么说的。女士们、先生们，这个人就是这么去做了，成功了。那还是他十四岁去从事硝制皮料时就开始了，他是手套制造商中的老前辈，比在世的任何人都更懂得手套制造业这一行。这就是纽瓦克皮件先生，我的父亲，娄·利沃夫。”

“看吧，”纽瓦克皮件先生也开口了，“今晚别让任何人戏弄你，我喜欢工作，喜欢手套业，喜欢挑战，却不喜欢退休，我认为那是走向坟墓的第一步。但那一点也不会使我烦恼，这主要因为：我是这世界上最幸运的人。要说幸运，也因为一个词的缘故，这是一个最大的小词：家庭。假如我现在被竞争者排挤出来，我是不会微笑着站在这里，你们了解我，我会站在这里大喊大叫。但现在将我排挤出来的是自己心爱的儿子。上帝赐予我作为一个男人想得到的最完美的家庭：一个了不起的妻子，两个优秀的儿子，无比可爱的孙辈……”

*

瑞典佬让维基拿一张羊皮到办公室来，递给沃顿商学院的女孩，让她摸摸。“这已经浸泡好，还未硝皮，”他告诉她，“这是山羊皮，没有绵羊那种羊绒，只有羊毛。”

“羊毛怎么处理？”她问，“可利用吗？”

“问得好。羊毛可以织地毯，在阿姆斯特丹、纽约、毕格罗、莫霍克，人们都这么做。但主要价值是羊皮。羊毛是副产品，你怎样把羊毛从皮上取下来和其他工序完全是另一码事。合成材料出现前，羊毛大多数都用来做廉价地毯。有家公司把制革厂所有羊毛都转卖给地毯厂，但你是不会想干那一行的。”他注意到他们还没有真正开始谈话前，她就已经在一本崭新的黄色标准拍纸簿上面写满东西。“如果你想干的话，”他补充道，被她的细心所打动、所吸引，“我可以介绍你去和他们谈，所有这些事情都相互联系在一起。这家人大概就在附近，没有多少人知道他们那一行。非常有趣，真的很有趣，姑娘，你选了个有趣的题目。”

“我想是的。”她说，热情地对他笑笑。

“不管怎样说，这张皮”——他从她手里拿过羊皮，用拇指侧面轻抚，就像轻抚猫身上让它发出咕噜声一样——“用这一行的术语讲，叫软羊皮。是小山羊的皮，很小，只在北纬和南纬二三十度地区生长。它们处于半野外放牧状态，非洲那些村子里每家有四五只羊，圈在矮树丛里放养。刚才你拿着的不是一点都没加工的，我们买的是浸泡过的。羊毛已经除掉，这种前期加工可以使皮料在运输途中保存完好。我们以前运输未加工的羊皮，用绳捆成大包，让羊皮风干。我实际上还留有一张货运单，就放在这里的哪个地方，如果想看的话我可以给你找。那是一张一七九〇年的货运单，当时就在波士顿靠岸，如同我们去年买进的一样，也来自非洲相同的港口。”

应该由他父亲来和她谈。他所知道的这些、他所讲的每一句话的每一个字都是在他还未读完小学时就从父亲口中听到的，在他们后来一起经营的这几十年中，他又听过两三千遍。业务交谈在手套生产家族是一种传统，可以追溯到几百年前。在那些最好的家庭里，父亲将秘诀连同全部历史和知识都传给儿子，在制革厂确实是这样，制革工艺如同烹饪，配方都由父亲传给儿子，手套厂也是这样，剪裁车间也不例外。老年的意大利剪裁工只训练他们的儿子而不是其他人，这些儿子得到父辈的指点就像他们的父亲从自己的父辈那里得到指点一样。这从他还是个五岁的孩子就开始了，一直持续到成年后，父亲的权威是不能反抗的：接受他的权威同时也从他身上获得了才智，使纽瓦克女士皮件厂成为国内最好的女士手套制造商。瑞典佬很快就心悦诚服地爱上了父亲正在做的这些事，在厂里，虽然也不是所有话题，但只要谈到皮料、纽瓦克或者手套，他都或多或少有着和他父亲差不多的想法，说着和他父亲差不多的话。

自从梅丽失踪后他就没有心思讲这么多话。直到那天早上，他一直想要做的一切不过是哭泣或躲藏。可是他要照看多恩、打点生意和使父母宽心，此时家里其他人都因公众的信任丧失而一蹶不振、六神无主。现在事态的发展还未破坏他为家庭所提供的、展示在公众面前的那道保护屏障。他觉得自己在这小个头的女孩面前话多了起来，侃侃而谈，他父亲以前讲过的这些都被她一一记下来。他认为她太小了，和梅丽小学三年级班上的孩子差不多。五十年代后期有一天，这些孩子乘汽车从乡下学堂到远离三十八英里外的工厂，看梅丽的父亲教他们如何做手套，让他们看看梅丽特别感到充满魔力的地方：存放台。这里是加工的最后一道工序，工人们在用蒸汽加热的镀铬铜手掌上对手套仔细地拉压定型。那些手掌温度很高，很容易伤人，闪闪发光，指头朝上，在桌上摆成一行，看上去很薄，像被熨平机压扁后细心地剪裁下来，恰似死人的魂魄浮在空中。梅丽还是个小女孩时就被这些不可思议的东西迷住，称它们为"薄饼手"。梅丽小时候常对班上同学讲："你想每打赚五美元。"这是手套工人常说的，她一生下来就听人讲——每打赚五美元，这就是你怎么也想干的。梅丽悄悄对老师说："人们在计件上做假是常遇到的问题。爸爸不得不辞掉一个人，他盗窃时间。"瑞典佬告诉她："亲爱的，让爸爸去巡视好吗？"梅丽还是个小女孩时就对盗窃时间这种古怪想法着迷。梅丽在这些车间里飞来飘去，作为小主人非常自豪，炫耀自己与所有雇工的熟悉关系，那时她还不了解因工厂老板对工人的残酷剥削所造成的对人格尊严的玷污，而老板依靠不当手段占有生产工具，只知道拼命追求利润而已。

不难理解他这么激动，渴望交谈。暂时又回到从前了——什么也未爆炸，什么也未毁坏。作为一个家庭，他们依然搭乘着移民火箭，向上飞升，沿着不间断的移民轨道，从做牛做马的曾祖父到发奋自强的祖父，到充满自信、事业有成、独立自主的父亲，再到他们中飞得最高的这一代。对第四代的孩子来说，美国本身就是天堂了。难怪他不能闭嘴，他不可能闭嘴。瑞典佬也像普通人一样渴望再过上从前的日子——哪怕只是片刻回到曾经奋斗的峥嵘岁月，有些自欺欺人、无伤大雅。那时这一家人从未想过要教唆毁灭，而是躲避和战胜毁灭，创造理性生存的乌托邦来对付可能遭遇的神秘袭击。

他听到她在问："一次运多少？"

"多少张皮子？几千张。"

"一包多少张？"

他很高兴看到她对每项细节都感兴趣。是啊，与这位来自沃顿专心致志的学生交谈，他忽然觉得经历了这四个月死亡磨难后，又可以爱上他已不再喜爱、不能承受、不想了解的东西了。他曾经觉得自己的一切都在消亡，但现在又有了别的感觉。"啊，一百二十张。"

她一边问一边做笔记："它们直接运到您的运输部门？"

"运到制革厂，那是一家承包商。我们买进材料后交给他们加工，由我们指定工序，制成皮料后再给我们。我的祖父和父亲都在纽瓦克这里的制革厂干过活。在开始从事这一行的时候，我也干了六个月。进制革厂看过吗？”

“还没有。”

“如果你要写与皮革有关的东西，一定得去制革厂。你要是愿意，我可以安排，那里很原始。技术已经改善了许多，但你看到的东西与几百年以前相差不是太大。糟糕的活。人们说这是无论去任何地方考古都能发现的最古老的行业。有人发现了六千年以前的制革厂遗址——我想，是在土耳其。最早的衣料就是用烟熏制的皮革。我说过，只要你去写，这是个有趣的题目。我父亲是位皮革学者，他才是你应该谈的人，可他现住在佛罗里达。你要是让我父亲谈起手套来，他会连续讲上两天。顺便提一句，那是常事。手套工爱这一行和有关这一行的一切。告诉我，科恩小姐，你看过任何东西的制造过程吗？”

“我还不能说看到过。”

“从未看过人家做什么东西？”

“我小时候看见过妈妈做蛋糕。”

他大笑起来。她真逗乐，活泼天真，求知欲强。不用说，他女儿肯定要比丽塔·科恩高出一英尺，梅丽肤色白皙，她皮肤黝黑。丽塔·科恩是常见的小个子，却令他想起尚未使人反感、成为仇敌之前的梅丽。她那时性情温和、才智聪慧，放学回家把学校里所学的东西讲给大家听。她怎么能记住那一切，把所有的东西都整整齐齐地记在笔记本里，一晚上便能背出来。

“我要告诉你我们做什么，要领你去看整个工序。来吧，我们将为你做一双手套，你会看到从头到尾的生产过程。你戴多大的？”

“不知道，小号吧。”

他起身离开办公桌，走过来拉着她的手。“很小，我猜是四号。”他从桌子上层抽屉取出一端带有“D”字环的软尺，绕着她的手掌，将另一端从“D”字环穿过，再拉紧软尺。“我们来看看我猜得怎样。握紧手掌。”她握成拳头，手掌有一点胀大，他查看法语标出的英寸数。“是四号，是女士中最小的，再小一点就是儿童的了。来吧，我让你看看怎么做出来。”

他觉得似乎从一开始就踏进历史的入口，他们并排走，顺着楼梯间上去。他听到自己不停地对她讲（同时也听到他父亲在对她讲）：“要到工厂的北边挑选皮料，那里没有直射的阳光，可以认真地查看皮子的质量。有阳光的话，你看不清。剪裁和分类都要在北边。顶层是分类，二楼是剪裁，你进来的一楼是制造车间。底楼是精加工和运货的地方。我们从最上面一层往下走。”

他们就这么办，他很开心，情不自禁。这不对头，不是真的，应该想法阻止才好。她忙于做笔记，他又停不下来——这女孩知道辛勤劳动的价值，这么全神贯注，对正当的事情感兴趣，关心皮料的准备和手套的制作，要他停下是不可能的。

这短暂的振奋从理智上讲是值得怀疑的，但是若有人像瑞典佬那样正遭受着磨难，要求他不被其迷惑那也太过分了。

剪裁车间里有二十五名工人在干活，每张桌子大约有六个人，瑞典佬把她引到年纪最大的那一位面前。他给她介绍时称他为“师傅”，他个头矮小、秃顶，戴着助听器，正忙于剪裁一块长方形皮子——“那就是做手套用的皮料，”瑞典佬说，“叫切片。”这人拿着尺子、剪刀，忙个不停，瑞典佬给她讲这位师傅的事。此时的瑞典佬，心情轻松愉快、随意从容，把父亲的那些话讲个没完。

瑞典佬就是在这个剪裁车间得到鼓舞，才跟着父亲干上手套制作这一行。他相信自己正是在这里从少年变成男人的。剪裁车间位置高，阳光充足，他从孩提时候就把这里当成工厂最好玩的地方，老年欧洲剪裁工上班时都穿一样的三件套，里面是浆洗过的白衬衫，系上领带，穿吊带裤，衬衫袖上还扣着袖扣。每位工人小心翼翼地脱下外衣，挂进衣橱，在瑞典佬的记忆里，没有一个取掉领带，只有极少数不太注重这些的人会脱下背心，但决不会挽起衬衫袖子。他们系上干净的白围裙后就开始处理第一张皮子，从浸湿的薄布上把它展开，再进行拉伸。北面墙上的大窗户把硬木的剪裁台照得很亮，阴冷稳定的光线正是你对皮料评估、搭配和剪裁所需要的。多年来人们把兽皮放在工作台上用力拉伸，弧形桌边已磨得非常光滑，这男孩总克制自己别跑过去将面颊贴紧台面——一直克制到只剩下他一人。木地板上有一溜模糊的脚印，这是工人们整天站在剪裁台边留下的。没其他人在场时他常会走过去，穿着鞋站在地板磨损的地方。观看剪裁工干活，他知道这些人是厂里的精英，他们自己也明白，老板也很清楚。他们认为自己比周围其他人都优秀，包括老板在内，剪裁工劳作的手因长期使用大而笨重的剪刀变得粗硬，但他们颇为此感到自豪。这些白衬衫罩着的是充满劳工力气的手臂、胸脯和肩膀——他们必须强壮有力，才能终生忙于将皮料拉伸，从上面挤出每一英寸皮料。

人们在皮料上面又舔又吐唾沫，唾液都浸进了每一只手套，如同他父亲开玩笑说的，“顾客永远都不会知道”。工人将唾沫吐到干墨汁上，再用笔刷把模块的号码印在皮料上，标出是从哪一块料上剪下的。剪下用于制作一双双手套的皮料后，他用舔过的指头弄湿标号的块件，将它们粘在一起，再用橡皮筋扎紧后交给缝纫女工头和工人们。这孩子永远搞不懂的是那些最早被纽瓦克女士皮件厂雇用的德国剪裁工，他们常在身边放一大杯啤酒，不时呷上一口，说是要“保持哨子湿润”，使唾液流个不停。很快，娄·利沃夫就取消了啤酒，但是唾沫呢？不，没有谁想去掉唾沫。那是他们所喜欢的重要东西，作为儿子和继承人，他也和创始人一样。

“哈里剪裁手套技术一流。”哈里师傅就站在瑞典佬身旁，对老板的话无动于衷，只忙着手里的活。“他在纽瓦克女士皮件厂已干了四十一年，但很仔细。剪裁工先要注意观察怎样从一张皮子上剪出最多的手套，再动手剪，需要很好的技术才能把一双手套剪好，桌上剪裁是一门艺术。没有哪两张皮子完全一样，运来的皮子都不同，这与每只动物所吃的食物和生长期有关，每张皮的伸展性也不同，令人惊奇的技术就在于使每只手套和配对的另一只完全一样。缝纫工序也是如此。人们不再愿意干这种工作。不能随便雇用只知道操作普通缝纫机或者只会缝制衣服的工人到这里做手套。她必须经过三四个月的培训，使手指灵巧，具有耐心。她要六个月后才能熟练起来，达到百分之八十的效率。缝制手套是极为复杂的过程。如果你想生产优质手套，就得花钱培训工人。要把手指分岔处的那些弯折扭曲部位缝制好得花大量的精力——真的很难。父亲开第一家手套店时，人们来这里工作是为了生计——哈里是他们中最后剩下的一位。这个剪裁车间属于这个半球上剩下的最后一批。我们的生产总是安排得满满的，这里还有懂行的人。已经没有人用这种方法剪裁手套了，这个国家里没有，很少人还在干，其他地方也一样，除了在那不勒斯[1]和格勒诺布尔[2]的家庭小作坊里也许还能见到。在这里工作的人们一生就干这活，他们生为手套业，死为手套业。现在我们常常重新培训工人，我们国家的经济状况就是这样，工人在这里工作，但如果另有工作每小时多给他们五十美分，他们就会走人。”

她记下所有这一切。

“我开始干这一行时，父亲送我到这里学剪裁，我所做的就是站在工作台边观察这一位。我用旧的方法学习这一行，从头做起，父亲真正让我从打扫车间开始。我在每一个部门都干过，尝试每一道工序，了解那么做的原因。在哈里手下我学会剪裁手套，我还不能说自己成了熟练的剪裁工。如果我一天剪裁两三双，就很不错了，但我学会了基本的原理——是吧，哈里？这家伙是个要求严格的老师。他教你怎么做时会想尽一切办法，从哈里身上学艺几乎让我想念起我家老头来了。来这里的第一天，哈里就纠正我——他告诉我，在他居住的地方，常常有孩子们到他家门前问他：‘能教我做个手套剪裁工吗？’他总对他们说：‘你得先给我一万五千美元，用来支付你将浪费的时间和皮

1　意大利西南部港口城市。

2　法国东南部城市。

料，然后才能赚到最低的工资。’我整整观察他两个月，然后才被允许接触皮料。一名剪裁工平均每天要剪裁三打或三打半手套。一名好的、手脚麻利的工人每天可剪裁五打。哈里一天剪裁五打半。‘你认为我不错？’他对我说，‘你要是见过我爸爸干活就好了。’于是，他给我讲了他父亲和巴纳姆贝利马戏团高个子的事。哈里还记得吗？”哈里点点头。“巴纳姆贝利马戏团到纽瓦克来时……是一九一七年，还是一九一八年的事？”哈里又点点头，没有停下手里的活。“是啊，他们来到镇上，其中有位高个子，差不多有九英尺。有一天在街上，哈里的父亲见到这人在市场街附近溜达。他兴奋极了，跑到这高个子面前，取下自己的鞋带，当街把这人的手量了量，回家做了一双十七号的漂亮手套。哈里父亲剪裁，妈妈缝制，他们到马戏团把手套送给高个子，全家免费观看节目。第二天的《纽瓦克新闻》就刊登了关于哈里父亲的这则大新闻。”

哈里纠正他：“是《星鹰报》。”

“对，那还是在与《纪事报》合并以前。”

“了不起，”姑娘笑了起来，“你父亲的技术肯定很好。”

“他一句英语都不会说。”哈里告诉她。

“他不会？那正好说明，你不懂英语还是可以为九英尺的高个子剪裁一双完美的手套。”她说道。

哈里没笑，可瑞典佬大笑起来，伸手搂住她：“这是丽塔，我们要给她做一双礼服手套，四号大，宝贝，黑色还是褐色？”

“褐色。”

哈里从他身边一包浸湿的皮料中挑出一块浅褐色皮子。“这种颜色难得，”瑞典佬告诉她，“英国茶色。你可以看到这颜色里有各种变化——看，这里颜色多浅，那下面多深？很好。是块羊皮。你在我办公室看见的是浸泡过的，这块已硝好，成了皮料。但你仍然能辨认出这动物，如果你想看的话，这就是——脑袋、尾部、前腿、后腿以及后背，这里的皮子要硬些、厚些，如同我们自己背骨上的一样……”

宝贝。在剪裁车间他开始称她宝贝，他控制不住自己。他还不知道自己站在她身边，是在商店被炸、他的宝贝消失之后离梅丽最近的一刻。这是法国尺，比美国尺要长一英寸左右……这叫铲刀，刀口很钝，不锋利……哈里正在剪裁皮料，按照尺寸大小剪——哈里喜欢和人打赌，他能不用图样，剪得刚好合适。我不愿和他赌，因为不想输……这叫指岔……看，都小心翼翼地干完了……他马上给你剪。他给我以后，我们就送到制作部去……这叫剪切机，宝贝，是整个过程中唯一的机械工序。一台压力机、一台冲模和一台剪切机每次大约可以处理四块皮料……

“哦，这是一道很仔细的工序。”丽塔说。

“是啊，手套生意实际上很难赚钱，它要花这么多工夫——是一种耗时的生产过程，需要多种操作相互配合。大多数手套公司都是家庭企业，从父亲传到儿子，非常传统的行业。对大多数厂家来说产品就是产品，生产者对它们并不了解，可是手套行业不像这样，它有很长、很长的历史。”

“利沃夫先生，其他人像你这样感觉到手套业的浪漫吗？你真的很爱这地方和所有这些生产过程。我猜这就是使你成为一个幸福的人的东西。”

“我吗？”他问道，感觉就像要被人解剖，用刀切进去，打开来，暴露出他的苦难，“我想是的。”

“你是最后的莫希干人[1]？”

“不是。我相信在这一行的大多数人对传统有同样的感情、同样的爱，因为这需要一种爱和传统方能使人留在像这样的行业里。你得有和它很强的联系才会坚守到底。来吧，”他说，暂时抑制住所有那些使他忧郁、危及他的东西，继续非常简洁明了地讲下去，而不去管她刚才说他是个幸福人的那一番话，“我们回缝纫车间吧。”

1　一支美洲原住民部族，原来生活在哈得孙山谷和新英格兰西部。此语来自美国作家詹姆斯·F.库柏（1789—1851）的小说《最后的莫希干人》。

这是丝条，它说来话长，是她要做的第一步……这叫接缝机，可以做出最好的针脚，也称接缝，比其他针脚需要的技术多得多……这是打磨机，那叫拉伸机，就像你被叫做宝贝，我被称作爸爸，这叫生活，那叫死亡，这是疯狂，那是哀悼，这叫地狱，真正的地狱，你得有很强的联系才能坚守到底。这就叫“尽力干下去不管什么事发生”，也被称作“付出全部代价看在上帝分上究竟为什么”。这就是想找死“想找到她杀了她从不管她经历了什么不管她现在在哪里也要救她”。这种难以抑制的感情喷发叫做“遮天蔽日，这没有用，我半疯了，那颗炸弹的爆炸力太大”……他们回到办公室，等成品部把丽塔的手套送过来。他在对她复述父亲最喜欢的一个言论，这也是他父亲从哪里读到的东西，以前总爱讲给来访者听，给他们留下深刻印象。他一字不漏地当成自己的故事讲给她听。要是能让她待下来，别离开，那该多好。如果他能一直谈下去，给她谈手套，谈手套，谈皮料，谈他恐怖的哑谜，恳求她，请她，别让我一人面对这恐怖的哑谜……“猴子，大猩猩，他们有头脑，我们也有头脑，但他们没有这东西，这拇指。它们没有像我们这种可以和其他四指对立的拇指。人类手上的这根内指，可能就是把我们与其他动物区别开来的生理特征，而手套保护这内指。女士手套、焊工手套、橡胶手套、棒球手套，等等。这是人类的根，这根对立的拇指。它使我们能够制造工具，建造城市和所有一切。比大脑重要。也许在与身体的比率上，有些动物有比我们更大的脑袋，我不知道。但手掌本身就是复杂的东西，它会动，人体被衣物遮盖的其他部位不会是这种复杂的结构……”这时维基拿着做好的四号手套突然出现在门口。“您要的手套。”维基说，她把手套递给老板，他仔细看了一下，然后弯着身子让办公桌对面的姑娘看。“看见这些缝吗？皮子边上的线缝的宽度，这才是高质量的手艺活。针缝与边缘之间大概只有三十二分之一英寸。这要求高技术水平，比普通的要高得多。如果手套缝制得差，这条边会占到八分之一英寸，也会不直。看这些针缝多直，这就是为什么说纽瓦克女士皮件厂的手套是好样的，丽塔。因为这是直缝，好皮料，鞣制得好，柔软，有韧性，闻起来有新车里面的味道。我喜爱优质皮革，喜爱精美手套，从小到大被灌输的观点就是尽量做出最好的手套。这已经浸入到我的血液中，没有什么东西能给我更大的快乐”——他这么唠唠叨叨就像一位病人发现自己任何健康的迹象那样说个没完，尽管是多么的微不足道——“我们满怀敬意，把这可爱的手套送给你。”他说道，微笑着将手套递给那女孩，后者激动地将它们戴上自己的小手——“慢点，慢点……戴手套时要先将其他指头戴好，再是拇指，然后才把手腕处拉到位……第一次要慢慢地戴”——她抬头对他笑笑，就像任何孩子收到礼物那么高兴，举起手朝他展示这手套多么地漂亮，多么地合适。“合拢手掌，握成拳头，”瑞典佬说，“感觉一下你手掌膨胀时手套跟着伸展，对你的尺码调节得多好？那是剪裁工认真干时所做到的——长度上不留伸缩余地，他在剪裁时已去掉了，因为你不想要手套手指变长，但在宽度上有一点看不出的精确计算过的伸缩余地。宽度上的伸缩要精确计算。”

“是啊，是啊，了不起，完美无缺，”她对他说道，不停地展开、合拢手掌，“上帝保佑这世界上精确的计算家们，”她说着，大笑起来，“他们留下暗藏的宽度。”只是等维基关上他的玻璃隔间办公室门，回头走进喧闹的生产车间时，丽塔才继续说话，声音很轻，“她要她的奥黛丽·赫本的剪贴簿。”

第二天早上瑞典佬去纽瓦克机场的停车场见丽塔，给她送去剪贴簿。他先从办公室开车到飞机场相反方向数英里的布兰其·布鲁克公园，他下车独自走一走。他在盛开的日本樱花树下信步漫游。有好一阵子，他坐在长椅上，观看一对老夫妇和他们的狗。然后，他回到车上，开起来——穿过意大利人的纽瓦克北部，再到贝勒维尔，向右转半个小时，直到他确认没有被跟踪为止。丽塔警告他不得以其他方式到他们的会合点。

第二个星期在机场的停车场，瑞典佬把梅丽十四岁时最后一次穿的芭蕾舞鞋和紧身连衣裤交出去了，三天后又拿去她的口吃日记。

“当然，”他说道，手里拿着这日记本，他认为到了要把妻子每次在他与丽塔见面前对他说的话转告给她的时候。每次见面他总是非常小心，没有采取任何行动，只做了丽塔要他做的事，有意识地不向她提什么要求——“你现在肯定能告诉我一些有关梅丽的事，即使你不讲她在哪里，告诉我她怎么样。”

“我真的不能。”丽塔酸酸地说道。

“我想和她谈谈。”

“可是，她不想和你谈。”

“但如果她想要这些东西……她为什么还要这些东西呢？”

“因为是她的东西。”

“我们也是她的，小姐。”

“没有听到她这么讲过。”

“我不相信。”

“她恨你。”

“真的？”他轻声地问。

“她认为你该被毙掉。”

“是吗，真该那样？”

“你给波多黎各庞塞工厂的工人的报酬有多少？给那些为你制作手套的香港和台湾的工人的报酬又如何？为了满足在庞维特商店购物的

太太们的需要，那些菲律宾女工用手工缝制，眼睛慢慢变瞎，你又给她们什么？你什么都不是，只是臭狗屎似的小资本家，剥削着世上的褐皮肤和黄皮肤的人们，自己却住在防止黑鬼进来的安全门后面，享受着奢侈的生活。”

在这之前，瑞典佬同丽塔讲话时总是彬彬有礼、和颜悦色，尽管她一心表现出咄咄逼人的气势。丽塔是他们所有的希望，她不可或缺。虽然他不指望靠控制自己的感情使她有一点改变，每次他都给自己打气，千万别表现出绝望。羞辱他是她自己的如意打算，要将自己的意志强加到这个衣着保守、事业成功、富有传奇色彩的六英尺三的大个子、身价数百万的家伙身上，很明显，这是她生活中重要的时刻之一。但在这些天里，全是些重要时刻。他们有梅丽，十六岁的口吃的梅丽。他们有个活生生的人和她可以玩弄的家庭。丽塔再也不是一个普通的摇摆不定的凡人，更不能被当做初见世面的新手，而是一个与这世界上残暴行为神秘和谐的生灵，以历史公正的名义，她有权像资本主义社会的压迫者塞莫尔·利沃夫一样险恶。

落入这个孩子的掌心，多么令人难以置信！讨厌的孩子满脑袋全是关于“工人阶级”的胡思乱想！小家伙在车里占的空间还抵不上利沃夫的牧羊犬，却装出一副正驰骋于世界大舞台的样子！这个完全无足轻重的小小鹅卵石！这整个令人厌恶的一套，除了与被压迫阶级牵强地联系在一起，以此作为伪装的愤怒的幼稚的自我主义，还能是什么？她为世界上的工人们所担负那些重大的责任！自我主义的病态勃然表露出来就像矗立的头发一样狂妄地宣称：“我想到哪里就到哪里，只要我想——我想的就是重要的！”是啊，无意义的头发构成他们革命的意识形态的一半，这给她的行为差不多提供了充分的理由，这与那另一半不相上下——就是那些关于改变世界的夸夸其谈的术语。她有二十二岁，不过五英尺高，采取超出她理解能力而被称作权力的非常有效的方式，投入一种不计后果的冒险之中。没有一点考虑的必要，在他们的愚昧无知面前，思维变得苍白无力，他们甚至不用思考也无所不知。毫不奇怪，他费九牛二虎之力掩盖住的冲动一时被无法控制的愤怒引发了，似乎他与她那种以最不可思议方式进行的狂乱的毫不妥协的使命没有任何关系，似乎她热衷于将他往最坏方面想，这在他看来很重要，所以他严厉地对她说：“你根本不知道你在谈些什么！美国公司在菲律宾、中国香港和台湾、印度、巴基斯坦和所有地方生产手套——但是我没有！我有两个厂，两个。一个是你在纽瓦克参观过的。你看见过我的雇员是怎样不幸福，那就是他们为我们工作了四十年的原因，因为他们被如此残酷地剥削。在波多黎各的工厂雇用了二百六十人，科恩小姐——这些是我们培训出来的人，从头教会的，是我们所信任的，在我们没去庞塞之前，这些人很少有足够的活可干。在工作机会匮乏的地方，我们提供工作，我们教会加勒比海地区的人们缝纫技术，这些人懂得很少。你一无所知，你对任何事情都毫不了解——在我带你参观之前，你甚至都不知道工厂是什么样子！”

“我知道种植园是什么样子，勒格里先生[1]——我是说，利沃夫先生。我知道管理种植园是怎么回事，你要管好你的黑鬼。你当然会这么干。这叫做父系资本主义，你占有他们，和他们睡觉，当你使用完了，就将他们扔出去。如果必要，就对他们动私刑，用他们娱乐，用他们赚取利润——”

“别说这些，我对孩子气的陈词滥调没有一丁点兴趣。你不知道工厂是什么，不知道制造业是什么，不知道什么叫资本，不知道什么叫劳动，对什么叫雇用，什么叫失业，你连起码的知识都没有。你不了解什么是工作，你这一生中还没有干过一项工作。即使你愿意去找一份工作，也干不完一天，不管是当工人、经理或者老板都一样。废话够多了。我想让你告诉我，我女儿在哪里。这才是我想从你这里知道的。她需要帮助，需要真正的帮助，而不是可笑的废话。我要你告诉我在哪里能找到她！”

1 指反奴隶制小说《汤姆叔叔的小屋》里的赛门·勒格里，他是一名出生于北方的奴隶主，他的名字后来成了贪婪和残暴的代名词。

“梅丽永远不想再见到你，还有那位母亲。”

“你一点不了解梅丽的母亲。”

“多恩夫人？庄园夫人多恩？我知道有关庄园夫人多恩的一切，因为对自己出身的阶层感到羞耻，她才极力将女儿送入社交界。”

“梅丽从六岁起就铲牛粪。你不了解你所说的东西。梅丽加入了四健会，梅丽驾驶拖拉机，梅丽——”

“假的，全是假的。选美女王和足球队长的女儿——对于具有灵魂的女孩来说，那是什么样的噩梦？小巧的衬衫领连衣裙，小巧的鞋子，小巧的这样，小巧的那样。总在变换她的发型，你认为她想梳理梅丽的发型，是因为她爱她，还有她的相貌，还是因为她讨厌她，因为她未能生一个小选美女王，那样的话，长大后便是她自己的形象，也许成为里姆洛克小姐？梅丽不得不去上舞蹈课、网球课。我感到奇怪的是她做没做鼻子整形。”

“你不知道自己在说些什么。”

“你怎么看梅丽对奥黛丽·赫本的那些狂热劲？因为她认为那是与她充满虚荣的小母亲打交道的最好机会。这一九四九年的虚荣小姐，很难相信你会在这位矫揉造作的人身上发现这么多的虚荣。啊，确实如此，还恰到好处。只是没给梅丽留下多少空间，是吧？”

“你不懂你在说什么。”

“对于不漂亮、不可爱、不需要的人而言，没有什么想像可谈。一点也没有。加在她自己女儿身上的是轻佻的微不足道的选美皇后的思想和缺乏的想像力。‘我不想看到任何乱七八糟的东西，不想看到阴暗的东西。’但这个世界不像那样，多尼宝贝——是乱七八糟，是黑暗，是可憎！”

“梅丽的母亲整天在农场干活，整天和动物打交道，整天操作农业机械，她从早上六点钟干到——”

“假的，假的，假的。她在一个像该死的上流社会一样的农场工作——”

“你对这一点都不了解。我女儿在哪里？她在哪里？这种交谈毫无意义，梅丽在哪里？”

“你不记得‘女人成年聚会’？庆祝她的月经初潮来临。”

“我们没有谈到什么聚会。什么聚会？”

“我们在谈一个女儿被她选美皇后母亲羞辱的事。我们在谈一位母亲对她女儿的自我形象完全殖民化的事。我们在谈一位对她女儿没有丝毫感情的母亲——而这女儿却有你生产的那些手套一样深的内涵。整个家庭和你真正关心的一切都是表皮。外胚层。表面。但下面是什么，你没有一点线索。你认为那就是她对那个口吃女孩的真正感情？她容忍口吃女孩，可是你看不出感情与容忍之间的差别，因为你自己太笨。这是你另一个该死的童话故事。月经来潮聚会。聚会庆祝！天哪！”

“你是说——不，不是那么回事。聚会？你说的是她带上朋友到白屋聚餐的事？那是她十二岁生日。这个‘女人成年’的废话是什么？那次是生日聚会，和月经来潮没有关系。一点都没有。谁告诉你这些的？梅丽不会对你说。我记得那次聚会。她记得那次聚会。那是一次单纯的生日聚会。我们把那些女孩全部带到白屋的那家餐馆，她们玩得很开心，有十个十二岁女孩。现在一切都毁了。有人死掉了，我女儿正因谋杀被起诉。”

丽塔大笑起来：“遵纪守法的新泽西该死的公民先生，一点点虚假的感情在他看来也像爱。”

“但是你描述的这些从未发生过。根本没发生过你说的这些事。即使有也没什么了不起，但确实没有。”

“你知道是什么使梅丽成其为梅丽？十六年生活在被那位母亲仇恨的家庭里。”

“什么原因？告诉我。为什么恨她？”

“因为她与多恩夫人完全不同。她母亲恨她，瑞典佬。真可耻，你这么晚才发现。恨她是因为她不娇小，是因为不能照那种‘啊如此漂亮’的乡村样子把头发梳到后面。梅丽遭到的仇恨就像慢慢渗入你的毒素一样。多恩夫人就是每餐给她下一点毒也比不上这么干狠毒。多恩夫人总带着仇恨的目光看着她，直到将梅丽变成一堆狗屎。”

“没有仇恨的目光。可能有什么问题……但不是那样。不是仇恨。我知道她谈的是什么。你所讲的仇恨是她母亲的焦虑。我知道那种目光，但那是关于口吃。我的上帝，那不是仇恨。恰恰相反，是关怀，是忧伤，是无助。”

“还在庇护你的那位妻子，”丽塔说，又朝他大笑起来，“难以置信的不懂事理，简直无法相信。你知道她恨她另外的原因吗？她恨她是因为她是你的女儿。对于新泽西小姐来说，嫁给犹太人是没有什么不可以的，但要抚养一个犹太人，那需要另一套技巧。你有个非犹太人老婆，瑞典佬，但是你得不到非犹太人女儿。新泽西小姐是条母狗，瑞典佬。梅丽如果想要点奶和养育之情的话，即使吮吸母牛也会好得多。至少母牛有母性的感情。”

他一直让她说下去，让自己去听，只因为他想知道。如果有什么地方出错，他当然想知道。忌恨的是什么？有什么委屈？那是秘密的核心：梅丽怎么变成这样的人？但这一切都未说明什么。这不可能是相关的原因。这不是隐藏在那房子爆炸背后的东西。不是。一个绝望的男人屈尊俯就一个奸诈的女孩，不是因为她会慢慢道出其中的原因，而是因为他没有其他人可依靠。他感到自己不是在寻找答案，而是在模仿寻找答案的人。这场交手完全是可笑的错误。还指望这孩子对他实话实说。她怎么侮辱他都不解恨。有关他们生活的一切都被她的仇恨彻底改变了。就是这个仇恨者——这个叛逆的小孩!

“她在哪里?”

“你为什么想知道她在哪里?”

“我想见她。”他说。

“为什么?”

“她是我女儿。有人死了,我女儿正因谋杀被起诉。”

“你真的坚持?我们刚才在谈多尼是否爱她的女儿,你知道在我们这么奢侈地谈话的几分钟里有多少越南人被杀?都是相对的,瑞典佬,死亡都是相对的。”

“她在哪里?”

“你女儿很安全。你女儿有人爱。你女儿正为她信仰的东西而战。你女儿终于在体验这世界。”

“她在哪里,见你的鬼!”

“她不属于别人,你知道——她不是财产。她不再软弱无力。你不能占有梅丽就像你占有在旧里姆洛克的房子,在蒂尔的房子,在佛罗里达的公寓,在纽瓦克的工厂,在波多黎各的工厂,在波多黎各的工人和所有那些奔驰汽车、那些吉普车,以及那些手工缝制的精美的西装。你知道我逐渐了解什么有关你们这些占有整个世界、性情温和、家庭富裕的自由主义者吗？你们最不了解的是现实的本质。”

没有谁开口这样讲话，瑞典佬心想。她不可能是这个样子。这个凶暴专横的幼儿，这个讨厌的、固执的、愤怒的、残忍的孩童，不可能是我女儿的保护神，只能是她的看守。具有全部智慧的梅丽却处于这种孩子气的残忍和卑鄙的控制下。一页口吃日记里包含的人性理智比这个疯孩子脑袋里所有虐待狂理想主义涉及的还要多。啊，碾碎她那长满头发、坚硬的头骨——现在动手，用他两只强壮的手，挤压，直到将所有邪恶念头从她鼻孔挤出来！

小孩子怎么会变成这样？有谁能这样彻底不计后果？答案是有的。他与自己女儿唯一的联系是这个孩子，而这家伙什么也不懂，却什么都敢讲，可能什么也不做——只是不择手段地使她自己开心而已。她的言论都是刺激物：目的是激动兴奋。

“模范人物，”丽塔说道，她从嘴边冒出话来对他讲，似乎这样会更容易毁掉他的生活。“人人喜爱、洋洋得意的模范人物，实际上是个罪犯。伟大的塞莫尔·利沃夫，全美资本主义的罪犯。”

她是某种聪明的少年狂想者，完全按照自己变态的意愿行事，一个该遭谴责的少年疯子，她从不在意看梅丽一眼，除了在报上读过，她不过是一种“政治化”狂人——纽约大街上到处都是他们这类人——罪恶的丧失理智的犹太孩子，她只是从报纸上、电视上和梅丽在学校的朋友那里获得关于他们生活的信息。那时梅丽在学校的那些朋友到处散播同一句话：“离奇古怪的旧里姆洛克面临惊人之事。”根据这种说法，梅丽在爆炸前一天已经在学校四下宣扬，把这事告诉了那四百个孩子。这是对她不利的证词，所有这些孩子在电视上宣称他们都听她讲过——那种传闻和她的失踪就是全部证据。邮局被炸飞，综合商店也跟着倒霉，但没有人看见她靠近那里，谁也没有看见她做这事。如果她不失踪的话，谁也不会联想到她。“她受骗了！”一连数天，多恩在那房子四下走动着哭道，“她被拐走了！她上当了！人们正在某个地方给她洗脑！大家为什么要说是她干的？没人与她有任何接触。她与这事根本没有一点关系。他们怎么能相信这是个孩子干的？炸药？梅丽拿炸药干什么？不！不是真的！人们什么都不知道！”

丽塔·科恩来取剪贴簿的那天，他应该通知联邦调查局——至少可以从她那里得到梅丽还存在的证据。如果他还想有进展，而不是被她的绝望所逼迫，他早应该相信其他人，而不是多恩，与那些不像她这种动辄就要自杀的人一起制定策略。她因悲痛现已语无伦次，除了歇斯底里，根本无法思考，也无所作为，他却去满足这样一位妻子的要求，真是不可饶恕的错误。他早该留意自己的猜疑，立即联络那些在爆炸后第二天就询问过他和多恩的特工。他知道丽塔·科恩是谁后就该拿起电话，甚至当她还坐在他办公室里的时候，他就该这么做。可是他却直接开车从办公室回家了，他从来就不能摆脱所爱的人对他的影响去做出决定，目睹他们受难是他最大的痛苦。甚至当他们不能理智地商讨，或偏离主题时，忽视他们的过分要求、违背他们的期望，在他看来都是非法使用自己的优势力量。他不能破坏自己作为一个无私的儿子、丈夫和父亲在他人心目中的形象，因为他已被大家抬举得这么高。在厨房餐桌边，他坐在多恩的对面，听她长时间地述说，她悲伤地哭泣，半疯半癫地求他别对联邦调查局讲一个字。

多恩求他按照那女孩要求的做：也许梅丽不会被人注意到，只要他们让她别出现，等到那商店的毁坏——还有康伦医生的死——被人遗忘就好了。他们最好是将她藏在哪里，给她提供所需的一切，甚至到别的国家，等待这种因战争而疯狂的女巫猎杀活动终止和新时代的到来。那时候，她会就她绝对、绝对不可能做的事情得到公正的处理。“她被骗了！”他自己也这么认为——一位父亲还能相信别的？——也因为他日复一日，每天一百次地听多恩这么讲。

所以他交出了奥黛丽·赫本的剪贴簿、紧身连衣裤、芭蕾舞鞋和口吃日记。现在他又将与丽塔·科恩在纽约希尔顿饭店一个房间见面，这次他带来五千美元，全是没有标记的二十元和十元的纸币。正如上次她要剪贴簿时他知道应该通知联邦调查局一样，他现在也懂，如果进一步附和她的凶险计划，就会没完没了，那将出现他们都无法预见的巨大灾难。转交剪贴簿、紧身连衣裤、芭蕾舞鞋和口吃日记后，他被狡猾地陷害了；现在要付出惨重的代价。

但是多恩相信，如果他到曼哈顿，钻进茫茫的人海，在会面的那个下午注意不让人钉梢，赶到饭店，梅丽本人肯定会在那里等着他——荒谬的童话般的希望，没有丝毫保证，可他心里也不想反驳，即使每次听到电话铃响他的妻子的理智又减少一成，他还是如此。

她第一次身穿裙子和宽松的上衣，俗气花哨的廉价衣服和高跟鞋。她摇摇晃晃地在地毯上走过来，看起来比她穿工作靴时的个头还要小。发型还是像以前那样土气，但她的脸蛋，平常无精打采、不加修饰的小圆脸，现在却涂上唇膏，画好眼影，颊骨抹上粉红色油彩。她像一个洗劫了母亲房间的三年级学生，那些化妆品使得她毫无表情的脸蛋更吓人，其变态神情比以前苍白无色时更厉害。

“我把钱带来了。”他说，站在房间门口朝下注视着她，深知他这么做是非常错误的。“我把钱带来了。”他重复道，准备关着听她怒斥这些钱是从工人的血汗中盗窃而来。

“啊，你好。进来吧，”这女孩说。我想你见见我父母。妈妈，爸爸，这是塞莫尔。工厂是一幕，饭店另是一幕。“请吧，进来，随便点。”

他的钱装在手提箱里，不只是她要的面值十元和二十元的那五千美元，还有面值五十元的另外五千美元。总共一万美元——也不知是为什么。这会对梅丽有什么好处？梅丽不会见到一分钱。他又说道——聚集全身的力量，以免自己失去控制——“我把你需要的钱带来了。”他尽最大努力保持自己的常态，虽然这一切不太可能。

她已经坐到床罩上，架起二郎腿，头下垫着两个枕头，开始轻轻地唱：“啊，莉迪亚，啊，莉迪亚，我的百科——全书，啊，莉迪亚，文身的夫人……”

这是那些愚蠢的老歌中的一首，他教过自己的小女儿，她唱起这首歌，总是很流利。

“来操丽塔 · 科恩的，是吗？”

“我来，”他说，“给你送钱。”

“让我们操、操、操，爸、爸、爸爸。”

“如果你有点大家都有的感情——”

“别说这些，瑞典佬。你知道什么叫‘感情’？”

“为什么要这样对待我们？”

“嘘，嘘！别装了。你来这里是想操我。不管问谁。为什么中年资本主义狗要到饭店房间会见年轻的屁股？操她。说出来，就说：‘我来操你。把你操舒服。’说吧，瑞典佬。”

“我不想这样说。请你住手吧。”

“我二十二岁，什么都干，全都干。说吧，瑞典佬。”

这样冷嘲热讽，能带他找到梅丽？她觉得怎么侮辱他也不解恨。她是在模仿某人，按预先写好的剧本表演？或者是他在对付一个根本不能打交道的人，因为她已经发疯？她像黑社会的成员。这个瘦小、白脸的暴徒是黑社会老大？在黑社会里，权威归于最残忍的家伙。她最残忍？还是有其他更坏的，那些家伙现在正囚禁着梅丽？也许她最聪明，是他们的演员。也许她最腐败，是他们年轻的娼妓。也许这只是他们的一种游戏，中产阶级孩子们在外的纵欲狂欢。

“我不适合你？”她问，“你这样的大家伙没有粗野的欲念？来吧，我不是那种可怕的人。在我这么小的个子身上你不会遇到对手的。看你，像个淘气的孩子。一个深怕羞辱的儿童。除了你著名的纯洁外，就没有其他东西？我肯定你有。你那里准有一根厉害的柱子，”她说，“社会的栋梁。”

“说这些有啥目的？能告诉我吗？”

“目的？当然。使你面对现实，这就是目的。”

“那还要多残忍？”

“使你面对现实？使你赞美现实？使你参与现实？使你站出来走到

现实的前沿？这不是野餐会，黑猩猩。”

他早有思想准备，不想和她纠缠，她怎样厌恶自己都不介意，不管她说些什么。对她粗暴的言辞，他知道怎么对付，这次他打算不理睬。她并不愚蠢，什么都敢说——他太了解啦。但他没想到的是情欲，一种强烈欲望——他没料到除语言暴力以外还会遭到其他东西的攻击。尽管她肉体呈病态的苍白、可笑的孩子气的化妆和廉价的棉布衣服使他深恶痛绝，可半躺在床上的是一个年轻姑娘的身体，瑞典佬这个胸有成竹的超人知道控制不了自己。

“可怜的东西，”她鄙夷地说，“里姆洛克有钱的小男孩，封闭得这样。让我们干起来，爸、爸、爸爸。我将带你去见女儿。我们会把你的鸡巴洗干净，拉好裤链，再带你到她那里。”

“你愿意？我怎么知道你愿意带我去？”

“等一下，这要看事情的进展。最糟糕也不过你给自己搞了个二十二岁的阴道。来吧，爸爸。到床上来，爸、爸、爸。”

“闭嘴！我女儿和任何这类的东西都不会搅在一起！我女儿和你不会有什么关系！你这小狗屎——你连给我女儿擦鞋都不配！我女儿与那次爆炸没有关系。你知道！”

“请安静，瑞典佬。请安静，情人男孩。如果你真的像你说的那样想见女儿，就过来把丽塔·科恩狠狠地操一回。先干，再提钱的事。”

她已将双膝举到胸前，一只脚蹬在床上，大腿张开，花布裙撩至臀部上面，里面什么也没穿。

“这里，”她轻声柔气地说，“就放这里，攻击这里，怎样干都行，宝贝。”

“科恩小姐……”他不知道在自己有限的还击的武器库里能找到什么——体内某种东西被她的言辞搅动，这可不是他预想的进攻。她带到饭店的是准备投掷的炸药管，就是这种东西，想把他炸上天。

“亲爱的，怎么啦？”她回答道，“想让人家听见，你得像个大孩子般的大声讲话。”

“这种展示和发生的事情有什么关系？”

“一切关系，”她说，“你将从这种展示看到有些事情非常清晰的画面，会让你大吃一惊。”她双手慢慢摸向下面。他扭头不看。

“这下面是丛林，”她说，“你还不明白这和发生的事情的关系？你看一看，好好看看。”

“科恩小姐，”他说，紧盯着她的眼睛，这是上帝赐予她的美貌象征——一个孩子的眼睛，他发现一个好孩子的眼睛，那里面和她想干的这些事没有一点共通之处，“我女儿失踪了，有人死了。”

“你还不明白，你什么都搞不清楚。看看这里，给我描述一下。我错了？你看见什么？看到了？不，你什么也没看见。你看不见，因为你什么都不看。”

“这毫无意义，”他说，“你这样征服不了别人，除了你自己。”

“你知道它有多大？我们来看看你猜得准不准。很小，我猜是四号。这是女士中最小的，再小一点就是儿童的了。我们看看你放进十几岁的四号里面怎样，看是否这四号可以使你得到梦想中的最开心、最温暖、最舒适的性交。你喜爱上好皮子，喜爱优质手套——插进去。但要慢慢地，慢慢地，第一次要慢慢地插。”

“为什么还不停下来？”

“好吧，如果你决定这样，如果你这么勇敢，连看都不敢看一眼，那就闭上眼睛，上前来闻一闻。走过来吸口气。这块沼泽，把你吸进去。闻闻，瑞典佬。你知道手套的气味，闻起来有新车里面的味道。那么，这就是生活的气味。”

她那双黑色的孩子气的眼睛，充满刺激和快感，全是厚颜无耻、不合情理、奇思怪想，是丽塔的真相。只有一半是装出来的，想挑逗、激怒和唤醒他。她已完全变形，这反复无常的淘气顽童，带来灾难的妖怪。似乎在充当他的折磨者和毁掉他家庭的同时，她发现了自身存在的罪恶意义。这个犯故意伤害罪的少年。

“你的生理克制力令人吃惊，”她说，“没有什么东西能使你偏离中心？我不相信还有你这种人，其他人在几小时前早就被自己的勃起制服了，你是返祖现象。尝尝它。”

“你还不算女人，这么干无论如何也不能使你成为女人，只能成为女人的滑稽模仿品，令人厌恶。”他像遭到进攻的士兵一样朝她快速地反击。

“那看都不看一眼的人，又算什么的滑稽模仿品？”她问他，“看一下不正是人的天性吗？这人因为被现实套得太牢，总将目光移到别处，他又算什么？是因为与他所了解的那个世界一点也不和谐的缘故？他以为他了解。尝尝！这当然令人讨厌，你这伟大的童子军——我堕落了！”看到他不愿把目光降低一英寸，她不由得大笑起来，高声叫道，“这里！”

她肯定是把手伸到了她的体内，她的手肯定伸进去不见了，因为过了一会儿，她把整只手向上伸到他面前，手指尖上带着她的气味直接伸到他面前。他无法挡在外面，来自她体内的肥沃的气味。

“这将揭开谜底。你想知道这与发生的事情的关系？”她说，“它会告诉你。”

他内心有这么多的情感，这么多的不确定因素，这么强烈的意向和对这意向的抵御，全是冲动与反冲动，他再也分不清到底是哪一边划出的界限要他不得跨越。所有这些想法都以陌生的语言在脑海里闪现，但他依然知道不得越线。他不能将她抓起来扔向窗户，不能将她抓起来掷到地板上，没有任何理由将她抓起来。他要聚集剩下的那些力气使自己不至于瘫痪在她床前，不能靠近她。

她将伸给他的手慢慢举到脸上，在空中飞快地画着可笑的小圈，然后触到嘴上，将手指一根接一根地滑入嘴唇之间，仔细舔干净。“你知道这是什么味道？想我告诉你？这味道像你女、女、女儿。”

他闩上门，使尽所有力气。

就这么回事。十分钟，或者十二分钟就完事了。联邦调查局接到他的电话后赶到饭店时，她早走了，他扔在一旁的手提箱也不见踪影。他并没有将孩子气的残忍和卑鄙关在门外，也未能挡住堕落的挑逗，而是将他再也无法命名的东西挡住了。

面对这他无法命名的东西，他所做的一切都错了。

五年过去了。里姆洛克爆破手的父亲徒劳地等待丽塔在他的办公室重新出现。他没有给她照相，没有保留她的指纹——不，他们见面时，在那么几分钟里，她尽管是个孩子，却总是老板。现在她消失了。在特工和素描画家的帮助下，联邦调查局要他画出丽塔的像，他自己也注意研究日报和周刊，查找事实的真相。他等待丽塔的画像刊登出来。她肯定在某处。到处都有炸弹爆炸。在科罗拉多州的博尔得，炸弹毁掉了兵役登记办公室和科罗拉多大学后备军官训练营总部。在密歇根州，大学里发生了爆炸，人们还用炸弹攻击警察局和征兵局。在威斯康星州，炸弹摧毁了国民警卫队的军械库，一架小型飞机从上空飞过，朝弹药厂扔下装着炸药的两只罐子。威斯康星大学的校舍遭到炸弹的袭击。在芝加哥，炸弹摧毁了为在干草市场暴乱中丧生的警察而立的纪念碑。在纽黑文，有人用燃烧弹袭击法官的家，因为他主持审判了策划摧毁商店、警察局和纽黑文铁路局的十九名黑豹党成员。大学校舍遭到袭击的还有俄勒冈州、密苏里州和得克萨斯州。匹兹堡的一家购物中心、华盛顿的一个夜总会和在马里兰州的法庭也都有炸弹爆炸。纽约有连环爆炸案发生——在联合水果码头、海事密银行、厂商信用社、通用汽车公司、美孚石油公司曼哈顿总部、IBM公司和通用电话电子公司都遭到袭击。曼哈顿市区的一个兵役登记中心被炸，刑事法庭大楼被炸，三颗燃烧弹在曼哈顿一所高中爆炸，八个城市的银行保险库也发生了爆炸。她肯定参与了其中之一。他们会抓住丽塔，就在犯罪现场——将他们一网打尽——这样她就会带领他们找到梅丽。

他每晚都身穿睡衣坐在厨房里，等着她那张满是煤灰的脸出现在窗口。他独自坐在厨房，等着他的死敌丽塔·科恩回来。

一架环球航空公司的喷气式飞机在拉斯维加斯被炸，伊丽莎白女王号航空母舰被炸，五角大楼被炸——那是在五角大楼空军部四楼的女士卫生间发生的！凶犯留下一张纸条，上面写着："今天我们袭击五角大楼这个美国军事指挥中心，这是我们对越来越多的美国空军和海军在越南的炮击做出的反应，此时美国的水雷和炮艇正在封锁越南民主共和国的港口，华盛顿正在制订计划扩大战争规模。"越南民主共和国——如果我要是再听她说一次，塞莫尔，我准会发疯。这是他们的女儿！梅丽用炸弹袭击五角大楼。

"爸、爸、爸爸！"他在办公室里常听见她的喊叫声盖过缝纫机的噪音，"爸、爸、爸、爸爸！"

她失踪两年后，在格林尼治村最安宁的住宅区中最精美的希腊复兴式的房子里一颗炸弹爆炸——三次爆炸和一场大火摧毁了这座古老的四层楼砖房。这房子的主人是一对有钱的纽约夫妇，他们正在加勒比海度假。爆炸发生后，两个晕头转向的女孩跌跌撞撞地跑出房子，身上满是伤痕。其中一人赤身裸体，人们说在十六到十八岁之间。一位邻居照顾她们，给她们衣服。但在这位邻居跑出去看被炸的房子、考虑是否还能帮上什么忙的时候，这两个年轻女人却走掉了。一个是房子主人的二十二岁的女儿，她是被称为"气象员"的学生争取民主社会组织下面一个暴力革命分部的成员。另一位身份不明。另一位是丽塔，是梅丽，他们把她也骗进去了！

他整夜都在厨房里等着女儿和那位"气象员"女孩。现在安全了——对这房子的监视、对工厂的监视和对电话的窃听已取消一年多了。现在出来没事。他解冻一些汤准备招待她们。他想到她刚开始对自然科学发生兴趣的时候，因为多恩的牛群，她认为自己今后要当个兽医。也是她的口吃使她转向自然科学，因为她专注于一个科学项目，干着手里的活时，她的口吃总会减少一些。世界上没有哪位做父母的看得出这与炸弹之间的联系。每个人都可能疏忽，不只是他才这样。她对自然科学的兴趣完全是天真无邪的。一切都是这样。

人们在烧掉的房子的碎石堆中发现一个年轻男子的尸体，第二天被证实是哥伦比亚大学的学生，是暴力反战游行的老手，学生争取民主社会组织的一个名叫“疯狗”的激进小组的发起人。第二天另一个逃离爆炸现场的年轻女人被确认：是又一激进分子，但不是梅丽——是纽约左派律师的二十六岁的女儿。更糟糕的是听说在那房子的瓦砾中还找到另一具死尸——一具残缺不全的年轻女人的躯体。“这次爆炸的第二名受害者没有被马上辨认出来，助理法医爱略特·格洛斯博士说，‘我们还需花点时间才能知道她是谁。’”

他独自一人待在厨房的桌子边，知道她是谁。六十管炸药，三十支雷管，一窝自制的炸弹——十二英寸长的管子装上炸药——人们发现这些东西就离那具尸体不过二十英尺远。管子里装着和把哈姆林商店轰上天的一样的炸药。她当时正在组装一颗新炸弹，出了点错，于是将那房子炸飞了。先是炸掉哈姆林商店，现在是她自己。她这么干了，让这古雅小镇的人们大吃一惊——这就是结局。“爱略特·格洛斯博士证实，在那残缺的躯体上扎有许多小洞，是铁钉所致，这证实了警方报告，这类炸弹很明显是包装起来用于攻击人的武器，而不仅仅是爆炸装置。”

第二天，曼哈顿有更多的爆炸发生：大约在一点四十分，市中心三幢建筑物同时发生爆炸。那具残尸不是她！梅丽还活着！她的身体没有被铁钉穿透、炸得四分五裂！“由于电话报警，警察在1点20分赶到那幢楼，在爆炸前疏散了二十四名看门人和其他员工。”市区爆破手和里姆洛克爆破手肯定是同一个人。要是她在第一颗炸弹爆炸前知道用电话报警的话，就不会有人伤亡，她也不会因谋杀被通缉。这样看来至少她长了点见识，至少她还活着，他也有理由每晚坐在厨房里等她和丽塔一块出现在窗口。

他读到有关那两个年轻女人的父母的消息，两个女人已经失踪并因房子被炸遭到传讯。她们其中一个的父母在电视上询问自己的女儿，当房子被炸时里面到底有多少人。这位母亲说：“如果再没有其他人，搜寻就可以停下来，等周围的墙拆掉后再说。我相信你。”她还对与学生争取民主社会组织的同志在一起、将那房子用做炸弹工厂的失踪的女儿讲：“我知道你也不愿意为这场悲剧再增添哀伤。请你一定用电话，或者电报，或者请其他人替你打电话把这消息告诉我们。除了你很平安，我们不想知道别的事情，我们除了想对你说爱你和非常想帮助你以外，没有其他的了。”

这些也正是里姆洛克爆破手失踪后她父亲对记者和电视台说过的话。我们爱你，想帮助你。“当被问及他是否和女儿有‘很好的沟通’时，这个房子爆破手的父亲回答道，”其神态和里姆洛克爆破手的父亲一样真实或者说痛苦，“‘身为父母，我们不得不说没有做到，特别是在最近几年。’”他用女儿说过的话表明，她也为了梅丽那种事业而战——在餐桌上，她严厉谴责自私的父母和他们的资产阶级生活方式——声明自己战斗的动机是：“改变这个制度，将权力移交给现在没有掌握经济和政治大权的百分之九十的人民。”

据警方调查人员说，另一位失踪女孩的父亲与她“根本无法沟通”。他只是说：“关于她的行踪我一无所知。”这里姆洛克爆破手的父亲相信他，对他的这种无法沟通有深刻的体会，比美国任何其他父亲都了解，当他说出“关于她的行踪我一无所知”的时候，他似乎不动声色的套话里藏有多么沉重的痛苦感情。如果这种事情没有在他身上发生过，他定会对他守口如瓶的表情感到惊讶。但他知道实际情况是那位失踪女孩的父母和他一样，正在陷落下去，日日夜夜都陷入不合情理的解释之中。

第三具尸体也在瓦砾中找到了，是一位成年男子。一个星期以后报纸上刊登了第二位失踪女孩母亲的声明，消除了他对这两家父母的同情。当人们问及她女儿时，这位母亲说："我们知道她很安全。"

他们的女儿杀死三人，可是他们还知道她很安全。但是关于他的女儿，尽管未被证实杀了任何人——关于他的女儿，她被这类享有特权的城市爆破手一样的激进小暴徒们所利用，她被人诬陷了，她是无辜的——可他什么也不知道。他能拿他们怎么办？他女儿没有干过那事。她没有炸哈姆林商店，就和没有炸五角大楼差不多。从一九六八年起，美国有成千上万的炸弹爆炸，他女儿和其中任何一件都没有牵连。他怎么知道？因为多恩知道。因为多恩肯定知道。如果他们女儿去干的话，她决不会在学校四处乱讲什么旧里姆洛克面临惊人之事。他们女儿太精明了。如果她要那样干，她会闭口不谈。

五年过去了，这五年里他寻求答案，回忆所发生的一切，仔细想想使她成型的那种环境以及影响她的人和事，没有什么解释得了那次爆炸，直到他猛然想起那些和尚，那些富于自我牺牲精神的和尚……当然，她那时才十岁，也可能十一岁。从那时到现在，无数的事情发生在她身上，在他们身上，在这世界上。尽管那以后的几个星期，她吓得要命，为那晚电视节目中出现的东西大哭大叫，不停地谈论，睡梦中也被惊醒，还是未能阻止她的变化。每当他想起她坐在那里看到和尚从火中钻出来的情景——也和全国其他孩子一样对将要看见的一幕毫无准备，她只不过是个晚饭后和父母一块随意看看新闻的小孩——他肯定自己找到了随后发生的事情的原因。

那还是早在一九六二年或者一九六三年的事，也就是在肯尼迪被暗杀的前后，越南战争还未进入白热化阶段。正如人人所知，当时的美国还处于对那里的局势失去控制的边缘。那位和尚有七十多岁，身材瘦削，剃着光头，披着藏红花色长袍。他双腿盘坐，肩背挺直，就在越南南方某个城市空旷的街道上。他这样风度翩翩地坐在一大群和尚面前，这些人聚集起来目睹了事件的发生，他们如同在观看一项宗教仪式，那和尚举起一只大塑料罐，将汽油或者是煤油，不管是什么，从罐中倒出浇了一身，还泼洒在周围的沥青路面上。然后，他划着火柴，突突直冒的火焰形成的光环在他身上翻滚。

有时马戏团的表演者在演出海报上被称为“吐火人”，他可以装出火焰从嘴里喷出的样子，而在越南南方的某市的街道上，这光头和尚不知怎么搞的，却弄得那火焰不是从外面朝他攻击，而是由他体内向外喷出，不仅仅从他的嘴里，火焰还同时从他的头皮、面颊、胸脯、膝盖、大腿和双脚喷发出来。因为他一直保持正襟危坐的姿势，一点也没有显出身处火中的感觉，因为他甚至连一块肌肉都未动一动，更别说叫出声来，乍一看很像马戏团表演的绝技。好像烧掉的不是那和尚，而是空气，他使空气燃烧，自己却毫发无损。他的姿态极具象征意义，就像在其他地方过着完全不同的生活的另一个人，一个无私的仆人，正陷入沉思冥想，心底宁静，在全世界面前，这只是碰巧发生在他本人身上、未对他造成影响的一连串事情中的一环，似乎并没有受到什么打搅。没有喊叫，没有翻腾，只有他身居火焰中心的安详——镜头上看不到任何人有痛苦的表情，这种痛苦只出现在梅丽、瑞典佬和多恩脸上，他们吓得在客厅里抱成一团。火焰的光环、端坐的和尚、他栽倒前的瞬间液化，这些景象不知从何而来，窜入他们的客厅。涌进他们家的还有其他那些和尚，这些人刚才坐在路边石上冷漠地旁观，有几位还双手合在胸前做出亚洲那种表示和平团结的手势；涌进他们在阿卡狄山路的家的还有那具仰面朝天、躺在空旷街头、烧焦的漆黑尸体。

这就是改变了一切的东西。那和尚进入他们家住了下来，他平静地保持被烧焦时的姿态，似乎像非常灵敏却又纹丝不动的人。肯定是播出这个火祭节目的电视台干的。如果他们家的电视机当时调到另外的频道，或者关掉，或者坏了，如果他们全家晚上一块外出，梅丽就永远看不到不该看的东西，她也永远不会去做她不该做的事。难道还有其他原因？“这些温顺的人、人、人们。”她说道，此时瑞典佬将这瘦长的十一岁女孩搂在膝上，紧紧地贴着他，轻轻地摇动。她还在说：“这些温顺的人、人、人们……”起先，她吓得叫不出声来——只能憋出这几个字。只是后来，她上床睡了一会觉，突然爬起来，叫喊着冲出自己房间，穿过走廊，钻进他们的房间，问能否跟他们一起睡，她从五岁起就没有这么干过了。她爬上床来和他们待在一起，还问道是否能忘掉刚才看到的东西，所有这些可怕的事。他们打开房间里所有的灯，让她坐在他们中间不停地讲下去，直到她脑袋里没有什么使她恐慌。大约三点钟以后她终于睡着了，房间里灯还亮着——她不让他关掉——但至少她已经说够了、喊够了，弄得自己筋疲力尽。“你得在火里把自己烧、烧化才能使人、人、人们醒、醒悟？有人关心吗？人们有良心吗？这世、世界上难道没有一个人还有良心？”她每次提到“良心”这个词时都会哭起来。

他们能对她讲什么？怎样回答她？是啊，有些人有良心，许多人有良心，但不幸的是有些人没有，这是真的。你很幸运，梅丽，你有被精心呵护的良心。对你一样大的人来说，这么有良心是令人钦佩的。我们感到很自豪有这么有良心、关心他人、对人们的苦难深表同情的女儿……

她一个星期都不敢单独睡在自己房间里。瑞典佬仔细地读报，为了能向她解释那和尚为什么要那样做。这与南越总统吴庭艳将军有关，这与腐败、与选举、与复杂的地区和政治冲突有关，也与佛教本身有关……但是在她看来，这只与极端行为有关，这个世界上大多数人没有一点良心，所以这些温顺的人只好采取这种极端方式。

后来她似乎忘记了发生在南越的街上那位老和尚的自焚事件，又能在自己房间里睡觉，不用亮着灯，晚上也不会惊醒并哭喊两三次了。可在这时又一位越南和尚自焚，接着是第三位，第四位……一旦又开始，他发现自己无法让她离开电视。如果她在晚间新闻错过了一次自焚，她会很早起床，收看早晨新闻后再去上学。他们不知该怎样阻止她。她这么不停地看啊看啊，到底要干什么？他想要她不害怕，但也不想让她不害怕到这种程度。她只是要把这事弄清楚？战胜她的恐惧？是想知道敢对自己这么做到底意味着什么？她把自己想像成那些和尚中的一个？她观看是因为还在恐惧，或者感到刺激？令他开始感到不安和恐惧的是他认为，梅丽现在不是害怕，而是觉得好奇。没过多久，他也开始身不由已，虽然与梅丽不同，影响他的不是越南的自焚，而是他十一岁女儿的行为的变化。从她很小的时候起，他就为她强烈的求知欲感到骄傲，可是他真的想让她了解如此之多类似于这样的事情吗？

夺去你自己的生命是犯罪吗？其他人为什么站在一旁，只是观看？他们为什么不阻止他？他们为什么不扑灭火焰？他们站在旁边，还让电视转播。他们想让电视转播。他们的道德观在哪里？那些摄像的电视记者的道德又怎样？……她在问自己这些问题？这对她的智力发展必要吗？他不知道。她静静地观看，就像火焰中心的和尚那样纹丝不动，过后她也不说一句话。即使他对她讲话，向她提问，她只是一连几分钟在电视机前面发呆，她的目光已游离到别处，而不是停留在闪烁的屏幕上。专注到那里——深入和谐与确定地方；在那里，她所不了解的一切正在发生一场巨变；在那里，被注意到的一切永远不会被淡忘……

尽管他不知道该怎样阻止她，他还是想方设法引开她的注意，让她忘却离她半个地球远的疯狂行为，这都与她和她的家庭毫无关系——他晚上带她去打高尔夫球，去看好几场扬基队的棒球赛，还带她和多恩到波多黎各的工厂作简短旅行，并在庞塞的海滩上度假一周。有一天，她真的忘记了那些东西，但不是因为他做了这些努力。还是与自焚有关——他们停下来了。有五次、六次、七次自焚，然后再也没有了。没过多久，梅丽恢复了原有的天性，又开始关注日常生活和与她年龄相称的事情。

当那些殉难的和尚极力反对的南越总统吴庭艳在几个月后被人暗杀时（据哥伦比亚广播公司星期日早间节目称，他被曾将他推上总统位置的美国中央情报局杀害），梅丽似乎错过了这消息，瑞典佬也没告诉她。对梅丽来说，叫做越南的这地方甚至不复存在，如果有的话，也不过是对异国他乡、不可思议的恐怖电视镜头的一点记忆，这早已被埋藏在她十一岁时敏感的心里。

她再没有提到和尚殉难的事情，甚至当她专注于自己的政治抗议后也不谈这些。一九六三年的那些和尚的命运看起来，无论如何也没有给她留下什么印象。在一九六八年，新一轮猛烈的斗争兴起，抗议美帝国主义对争取民族解放的农民战争的干涉……他父亲日日夜夜都想让自己相信，没有其他的答案，她身上没有别的什么可怕的事情发生，没有什么事情这么严重、影响这么大，以至于使她变成爆破手。

五年过去了。安吉拉·戴卫斯是一位年龄和丽塔·科恩相仿的黑人哲学教授——她于一九四四年出生于亚拉巴马，比里姆洛克爆破手在新泽西州的出生早八年——这位加利福尼亚大学洛杉矶分校的共产党教授极力反战，在旧金山因绑架、谋杀和叛变受到审判。她被指控为人们提供枪支，帮助三名圣昆廷监狱里的黑人囚犯在受审时武装越狱。那支杀死审判法官的猎枪据说就是她在法庭枪战前几天购买的。她隐居了两个月，到处躲避联邦调查局，直到在纽约被捕后转押到加州。在全世界，在遥远的法国、阿尔及利亚和苏联，她的支持者们宣称她是政治阴谋的牺牲品。不管她被警方当做囚犯带到哪里，黑人和白人都在附近街头等待，对着电视摄像机高举标语牌喊道："释放安吉拉！停止政治迫害！消灭种族歧视！结束战争！"

她的发型使瑞典佬想起丽塔·科恩。每次他看见盘在她头上的乱发，就不由得想到在饭店的那天下午他本该做什么。不管怎样，他不应该让她从自己身边逃掉。

现在他收看新闻为的是看看安吉拉·戴卫斯。他阅读能找到的有关她的一切东西。他知道安吉拉·戴卫斯会把他引向他的女儿。他记得，那时梅丽还住在家里，她有一个星期六到纽约去了的时候，他进入她的房间，打开梳妆台底层的抽屉，坐在桌边翻看里面所有的东西。都是些政治文件，还有小册子、平装书和带讽刺画的油印手册。还有一本《共产党宣言》。她在哪里弄到的？不会是在旧里姆洛克。谁给她提供所有这些读物？是比尔和梅里莎。这可不只是反战的谩骂——写这些东西的人想的是要推翻资本主义制度和美国政府，他们渴望的是暴力和革命。他特别难受地看到她这个好学生认真画线的有些段落，但又忍不住读下去……即使现在他还依然记得自己在那抽屉里看见过安吉拉·戴卫斯写的东西，但他无法证实，因为联邦调查局当时就查封了所有物品，将出版物装进证据袋，贴上封条后全拿走了。他们清理了她的房间，寻找一些指纹以便在调查中核对使用，收集家里的电话账单，查询梅丽的通话情况。他们在她房间里寻找藏身之处：撬开地毯下面的楼板，拆掉护墙板，取下吊灯的球形玻璃灯罩——检查她衣橱里的衣服，看看是否有东西藏在袖子里。爆炸发生后，州警察拦下了阿卡狄山路所有车辆，封锁本地区，十二名联邦调查局特工花了十六个小时把这房子从阁楼到地下室梳理一遍。最后，当他们在厨房里检查吸尘器的垃圾袋、企图找到“那些文件”的时候，多恩大叫起来。这都是因为梅丽在读的卡尔·马克思和安吉拉·戴卫斯的东西！是啊，他至今还清楚记得自己坐在梅丽的桌边吃力地阅读的情景。他大惑不解，这孩子怎么能读懂，他认为，读这类东西就如同深海潜水，如同戴上水下呼吸器，镜框压在脸上，嘴里塞着气管，没有地方可去、可动、可使上撬棍、可逃生。这也像她在伊丽莎白的时候读德威尔老太太常给她的有关圣徒的小册子和宗教插图卡片一样。幸运的是，这孩子战胜了它们。但是，有一段时间，只要她找不到钢笔就会向圣安东尼祈祷；考试前觉得没有学好功课，也会乞求圣犹大保佑；母亲要她星期六早晨打扫自己凌乱的房间时，她就求助于劳动者的保护者圣约瑟。有一次她才九岁，一些开普梅的顽固分子宣称圣母马利亚在野餐烧烤时来到他们的孩子面前，人们从数英里外涌来，在他们的院子里守夜。梅丽被弄得神魂颠倒，也许重要的不是圣母在新泽西州出现的神秘感，而是有个孩子将被选出来去见她。“但愿我能见到。”她对父亲说道，还给他讲圣母马利亚的幻影怎样出现在葡萄牙法蒂玛的三个牧羊孩子面前。他点点头，没说什么。她爷爷从孙女嘴里听说了开普梅的幻象时，他对她讲道：“我想下次人们会在冰雪皇后冰激凌店见到她。”梅丽到伊丽莎白时重复了这句话。外祖母德威尔于是就乞求圣安妮保佑，让梅丽留在天主教里而不要计较人们对她的教育。过了几年，圣徒和祷告都从梅丽的生活中消失，她不再佩戴圣母马利亚的护身符，她曾对外祖母德威尔发誓要“永远”戴着，连洗澡时也不会取下来。她厌倦了那些圣徒，今后也会同样厌倦共产主义。她肯定会厌倦的——梅丽对一切都会厌倦，不过是几个月的事。也许几星期后抽屉里的那些东西就被忘得一干二净。她要做的只是等待，要是她能等等多好啊。这才是梅丽的秘密。她没有耐心，总是急躁，可能是口吃使她迫不及待，我也不清楚。但是，她若对什么东西充满激情，就可能持续一年，非常投入，然后就突然扔到一边。再过一年，她就要准备上大学。那时候她会发现有新的东西去爱，新的东西去恨，新的东西来加以特别关注，肯定是这样。

一天晚上就在厨房的餐桌边，瑞典佬觉得安吉拉·戴卫斯对他而言就像“我们的法蒂玛女神”出现在葡萄牙那些孩子面前，和圣母马利亚在开普梅显灵一样。他想，安吉拉·戴卫斯可以带我找到她——她就在那里。夜晚独自在厨房里，瑞典佬开始与安吉拉·戴卫斯进行内心的交流，首先是关于战争，然后是对他们都至关重要的一切事情。在他的想像里，她有长长的睫毛，戴着很大的耳环，甚至比电视上看起来漂亮得多。她大腿修长，被艳丽的超短连衣裙衬托得更加鲜明。梳着独特的发型，她挑衅的目光像豪猪一样从里面射出，这头发似乎告诉你："不想被刺痛就别靠近"。

她想听什么他就讲什么，不管她说什么他都信，他只好如此。她赞扬他女儿，称她为"自由战士、反压迫的伟大战斗的先锋"。她说，他应该为她在政治上的勇敢行为感到骄傲。反战运动就是反帝国主义的运动，梅丽才十六岁便以美国人唯一理解的方式进行抗议，冲在运动的最前面，是这场运动的圣女贞德。他女儿是公众反抗法西斯政府和与它对不同政见者的恐怖迫害进行斗争的先锋。她所做的只是被一个自身就是罪犯的国家判定为犯罪，而这个国家在世界上到处从事残酷的侵略活动，维持财富的不公平分配和阶级统治的压迫。她对他解释道，反抗压制性的法律，包括暴力反抗的行为，可以追溯到废奴主义——他的女儿是和约翰·布朗[1]并肩作战的勇士!

1 美国废奴主义者，一八五九年他与二十一名跟随者在哈珀斯渡口占领了美国军火库，为解放南方奴隶作出了努力，后被判处绞刑。

梅丽的行为不是犯罪，而是在法西斯分子和抵抗力量之间权力斗争中的政治行动。这些抵抗力量包括黑人、奇卡诺人、波多黎各人、印第安人、抵制服兵役者、反战活动人士和像梅丽一样的白人少年英雄，他们以合法的方式或者以安吉拉所称的超法律的方式进行斗争，其目的是推翻资本主义的警察国家。他不应该担心她的逃亡生活——梅丽并不孤独，她是八万激进的年轻人中的一员，这些人从事地下工作能更好地与压迫性的政治经济制度引发的社会罪恶现象作斗争。安吉拉告诉他，他所听到的有关共产主义的一切都是谎言。如果想看看消除了种族偏见和劳动剥削、满足人民的要求和愿望的社会制度的话，他一定要到古巴去。

他洗耳恭听。她对他说，帝国主义是富裕白人使用的武器，这样他们便可以少付黑人工人的工钱。此时，他也抓住机会给她讲黑人女工头的事。在纽瓦克女士皮件厂干了三十年的维基，是位小个头女人，很有才能和毅力，诚实可靠。她的双胞胎儿子，东尼和布莱恩是纽瓦克罗格斯大学的毕业生，现在两个都在医学院读书。他告诉她，在一九六七年动乱的日子里，维基二十四小时都和他一起待在厂房里。收音机里播出市长办公室的通知，建议大家立即出城，但是他留下来了，因为他想到待在那里也许可以防止暴徒毁坏厂房，也因为飓风来临时人们也常常留下来，他们不可能把心爱的东西撇下不管。维基大概也因同样的理由留下了。

为了安抚可能从南奥兰治大街来的手持火炬的闹事者，维基做了一些标记牌竖立在醒目的地方。在纽瓦克女士皮件厂一楼窗户上，巨大的白色木板上写着黑字："本厂大多数工人是黑人。"两夜后，带标记的每个窗户都遭到一伙白人的枪击，可能是来自纽瓦克北部的义务警员，或者如维基所猜测，是坐在普通车辆里面的纽瓦克警察干的。他们打坏玻璃后就开车溜了。这就是纽瓦克女士皮件厂在那些日日夜夜所受的全部损失，而当时城里到处在燃烧。他把这些也对安吉拉讲了。

一个排的国民卫队的年轻士兵来到贝根街封锁闹事地区，他们在出事的第二天驻扎在纽瓦克女士皮件厂的装卸码头。他和维基用热咖啡去慰劳他们，维基与每个人聊天——身着制服的小伙子，头戴钢盔，穿着长靴。他们虽然全副武装，有匕首、步枪和刺刀，但这些从泽西南部来的乡下白人男孩还是怕得要命。维基对他们说："朝着人家窗户开枪以前要想一想！那些不是'狙击手'！是普通人！是好人！想想！"那个星期六下午，坦克就停在工厂门前——瑞典佬看到后便给多恩打电话，最后告诉她："我们能解决。"维基走上前去，用拳头敲击盖子直到他们打开。"别乱来！"她对里面的士兵喊道，"别发疯！你们走了，人们还得在这里生活！这地方是他们的家！"事后许多人批评休斯州长[1]，说他不应该派出坦克，但是瑞典佬没有说什么——那些坦克阻止了可能发生的全面的灾难。他却没对安吉拉提到这一点。

在一九六七年七月十四日和十五日、星期五和星期六那最糟糕、最吓人的两天里，他用对讲机和州警察保持联系，在电话上与父亲通话，维基却不愿抛弃他。她告诉他："这里也是我的，你只是拥有。"他对安吉拉讲他怎么理解维基与他们家的关系，知道这是一种古老的、持续的关系，知道他们有多亲密，但是他以前不能确切了解她对纽瓦克女士皮件厂的贡献并不比他少。他告诉安吉拉，在暴乱后，在经历了有维基在身边陪伴的围困时期后，他决心挺身而出，不离开纽瓦克，不抛弃他的黑人雇工。当然他没有告诉安吉拉，他担心如果在工厂还没被烧掉之前就撤离，梅丽最终会以她无懈可击的方式向他也发起攻击。要不然，他会毫不犹豫——现在也依然会毫不犹豫收拾行李、迁往别处。只为了自己的所得而牺牲黑人、工人阶级和穷人的利益是出于肮脏的贪欲！

在这些理想主义的标语中，没有真实的东西，一点也没有，可他

1　指查尔斯·埃文斯·休斯（1862—1948），美国政治家，曾任纽约州州长、第四十四任美国国务卿、美国首席大法官。

又能怎么办？他不能为女儿做的疯狂的事情进行辩护。所以他留在纽瓦克，动乱后梅丽做出了比疯狂更可怕的事情。纽瓦克动乱，然后是越南战争，先是这个城市，逐渐波及全国，都将阿卡狄山路的塞莫尔·利沃夫卷了进去。先是一次巨大的打击——七个月后，在一九六八年的二月，第二次毁灭来临。工厂被围，女儿在逃，他们前途未卜。

除此之外，当城里的冷枪停下来、大火也被扑灭后，人们清点出有二十一个纽瓦克人在枪战中丧生。国民卫队撤离了，梅丽早已不知去向，纽瓦克女士皮件厂生产线的质量开始下降。他的工人疏忽大意、漠不关心，工艺上明显的退步是由于怠工造成的，尽管他没有那么讲。他忍住没告诉安吉拉，他要留在纽瓦克的决定在他和父亲之间引起了争论。他担心引起她对娄·利沃夫的敌视，不带他们到梅丽那里去。

他父亲每次坐飞机从佛罗里达赶过来和他争论时，总是恳求儿子在第二次暴乱摧毁这座城市剩下的一切前从这里脱身，他说："我们现在得到的是，本该走一步的我们再不是走一步，而是走两步、三步、四步。每一步你都得回头，重新剪裁，重新缝纫，没有谁干一天的活，没有谁把它做好。整个企业正被耗尽，全是因为那狗杂种勒鲁瓦·琼斯[1]，

1 美国黑人作家，政治活动家（1934—2014）。因不愿用白人的姓名，在信奉伊斯兰教后改名为艾马穆·阿米里·巴拉卡（Imamu Amear Baraka）。

那个躲躲猫，管他戴着该死的帽子把自己叫做什么。我用自己的双手建起这一切！用我的鲜血！他们认为是人家给我的？谁？谁把它给我？谁给过我什么？谁也没有！我所有的都是我建起来的！靠工作——工！作！他们占领了那座城市，他们现在要夺走那个企业和我建起来的一切，我一干就是一天，一次只能建一寸。他们要把它全部变成废墟！那对他们大有好处！他们烧掉自己的房子——那才是白人社会！别把它们修好——烧掉算了。啊，那才是黑人自豪感创造的奇迹——住在完全毁灭的城市里！伟大的城市变成彻底的荒原！他们将会喜欢住在那里！是我雇用了他们！有什么可笑？我雇用了他们！‘你疯了，利沃夫，’——这是我在蒸浴房的朋友常对我讲的——‘为什么你要雇用黑人？你得不到手套，利沃夫，你将得到垃圾。’但我还是雇了他们，拿他们当人对待，把维基的屁股吻了二十五年，每年该死的感恩节给所有女孩买感恩节火鸡。每天早晨来的时候，我都把舌头伸到外面，为的是舔舔她们的屁股。我说：‘大家好，我们都好，我的时间也是你们的。我不想你们对其他人抱怨，对我讲好了。坐在这张桌子后面的不仅仅是老板，是你们的同盟、你们的伙伴、你们的朋友。’还记得我为维基的双胞胎举行的毕业晚会？我真是个笨蛋。现在仍是。直到今天！我站在池塘边上，我的好朋友在看报时抬起头来对我讲，他们应该把这些黑人抓起来，排成一行统统枪毙。而我总会提醒他们那是希特勒对犹太人干的。你知道他们怎么回答我吗？他们说：‘你怎么能把黑人比成犹太人？’他们让我枪毙这些黑人，可我还抱怨说不。可此时他们正在毁掉我的企业，因为他们做不出合适的手套。胡乱剪裁，拉伸方法不对——这手套甚至不能用。粗心大意的人们，粗心啊，简直不可饶恕。一道工序出错，全部都完了。更讨厌的是，我和这些法西斯杂种争论时，塞莫尔，这些犹太人和我一样的年纪，他们见过我所见的一切，他们比我清楚成千上万倍，我和他们争论时，实际上是反对我应该赞同的事情！”瑞典佬说：“是啊，有时你最终只能那样。”“为什么？说说原因！”“我猜是出于良心。”“良心？那么他们的、那些黑人的良心又在哪里？为我工作了二十五年后，他们的良心在哪里？”

不管要付出多大代价来反驳父亲让他脱离这种苦难的理由，固执地否认父亲话里的真理，他都不会屈服于他父亲的观点。原因很简单。如果梅丽听到消息——她肯定能，通过丽塔·科恩，如果丽塔·科恩与她还有联系的话——知道纽瓦克女士皮件厂从中央大街的工厂撤走，她一定非常开心地想：“他这么干了！他和其他人一样腐朽！我自己的父亲！利润原则决定一切！所有事情！纽瓦克不过是我父亲的黑人殖民地。剥削它，榨干它，有了麻烦就抛弃它！”

这些《共产党宣言》的信仰者灌输给她的想法，肯定会预先葬送再见到她的机会。尽管他可以告诉安吉拉他拒绝放弃纽瓦克和他的黑人雇员，以此给她留下深刻印象，但他还是清楚在他做出这种决定时其个人的复杂感情与圣安吉拉理想中彻底的未来主义思想是不会吻合的。所以他在解释时把自己想像成反贫困组织的两个白人托管人中的一个（这不是真的——他的一位朋友的父亲才是这个托管人）。这个组织定期在纽瓦克开会以促进城市的重建（这也不是真的——怎么可能？），但他还是相信能做到。他告诉安吉拉，他到纽瓦克各地参加会议，毫不理会妻子的担忧。为了她的人民的解放，他尽力去做一切事。他提醒自己每晚对她重复这些话：人民的解放、美国的黑人殖民地、社会的残暴以及被压抑的人性。

他不会告诉安吉拉：他女儿喜欢像孩子一样的吹嘘，为了给她留下深刻印象而撒谎，他女儿对炸药或者革命都一窍不通，这些东西对她来说全是纸上谈兵，她信口胡言为的是使自己感到强大有力，从而忘却语言上的障碍。不行。安吉拉这个人知道梅丽的活动，如果安吉拉像这样来到他面前，那就不只是一次友好的访问。如果安吉拉·戴卫斯不是被派来了解他女儿情况的革命领导人，她为什么要突然冒出来，每晚半夜来到旧里姆洛克这间厨房？除非她来还有别的目的——为什么她不断地回访？

他于是就给了她肯定的答复：他女儿是位自由战士，是的，他是很骄傲，是的，他听到的那些关于共产主义的谣传都是谎言，是的，美国关心世界的安危只是为了做生意，只是不想穷人侵占富人的利益——是的，美国应对各地的压迫负责。她的事业、胡艾·牛顿[1]的事业、鲍比·瑟艾尔[2]的事业、乔治·杰克逊[3]的事业和梅丽·利沃夫的事业都说明这一切是对的。这期间，他对谁也不提及安吉拉的名字，当然不会对维基讲，因为她认为安吉拉是个惹祸的家伙，她做工的时候对其他女孩子就是这么说的。独自一人时和在暗地里，他祈祷——虔诚地向上帝、向耶稣、向任何人、向圣母、向圣安东尼、向圣犹大、向圣安妮、向圣约瑟祈祷——为了让安吉拉被判无罪。他如愿以偿时不由得满心欢喜，她自由了！但是他没有把那晚坐在厨房里写的信寄给她，几个星期后他也没有这么做。当时安吉拉来到纽约，站在防弹玻璃罩后面，面对一万五千名狂热的支持者强烈呼吁释放那些未经正常审判而遭到非法监禁的政治犯。释放里姆洛克爆破手！释放我女儿！请给她自由！瑞典佬哭道。安吉拉说："我想，是时候了，我们大家应该开始给这个国家的统治者一些教训了。"是啊，瑞典佬哭道，是时候了，在美利坚合众国来一场社会主义革命！但不管怎样，他还是

1 二十世纪六十年代到七十年代美国黑豹党的创始人和领导者（1942—1989）。

2 胡艾·牛顿的朋友，也是黑豹党的创始人。

3 一九七〇年一月加州索莱达监狱谋杀案的黑人囚犯，与另外两人被称为"索莱达兄弟"，该事件被认为象征着美国司法体系对黑人和白人执行了两种不同的标准。

孤独地待在厨房的桌边，因为他仍然无法去做该做的事，相信该相信的事，或者说他甚至再也不知道自己相信的是什么。她真的干了那事，或者没干？他应该把丽塔·科恩操了，只要能搞清楚——把这密谋策划的小个子充满性欲的恐怖分子操个够，把她变成自己的性奴隶！直到她带他到她们制造炸弹的藏身之处！如果你真的像你说的那样想见女儿，就过来把丽塔·科恩狠狠地操一回。他应该尝尝滋味，操她一回。这是任何父亲都应该做的吗？如果他愿意为梅丽做任何事情，为什么就不能做这事？为什么要跑开？

这只是“五年过去了”的部分含义。很小的部分。他所读、所看、所听的一切只有单一的意义。没有什么不从个人方面考虑。整整一年，他只要到村里去就忍不住要看看那商店原来所在的位置。买张报纸，买一夸脱牛奶，或者加一次油，他不得不到莫里斯顿去，旧里姆洛克所有人都得如此。买张邮票也是这样。这村子基本上就是一条街，东面是新建的长老会教堂，一座白色的仿殖民地时期建筑，看起来不伦不类，用来替代在二十年代里被烧毁的旧长老会教堂。离教堂不远是橡树林，一对生长了两百年的橡树是镇上的骄傲。从橡树走过去大约三十码便是旧铁匠铺，就在珍珠港事件前它被改建成家居商店。本地妇女常在那里买点墙纸、灯罩和小摆设，以及向福勒夫人咨询如何进行室内装饰。沿着街道走到尽头是佩里·哈姆林开的汽车修理厂，他是诺斯·哈姆林的酒鬼堂兄，他还做藤椅。再过去一些，是占地约五百英亩的延绵起伏的牧场，属于佩里·哈姆林的弟弟保罗·哈姆林。像由哈姆林家族经营近两百年的这类丘陵，从北到南形成三四十英里宽的地带穿越泽西北部，环绕旧里姆洛克，一条丘陵山脉延伸到纽约构成卡茨基尔山脉，从那里一直到缅因州。

那商店旧址的斜对角是墙壁刷成黄色的有六间房的学校。在被送去蒙台梭利学校和上莫里斯顿高中以前，梅丽在那里度过启蒙的四年。现在到那里的每个孩子每天都看见商店的旧址。每当他们的老师和家长开车到村里也能看见。社区俱乐部在学校里聚会，他们在那里举行鸡肉晚宴，在那里投票。每个人开车去那里看见商店的旧址，都会想起那次爆炸和被杀害的那个好人，想起扔炸弹的姑娘，并且带着程度不等的同情或轻蔑想起她的家庭。有些人表现得过于友好；另一些，他也清楚，尽量不和他碰头。他收到反犹信件，如此卑鄙，他一连几天都感到难受。他听到些风言风语，多恩也听到一些。“我一辈子住在这里，从未见过这种事。”“你能指望什么？离开这里他们什么生意也做不成。”“我原以为他们是好人，但是你根本搞不清楚。”本地报纸上有一篇社论记录了这出悲剧，并悼念康伦医生，报纸就钉在社区俱乐部的告示板上，一直挂在街头。瑞典佬不可能把它取下来，虽然他很想，至少为了多恩的缘故他想那么做。原以为一经风吹雨打、日晒夜露，这东西几个星期就会烂掉，它却保持完好无损，差不多过了整整一年还清晰可读。这篇社论题为《福雷德医生》。“我们居住的这个社会，暴力越来越盛行……我们不知道其原因何在，我们也许永远无法理解……我们大家感到的愤怒……我们的心和受害者和他的家庭在一起，和哈姆林一家在一起，和尽力理解与应付所发生的这一切的整个社区在一起……一个杰出的人，一位与我们生命息息相关的优秀医生……设立一个特别基金以怀念‘福雷德医生’……为了这种纪念进行捐献，将对本地贫困家庭在必要时候提供医疗帮助……在这悲痛时刻我们要作出贡献，借此怀念他……”社论旁边是一篇题为《距离医治所有创伤》的文章，上面开始时这样写道：“我们不久将会忘记……”接下去是，“……这种抚平创伤的距离感对一些人来临得比其他人要快一些……第一公理教会尊敬的彼德·巴里斯顿牧师在他的布道中提出，从所有的悲剧里寻求某种好处……在共同的悲伤中社区会更加团结……圣帕特里克教会的詹姆斯·维尔灵牧师充满激情的布道……”那篇文章旁还有一块剪报与此并无关系，可同其他报纸一样他也不能上前将其撕下，它在那里同样张贴了一年。那是对埃德加·巴特里的采访——访谈录和埃德加的照片，他站在家门口手拿铁锹和他的狗在一起，身后是刚铲掉积雪的通向家门的小路。埃德加·巴特里是来自旧里姆洛克的男孩，他在爆炸发生两年前还带梅丽到莫里斯顿看电影。在高中时他比她高一个年级，个头和梅丽差不多。在瑞典佬的记忆里，他样子还不错，就是特别害羞，有些古怪。那张报纸把他描述成爆炸发生时梅丽的男友，但作为她的父母，他们知道梅丽和埃德加交往时比那还早两年，那也是她和他，或者说和任何人仅有的一次交往。有人把埃德加说的话用黑线标出，可能是他的一个朋友开玩笑干的，高中生的玩笑。也许那张带照片的报纸贴在那里本身就是为了取乐。不管是不是玩笑，它在那里过了一月又一月，瑞典佬都不能将它取掉。"似乎不是真的……我从未想到她会干这种事……我知道她是个很好的女孩，从未听她讲过恶毒的话，肯定有什么不对头……希望他们找到她，这样她就会得到所需的帮助……我常常把旧里姆洛克想像成什么也不会遭遇的地方。但我现在和大家一样，总对周围的事提心吊胆。还需要一段时间才会恢复正常……我只是熬一天算一天，不得不这样。我必须忘掉它，就像什么也没发生，但是心里很难受。"

瑞典佬从社区俱乐部告示牌得到的唯一安慰，是没有谁贴上那一张剪报，标题为《爆炸嫌疑犯据说聪明、有天赋但"有些顽固"》。如果是那一张，他肯定会去撕下来，他不得不半夜去干。这文章可能并不比其他那些更糟，但不只是登在本地周报上，而是在纽约的报刊——《时代杂志》《每日新闻》《每日镜报》《邮报》上；在新泽西的日报——《纽瓦克星报》《莫里斯顿记事》《贝根记事》《特伦顿时报》《帕特森新闻》上；在邻近的宾夕法尼亚报纸——《费城调查报》《费城公报》《伊斯顿快报》上；以及在《时代周刊》和《新闻周刊》上。大多数报纸和通讯社在第一个星期后就不再谈及这事，可是《纽瓦克新闻》，特别是《莫里斯顿记事》不愿放弃这个话题——《纽瓦克新闻》派出三位明星记者采访此案，两家报社连续几周每天都煞费苦心地写出有关里姆洛克爆破手的故事。具有地方特色的《莫里斯顿记事》不断提醒读者，里姆洛克爆炸案是一九四〇年九月十二日以来发生在莫里斯县最惊人的灾难。那次的赫克里斯炸药公司爆炸案发生在约十二英里以外的肯威尔，当时有五十二人死亡、三百人受伤。二十年代后期还有一位牧师和一位唱诗班指挥被害，发生在米德尔塞克斯县的新不伦瑞克外面一条小巷里。在布鲁克塞德的莫里斯村也发生过一次谋杀，那是格雷斯通精神病院的一位病人擅自跑出，来到他住在布鲁克塞德的叔叔家，将叔叔的头用斧子劈开——这些故事被翻了出来，重新议论一通。当然，还有新泽西州霍普韦尔的林德伯格绑架案，那是著名的横跨大西洋飞行员查尔斯 · A.林德伯格的幼儿被绑架和杀害——这些报纸唤起可怕的回忆，重新刊出三十多年前有关赎金的细节、碎尸的幼儿、福勒明顿的审判，重印了一九三六年四月报纸摘录的关于该绑架谋杀犯的电刑，他名叫布鲁诺 · 豪普特曼，是一个移民木匠。日复一日，梅丽·利沃夫在本地区少有的暴行史上被提及——她的名字好几次与布鲁诺·豪普特曼的名字并列——但所写出的没有什么东西比本地周报上关于她“有些顽固”的那篇文章对他伤害那么深。那里面隐藏着某种东西——但带有暗示——某种程度的乡下人的装模作样、愚蠢透顶，这会使他非常恼火，他不能容忍贴在那里让每个人读后都对着社区俱乐部的公告牌摇头叹息。不管梅丽做了还是没做什么，他不允许她的生活再被这样贴在学校外墙上展览。

爆炸嫌疑犯

据说聪明、有天赋

但“有些顽固”

在她的旧里姆洛克社区学校的老师看来，炸掉了哈姆林的百货店、杀害旧里姆洛克的福雷德·康伦医生的梅丽蒂丝·“梅丽”·利沃夫，是一个有多种天赋的孩子，一名优秀的学生，而且从不和校方对着干。那些力图从她童年寻查所谓暴力行为根源的人们感到困惑，他们只记得她是一个精力充沛、善于合作的女孩。

“我们不敢相信，”该校校长艾琳·莫洛谈到这个爆炸嫌疑犯时说道，“难以理解为什么会发生这种事。”

莫洛校长说，作为这个只有六间校舍的小学的学生，梅丽·利沃夫“乐于助人、从不惹事”。

“她不是会做那种事情的人，”莫洛夫人说，“至少她在我们这里时不是这样。”

莫洛夫人说，梅丽·利沃夫在旧里姆洛克社区学校时，平均成绩为“优”，还经常参加学校活动，师生们都喜欢她。

“她勤奋积极，对自己要求很高，”莫洛夫人评价道，“她的老师认为她是个优秀学生，同学们也称赞她。”

梅丽·利沃夫在该校时是个极有艺术天赋的学生，也是运动队队长，特别是儿童足球。“她只是一个普通的正在成长中的孩子。”莫洛夫人说道，这位校长也承认，“这是我们从未想到会发生的事情。很遗憾，谁也看不出未来的事。”

莫洛夫人还说，梅丽蒂丝是那种“模范学生”，尽管她确实表现出一些固执，比如说她有时认为没有必要而不做家庭作业。

其他人也回忆起这个所谓的爆炸嫌疑犯的固执。到莫里斯顿高中学习时，十六岁的同班同学莎莉·库伦把梅丽蒂丝描述成一个“态度傲慢、自认为比谁都优越”的人。

但是十六岁的芭芭拉·泰勒说，梅丽蒂丝“似乎不错，尽管她有自己的信仰”。

当这些莫里斯顿高中生被问及梅丽的事时有多种说法，但了解她的人都一致认为她“谈了许多有关越南战争的事”。一些学生还记得，如果其他人反驳她关于美国驻扎越南的那些看法，她会“勃然大怒”。

按照她的班主任威廉·帕克斯曼先生的说法，梅丽蒂丝一直都“学习勤奋、表现不错，成绩都是‘优’和‘良’”，还显露出要上他的母校、宾夕法尼亚州立大学的浓厚兴趣。

“如果你提到她的家庭，人们会说：‘多么好的家庭啊。’”帕克斯曼先生说，“我们简直不敢相信发生了这种事。”

关于她的活动唯一有不祥预感的是这个所谓爆炸嫌疑犯的老师之一，他曾被联邦调查局的特工询问过。“他们告诉我：‘已经接到许多有关利沃夫小姐的报告。’”

整整一年，人们常提起“那商店原来就在这里”。随后开始修建新的商店，他眼看着房子建得越来越高。终于有一天，一面红白蓝三色横幅挂了起来——“大大扩建！新！新！新！麦克弗森商店！”——宣布将在七月四日举行开张大典。他不得不和多恩坐下来谈谈，告诉她，他们也得像其他人一样到那个新商店去购物。尽管他们有一段时间会觉得这么做很难，可最终……但这从来就没有变得容易。他只要一进这家新店，就会想起原先那一家，其实诺斯·哈姆林一家都已退出，新店的主人是一对来自伊斯顿的夫妇，他们根本不关心过去的事情。他们除了扩建商店外，还增设了面包房，出售味道鲜美的蛋糕、馅饼以及每天烤制的面包。在商店后面的邮局橱窗旁边，现在设有小吧台，如果愿意你可以买上一杯咖啡和新鲜的小圆面包，坐下和邻座闲聊或者读读报纸。麦克弗森商店比哈姆林家的要好多了，没过多久，除了还在本地的哈姆林和利沃夫两家人外，周围的人们似乎都已忘记被炸的那家乡村老店。多恩不敢走近这家新店，根本拒绝进去，而瑞典佬却把这当成必做的事情，在星期六早晨他总会坐在吧台边读着报，边喝一杯咖啡，不去管看见他的人怎么想。他也到那里买礼拜日的报纸、买邮票。他本可以从办公室拿回邮票，也可以在纽瓦克寄家里所有的邮件，可他还是想照顾麦克弗森商店的邮局窗口的生意，多在那里待一会，和年轻的贝丝·麦克弗森聊聊天气，就像他以前和诺斯的老婆玛丽·哈姆林在一起时那样。

表面上的生活就是这个样子。他尽最大努力使一切如往常一样。但是，伴随着这些的还有一种内心生活，那是无法逃避的困惑、被压抑的情绪、迷信的期盼、恐怖的想像、虚幻的交谈和没有答案的难题。夜复一夜的失眠和自责，无尽的孤独，永远的懊悔，甚至还为那次亲吻的事深感遗憾，当时她才十一岁，而他三十六岁了，两人身穿湿漉漉的游泳衣开车从蒂尔海滩回家。是那件事的缘故？是任何事情的缘故？什么也不能改变它？

像吻、吻、吻妈、妈妈那样吻我。

然而在这世俗的社会里，无法采取行动，只好继续将生活的假象维持下去，深感耻辱地扮演着那种理想人物的形象。

5

亲爱的利沃夫先生：

梅丽在新泽西铁路大街的一家旧猫狗医院工作，就在新泽西铁路大街 115 号，纽瓦克峭壁区，离宾夕法尼亚车站 5 分钟路程。她每天都在那里，如果你等在外面，就可以在下午 4 点钟看见她下班回家。她不知道我给你写了这封信。我面临崩溃，再也不能继续下去，很想离开这里，但不知道把她留给谁。虽然我警告过你，如果告诉她你是从我这里得知她的消息的，你会使她受到极大的伤害，你还是应该赶来接手。她有一种令人难以置信的精神，她改变了我的一切。我被完全征服，我从来抵挡不了她的威力。陷进这些事情让人受不了。你必须相信我，我对你说的任何话或做的任何事都是梅丽要求我说的或做的。她是一种无法抵抗的力量，你和我有共同的命运。我只对她撒过一次谎，就是那件发生在饭店里的事。如果我告诉她你拒绝和我做爱，她就不会接受那些钱，也会回到街上乞讨。如果没有我对梅丽的爱给我的力量支撑我，我也不会使你那样受罪。这样讲在你听起来很疯狂。我要告诉你，真的是这么回事。你的女儿是神圣的，只要你目睹这种受难情形，自然会屈从于她的神圣威力。你不知道我在没有遇到梅丽之前是多么的无足轻重、默默无闻。但是我再也不想干了。**你不能向梅丽提起我，除非把我当成真的那样折磨过你的人。如果你关心梅丽的获救，就别提这封信。**去医院前要多加小心，她斗不过联邦调查局。她的名字现在是玛丽·斯托尔兹。我们应该让她完成自己的使命。我们只能站在一旁观看使她变为圣人所要遭受的苦难。

自称为“丽塔·科恩”的信徒

一九七三年九月一日

他永远弄不清楚这突如其来的东西。这意外之物本来会躺在那里不被人注意到，在他的余生里熟得越来越透，快要爆炸，距离其他一切事情只相差一毫米。这意外的东西是一切事情的另一面。他曾经抛弃一切、重造一切，当现在所有东西似乎又归于他的控制之下时，他再一次受到刺激要和这些东西分手。如果真是那样的话，这意外之物就成为他唯一的东西了……

东西，东西，东西，东西，还有其他词让人好受些？他们不能永远被这该死的东西绊住！整整五年他一直在等这么一封信——它应该来。每天晚上他祈求上帝在第二天早上送来这封信。在一九七三年这个令人惊讶的过渡年，这也是多恩创造奇迹的一年。多恩几个月都在全身心地设计新房子，他开始讨厌每天早上在邮件中的搜寻，或每次接听电话时的盼望。既然多恩已经将发生的那种不可想像的事从他们的生活中彻底排除掉了，他怎么能让这意外之物又回到他们的生活中来？使妻子恢复理智就像他们一起穿越了为期五年的暴风雨。他完成了需要做的每一件事来使她摆脱惊恐，没有漏掉任何东西，生活已经复原到有明显条理的程度。现在要做的是撕掉这封信，假装没有收到。

多恩曾两度到普林斯顿附近一家诊所治疗自杀性抑郁症，他已习惯性地认为那种伤害是永久性的，只有心理医生的照料、服用镇静剂和抵抗抑郁的冥思才能使她有反应——她将在这些心理医院进进出出，他也会奔走于这些地方，度过他们的余生。他曾想像每年一次或两次会发现自己待在门上没有锁的房间里，坐在她床边。写字台上的花瓶里插着他送来的鲜花，窗台上放着他从她的书房弄来的常春藤，心想这会使她对有的东西在意，床边的桌上放着贴有他自己、梅丽和多恩父母、兄弟照片的相框。他自己会在床边握着她的手，她背靠着枕头，身穿李维斯牛仔裤和高领宽松毛衣正在哭泣。“我吓坏了，塞莫尔，我一直都怕。”她一开始颤抖，他就会耐心地坐在一旁，叫她做深呼吸，慢慢地呼气吸气，想想她所知道的这世上最宜人的地方，幻想自己正待在全世界最安宁的美妙之处，比如一片热带海滩、一座风景绚丽的大山或者她从小就喜欢的度假胜地的美景……甚至当这种颤抖的起因是她对他的滔滔不绝的谴责，他还是这么做。她坐在床上，双手抱在胸前，似乎想使自己暖和一些，总是将整个身躯藏在毛衣里面——把领子拉长，盖住下巴，将毛衣撑起来像个帐篷，后面拉到臀部下压着，前面盖住弯着的膝头和大腿，用脚踩住。常常他在那里时，她都这样像座帐篷似的坐着。“知道我上次在普林斯顿的事吗？我记得！州长邀请我了，到他官邸去。看，到普林斯顿，到他官邸。我去州长官邸赴宴。我当时二十二岁——穿着晚礼服，害怕得要命。他的司机把我从伊丽莎白接过去，我戴着花冠和新泽西州州长共舞——而这事是怎么发生的？我怎么会落到这种地步？你，那就是这原因！你无法离开我！你要拥有我！你要娶我！我只是想成为一名教师！那就是我所想的。我有工作，让它等这么久。在伊丽莎白教孩子们音乐，不让小伙子打搅，就是那么回事。我从不想当美国小姐！从不想嫁给任何人！但是你不让我呼吸——总是把我盯得紧紧的。我所要的一切就是我的大学教育和那份工作。我绝不该离开伊丽莎白！永远不！知道新泽西小姐使我的生活怎么样了？毁掉它了。我只是想赢得那份该死的奖学金使丹尼可以进大学，这样父亲就不用付钱。要是我父亲没有得心脏病，我怎么可能参加联合县小姐竞选，你想过吗？不！我只是想赢得那笔钱送丹尼上大学，让父亲不必负担！我那样做不是为了让小伙子总跟在后面到处游荡——我是在帮忙持家！但是你来了。你！这手！这肩膀！像座塔似的搂着我，只见你这下巴！我不能摆脱的这头巨兽！你不让我那么做！每次抬起头来，就看见自己的男友，他欣喜若狂，就因为我是那可笑的选美女王！你像某种男孩！你不得不让我成为公主。好吧，看看我现在落到什么地步！在疯人院！你的公主在疯人院里！"

在以后的数年里，她将不停地询问自己，发生在她身上的这些事为什么会发生，因此也会不断责备他，而他将带来她喜欢的食物，水果、糖果、小甜饼，希望她除了面包和水以外还可以吃到别的，也会给她带来一些杂志，让她每天能专心读上半小时，给她拿来一些衣服，让她穿着在医院四周走走时能适应季节的变换。每晚九点钟，他会将带给她的东西放进抽屉里，搂着她，亲吻她，祝她晚安。搂着她，告诉她第二天晚上下班后还来看她，然后在夜幕里开车回旧里姆洛克，心里老想着她脸上的恐惧表情。那是在访问临近结束前十五分钟，护士在门口伸进头来，和颜悦色地告诉利沃夫先生快到离开的时候了。

第二天晚上，她会再次生气。他动摇了她真正的雄心大志。他和美国小姐的盛典打乱了她的计划。她继续干，他不能阻止，也没有试一下。她说过的话中哪一点与她现在遭的罪有关？每个人都知道使她崩溃的那件事就足够了，所以她说过什么也不会对任何事情有影响。她第一次进医院时，他只是倾听和点头，惊奇地听到她这么愤怒地谈起那次冒险经历，当时他以为她一定是高兴得不得了。他有时纳闷，如果认定是一九四九年而不是一九六八年发生的事情把她弄成这个样子，对她而言会不会更好些？“在整个高中阶段，人们常对我说：‘你应该是美国小姐。’我认为很可笑。我凭什么成为美国小姐？放学后和暑假里我在杂货店里当售货员，人们来到我的收银机前对我说：‘你应该是美国小姐。’我受不了。当人们说我应该做我看起来该去做的事的时候，我无法忍受。但是，当我接到联合县选美盛典的电话被邀请去参加那次茶会，我怎么办？我只是个孩子。我想这是我赚点小钱的办法，父亲也不必那么拼命干活，所以我填好申请表格就去了。等其他女孩离开后，那女人搂着我对周围所有人说道：‘我想告诉你们，这个下午大家是和下一届美国小姐一块度过的。’我在想：‘这一切是多么的愚蠢。人们为什么要对我不停地讲这些？我不想这样干。’当我获得联合县小姐称号，人们就已经对我讲：‘我们将与你在大西洋城再见。’——那些内行说我会赢得比赛，我又怎么能退出？我不能。《伊丽莎白报》的头版全是关于我赢得联合县小姐桂冠的事。我感到羞愧。我确实那样。我原以为不管怎样也能保守秘密，只是赢得那笔钱。我真是个孩子！至少我肯定不能获得新泽西小姐称号，这我很清楚。我环顾四周，漂亮女孩比比皆是，她们懂得该怎么做，而我却一无所知。她们知道怎样用卷发器，怎样贴假睫毛，我直到参加新泽西小姐选美那年的半途中才学会卷好头发。我想‘天哪，看她们的化妆’，她们有漂亮的行头，我只有一件舞会服和借来的衣物，所以我知道根本不可能赢。我这么内向，这么粗鲁，但我又赢了。然后，他们辅导我怎样坐、怎样站，甚至怎么倾听——他们送我到一家模特公司去学怎样走路。他们不喜欢我走路的样子。我才不关心怎样走——我能走！我走得很好，所以成了新泽西小姐，不是吗？如果我还走得不够好，成不了美国小姐，就让它见鬼去！但你得走得优雅。不！我要像以前那样走！手别摆动太大，别生硬地放在两侧。这一行的那些小技巧使我很紧张，简直迈不开步！别用后跟着地，要用脚掌——这些是我所经历的。如果我能退出这事就好了！我怎么能退出？别来烦我！你们大家都别打搅我！我一开始就不想干。你明白为什么要和你结婚吗？你现在知道吗？理由只有一个！我想要些看上去平常的东西。那年以后，我极力想要点平常的东西！多么希望这事没有发生！完全没有发生！他们将你抬得很高，我并没有要求这样做，然后他们又飞快地拆掉台子，使你不知所措！而我对此从没有要求什么！我与其他那些女孩一点也合不来，我恨她们，她们也恨我。那些有着大脚丫的高个女孩！没有一个聪明，她们都圆滑得不得了！我是个用功学音乐的学生！我所要的是不被打搅，不想要那该死的桂冠顶在头上胡乱地闪来闪去！我一点也不想要那东西！从来不想！”

每次这样的探访后开车回家时，他想起她以前的样子，心里会好受些。在他的记忆里，她丝毫不像她在没完没了的责骂中把自己说成的那个样子。在一九四九年九月通向美国小姐选美盛典的那一周里，她每晚都从丹尼斯饭店往纽瓦克打电话，告诉他那一天她作为美国小姐的参赛者又发生了什么事，从她语气中听到的是她对自己满意极了。他以前从未听她那样讲话——几乎让人害怕，是她对自己的处境、自己的身份、自己的工作不加掩饰的狂喜。生活突然令人兴高采烈，而且让多恩·德威尔独自享受。这突如其来的过度疯狂甚至使他担心，这一周过去后她是否还能再满足与塞莫尔·利沃夫的关系。假设她赢了，他有什么机会去对付所有那些盼望娶美国小姐的男人？演员们将追求她，百万富翁也不会放过她，他们会向她扑过去——在她面前展开的新生活将吸引一大群强有力的新求婚者，最后把他撇到一边。然而，作为当前的求婚者，他还是一想到多恩可能的成功就着迷，可能性越大，他就越激动和担心。

他们在长途电话上一谈就是一小时——她激动得睡不着，尽管她从早饭后就一直在忙。那还是和女伴[1]一起在餐厅吃的，就她们两人坐在一桌，女伴是一位当地的大个子妇女，头戴小礼帽，多恩衣服上别着新泽西小姐的饰带，戴着非常名贵的小山羊皮白手套，是纽瓦克女士皮件厂赠送的。瑞典佬正在那里开始他的训练，为接管企业做准备。所有女孩都戴同一样式的小山羊皮白手套，四颗扣长，盖住手腕。只有多恩免费得到她的手套，还有另一副——礼服长度的，黑色，是纽瓦克女士皮件厂正式的、十六扣的小山羊皮手套（在萨克斯高档百货店算得上一笔小财富），剪裁工艺与意大利或法国专家不相上下——除此之外，还有一副手套，拉到肘关节上面，与她的晚礼服相配。瑞典佬向她要了一段与她礼服一样的布料，由做布手套的朋友为向纽瓦克女士皮件厂献殷勤而为多恩定做的。每天三次坐在头戴小礼帽的女伴对面，这些姑娘有漂亮的发型、穿着整洁美丽的服装和四扣的手套，费力地进餐，每道菜至少吃上一点，在餐厅里不断有人过来请求签名的间隙，他们上前观看和介绍自己来自何方。由于多恩是新泽西小姐，而那饭店的客人都在新泽西，所以她现在是最受欢迎的，她不得不对每个人都说句动听的话，微笑、签名，然后再尽量吃点东西。“这是你不

1　指选美比赛组织方为每位选手配备的助理兼监护人。

得不做的事情，”她在电话上告诉他，“这就是他们免费提供房间的原因。”

当她到达火车站时，他们将她接上一辆小纳什漫步者敞篷汽车，上面印着她的姓名和州名，她的女伴也在车上。多恩的女伴是本地房地产商的妻子，不管多恩到哪里她都跟在身边——车上车下都在一块。“她不会离开我的左右，塞莫尔，这段时间你除了裁判看不到一个男人。你甚至不能和家人谈话。有几个人的男朋友在这里，有的还是未婚夫。但有什么用？女孩们不准见他们。我很难读完那本厚厚的规章手册。‘除非有女伴在场，男性成员不得与选手交谈，选手任何时候都不得进入鸡尾酒会或享用含酒精饮料。其他规则包括不许衬垫——’”瑞典佬笑了起来。“喔—喔。”“让我讲完，塞莫尔——没完没了。‘任何人不得采访选手，除非有女主人在场维护她的利益……’”

不只是多恩，而是所有女孩都有小纳什漫步者敞篷汽车——尽管不归她们所有。只有当你夺得美国小姐桂冠，这车才归你。到时候会在最著名的大学足球比赛中，用此车载着你绕场向全体观众挥手致意。这种盛典也推广了漫步者汽车，因为美国汽车公司是赞助商之一。

她到达饭店时，房间里摆着一盒弗拉林格公司首创的海盐太妃糖和一束玫瑰花，每个人都得到这两样来自饭店的礼物，但多恩的玫瑰却从没开过。女孩们的房间——至少在多恩那个饭店里——又小又丑，还在背阴处。但是饭店本身不错，多恩激动地描绘着，那是在海滨道和密西根大街之间，是个时髦的地方，他们每天下午到那里吃点茶，有小三明治，付费的房客在草坪上玩槌球游戏，这些客人当然有宽敞的漂亮房间，还能观赏海洋风景。每天晚上，她筋疲力尽地回到背阴的丑陋房间，墙纸都已褪色，她先看看玫瑰花开了没有，再打电话回答他关于她今天的运气之类的问题。

她是那四五个照片总出现在报纸上的姑娘之一，大家都认为这几个中肯定有一人夺冠——来自新泽西州参加典礼的人们满有把握，特别是当她的照片每天早上都出现时他们更有信心。“我不想让他们失望。”她告诉他。“你不会的，你会赢。”他对她说。“不，那个从得克萨斯来的女孩会赢。我清楚。她这么漂亮，脸圆圆的，还有酒窝。虽不是美女，但非常讨人喜欢，身材也高大。我被她吓坏了。她来自得克萨斯某个乡下小镇，会踢踏舞，非她莫属啦。”“报上她和你在一起？”“总在一起。她一直是那常出现的四五人之一。我被登在上面是因为这是在大西洋城，我又是新泽西小姐，人们看见我身上的佩戴有些狂热，每年他们对新泽西小姐都这样，可从未有人赢。但是得克萨斯小姐也登在这些报纸上，塞莫尔，因为她会夺冠。”

联合报业著名专栏评论家厄尔·威尔逊是十大裁判之一。据报道，当他听说多恩来自伊丽莎白时，他在花车巡游过程中对人讲，任伊丽莎白市多年市长的乔 · 布洛菲是他的朋友。多恩当时正和另外两个姑娘在饭店的游行花车上。威尔逊对人讲了，那个人对另一个人讲了，那另一个人又转告了多恩的女伴。威尔逊和乔 · 布洛菲是老朋友——这就是威尔逊所说的，或者说是能在公众场合随便讲的话，但是多恩的女伴很有把握，他这么说是因为他看见了多恩穿着晚礼服在花车上面，他肯定要选她。“好吧，”瑞典佬说，“拿下一票，还有九票。你有进展，美国小姐。”

她和女伴的全部话题都是关于谁会是她最可能的竞争对手，很显然这也是所有其他女孩与女伴谈论的话题，即使她们装出相互喜欢的样子，这也是她们打电话回家时要谈的东西。多恩告诉瑞典佬，特别是那些南方的女孩还真能装模作样：“啊，你真是漂亮极了，你这头发美得不得了……”对发型的赞扬使多恩这样实心实意的女孩有些信以为真了，从其他女孩的谈话中几乎觉得生活机遇存在于发型中——不是掌握在你的命运的手中，而是靠你的发型来操纵。

她们带着女伴在钢铁码头[1]玩了一会儿，在著名的斯塔恩船长海鲜馆和游艇酒吧品尝了鱼宴，到杰克 · 奎斯查德牛排店参加牛排宴会，第三天早晨她们全体在大会厅前照了相。一位大会的官员对她们

1 位于美国大西洋城海滨道上的一座游乐场。

讲，这张照片将是她们一生都将珍藏的东西，她们所结成的友谊会延续一辈子，她们将在今后的岁月里保持相互联系，有一天她们会以相互的名字为自己的孩子命名——可是当早晨报纸登出来时，姑娘们对女伴说道："啊，我的天，上面没有我。天哪，这家伙看起来好像她会赢。"

每天都在排练，连续一周每晚她们都要登台表演。年复一年，人们来到大西洋城就是为了参观美国小姐的选美比赛，买票观看晚上的表演，穿戴整齐去看姑娘们在台上展示各自的天赋和身穿演出服一个接一个地进行乐曲表演。有位弹钢琴的姑娘演奏了《月光奏鸣曲》作为自己的单独表演，多恩为自己选的曲子要浮华一些，是当时流行的《直到终结时》，肖邦的一首波洛涅兹舞曲。"我现在处于表演业里，整天都停不下来，没有一刻空闲。因为新泽西是主办州，所有人都注视着我，我也不想让大家失望，我真的不想，我不能忍受——""你不会的，多尼。你已经有了威尔逊这一票，他是裁判中最著名的。我感觉得到，我很清楚，你会赢。"

但是他错了，夺冠的是亚利桑那小姐，多恩甚至没能进入前十名。那时候，宣布优胜者时，姑娘们还待在后台。一排一排的镜子和桌子按字母顺序摆放，宣布结果时多恩正在中央。她不得不用尽全力微笑和拼命地鼓掌，因为她失败了，更糟糕的是，还得跑回台上和其他落榜者一道，跟着司仪鲍伯·罗塞尔唱起那个时代的美国小姐之歌：“每一朵花，每一枝玫瑰，踮起脚尖……美国小姐正从旁边走过！”此时一位和她一样矮小、体轻、黝黑的姑娘——来自亚利桑那的小杰奎·梅瑟尔，她曾在泳装环节中获胜，可多恩从未想到她会夺冠——一举征服大厅里的观众。尔后，在告别舞会上，尽管对多恩来说非常难受，她并没有像其他姑娘那么伤心。与参加典礼的新泽西州人对她说的一样，各州的人也对各州自己的选手说过同样的话：“你会赢的，你将成为美国小姐。”她告诉他，这舞会是她见过的最悲惨的情景。“你不得不到处走，露出笑脸，真糟糕。”她说道，“他们从海岸警卫队弄来这些人，或者别的随便什么地方——安纳波利斯。他们穿着怪异的白色制服，饰以金穗和缎带。我猜人们认为我们和他们跳舞会很安全，他们和你跳舞时连下巴都收进去。晚会一过就可以回家了。”

事后一连数月，这种让人激动不已的冒险经历不愿消退，甚至当她作为新泽西小姐到处参加剪彩，向大家挥手致意，庆祝商场开张和车展的时候，她还在大声地询问自己，像在大西洋城那个星期似的从未预料到的事情是否还会在她身上发生。她将一九四九年美国小姐选美大赛的官方年鉴一直放在床边，那是一本由大赛主办方制作的，那个星期在大西洋城卖出的小册子：上面有姑娘们的照片，每页四人，每位下面带着各州的略图和个人简历。新泽西小姐相片的这一页上——笑容端庄的多恩，身着晚礼服和与之相配的十二扣的布手套——页角整齐地折着。“玛丽·多恩·德威尔，二十二岁，新泽西州伊丽莎白市，白色皮肤，深色头发，今年大典上肩负着新泽西的希望。新泽西州东奥兰治市乌普萨拉学院毕业生，音乐教育专业，玛丽·多恩的理想是当一名高中音乐教师。她身高五点二五英尺，蓝眼睛，爱好游泳、方块舞和烹调。（左上角）”不愿轻易放弃她这种从前未曾体验过的兴奋，她不停地复述对于这个来自山坡路的孩子而言简直像童话一般的经历，山坡路一名管道工的女儿，却被放在众人面前展示，为美国小姐的桂冠而竞争。她几乎不敢相信自己表现出来的那种勇气。“啊，那展台坡道，塞莫尔，很长的坡道，很长，很长，在上面只管露出笑脸……”

一九六九年，当人们把请帖寄到旧里姆洛克，邀请多恩参加当年的美国小姐选美的参赛人员二十周年聚会时，她已是在梅丽失踪后第二次到医院治疗。那是在五月份，心理医生和上次一样友好，房间还是那样舒适，绵延起伏的风景画依然漂亮，步行道甚至更好，病人住的平房周围栽满郁金香，此时四周全是大片的绿油油的田野，美不胜收——因为这是两年中的第二次，这地方又如此之美，加上他刚从纽瓦克直接赶来，到达时正是傍晚，新割青草的气味弥漫在空气里如细香葱一样鲜美，扑鼻而来，这真叫糟糕透顶，所以他没有让多恩看到为一九四九年而举行重聚的请帖。情况已经够糟了——她对他说起的那些事情太古怪，伤心地哭述她的羞愧，她的耻辱，她生命的虚度是如此令人难受——就算没有新泽西小姐之类的东西也已经够糟了。

然而情形终于变了。某种东西使她决心抛弃那件意外的、难以置信的事情。她不能剥夺自己的生活。

痛下决心的复兴开始于她到日内瓦诊所进行的整形手术，那是她从《Vogue》杂志看到的。临睡觉时他常看见她站在卫生间镜子前面，用双手食指将颧骨上的皮肤向后拉，同时也把下颌的皮肤用拇指朝后上方赶，拼命拉动松软的肌肉，甚至要将脸上自然的皱痕也弄掉，直到她看见自己的脸变成个抛光的果核才作罢。她丈夫非常清楚，她实际才四十五岁，但确实像个五十四五岁的女人一样开始衰老了。《Vogue》上提供的补救措施也没有多大意思，和他们遇到的灾难相比这些根本算不上什么，但他觉得没有必要与她争论。他认为，就算她这么想把自己看成又一位早衰的《Vogue》杂志读者，想暂时忘记其里姆洛克爆破手母亲的身份，她还是比任何人都知道真正的原因。她已经看过了所有的心理医生，尝试了那些冥思法，一想到如果第三次进医院就会遭受电疗法，她怕得不行，所以这该是他带她到日内瓦的时候了。飞机一抵达机场他们就被身穿制服的司机用豪华轿车接走，她在拉普朗特医生的诊所做了登记。

在他们的套房里，瑞典佬睡在她旁边。手术后的那一夜，她不停地呕吐，他在身边为她擦洗和安慰她。在随后的几天里，当她痛得直哭时，他坐在床边，如同在心理诊所那样，他夜复一夜地握住她的手。他清楚，这种奇异的手术、这毫无意义的无聊的折磨，是她作为尚可辨认的人形进入崩溃最后阶段的开始。根本算不上帮助妻子康复，他知道自己充当的是使她毁灭的愚蠢的同谋。他看着她扎满绷带的头部，觉得自己也是在目睹掩埋她的尸体前的准备。

他完全错了。就在丽塔 · 科恩的来信送到他的办公室几天前，他恍然大悟。他偶然走过多恩的书桌，看到一封手写的短信，旁边信封上收信人为日内瓦的整形外科医生："亲爱的拉普朗特医生：从您给我做面部整形后，一年过去了。上次见到您时，我根本不懂得您给我的是什么。为了我的美貌，您花掉了五小时的宝贵时间，这让我惊讶。我该怎样感谢您？我花了整整十二个月从手术中恢复。我相信，正如您所说的那样，我的身体比自己意识到的还要糟。现在我似乎被赐予了新的生命，从内到外的感觉都是如此。当我遇到久别的朋友时，他们对我身上发生的一切大惑不解。太美妙了，亲爱的医生，没有您这根本不可能。谢谢您！多恩 · 利沃夫。"

几乎在恢复到爆炸发生前那样充满生机、完美的心形脸蛋后不久，她马上就决定在里姆洛克山脉的另一侧，在一块十英亩的地基上建造一座小型的现代化房屋，卖掉那幢旧的大房子和附属的其他建筑，以及那一百多英亩地。(多恩养的那些菜牛和农场机械已经在一九六九年卖掉了，那是在梅丽出逃的第二年，当时这种活对多恩来说显然是很难再干下去，所以他在一份家畜饲养月刊上登了广告，只用了几个星期就卖掉打包机、送料机、耙地机、牲畜——所有东西和机件。）当他在一旁偷听到她对建筑师、他们的邻居比尔·沃库特说她一直就憎恨他们这房子时，他感到震惊，就如同她告诉沃库特她一直就憎恨自己的丈夫一样。他出去散步走了很远，几乎走了五英里路到村子里，他不断提醒自己，她所说的她一直憎恨的只是那房子。但是，尽管她的意思不过如此，还是使他很难受，他费了极大的克制力才让自己转身回家去吃午饭。多恩和沃库特将与他一起看看沃库特的第一套草图。

憎恨他们的旧石头房子，那可爱的第一幢也是唯一的一幢房子？她怎么能？他从十六岁起就梦想着那房子，在他常和棒球队乘车去与惠帕尼队比赛的途中——身穿制服坐在校车上，手指无聊地在深深的棒球手套里摩擦，汽车沿着狭窄的山路，拐向西面，穿过泽西乡村的丘陵——他看见一座巨大的带有黑色百叶窗的石头房子耸立在树后的高地上。悬挂在一棵大树矮枝上的秋千上，有个小女孩正荡到半空中，他想，这真是孩子们最快乐的事。这是他所见过的第一座石头房子，在城里的孩子看来，简直是建筑上的奇迹。那些石头的随意设计对他展现出的“房子”的喻义甚至是那座在克尔大街的砖房所没有的，尽管那里还有完备的地下室，他是在这里面教杰里玩乒乓球和跳棋的；还有带顶棚的屋后走廊，他在黑暗中可以躺在旧沙发上，在炎热的夜晚收听巨人队的比赛；还有那车库，在那里面，他还是个小孩时就用黑色胶带和绳索把球悬挂在房梁上，整个冬天他参加篮球训练回家后，以高大、直立、严肃的姿势认真地挥动球棒击球半小时，完全按照时间表行事；还有屋檐下面他的有两个窗户的卧室，上高中前的那一年，他睡觉前总要读了又读《托姆金斯韦尔的男孩》——“一个头发灰白的男人身穿肮脏的衬衫，蓝色棒球帽直扣到眼睛上，将一抱衣服扔给那男孩，并指给他衣柜的位置。‘五十六号，后面那一排，那里。’这些衣柜是六英尺高的木柜，离顶部一两英尺装有搁板。他的衣柜开着，柜门上沿有字：‘图克尔，56 号’。里面有他的运动服，衬衫胸前有蓝色的‘道奇队’字样，背后印着 56 号……”

那座石头房子在他看来不只是非常具有独创性——所有那些不规则体被很好地组合，像耐心拼接的七巧板，恰到好处地构成了这个方方正正的物体，形成一座漂亮的安身之所——并且看来是一座坚不可摧、稳若磐石的房子，绝不会被焚毁，也可能从这个国家立国之初就一直耸立在那里了。原始的石料，那种未加工的石头是你沿着威克瓦西公园小路散步时，树丛中随处可见的东西，而在那里它们却构成了一座房子。他怎么也忘不了。

在学校里他发现自己老是在考虑，要和班上哪一位姑娘结婚，然后共同生活在那座石头房子里面。他随球队乘车到惠帕尼去后，只要听见有人说“石头”——甚至“西边”——他便联想到自己下班回到树林后面的那幢房子，看见自己的女儿在那里，那是他的小女儿在他搭起的秋千上荡得高高的。尽管他只是个高中二年级学生，也能想像出他的女儿跑上前来亲吻他，看到她朝他扑过来，他将她扛在肩上进入那房子，一直走到厨房，站在那里的是系着围裙在炉旁为他们做饭的、面带喜色的孩子她妈。这人也可能就是上个星期五在罗斯福电影院坐在他前一排晃动着的某个威克瓦西姑娘，她的头发飘过椅背，伸手可及，如果他敢摸的话。他能够把自己的一生全都想像出来，总在不断地添上一些东西。当他感到自己能够添加，为什么不使它更加完整?

于是，他在乌普萨拉遇见了多恩。她总会穿过大厅到旧大街去，走读学生课间都待在那里，她总是在桉树下和几个住在肯布鲁克宿舍的姑娘闲聊。他曾经跟着她沿着普罗斯佩克特街一直走到布里克教堂汽车站，当时她突然在贝斯特商店的橱窗前停下来。她进商店后，他走到橱窗前看见模特儿身上穿着一件长长的“新风貌”裙子，想像多恩·德威尔正在试衣间将那条裙子试穿在衬裙外面。她这么可爱，而他又是那么腼腆，甚至不敢朝她那个方向看一眼，似乎这样看的本身就是在触摸或黏附，似乎她已知晓（她怎么可能不知晓？）他会不由自主地朝她那边望，她会像任何敏感的、有自制力的姑娘那样，对他不屑一顾，只当他是一头猎食的野兽。他曾当过海军陆战队员，也和一位南卡罗来纳的姑娘订过婚，后来在家人的要求下他取消了婚约，从他梦想拥有黑色百叶窗和大门外有秋千的石头房子起好些年都过去了。他深知自己英俊，刚服役回来，又是校园里的名噪一时的运动明星，但他下了很大的决心克制住自负和避免以那种角色出现，所以他花了整整一学期才达到和多恩约会的目的。不仅因为这样毫不隐讳地直面她那种美貌会使他良心不安，从而为自己的窥探嗜好深感羞耻，还因为他一旦和她接触，就无法阻止她将他一眼看穿，进入他的心底了解他对她的幻想：她正待在石头房子的厨房炉边，此时他背着他们的女儿梅丽推门进来——取名“梅丽”是因为她刚在他搭起的秋千上玩得开心[1]。到夜晚，他不停地用留声机放那年流行的一首名叫《心中的佩格》的歌曲。歌中有一句唱道：“你那爱尔兰之心是我所求。”每当他

1 梅丽的名字 Merry 在英语中是快乐、开心的意思。

看见多恩·德威尔走在乌普萨拉学院的小道上，那么小巧优雅，他会一整天下意识地用口哨一边吹着那首该死的歌曲，一刻也不间断。他常发现自己甚至在棒球赛上也吹着这曲调，一边在击球员准备区挥动球棒。他那时生活在两个天底下——多恩·德威尔的天空和头顶上的大自然的天空。

但是他并没有立刻去接近她，担心她看清他心里的想法，嘲笑他对她的痴迷和这个前海军陆战队员对乌普萨拉春之女王放肆的无知。她会认为，他对她的出现是专门为了满足塞莫尔·利沃夫的渴望的想象，这种甚至在他们相互认识之前就有了的想象，证明他仍是个孩子，爱慕虚荣、被人宠坏。但实际上在瑞典佬看来，他完全被自己的目的激励着，对于这个目的，他比所认识的其他人更早了解，同时还带有一个成年人的目标和雄心大志，而该成年人已激动地预见了自己归宿的全部细节。他二十岁从军队退役回家时，愤怒地感到自己"成年了"。如果说他是个孩子，只是因为他发现自己盼望早点进入有责任感的男子汉阶段，就像孩子在糖果店橱窗朝里注视着一样。

由于太了解她为什么想卖掉旧房子，他马上就同意按她的愿望去办，甚至没有去费心思让她知道，她想走的理由——是因为梅丽还在那里，在每个房间，梅丽一岁时、五岁时、十岁时的情景——和他想留下的理由是一回事，这种理由和她的相比同样重要。但是若留下来，她可能熬不过去——而他似乎还能忍受任何东西，不管它是多么残忍地违抗了他的意愿，——他同意放弃如此珍爱的房子，一点也没顾及保留在这房子里的关于那个逃亡在外的孩子的记忆。他同意搬进一座崭新的房子，四处都能见到阳光，非常明亮，大小刚够他们两人居住，只在车库上面有一间多余的小房间留给客人。一座现代之梦的房屋——“既豪华又低调”，这是沃库特对多恩所描述的，他说出了她的心声。房间里配备了护墙板电暖（替代引起她的鼻窦炎的难以忍受的强制热风供暖），有固定的夏克尔风格[1]的家具（换掉那些暮气沉沉的家具）和吸顶灯（再不用阴郁的橡木房梁下那无数盏落地灯），还有宽敞干净的门式窗户（而不是那些总是黏糊糊的竖框老百叶窗），所带的车库在技术上和核潜艇一样先进（不是原来那个阴湿寒冷的洞穴的地窖，她丈夫常带领客人参观他“储藏”起来供老年时享用的酒，在他们慢慢穿过发霉的石墙巷道时还需不断提醒大家注意防止铸铁下水管碰到头部：“头顶，注意，小心那边……”）。他什么都明白，这一切，知道这对她来说有多糟，所以他除了同意还能怎样？“财产是一种责任。”她说道，“没有机器和牛群，草会大量生长，你每年不得不割两

1　指简洁、实用并做工精良。

三次来控制它。你还得修剪灌木丛——不能让它们随意疯长变成丛林。你必须不停找人修剪，可笑的是费用太高，但还得一年又一年地发疯似的支付。为了避免仓库倒塌也得进行维修——与土地打交道，你有一种责任，不能放任自流。最好的办法，唯一的办法，”她对他说，“是搬家。”

好吧。他们搬走。但是她为什么要对沃库特讲她“从发现它的那天起”就恨这房子？她待在这里是因为她丈夫把她“拖”到这里，当时她太年轻，毫不了解照看古旧的黑仓库似的大房子将是怎么回事。这里面总有东西在泄漏或腐烂或需要修理，她为什么要这么讲？她告诉他，最初去照料牛群的原因就是要走出那幢可怕的房子。

如果真是那样的话，该怎么办？可惜现在发现这一点太晚！这如同发现了她的不忠——这么多年她一直对这房子不忠。当没有什么可说明他的感受是真实的，当他们显得如此荒谬，当她年复一年地对他们的房子怀着强烈的仇恨的时候，他怎么能愚蠢无知地认为自己是在使她幸福？他多么地喜欢做个供给者啊。要是他有机会不只是为他们三人，而是为更多的人提供什么的话，那该多好。若是这大房子里有更多的孩子，若是梅丽在她所爱和被其所爱的弟兄姊妹中长大，那件事情也许永远不会发生在他们身上。但是多恩从生活中索取的是其他东西，不想做五六个孩子的奴隶似的母亲和照料一幢有两百年历史的老房子的女佣——她想去养菜牛。因为不管他们到哪里，她都被介绍为“前新泽西小姐”，她认为即使她有个学士学位，人们还是只当她是个泳装美女，一个头脑简单的瓷器娃娃，对社会没有太大的用处，只是站在那里好看而已。当人们提起她的桂冠时，她总是耐心地对他们解释多少遍，说她参加联合县选美只不过是因为她父亲得了心脏病很缺钱，她的兄弟丹尼又将从圣玛丽高中毕业，她认为如果能赢的话——她相信自己有机会，不是因为她是乌普萨拉春之女王，而是因为她是音乐教育专业的学生，会弹奏古典钢琴曲——她可以用选美赢得的奖学金作为丹尼的大学学费，以此来减轻……

但是不管她说什么、怎么说、说多少或多少次提到钢琴：没有谁相信她。谁也不会真正相信她从来不想比其他人更漂亮。他们认为还有许多其他办法可以获得奖学金，而不必穿着高跟鞋和泳装在大西洋城溜来溜去。她总是告诉人们她成为新泽西小姐的真正原因，可无人听她解释。他们笑笑，在他们看来，她不可能有什么真正原因，他们也不想让她有真正的原因。对他们而言，她所有的一切就是她那张脸蛋。他们便可断言：“哦，她呀，不过是那张脸。”然后露出对她的相貌毫不嫉妒或在乎的样子。“感谢上帝，”她对他咕哝道，“我没有获得桂冠。如果他们以为新泽西小姐应该是傻瓜，想像一下，我要是得了那个可笑的奖会怎么样吧。不过，”她失落地附上一句，“能带回家一千美元也还是好的。”

梅丽出生后他们夏天开始到蒂尔去，人们总是盯着穿泳装的多恩。当然她不会再穿那件白色的卡特林娜连体泳装，当时她在大西洋城的展台上穿过，商标正在臀部下方，那是传统泳装女孩戴着游泳帽的样子。他喜欢那件泳装，对她非常合身，但是从大西洋城回来后，她再没有穿过。不管她穿什么样式或颜色的衣服，他们都盯着她看，有时他们走上前来拍张快照和要求签名。然而，比盯着看和快照更恼人的是他们对她的疑心。她说：“由于某种奇怪的原因，那些女人总想到我是以前的什么，所以会勾引她们的丈夫。”也许吧，瑞典佬想，令她们如此害怕的是她们深信多恩能够勾引她们的丈夫——她们注意到那些男人怎样看她、怎样专注于她到了哪里。他自己也注意到了，可从不担心，对多恩这样的妻子完全不必，她所受的教育是那么地严格。可是多恩对这一切感到非常恼怒，所以她开始不穿着泳装，任何泳装，到海滩俱乐部去；后来，尽管她很喜欢冲浪，还是完全放弃到海滩俱乐部。她想去游泳时，便驱车四英里到艾文。她小的时候，夏天常和家人到那里度假一周。在艾文的沙滩上，她只不过是个单纯娇小的爱尔兰姑娘，头发搭在身后，不管怎样也不会有谁注意到她。

多恩到艾文是要抛开自己的美貌，但她根本就摆脱不掉，只不过是公开地炫耀而已。你得享受权力，还有一定的冷酷，去接纳那种美貌，而不因它使其他东西暗淡无光感到悲哀。如同任何将你分离出来、使你与众不同的被夸大的天赋一样——令人嫉妒和憎恨——要接纳你的美貌，习惯于它在他人身上的影响，同它嬉戏和尽量利用它，你得培养自己的幽默感。多恩并不是个木头人，她有精神和勇气，能以非常幽默的方式行事。但那还不是行之有效、能使她解脱的发自内心的那种幽默。只是等她婚后、不再是个处女时，她才发现那个她可以尽情施展美貌的地方，她的美貌对丈夫和妻子两人都有益处的地方，是和瑞典佬躺在一起的床上。

他们常把艾文称做爱尔兰人的里维埃拉[1]。没有多少钱的犹太人到布拉德利海滩，而并不富裕的爱尔兰人就近到艾文去，那是一个全长只有十个街区的海边小镇。那些爱尔兰暴发户——法官、建筑商、优秀的外科医生，他们有钱——到泉湖，路过那些壮观的庄园大门，就在贝尔玛（另一个度假小镇，几乎有各处的特色）的南面。佩格姨妈以前常带多恩到泉湖小住，她嫁给一位来自泽西城的律师内德·摩哈尼。她父亲告诉她，如果你是那座城里的爱尔兰律师，与市政府合作，那位“我就是法律”的赫格市长就会罩着你。内德叔叔很健谈，爱好高

1 法国东南部和意大利西北部沿地中海的旅游胜地，以其用于出口和制作香水的鲜花而闻名。

尔夫球，相貌英俊，自从他在约翰·马歇尔学院毕业时与街对面一家位于新闻广场的大公司签下合同后，就一直在哈得孙县担任那份清闲的美差。在那么多的侄儿侄女中，他似乎最喜欢漂亮的玛丽·多恩，所以每年夏天，这孩子和父母以及丹尼一起在艾文的出租房里度过那一周后，她就来和内德、佩格以及摩哈尼家所有孩子在巨大的伊萨克-苏萨克老饭店度过另一周，那正在泉湖的临海处。每天早晨，她在通风良好、俯瞰海面的餐厅里吃着涂了佛蒙特枫糖浆的法式烤吐司。盖在她膝盖上的浆洗过的餐巾大得足以将她的腰包裹起来，就像一条围裙，那些闪闪发亮的银餐具重得不得了。礼拜天他们一起到圣凯瑟琳教堂，那是这个小女孩所见过的最华丽的教堂。到那里去还须跨过一座桥——那是她所见过的最可爱的桥，狭长的弓形木桥——横跨饭店背后的湖面。当她在游泳俱乐部遭遇不快的时候，她偶尔也会驱车途经艾文到泉湖来，回忆这里以前每年夏天魔法般地变出一座玛丽·多恩的蓬岛[1]。她还记得自己多么向往在圣凯瑟琳教堂举行婚礼，做一位身着白色婚纱的新娘，与像她内德叔叔一样富有的律师结婚，在一座壮观的避暑别墅里生活，宽阔的阳台俯瞰着湖面、桥梁和教堂的圆顶，距离涛声隆隆的大西洋不过几分钟的路程。她完全可能做到，只费举

1　指一九五四年上映的电影《蓬岛仙舞》(Brigadoon) 中的世外桃源。

手之劳就能达到目的。可是她的选择是爱上了并嫁给了纽瓦克的塞莫尔·利沃夫，而不是那几十个遭受打击的天主教小伙子中的一个，那些是她通过摩哈尼家的表兄妹认识的，还有那些从圣十字和波士顿学院来的机敏、粗鲁的小伙子，所以她的生活就不是在泉湖，而是在蒂尔和旧里姆洛克，与利沃夫先生厮守在一起。“是啊，结果就是这样。”她母亲对那些愿意听的人都这么哀伤地讲，“本来可以有佩格那样的幸福生活，甚至比佩格还好，圣凯瑟琳教堂和圣玛格丽特教堂都在那里，圣凯瑟琳教堂就在湖边，多么漂亮的建筑，真美。但是玛丽·多恩是家里的叛逆者，一直都是，她总是做她自己想做的事。自从她去参加那场比赛，像其他人那样循规蹈矩很显然并不是她心里想要的。”

多恩到艾文只是想游泳。她仍然不喜欢躺在海滩上晒太阳，还在怨恨那时不得不听从新泽西州选美大赛组织者的话，把她娇嫩的肌肤每天都暴露在阳光下——他们说在台上，她白色的泳装在阳光浴后的棕褐色肌肤的衬托下会更引人注目。作为年轻的母亲，她尽量远离将她标识为“一位前某某”的一切，那些东西还会引起其他女人丧失理智的轻蔑，她很难受，觉得自己像头怪物。她甚至将那些衣物都捐献给慈善机构，那还是选美大赛主席亲自为她在纽约的设计师展厅里挑选的。当时为了参加大西洋城的竞赛，多恩花了一天的时间专门到纽约购物，大赛主席陪她一块前往（这人对新泽西州应推选何种姑娘给美国小姐的评委有他自己的打算）。瑞典佬认为她穿上那些礼服非常漂亮，很不情愿将它们送人，但至少在他的劝说下，她保留了州赛的桂冠，将来可以让他们的孙辈看看。

梅丽开始上幼儿园后，多恩便着手工作，当然不是第一次，也不是最后一次，她要向妇女界证明：除了相貌外，她还有其他的动人之处。她决定养牛。这想法也可以追溯到她孩提时候——到她外祖父那一辈。外祖父在十九世纪八十年代从克里县来到这个港口，当时他二十岁，在伊丽莎白南部离圣玛丽教堂不远的地方结婚、定居，陆续养了十一个孩子。他起初的谋生方式是在码头做工。后来他买了几头母牛为家人提供牛奶，然后将多余的卖给西泽西街上的几个著名人物的家里——来自穆尔油漆的穆尔家、海军上将“公牛”哈尔西[1]家、诺贝尔奖获得者尼古拉·默里·巴特勒[2]家。他很快就成了伊丽莎白市首批个体牛奶商之一。他在默里街养了大约三十头奶牛，尽管他没有多少土地也关系不大——那个年代人们可以随处放养。他的儿子们都干这

1 指威廉·腓特烈·哈尔西（1882—1959），美国海军将领，在第二次世界大战期间他率领美军取得数次重大胜利，一九四五年九月二日，日本人在他的旗舰密苏里号上正式投降。

2 美国教育家（1862—1947），因通过教育促进和平获一九三一年诺贝尔和平奖。

一行，一直持续到战后，大型超市的出现才将这小人物打翻在地。多恩的父亲吉姆·德威尔原来为她母亲家干活，多恩的父母所以才凑到一起。吉姆·德威尔还是个孩子时，人们尚不懂冷藏，他常从夜里12点到早晨一直开着车将牛奶送往各家各户。他讨厌这差事，生活太艰难了。让它见鬼去吧，他终于忍受不了，于是干起管道工。多恩还很小时就喜欢去看那些牛，等她到了六七岁，一位表姐就教她怎样挤牛奶。真刺激——牛奶从乳房喷出，那些牲口还站在那里吃草，让她尽情地拉拽——她永远也忘不了。

然而，她养菜牛不需要人力去挤奶，几乎可以独自经营。西门塔尔牛产奶多，而且当做菜牛养也不错，当时在美国还不是注册的品种，她占得先机，获得可观的利润。杂交饲养——西门塔尔牛与注册品种赫勒福德牛杂交——她感兴趣的是那种遗传活力、杂种优势和所带来的快速生长。她研究有关书籍，订阅杂志，人们开始给她寄来目录。晚上她总叫他看看自己在目录上翻到的东西。“这头小母牛不是很漂亮吗？一定得去看看。”不久，他们便一道去参观各种展览和拍卖。她喜欢拍卖会，悄悄对瑞典佬讲：“有点让我想起大西洋城，这是母牛们的美国小姐大赛。”她戴着标志牌——“多恩·利沃夫，阿卡狄养殖公司”，这是她公司的名称，取自他们在旧里姆洛克的住址，阿卡狄山路62号信箱——总觉得难以抵御买头漂亮母牛的诱惑。

母牛或者公牛被引到圈子里，遛一遛，主人总要对牲口做一些介绍，比如它的品种，他们做了些什么，还有哪些潜力等。然后，人们开始出价。多恩购买时很小心，她举手报价超过前一位时获得某种快感，但也是认真的。虽然他想要更多的孩子，而不想要更多的菜牛，但是他承认从未见到过她如此的可爱，甚至他第一次在乌普萨拉学院见到她时也不如在拍卖会上，此时她的美貌全在喊价和买进的激动中表现出来，充满诱惑力。在她花一万美元买进的刚出生的冠军公牛“康特”来之前——她那百分之百支持她的丈夫还是忍不住对她讲这笔钱太大——会计每年年底查看她在阿卡狄养殖公司所花的钱时总对瑞典佬说：“这很可笑，你不能这样下去。”他们却束手无策，只要她投入的基本上是她自己的时间，所以他对会计说道：“别担心，她会赚些钱的。”即使她最终一分钱也不赚，他也根本没有想过要阻止她，因为他看见她带上狗和牛群出去时，他提醒自己：“这些是她的朋友。”

她拼命干活，全靠她自己，她得注意母牛下崽，牛犊不会吃奶的话，她就用带奶嘴的塑料瓶喂，还要盯着母牛给小牛喂奶，然后赶回牛群。要修围栏，她只好雇个工人，但是打草包时她也一起干，那一千八、两千包草使它们度过冬季。她喂养了康特多年，有个冬天它走丢了，她勇敢地四处搜寻，花了三天她把树林仔细梳理了一遍，终于在沼泽中的一个小岛上发现它。把它弄回牛棚非常艰难。多恩自己才一百零三磅重，五英尺二英寸高，可康特大约重两千五百磅，这身体很大的漂亮牲口眼睛周围有大块的褐色花斑，由它配种生下的牛犊大家最喜欢。多恩留下所有公牛犊，养大后卖给其他养牛户，他们再给自己牛群配种。她也不常卖小母牛，若卖的话很多人想要。康特的后代赢得一年又一年的全国大赛奖，那笔投资已赚回了好多倍。但当时康特的腿扭伤了，陷在沼泽里动弹不得，水冰冷刺骨，它肯定是把腿陷进树根纵横交错的空隙里了。它明白要离开这小岛还得穿过泥浆地，所以就放弃了。等了三天多恩才找到它。她带着狗和梅丽，想用缰绳把它拉出来，可是它伤得太厉害，不愿站起来。她们回去拿来一些药丸，给它灌下可的松激素药和各种东西。她们在雨中和它一起待上几个小时后，才又开始移动它。她们不得不拉着它穿过树根、乱石和很厚的泥潭。它走走停停，狗在后面赶，大声叫，它又会走几步，这样持续了几个小时。她们给它套上绳索，它却摆动那长着漂亮眼睛、全是鬈毛的巨大牛头，拉动绳索将多恩和梅丽两人嘭的一声甩向一边！她们爬起来从头再干。她们带着粮食，它吃后又走一段路，总共花了四个小时才将它弄出丛林。平时它总在前面领路，但是现在伤得很重，她们只好走走停停才能将它弄回去。瑞典佬看见自己娇小的妻子——一位只要愿意，单凭漂亮脸蛋就行的女人——和他的小女儿，浑身湿透、全是泥浆，牵着公牛从牛棚后面被雨水冲刷过的田野中冒出来，他永远也忘不了那情景。他想道："好吧，她很幸福，我们有梅丽也够了。"他不是一个热心宗教的人，但在当时他感谢上帝，大声喊道："光辉洒在我身上了。"

多恩和梅丽差不多又花了一个小时才将公牛弄进牛棚，它在干草中躺了四天。请来的兽医说："你们不可能治好它，我所能为你们做的是让它舒服些。"多恩用桶给它喂水，还拿来食物。有一天（梅丽常把这个故事讲给到她们家的人听）它想道："啊，我全好了。"于是，站了起来，到外面游荡。它没把自己的伤当一回事，也就在那一天它爱上了那匹老母马，两个形影不离。那天他们要把康特送走——到屠宰场——多恩哭起来，她不住地说："我不能这么做。"他劝道："你必须这样。"他们把它送走了，让人惊奇的是（用梅丽的话讲）它在走的前一晚让一头母牛怀上了一头完美的小牛，算做它的离别留念。生下的小母牛眼睛周围也是一圈褐色斑点——"它在周围撒、撒、撒下褐色的眼睛"——那以后他们喂养的公牛都不错，但再也没有哪一头能和康特相比。

难道这就是她最终为什么对人们讲她憎恨这幢房子？现在他肯定是个更加强壮的伙伴，她也比以前虚弱得多。他很幸运，毫无疑问他不配得到这么多——她只要有什么要求，他都顺从。如果他还能承受，而她不能的话，他也不知道自己除了顺从之外还有什么办法。那就是瑞典佬所知道的做男人的唯一的方式，特别是像他这么幸运的人。从最早开始他便觉得，忍受她的不满要比控制自己的怨气难得多。她的不满情绪似乎危险地完全剥夺了他的自我——只要他承接了她的不满，就无法置之不理。三心二意地应付是不够的，对她的要求他必须投入整个身心，他从来都不能让自己背离默默献身的宗旨。即使所有事情都摊到他头上，即使大家向他索取工厂里或者家里的东西，他都一如既往，努力使大家满意——迅速地处理供货商的琐事、工会的索取、客户的投诉；应付变幻莫测的市场和海外难题；还必须满足口吃的孩子、具有独立意识的妻子和本已退休可是动辄就发怒的父亲的过分要求。他根本没有想过，对他的这种非人的野蛮的使用总有一天会将他耗尽。他就和他脚下的那块土地一样，不会那样去思考。他似乎从来都不明白，甚至在疲惫的时候，也不会承认自己的局限性并不完全令人讨厌，他不该将自己看成一幢一百七十年的石头房子，泰然地用橡木房梁承受重压。他是某种更为短暂和神秘的东西。

不管怎样，她恨的不是这房子，她恨的是无法摆脱的记忆，它们都与房子有关联，当然他也同样经历了这一切。梅丽那时还是个小学生，躺在书房里多恩的桌子旁的地板上画康特，多恩正忙于为农场算账。梅丽模仿母亲全神贯注的样子，喜欢按同样的纪律工作，为感觉自己在她们共同的追求中能占有同样的一席之地而默默地欢喜，用某种基本的方式把自己像个大人般展示给他们——是啊，她总有一天会长大成为他们的伙伴。特别记住他们有十分之九的时间不像其他父母那样——给孩子分配任务，为她树立榜样，做道德权威，唠叨着要她捡起东西和不要迟到，记录下她该干的事情和日常工作——不能忘的是他们有时重新认识对方，超越父母的控制与孩子气的反复无常之间的紧张，还有那些他们在家庭生活中彼此可以和平地接触对方的短暂时光。

一大早，他到卫生间刮脸时多恩就去叫醒梅丽——他想像不出还有比瞥见这种仪式更好的开端。梅丽在生活中从不用闹钟——多恩就是她的闹钟。六点以前，多恩已经到牛棚去了，一到六点半她就停止喂牛，回屋来钻进梅丽的房间，她坐在床边便开始天亮后的安抚仪式。默默无声地进行着——多恩只是抚摸梅丽熟睡时的头，那是一幕要持续整整两分钟的哑剧。然后，几乎是唱出那些字，多恩轻声地问："还活着？"梅丽回答时不用睁开眼睛，而是动一下小手指。"再表示一下，好吗？"游戏就这么进行——梅丽玩下去，皱皱鼻子，舔舔嘴唇，轻轻叹息——直到她终于起身准备下床为止。这是一种带有失落感的游戏，对梅丽而言，失去的是一种被完全保护的状态；在多恩看来，失去的是一项保护曾经似乎完全可以保护的东西的任务。唤醒婴儿：游戏持续到婴儿快满十二岁，这是多恩不能不纵容的一种儿童仪式，她们两人似乎谁也不急于长大放弃。

他是多么地高兴看到她们做这些母亲和女儿们都做的事啊。在父亲的眼里，她们一个是另一个的放大版，身着泳装一起从海浪里钻出来，相互追逐着去取毛巾——妻子有些过了她的黄金时期，女儿渐渐接近她的豆蔻年华。一种对生命周期特性的勾画让他后来觉得似乎对女性整体有了充分的理解。梅丽带着日益增长的对成年女性装扮的好奇，把多恩的珠宝戴在自己身上，而多恩还在一旁帮她在镜子前打扮。梅丽向多恩倾诉她对被排挤的恐惧——其他孩子不理睬她，朋友合伙欺负她。在他被撇在一边的那种僻静的场合（女儿依靠母亲，多恩和梅丽在情感上是一个里面藏有另一个，如同那些俄罗斯套娃一样），梅丽与以前大不一样，不只是一件他妻子的复制品，或他的复制品，还是一个独立的小东西——某种相似于他们的版本，但另有特色和新颖之处——在感情上这对他有最大的吸引力。

多恩所恨的不是这房子——他清楚，她恨的是占有房子的动机（那是为了铺床、摆餐桌、清洗窗帘、安排假日、将她的精力分成若干份、安排每天要干的活）早已随哈姆林商店一同被摧毁；她恨，因为那种曾经是他们生命基础的真真切切的每天的充实感和一帆风顺的规律性，现在只成了留在她心中的幻影，成了可笑的、触摸不到的、荒唐可笑的白日梦，而这对旧里姆洛克除了她家以外的每个家庭来说还是真实的。他知道这些，不只是因为那无尽的回忆，还有在他书桌最上层抽屉里他随手可触的那张十年前的本地周报。在这张《顿威尔-兰多夫信使报》上，第一版就刊登着有关多恩和她养牛的文章。她同意接受采访，只是要求记者别提一九四九年她曾经当上新泽西小姐的事。记者答应她的要求，那篇文章的标题为《深感幸运的旧里姆洛克妇女喜爱她所做的一切》，结尾有一段话虽然很简单，他每次重读时还是会为她感到自豪："'人们如果能去做自己想做的和擅长做的事情，他们就是幸运的。'利沃夫太太如是说。"

《顿威尔-兰多夫信使报》上的故事可以证明她曾多么爱这房子，以及他们生命中其他所有东西。报上还登有照片，她站在摆满一排排奖牌的壁炉前——身穿白色高领衫和奶油色休闲西装，头发内卷，两只小手放在胸前，手指优雅地绞在一起，虽然有点朴实，还是显得很可爱——下面标出："利沃夫太太，一九四九年新泽西小姐，喜欢生活在一百七十年前的老房子里，她说这种环境反映出她家的价值观。"多恩打电话到报社愤怒地质问提及新泽西小姐之事的时候，记者回答说他已遵守诺言，没在文章中写出来，是编辑把它放在图片说明中了。

不，她没有恨过这房子，她当然不会——但不管怎样，那都不要紧。现在要紧的是她身体状态的恢复，她对这人或那人说的那些愚蠢的话比起在进行的恢复来根本不值一提。也许使他恼怒的是她的恢复所依靠的那种自我调节对他来说，并不是有利的或完全值得称赞的，甚至可能是对他的某种公然的侮辱。他无法对人说——当然也不能说服自己——他憎恨自己所爱过的东西……

他的思绪又回到从前。他毫无办法，忍不住要去想，梅丽七岁时在烤制两打巧克力果仁曲奇饼的时候，因吃生面糊大病一场。过了一周，他们仍发现到处是面糊，甚至冰箱顶上都有。所以说他怎么能去憎恨冰箱？他又怎么才能重构自己的感情，想像自己如多恩那样获救，靠扔掉它换上全静音的冰箱中的劳斯莱斯“爱司腾普型”就可以办到？梅丽常在厨房里烤甜饼，加热奶酪三明治，做意大利通心面，即使碗橱没用不锈钢做，灶台也不是意大利大理石的，他也不能说憎恨这厨房。他也不能说恨这地窖，她常和她那些尖叫着的朋友到里面捉迷藏，冬天有时候他在那下面甚至还被到处乱窜的老鼠所惊吓。他不能说恨这装有古老铁壶的大壁炉，这在多恩看来真是粗俗不堪。他记得每年一月初总是将圣诞树劈成小块，放进壁炉燃烧，所有动作一气呵成，干透的树枝发出熊熊火焰，嗖嗖乱窜，发出劈劈啪啪的响声，跳跃着的影子，翻滚的鬼怪沿四周的墙面爬上天花板，梅丽既害怕又惊喜。他也不能说恨这带球爪式支脚的浴缸，他常在里面给她洗澡，只是因为几十年来井水的矿物质使珐琅上形成擦拭不掉的条纹，也在出水口处留下圈印。他甚至不能说恨这马桶，把手还需轻轻摇动才可止住冲水，他还记得她生病时跪在马桶旁呕吐，他也同样跪着用手抬起她的小额头。

他同样不能说因为女儿干的那些事就恨她——即使他能的话！要是那样会更好些，而不是像现在这样混混沌沌地生活在没有她、她曾生活过、她也许依然生活着的这个世界上。如果行的话，他也可以去好好恨她一番，才不在乎她在哪个世界，过去或现在都行。但愿他能回到从前，能像其他人那样思考，再次成为完全自然的人，而不是现在这个人格分裂的诚挚的吹牛大王，表面朴实而内心忍受煎熬的瑞典佬，看似稳如泰山、实际内外交困的瑞典佬，或者掩盖了自己被活埋真相的伪瑞典佬。他在成为所谓的谋杀犯的父亲以前，具有尚未分裂的整合感使他轻易获得体能上的信心和自由，现在哪怕稍稍恢复一点也好啊。如果他真能像有些人认为的那样毫不知情就好了——要是他能像当年他的崇拜者心目中充满传奇的瑞典佬利沃夫那样就好了。如果他能说："我恨这房子！"然后又变回威克瓦西的瑞典佬利沃夫就好了。如果他可以说："我恨那孩子！永远不想再见到她！"然后继续生活下去，抛弃她，永远地鄙视和唾弃她。虽然她没有谋害却仍然残酷地抛弃了她的家庭，这种景象不管怎么说都与"理想"无关，与之联系的是背信弃义，是犯罪行为，是妄自尊大和丧失理智。盲目的对抗和孩童般的威胁欲望——这就是她的理想。总在寻找某种可供仇视的东西，是啊，这远远超出她的口吃。对美国的强烈仇恨本身就是一种疾病。可他热爱美国，喜欢当一个美国人，他那时却根本不敢向她解释自己为什么要这样，担心激起她可怕的侮辱。他们生活在梅丽口吃的舌头的恐惧之中。那时候他什么影响力都没有，多恩也没有，他的父母也没有。如果那之前她都不是他的，又怎么可能再成为他的？如果将她逼入可怕的闪电战精神状态，她父亲又非得对她解释，自己对生他养他的这个国家有这种感情，那么她就更不会成为他的了。口吃，口吃的小母狗！她究竟认为自己是该死的什么人？

如果向她吐露，他小时候仅仅背诵四十八个州名就会激动得颤栗，想象一下她会带着怎样的厌恶之情攻击他吧。实际上人们在加油站免费发放的地图也常常让他激动，他绰号的由来也是一回事。上高中的第一天，他们第一次到体育馆上课，他拍着篮球跳来蹦去，而场上其他人还在忙于穿运动鞋。距离篮板十五英尺，他一连投中两次——嗖嗖！嗖嗖！——这才刚刚开始。接着，这种轻松自如的方式令那位人缘很好、刚从蒙特克莱尔州立大学来的年轻体育老师和摔跤教练亨利·“博士”·沃德大笑起来，他站在他的办公室门口——他从未在这体育馆看见有人用这么轻松自如的方式投球——朝这个瘦长的金发碧眼的十四岁少年喊道：“瑞典佬，你从哪里学的？”因为这名字将塞莫尔·利沃夫与同在一个班的塞莫尔·芒泽和塞莫尔·威西诺区别开来，所以一年级时人们在体育馆都这么叫他。然后其他教师和教练也跟着叫，随后是学校的孩子们。到后来，只要威克瓦西高中还在，只要住在威克瓦西犹太人老区的人们还关心过去的事，沃德博士总被当成给瑞典佬利沃夫命名的人。一下就粘上了，就那么简单，一个老式的美国绰号由体育教师脱口而出，从体育馆传下去，一个将他神化的名字，这是塞莫尔所做不到的。这种神话不只是在他读书年代流传，而且留在他同学们的记忆里，以至于在他们的余生总都忘不了。他带着的这绰号如同一本看不见的护照，越来越深地浸入一个美国人的生活中，直接进化成一个大个头的、平稳乐观的美国人，他那些相貌粗犷的先辈们——包括他那对美国性很看重的倔强的父亲——也从来想像不到自己会成为这样的人。

他父亲与人谈话的方式也让他着迷，父亲对加油站的小伙子用那种美国式口吻讲话，“加满，伙计，把前面检查一下好吗，头儿？”那是他们开着德索托汽车旅行时激动人心的事，在满是霉味的旅馆里过夜，蜿蜒着穿过纽约州风景优美、人迹稀少的乡间小路去看尼亚加拉大瀑布。他们到华盛顿旅行时，杰里还只是个乳臭未干的小子，那是他第一次从陆战队回家探亲，与家人一块去参观海德公园，一家人站在罗斯福墓前。刚从海军新兵训练营来到罗斯福墓前，他觉得某种有意义的事情正在发生。最热的几个月在操场上的艰苦训练使他坚强起来，皮肤晒得黝黑，当时的气温有些天曾高达华氏一百二十度[1]。他默默地站着，自豪地穿着崭新的夏装制服，衬衣浆洗得挺直，后面无袋的卡其布裤子熨烫得光滑整洁，领带拉紧，帽子戴在仔细修剪的头正中，黑色正装皮鞋擦得铮亮，还有皮带——那皮带最使他觉得自己像陆战队员，编织紧密的卡其布皮带嵌有金属扣——扎在腰间，曾这样作为帕里斯岛的新兵做过上万次仰卧起坐。她到底是谁，要嘲笑所有这些，拒绝这些，仇恨这些，决心毁掉这些？那场战争，打赢那场战争——她也恨这个？在日本投降日，邻居们一起涌上街头，欢呼雀跃、相互拥抱、鸣响喇叭、在房前草坪上游行、敲打厨房里的盆盆罐罐。他当时还在帕里斯岛，母亲给他来信讲述这些，一共写了满满三页纸。那晚在学校后面的操场上举行庆祝会，他们熟悉的人都来了，家族的朋友、学校的朋友、附近的肉商、食品商、药剂师、裁缝，甚至连糖果店里卖赛马赌票的都来了，大家如痴如醉，长排长排的古板的中年人也疯狂地模仿卡门·米兰达，跳起康加舞。一二三，踢腿，一二三，踢腿，直到凌晨两点以后。那场战争，打赢那场战争，胜利，胜利，胜利终于来临！再没有死亡和战争！

他在高中的最后几个月里，每晚读报，追寻太平洋对面海军陆战

1　约等于四十九摄氏度。

队的行踪。他在《生活》杂志上看到那些照片——那些纠缠在他睡梦里的照片——在贝里琉岛战死的陆战队员扭曲的尸体，那是在被称为帕劳斯的一串岛屿中的一个。在一个叫做血腥鼻梁山的地方，人们在以前的磷酸盐矿井里发现那些最后被火焰喷射器烧成炭渣的日本人，他们曾砍死上百名年轻陆战队员，十八岁的、十九岁的、几乎和他一样大的男孩。他在房间里挂了一张地图，用图钉标注出围攻日本的陆战队到了哪里，他们从海上的小环礁，或一串小岛上向日本人发起进攻，而那些日本人则从挖掘的珊瑚堡垒朝外倾泻凶险的迫击炮弹和步枪子弹。一九四五年四月一日，他们攻下冲绳岛，那是他在高中最后一年的复活节星期日，是他在那场失利的与西边球队的国内赛中击出一个二垒安打和一个本垒打的两天以后。第六陆战师突击上岸才三个小时就占领岛上两个空军基地之一的读谷。他们十三天便夺取本部半岛。五月十四日，而就在离冲绳岛海滩不远的地方，两架神风特攻队的飞机袭击了旗舰"邦克山"号航空母舰——那是瑞典佬在与欧文顿高中队的四对四的比赛中击出一个一垒安打、一个三垒安打和两个二垒安打的第二天——日本人驾着满载炸弹的飞机扑向飞行甲板，当时那上面刚加完油、装上弹药、准备起飞的美国飞机正挤成一团。火焰高达一千英尺，直冲云霄，在持续八小时的爆炸和燃烧中，四百名水手和飞行员丧生。第六师的陆战队员在一九四五年五月十四日占领圆形山——瑞典佬那天在战胜东边球队的比赛中又击出三个二垒打——那也许是陆战队历史上战斗最残酷的一天。也许在人类历史上也算是最糟糕的一天。日本人在该岛南端的圆锥山上构筑了蜂窝般的洞穴和隧道，用来隐藏部队，那里遭到火焰喷射器的攻击，接着又被手榴弹和炸药炸塌。白刃战日夜不停，日本人的步枪手和机枪手被牵制在阵地上不能动弹，直到战死为止。瑞典佬从威克瓦西高中毕业的那天，在六月二十二日——刷新了纽瓦克市联赛球员在单个赛季的二垒安打纪录——第六陆战师在冲绳岛第二个空军基地嘉手纳升起美国国旗，进攻日本的最后的战区集结地被拿下了。从一九四五年四月一日到六月二十一日——有些巧合，相差不过几天，这是瑞典佬作为高中一垒手最佳和最后的赛季——一个大约长五十英里、宽十英里的岛屿被美军以一万五千条生命的代价夺得，日方的军民死亡共计十四万一千人。要征服北边的日本本土、结束这场战争意味着双方的死亡人数会增大到十倍、二十倍、三十倍。瑞典佬还是去了，为了最后的对日作战，他参加了海军陆战队，就是在冲绳岛、塔拉瓦岛、硫磺岛、关岛和瓜达尔卡纳尔岛伤亡惊人的部队。

海军陆战队。当名陆战队员，海军新兵训练营，各种方式折磨，随口咒骂，生理上、心理上长达三个月的迫害，这是我一生中最好的经历。把它当做一种挑战，我是这样做的。我的名字变成“伊欧”。来自南方的训练教官就这么叫利沃夫，去掉 L 和两个 v 的发音——把辅音都扔了——拉长两个元音。“伊欧！”像驴叫。“伊欧！”“到，长官！”运动部主任邓尼伟少校身材高大，是普渡大学的足球教练，有一天他叫住了这个排。我们称之为“水手袋”的肌肉发达的中士喊列兵伊欧，我头戴钢盔跑出队列，心跳个不停。我以为是母亲去世了。我还有一个星期就将被派往北卡罗来纳的勒琼军营，接受先进武器训练，但是邓尼伟少校不同意，所以我再没有机会使用勃朗宁自动步枪。那就是我参加陆战队的原因——最想的是将勃朗宁自动步枪抵在腹部、支起枪管射击。这就是我眼中的陆战队军团，十八岁的小伙子配快速射击、带冷却装置的三十毫米口径机关枪。那个天真无知的孩子多么爱国。想使用反坦克武器、便携式火箭炮，想自我证明并不害怕，敢做这些事：扔手榴弹、使用火焰喷射器、在带刺铁丝网下爬行、炸毁碉堡、攻击洞穴。想乘坐水陆两用车进攻滩头，想帮助打赢战争。可是邓尼伟少校接到他在纽瓦克的朋友的来信，那里面谈到这利沃夫是个怎样的运动员，这封热情洋溢的信说明我是多么优秀，所以他们重新委任我，让我当新兵训练员，把我留在岛上打球——反正就在那时他们投下了原子弹，战争也这么结束了。“你在我的部队里，瑞典佬。很高兴有你在这里。”一次突变，真的。只要头发一长好，我又回到人形了，不再整天被叫做“笨蛋”或者“笨蛋动动屁股”，突然间我成了训练员，新兵得称我长官。训练员称呼新兵你们这些人！趴下，你们！站起来，你们！快步走，你们，走！对这个从克尔大街来的小伙子是最好、最好的经历。我这一生本来无法遇到的这些年轻人，他们带着各地的乡音，中西部的、新英格兰的。有些农场男孩来自得克萨斯和南方腹地，我甚至都听不懂他们的话，但还是慢慢地了解他们，喜欢他们。粗野的、贫困的男孩们，许多高中时是运动员，常和拳击师住在一起，和娱乐圈那帮人混在一起。另一个犹太小伙子曼尼·拉宾诺维兹来自阿尔图纳，是我这一生中见过的最强壮的犹太小伙子。多好的勇士，多好的朋友，他连高中都没念完，我在那以前或以后都没有那样的朋友。我一生中从没有像和曼尼在一起时那么开怀大笑过。对我而言，曼尼就是银行的存款。从来没有谁给我们送来傻瓜犹太男孩，之前训练营有几个，但仅此而已。曼尼参赛时，大家总会在他身上赌香烟。只要和其他基地比赛，巴迪·法尔贡和曼尼·拉宾诺维兹总是我们的胜利者。与曼尼交过手的人都说一生中没有被人这么凶狠地揍过。曼尼常和我一起组织娱乐活动，搞地下拳击赛。形影不离的一对——犹太人海军陆战队员。曼尼唆使那个到处惹事、体重一百四十五磅的自作聪明的新兵去和一个体重一百六十磅的人打拳击，他认为那人会将这家伙打得屁滚尿流。“要选红发人，伊欧，”曼尼说，“他会为你打一场世界上最好的比赛，红发人决不会放弃。”曼尼算得上科学家，他到诺福克去和一名战前是中量级选手的水手比赛，他胜了。我早饭前带领全营做操，晚上带新兵们步行到游泳池教他们游泳。我们实际上是将他们扔进水里——老一套教人游泳的方法，当一名陆战队员你必须会游泳。总得准备比新兵多做十个俯卧撑，他们常向我挑战，但是我身体很棒。再就是乘车去打球，还飞到很远的地方去。鲍伯·科林斯也在球队里，这圣约翰的大个子。我这队友是个令人害怕的运动员和酒鬼。我生平第一次喝醉是和鲍伯在一起，一连两个小时不停地讲为威克瓦西打球的事，然后吐得甲板上到处都是。爱尔兰小伙子、意大利小伙子、斯洛伐克人、波兰人、来自宾夕法尼亚的粗野的小私生子，还有离家出走的小子，只因做矿工的父亲常用皮带扣和拳头揍他们——这些就是和我一起吃饭、睡觉的人们。甚至那个印第安人，是个切罗基人，也是我们的三垒手。我们称他“小便刀”，与我们的帽子同名，别问为什么。并不都是体面的人，但总的说来还不错。好小伙子。组织了许多球赛，与班宁堡、切里海岬、北卡罗来纳，以及海军陆战队的空军基地比赛，战胜他们，还打败了查尔斯顿的海军船厂队。我们有好几个男孩都能那样掷球，有个投手还进了老虎队，他们到佐治亚州的罗马市、到佐治亚州的韦克罗斯的军事基地打球。他们称部队里那些家伙“小狗”，打败他们，打败所有人。到南方去，见识一下我从未见过的东西，看看黑人的生活，遇见你想像得到的各种异教徒。结交漂亮的南方姑娘，找妓女，用避孕套，脱掉衣服压到地上。到萨凡纳、到新奥尔良，坐在亚拉巴马州莫比尔市年久失修的酒吧里，我非常高兴看见海岸巡逻队就在门外，还与第二十二团打篮球和棒球。我终于成为合众国的海军陆战队员，戴上了锚和地球组成的徽章。“那边没有投手，伊欧，朝这里打，伊欧——”我成了这些来自缅因州、新罕布什尔州、路易斯安那州、弗吉尼亚州、密西西比州、俄亥俄州的小伙子眼中的伊欧——这些没受过教育、从美国各地来的家伙都只把我称做伊欧。在他们看来我不过是普普通通的伊欧，我喜欢那样。我在一九四七年六月二日退伍，和一位叫做德威尔的漂亮姑娘结婚，经营父亲创立的公司，而他自己的父亲连英语都不会讲。我还住在世界上最好的地方，恨美国？为什么？他生活在美国就如同生活在自己体内一样。他年轻时候的乐趣就是美国人的乐趣，所有这些成功和幸福都是美国式的，他再也用不着仅仅为了缓和她无知的仇恨而闭口不谈这些。作为一个人，如果没有全部的美国情感，他会感到孤独；如果不得不到另一个国家去生活，他会产生渴望。是啊，赋予他那些成就意义的每样东西都是美国的，他爱的一切都在这里。

对她而言，做个美国人就是厌恶美国，而他不愿放弃对美国的热爱，这和他不愿放弃对父亲和母亲的爱是一样的，和不愿放弃自己的正直是一样的。她对这个国家没有什么概念，又怎么能“憎恨”？他自己的孩子怎么能如此盲目地斥责这种给她的家庭提供每一次成功机会的“腐朽制度”？斥责她的“资本家”父母，就好像他们的财产不是他们三代人连续不断经营的结果。三代人，包括他自己，都在制革厂的黏液和臭味里艰难行进。这个家庭从制革厂起家，曾经和下层人中最低贱的人是相同的，和他们同甘共苦——现在成为她的“资本主义走狗”。在仇恨美国和仇恨他们之间没有多大的区别，她很清楚。他热爱她所仇恨、因生活中所有不完美的事情而加以责备，并想用暴力推翻的这个美国；他热爱她所仇恨、嘲笑，并想颠覆的这种“中产阶级价值观”；他热爱她所仇恨，并只想以她的所作所为进行谋害的这位母亲。该死的无知小母狗！他们付出的代价啊！他为什么不该撕掉丽塔·科恩的这封信？丽塔·科恩！她们回来了！这些有虐待狂倾向的捣乱鬼，她们有无尽的反叛天赋，从他手里勒索钱财，为了好玩还从他这里索取了奥黛丽·赫本的剪贴簿、口吃日记和芭蕾舞鞋。这些年轻的违法的畜生自称为“革命者”，五年前恶意地玩弄过他的希望，现在又认为到了再次嘲弄瑞典佬利沃夫的时候。

我们只能站在一旁观看使她变为圣人所要遭受的苦难。自称为“丽塔·科恩”的信徒。她们在嘲笑他。她们不得不笑。因为比作为一个邪恶的玩笑更糟的就是不成为邪恶的玩笑。你的女儿是神圣的。我的女儿是任何东西和一切东西，除了那以外。她主要是太脆弱，被引入邪道，受到伤害——她绝望了！为什么要对她讲你和我睡过？并且告诉我是她要你那么做的。你说这些话是因为你恨我们，恨我们是因为我们不做这种事。你恨我们不是因为我们鲁莽，而是因为我们谨慎、理智、勤劳、遵纪守法。你恨我们是因为我们没有失败，因为我们工作努力、老实肯干，最终成为这一行的佼佼者。我们因此兴旺发达，于是你就嫉妒、仇恨、渴望毁掉我们。于是，你便利用她，一个口吃的、才十六岁的孩子。不，对你们这种人来说，没有什么算小，将她变成具有伟大思想和崇高理想的“革命者”。狗杂种们。你们享受的是我们毁灭的前景。胆怯的杂种。不是陈词滥调控制了她，而是你们用肤浅的陈词滥调中最动听的东西将她变成奴隶——而那个满腹牢骚的孩子，以她的口吃对不公正的仇恨，对这些东西没有一点防护能力。你们使她相信自己和被践踏的人们是一样的——将她变成你们的替死鬼，充当你们的帮凶。其结果是福雷德·康伦医生死掉了，那就是被你们杀害以便阻止战争的人：在多弗尔一家医院的院长，在小社区医院里建起一个有八张病床的冠心病治疗室。这就是他的罪行。

要么是有预谋的，要么是出了差错，那颗炸弹不是在村里无人时的半夜，而是在早晨五点钟爆炸，在哈姆林商店每天开门营业前一小时。当时福雷德·康伦把邮件投进信箱后正转身走开，信封里装着他前一晚上填好的家里开支应付的支票，他正在去医院上班的途中。一块金属从商店飞出，打在他的后脑上。

多恩服用了镇静药，不能见人，但瑞典佬赶到诺斯和玛丽·哈姆林的家里，表示了他对商店受害的同情，并告诉哈姆林一家，这商店对多恩和他来说是多么的重要，和社区里其他人一样，这也是他们生活中的一部分。然后，他来到守丧的地方——棺材里的康伦看起来还不错，收拾得体，和平常一样和蔼可亲——在随后的一个星期，安排好多恩的住院治疗后，他单独拜访了康伦的遗孀。他怎样才得以赶到那女人家里去喝下午茶的是另一个故事——另一本书——但他做到了，他去了。她非常大度地招待他喝茶，他也用言辞表达了他们家的哀悼之情，这些话已被他在心里排练了五百次，但在说出来时仍然很糟，甚至比他在诺斯和玛丽·哈姆林面前讲的话还要虚伪："深深的、由衷的遗憾……您家的极大痛苦……我妻子想告诉您……"听完他不得不说的这些话后，康伦太太平静地回答，神情如此镇定、和蔼、富于同情心，瑞典佬恨不得逃走，像孩子似的躲起来，同时他有一种冲动，很想扑倒在她脚下，永远待在那里，乞求她的宽恕。"你们是很好的父母，用了你们认为最好的方法培养自己的女儿，"她对他说道，"这不是你们的错，我一点也不怪你们。你们没有去买炸药，没有制造炸弹，没有安放炸弹，你们与炸弹无关。如果真像这样，最终证明该由你女儿负责，我也只怪罪她一人。利沃夫先生，我为你和你的家人感到难过。我失去了丈夫，我的孩子们失去了父亲。但你们的损失更大，你们是失去了孩子的父母。从今往后每一天我都会想到你们和为你们祈祷。”瑞典佬对福雷德·康伦只稍微有些了解，在鸡尾酒会上和慈善活动中碰过头，他们在那里都觉得很无聊。他主要是从这个人的声誉才对他熟悉，他是一个对医院和家庭具有同样献身精神的人——工作努力的好人。在他的领导下，医院已经开始策划一个建设项目，这还是医院建成以来的第一次。除了那个新冠心病治疗室，在他的日程中还有一个推迟了很久的急诊室设备现代化的项目。可谁又会在乎远离城镇的社区医院急诊室？谁又会关心人们从一九二一年起就开办的乡村综合商店？我们谈的是人性！没有一些小灾小祸和失误，哪里会有人性方面的进步？人们发怒了，就发泄出来！暴力必将遭遇暴力，不管后果怎样，直到人民获得解放！法西斯美利坚炸掉了一家邮局，设备也完全摧毁了。

只是很凑巧，哈姆林商店不是一个美国的官方邮局，哈姆林家的人也不是美国邮政局的雇员——他家只是一个承包的邮政点，就为了几个美元的收入而顺带处理一点邮政业务。哈姆林商店不是政府的机构，只是你的会计师帮你填写表格的办事处。但是对世界革命者而言，那不过是个技术性问题。设备被摧毁！旧里姆洛克的一千一百位居民被迫在长达一年半的时间里，驱车五英里去购买邮票、给包裹称重、寄挂号邮件或特殊物品。这将让林登·约翰逊知道谁才是老板。

他们嘲笑他。生活嘲笑他。

康伦太太说过："你们和我们一样，也是这场悲剧的受害者。区别在于，对我们而言，尽管恢复需要时间，我们最终还是一个家庭，我们会作为一个充满爱的家庭熬过来，我们会生存下来，并保存完好无损的回忆，这些回忆也将给我们支持。对我们来说，并不会比你们更容易理解如此丧失理智的事情，但是我们还是和福雷德在时一样的家庭，我们一定会渡过难关。"

她暗示瑞典佬和他的家庭不可能生存下去，她所用那种明白无误和有力的口吻使他在随后的几个星期里，一直怀疑她的仁慈和同情是否真像他起初愿意相信的那样无所不包。

他再没有去看过她。

他告诉秘书自己将去纽约，为了捷克之行，他已经为秋天晚些时候到捷克斯洛伐克的旅行作了初步的商谈。在纽约他已经检验了捷克斯洛伐克生产的样品手套，以及鞋、皮带、笔记本和钱包。捷克人正在安排他到布尔诺和布拉迪斯拉发的工厂的参观。这样他就可以亲眼目睹手套的生产，在生产过程中和完成时更广泛地抽查他们的产品。事实上已经很清楚了，在捷克斯洛伐克生产皮装要比在纽瓦克或波多黎各都便宜——甚至质量也可能更好。自从暴乱以后，纽瓦克工厂的生产工艺水平就开始下降，越来越糟，特别是维基退休、不再当生产车间工头后，厂里的情况更是如此。即使他在这次捷克之行看到的不能算那里日常的生产情况，给他留下的印象也够深刻。早在三十年代捷克人就把他们的优质手套倾销到美国市场，多年来纽瓦克女士皮件厂都在雇用优秀的捷克剪裁工。那位被纽瓦克女士皮件厂聘为专职机械师长达三十年的就是捷克人，他照料厂里的缝纫机，保障那些重负荷机器的运转——更换磨损的转轴、杠杆、垫片、线轴，无休无止地调节每台机器的转速和拉力——多好的工人，是对付在世上各种手套机器的专家，能修好任何东西。尽管瑞典佬向父亲保证在他回来做出详细报告之前，不会签下任何合同将生产移到一个有共产党政府的地方，他还是相信离从纽瓦克的撤出已经不远了。

这次多恩的面目已经焕然一新，她开始有惊人的恢复，至于梅丽……是啊，亲爱的梅丽，梅丽，我的宝贝，我珍贵的、唯一的孩子梅丽。我留在中央大街拼命维持生产，接受那些毫不关心我的产品质量的黑人的打击——那些粗心大意、让我陷入困境的人，他们知道纽瓦克没有剩下可训练的人来替代他们——是因为我担心若离开中央大街，你会称我为种族主义者，并永远不再见我。要不然我为什么还留在这里？为了再见到你，我已经等得太久，你妈妈在等，爷爷和奶奶也在等。整整五年，每天中的二十四小时，我们都在等着见你，或者得到你的消息，或者以某种方式得到你一个字，我们再不能延迟自己的生命了。这是一九七三年。妈妈成为一个崭新的女人。如果我们还要继续生活，现在是我们必须开始的时候了。

然而他所等待的，不是那友好的领事在他的捷克之行中用梅子白兰地对他的欢迎（他父亲或妻子如果碰巧打电话到他办公室的话，肯定会这么想），而是驱车十分钟，从纽瓦克女士皮件厂到新泽西铁路大街那家猫狗医院。

相距十分钟路程，等上数年？就在纽瓦克，这些年？梅丽住在世界上这么个地方，即使让他猜一千次也不会想到。是他的智力有问题，还是她依然那样爱惹事、那样堕落、那样疯狂，所以他才想像不到她可能干的任何事情？他想像力也很差？要哪种父亲才不会这样？这才叫荒谬。他女儿就住在纽瓦克，在宾夕法尼亚铁路轨道的对面工作，还不到被那些葡萄牙人改造为可怜的唐内克街道的峭壁区的尽头，只在峭壁区的最西边，处于顺着街的西沿将铁路大道断开的铁路高架桥的影子里。那外观严酷的堡垒似的建筑是城里的中国墙，巨大的褐色砂石垒起二十英尺高，长达一英里多，只是被几处污秽的地下通道截断。这里与美国任何被毁掉的城市的街道一样，带有某种恶兆。这条早被遗弃的街道旁边只有像爬虫似的荒芜的墙壁，上面甚至连涂鸦都没有。只剩下枯萎的野草从松散的土块里冒出来，灰泥已经裂开被雨水冲刷，高架桥的墙壁上什么也没有，只是还显示出疲惫的工业城市为纪念它的丑陋而作出的持续和有些成功的挣扎而已。

在街的东面是黑色的老工厂——南北战争时的工厂，铸造厂、铜厂，一百多年来被高大烟囱涌出的滚滚浓烟熏黑的重工业工厂——现在连窗户都没有了，用砖头和石灰浆挡住日光的照射，进出口处都用煤渣块塞住。在这些工厂里，人们失去手指手臂、压烂双腿、烫伤脸部，孩子们在高温和严寒里劳作。这些十九世纪的工厂将人们搅拌在一起艰苦地生产，现在成了无法穿透的密闭的坟墓。被埋葬在里面的就是纽瓦克，一个不再动弹的城市。这是纽瓦克的金字塔：高大、乌黑、可憎，还密不透风，如同历史上伟大朝代总会有的墓葬建筑。

那些暴徒没有钻过这架高的铁道——如果他们来过，这些工厂，所有这些，都会被烧成碎石堆，就像纽瓦克女士皮件厂后面西市街上的那些工厂一样。

他父亲过去常常对他讲："褐色砂石和砖块，就有生意可做。褐色砂石在这里开采，知道吗？就在贝尔维尔旁边，沿着河的北岸。这座城市什么都有，那肯定是门好生意。将褐色砂石和砖卖到纽瓦克的那家伙——他占着天时地利。"

每逢星期六早晨，瑞典佬总会和父亲一起驱车到唐内克去，收集这一周由意大利人在家里计件加工的手套成品。当汽车沿着砖铺的街道颠簸前行时，他们经过一幢又一幢可怜的小木屋，巨大的铁路高架桥在视野里显得支离破碎。它不会走开。这是瑞典佬第一次遭遇到的人工建造的壮观景物，它分割和矮化其他物体，起先这使他感到很可怕。当时他只是个孩子，即使在那个年代，周围环境对他也有了很大的影响，有一种被它拥抱和进而去拥抱它的欲望。六岁或者七岁，也许五岁，也许杰里那时还没有出生。那些让人觉得非常高大的石头使这个城市在他的眼中显得比实际上更加庞大。这条人造的地平线粗鲁地在巨大城市的躯体上切下一刀——好像他们进入了地狱的鬼魅世界，这男孩看到的一切只是铁路对人民党改革运动做出的回应，他们要求在交叉口抬高铁路以避免撞车事故和对行人的伤害。“褐色砂石和砖块，”他父亲羡慕地说，“有个家伙真是从此无忧无虑了。”

这些事情都发生在他们搬迁到克尔大街之前。当时他们还住在犹太教会堂对面的一幢三家人合住的房子里，就在怀因莱特大街穷人住的那一端。他父亲那时连一间阁楼都没有，只是从另一家伙那里弄来皮料。那人也在唐内克干活，他在车库里交易工人们从制革厂拿出来的各种东西。工人们把东西藏在他们的大胶靴里，或者裹在工装裤里面。那个卖皮料的人自己也是制革厂的工人，一个高大粗野的波兰人，结实的手臂上上下下全是文身。瑞典佬隐约记得他父亲站在车库的一个窗口前，拿起成品皮料对着灯光仔细查看是否有缺陷，还在膝头上用力拉，然后做出选择。“摸摸这张。”等他们安全地回到车里后，他总对瑞典佬这么说。这孩子会像他看见父亲做的那样，将精致的小山羊皮折起来，用手指欣赏地感觉那种精美，皮子柔软光滑的质地和紧密的纹理。“那才叫皮革，”他父亲告诉他，“塞莫尔，什么东西使小山羊皮这么细腻？”“不知道。”“那么，小山羊是什么？”“山羊小的时候。”“对。那它吃什么？”“奶？”“对。因为这动物吃的全是奶，所以它的皮面光滑漂亮。用放大镜看这张皮子上的毛孔，它们长得太精细，你甚至都看不清楚。但是，当小山羊开始吃草，皮子就不同了。山羊吃草，羊皮就会像砂纸。塞莫尔，做礼服手套最好的皮子是什么？”“小山羊皮。”“真是我的孩子。但不只是小山羊，儿子，还要看制革怎样。你得了解制革厂，就像好厨子和坏厨子一样。你有一块好肉，坏厨子可以将它毁掉。为什么有的人能做出极好的蛋糕，而另一个不行？一种多汁好吃，而另一种则是干干的。皮子也一样。我在制革厂干过，要看化学品、看时间、看温度，那就是区别所在。首先，不要买次等皮料，制一张坏皮子与制一张好皮子的成本是一样的。制坏皮子成本还多一点——你在上面要多用工。漂亮，漂亮，”他说，“多好的东西。”他又一次充满爱意地用指尖抚摩小山羊皮，“塞莫尔，你知道怎么把它制成这样？”“怎么制，爸爸？”“在上面下功夫。”

有八家、十家或十二家移民分散在唐内克，娄·利沃夫把自己的样式和皮料分给他们做。这些人来自那不勒斯，他们在家乡时就是手套工人，其中最好的工人后来到纽瓦克女士皮件厂的第一处厂房上班，是在娄·利沃夫有能力租下西市街椅子厂楼顶小阁楼之后。年迈的意大利祖父或者父亲在厨房餐桌上剪裁，用的是他从意大利带来的法国尺子、大剪刀和小铲刀。祖母或者母亲做缝纫活，女儿们进行整理——熨烫手套——用老办法，将烙铁放进厨房的大肚炉子上的盒子里加热。那些妇女用的是古老的胜家牌缝纫机，这些十九世纪的缝纫机娄·利沃夫已经学会修理，都是他非常便宜地购进，然后修好的。每周至少一次，他得晚上驱车到唐内克去，花一个小时把缝纫机修好。其他日子里，他白天黑夜都要到泽西城去沿街叫卖意大利人为他做的手套。他最早是在市区的主要街道上，将手套放在汽车的后备厢上叫卖。他后来直接卖给服装店和百货店，这些是纽瓦克女士皮件厂第一批固定客户。那是在离瑞典佬现在站的位置不到一英里的一间小厨房里，这孩子看到一双手套由前那不勒斯工匠中年纪最大的师傅剪裁出来。他相信自己还记得当时就坐在父亲的膝头上，娄·利沃夫品尝一杯那人自己酿的酒，他们对面的这位剪裁工据说有一百岁了，人们相信他曾为意大利王后做过手套。他用小刀的钝刀片对一张皮子的边缘反复搓捻，把它磨光。“注意看他，塞莫尔。看看这皮子多小？世界上最难的事情就是把小山羊皮剪好，因为它这么小，看看他怎么做。你看到的是一位天才，一位艺术家。儿子，意大利剪裁工总更具艺术眼光，而这位又是他们所有人的师傅。”有时人们在锅里炸肉丸，他记得有个意大利剪裁工总咕噜咕噜叫“切贝勒若[1]……”，他抚摸瑞典佬的金发脑袋时，称他“皮斯惹尔”，意思是可爱的小东西，还教他怎样把松脆的意大利面包浸入番茄酱罐里。不管后面的园子多小，这些人都种番茄、葡萄藤和一棵梨树，每家总有个爷爷在。正是他酿酒，娄·利沃夫也总是用一种那不勒斯方言先与老人打招呼，还配上恰当的手势，他的保留节目是一句完整的意大利话：“纳曼诺拉瓦纳德。”——一只手洗另一只[2]——他把支付本周计件工资的美元钞票摆在油布上。然后这孩子和他父亲起身离开，带上成品往家里赶。到家后，西尔维娅·利沃夫会检查每只手套，用撑具小心翼翼地查看手套每个指头和拇指的每条缝。“一副手套，”父亲告诉瑞典佬，“应该完全配对——皮料的纹理、颜色、深浅，所有这些。她检查的第一项就是看手套是否相配。”他母亲一边工作，一边教他在手套制作中会出现的所有毛病。人们教她辨认这些毛病，作为这种丈夫的妻子是必要的。她

1 意大利语，che bellezza，意为“美极了”。

2 意大利语，'Na mano lava 'nad，一只手洗另一只，即为“相互帮助”的意思。

告诉这孩子，漏掉一针就会使针缝张开，但你看不出来，除非将撑具插在里面用力撑开。还有一些本不该有的针孔，那是缝纫工扎错了，却想就这样继续做下去的缘故。有一种被人们称为屠夫切口的毛病，那是剥皮时刀割得太深留下的，甚至在皮子刮好后它们还在。尽管你用撑具在手套上撑时，它们不一定裂开，但是人们一戴上就糟了。在他们从唐内克收回来的每一批手套中，他父亲至少会发现一只手套的拇指与掌心不相配，这让他恼怒不已。“看见了？看吧，这剪裁工想在一张皮子上多剪出几双来，可他在这同一张皮子上剪不出一块拇指的皮料了，所以他就作弊——从下一张上剪出拇指的皮料。但是它不相配，对我来说一点用都没有。看见这里没有？指头扭曲了，这就是马里奥今天早上给你看的东西。你要剪指岔，或拇指，或其他东西，必须把它拉直。如果不拉直，就会有麻烦。如果他把指岔拉得不均匀，缝起来后就会卷成这样。这就是你母亲要寻找的东西，记住，别忘了——利沃夫家的人只做完美的手套。”只要他母亲发现什么毛病，她就会把手套递给瑞典佬，他把大头针别在上面，只插在针脚处，而不是穿透皮子。父亲提醒他，“孔洞会留在皮子上。这与布料不同，布料上面的孔会消失。只能穿过针脚，永远这样！”这孩子和他母亲检查完一批手套后，母亲就用一种特殊的线将这些手套简单地串在一起，这线很容易拉断。父亲解释说，顾客把它们拉开时，上面打的结才不会从皮子中拉过去。手套连好后，瑞典佬的母亲就用薄纸把它们包起来——每副手套下铺一层绵纸，折起来保护好每一副。瑞典佬大声地为她数数，一打手套放进一只盒子。早期的盒子并不漂亮，不过是普通褐色的纸盒，一端标有尺码表示大小。带有金色镶边、烫着纽瓦克女士皮件厂金字的漂亮的黑盒子是后来才用的。那要等到他父亲在班贝格的订单上有大的突破以后，接着便是玛瑟配饰商店的订单。与众不同、外观漂亮的盒子，每只手套上有公司的名称和用金黄色和黑色的线条交织而成的商标，这不仅对商店有很大的影响力，而且还深受精明的高消费阶层顾客的青睐。

每个星期六，他们驱车到唐内克收这一周的成品手套，还顺便带去那些有毛病的手套，瑞典佬的父亲在他母亲发现的地方用大头针做好标记。如果一只手套上插了三根或更多的针，他父亲就会警告加工的这一家，要为纽瓦克女士皮件厂做事，马虎是不能忍受的。“娄·利沃夫卖出的手工手套必须完美无缺。”他对他们说道，“我在这里不是玩游戏。我在这里和你们一样——赚钱。纳曼诺拉瓦纳德，记住。”

“塞莫尔，小牛皮是哪样的？”“是小牛身上的皮。”“纹理怎样？”“纹理紧密均匀，非常平滑、有光泽。”“用来做什么？”“大部分用来做男人手套，很厚重。”“什么是好望角羊皮？”“是南非羊皮。”“直毛绵羊呢？”“不是绒，而是毛的那种羊。”“哪里产？”“南美，巴西。”“答对了一半。这些动物生活在世界上赤道附近的任何地方，印度南部、巴西北部、横穿非洲的一条地带——”“我们是从巴西买的。”“是的，那不错。你答对了。我只是想告诉你其他国家也有，你这就清楚了。皮料整理中关键的步骤是什么？”“拉伸。”“永远别忘了。在这一行，十六分之一英寸可使世界大不一样。拉伸！拉伸是百分之百的正确。一双手套由多少个部分组成？”“十个，十二个，如果算上捆扎带的话。”“把它们数出来。”“六个指岔，两个拇指，两块手掌料。”“手套行业的度量单位呢？”“扣子。”“什么是单扣手套？”“单扣手套是指从拇指底部到顶部为一英寸长的手套。”“大致一英寸长。什么是丝纹？”“手套背面的三排针脚线。如果不进行端拉，丝纹会跑出来。”“好极了。我甚至还没有问你端拉的事。好极了。手套上最难做的线缝是什么？”“凸边缝。”“为什么？慢慢想，儿子——很难。告诉我原因。”毛边外向缝、间缝、单拉缝、短V形装饰缝、鹿皮、摩卡羊皮、英国母鹿皮、浸泡、脱毛、酸洗、分选、整理、纹理上光、绒皮整理、粘衬里、骨架线、无缝毛编织、切割缝纫毛编织……

他们驱车在唐内克来回跑，一刻也不停。每到星期六早晨，他都跟着去，从六岁一直到他九岁那年纽瓦克女士皮件厂成立公司、有了自己的阁楼为止。

猫狗医院在一幢矮小的旧砖房的角落上，旁边是一块空地，堆积着旧轮胎，地上的野草长得几乎有他一样高，人行道边上有破破烂烂的铁丝网围栏，他就站在这里等女儿……她就住在纽瓦克……这么久……在哪里，在这城市里什么样地方？不，他并不缺乏想像力——想像那些讨厌的事情现已无济于事，即使现在也不好弄清楚她怎么从旧里姆洛克来到这里。没有任何幻想能让他抓住以缓冲随后的震惊。

她工作的这地方使人觉得，她肯定不再相信自己的呼唤将改变美国历史的进程。那房子生锈的防火梯快要倒下来了，如果有人上去的话，它会从固定处松动砸向街面——这防火梯的功能不是在起火时拯救生命，而是无用地挂在那里，见证人们与生俱来的无穷尽的孤独。对他而言，任何其他的意义已被剥去——那房子不会有比这更好的含义。是啊，我们都孤独，深深的孤独感，总是这样等着我们，甚至是一层更深的孤独感。对它我们束手无策。不，我们对孤独并不感到奇怪，尽管遭遇它时也许有些惊讶。你可以将自己尽量暴露出来，但结果是你暴露无余，可孤独尚存，而不是将感情隐藏起来，暗自孤独。我愚蠢的、愚蠢的梅丽，亲爱的，比你愚蠢的父亲还要愚蠢，甚至炸掉楼房也没有益处。不管楼房有无，都只有孤独。没有什么庇护所可以用来对付孤独——历史上所有的炸弹攻击都不起一点作用。最厉害的人为的爆炸力也不能触动它。我的傻瓜孩子，令人惊恐的不是共产主义，而是平常的、每天都有的孤独。“五一劳动节”走上街头和朋友一起游行，庆祝它的伟大，把它当做超级强权中的强权，征服一切的力量。把钱花在上面、以它下赌注、崇拜它——不是向卡尔·马克思鞠躬，我口吃的、愤怒的、愚蠢的孩子，也不是向胡志明和毛泽东膜拜——而是对伟大的孤独天神俯首称臣！

我寂寞——她还是个孩子时就常对他这么讲，他怎么也想像不出她是从哪里学来的这句话。寂寞。这是你能从一个两岁大的孩子嘴里听到的最难受的话。但她那么快就学会说那么多次，开始就轻松自如地说出来，如此聪明地使用——也许那就是她口吃毛病的根源。在其他孩子还不会说自己的名字之前，她已令人惊奇地学会了所有这些话，这些含义太多的话语，甚至包括“我寂寞”。

他是她能交谈的人。“爸爸，我们谈谈吧。”谈话的内容经常是关于母亲。她总是告诉他妈妈对她的衣服说得太多，对她的发型说得太多，妈妈想把她打扮得比其他孩子更像成人。梅丽想留帕蒂那样的长发，但妈妈想把它剪掉。“如果我像妈妈在圣吉纳维芙教堂那样穿制服，她会很高兴的。”“妈妈保守，就这么回事，但是你也喜欢和她去购物。”“和妈妈上街最好的事是能吃到美味的午餐，很开心。有时也喜欢挑选衣服。但妈妈还是说、说、说得太多。”中午她在学校从不吃妈妈为她准备的东西。“白面包加大香肠让人作呕，肝泥香肠也讨厌，午餐袋里的金枪鱼也水太多，我喜欢的只是弗吉尼亚火腿，但要去掉硬皮。我喜欢热、热、热汤。”她把热汤带到学校时，总会将保温瓶摔坏，不是第一周就是第二周。多恩给她买来特别防爆的保温瓶，她连那种的也能摔坏，这就是她的破坏力。

放学后她和朋友帕蒂一起烘烤食物，总是梅丽打鸡蛋，因为帕蒂说打鸡蛋使她难受。梅丽认为这很愚蠢，所以有一天下午，她当着帕蒂的面打鸡蛋，帕蒂呕吐起来。那就是她的破坏力——摔坏保温瓶和打破鸡蛋。还扔掉妈妈给她作为午餐的任何东西。从不抱怨，只是不吃。多恩开始怀疑到底是怎么回事，问她午餐吃的什么，梅丽也许连看都没有看一眼就扔掉了。“你有时是个很讨厌的孩子。”多恩对她说道。“我不是，如果你不问我午餐吃的什么，我就不会那么讨、讨、讨厌。”她母亲被激怒了，说道：“做到你这个样子常常不容易吧，梅丽？”“我想，做到我这个样子可能比靠、靠、靠近我要容易，妈。”对父亲，她倾诉道：“我认为水果也并不是那么叫人开、开、开心，所以我也扔了。”“牛奶你也扔了。”“牛奶有点热，爸爸。”但在午餐袋底部总有一毛钱用来买冰激凌，这才是她想要的。不喜欢芥末，那是她在抱怨资本主义之前的那些年所讨厌的另一种东西。“哪个小孩会喜欢芥末？”答案是帕蒂。帕蒂常吃三明治加芥末和融化干酪。梅丽在和父亲的谈话中讲，她“完全”不理解。融化干酪三明治是梅丽最喜欢的东西。融化的明斯特干酪和白面包。放学后她总把帕蒂领回家来，因为梅丽把午餐扔了，她们要做融化干酪三明治。有时她们只用箔纸化开干酪。她告诉父亲，到了万不得已，她肯定自己只吃融化干酪就能活下去。这可能是这孩子所做过的最不负责任的事——放学后和帕蒂一起用箔纸化开干酪，狼吞虎咽下去——直到她炸掉那家商店为止。她从不说帕蒂让她烦恼，害怕伤了帕蒂的感情。“问题是当人们来到你家后，过一会你就讨、讨、讨厌他们。”但是她在多恩面前显得似乎想让帕蒂多待一会。妈妈，帕蒂能留下来吃晚饭吗？妈妈，帕蒂能在这里过夜吗？妈妈，帕蒂能穿我的靴子吗？妈妈，你能开车送我和帕蒂到村子里去吗？

在上五年级时她送给妈妈一个母亲节礼物。趴在学校的小桌布上，老师让她们写出自己愿为母亲做的事情。梅丽写道，她愿意每个星期五晚上做饭。这对一个十岁的孩子来说太难得了，但是她把这事做好并坚持下来，主要因为这样就可以保证一星期中有一个晚上能吃到烤意大利通心面，而且做饭就不用去洗盘子了。在多恩的帮助下，她有时还做烤千层面或填馅贝壳，但她自己做烤意大利通心面。星期五有时也吃通心面加奶酪，但大多数时候是烤意大利通心面。她告诉父亲，虽说保证通心面的顶层烤得又硬又脆也很重要，但最重要的是看着干酪融化。当她做烤意大利通心面的时候，他就负责饭后的收拾，总有那么多东西要洗，但他喜欢做这些。“做饭有意思，打扫却不然。”她对他吐露道。可他在梅丽做饭时的感受却不是这样。他听一位客户讲在纽约的西四十九街有家饭店的烤意大利通心面全纽约做得最好，于是他就开始每个月带家人到文森特餐馆去吃一回。他们会先到无线电城或去百老汇听音乐会，然后再到文森特餐馆。梅丽喜欢文森特餐馆，一个名叫比利的年轻侍者喜欢她。后来才知道，他有一个弟弟也口吃。他告诉梅丽那些到文森特餐馆就餐的电视明星和电影明星的事情。“看到你爸爸坐在哪里？看他的椅子，小姐[1]？丹尼·托马斯昨晚就坐在那张椅子上。你知道当人们走上前来自我介绍时，丹尼·托马斯说些什么？”“我不、不、不知道。”这位小姐说。“他说：‘很高兴见到你。’”于是，星期一上学时，她就把前一天纽约文森特餐馆的比利告诉她的一切在帕蒂面前复述出来。还有比这更幸福的孩子？更不具有毁灭性的孩子？更被父母宠爱的小小姐？

没有。

一位穿着黄色休闲裤的黑人妇女，像用后腿站立的运货车马匹一样高大，她穿着高跟鞋踉踉跄跄地走上前来，递给他一张小纸条。她

1 原文为 signorina，源自意大利语，用来称呼女孩和未婚女性。

脸上伤痕累累。他知道她来是告诉他，女儿已经死了。那就是纸上所写的，是来自丽塔 · 科恩的便条。“先生，”她说，“能告诉我救世军[1]在哪里吗？”“这里有？”他问道。她看起来好像不认为这里有，但是她回答道：“我相信是有的，对。”她举起那张纸条。“是这么说的。你知道在哪里，先生？”任何话开始或结尾带“先生”一词实际上意味着“我要钱”，所以他从口袋里掏出一些钞票递给她。她东倒西歪地走开了，穿着那双不合脚的鞋子消失在地下通道里，随后他再没有见到任何人。

他又等了四十多分钟，本来要再等四十分钟，或直到天黑，或者更久些。一个男人，身穿七百美元定做的西装，却像穿得破破烂烂的游民那样背靠在路灯杆上。从外表上看，这人似乎要去谈生意、参加会议和社交活动，却故意在火车站附近败落的街头闲荡，也可能是城外的富人错误地认为自己到了红灯区，假装漫无目标地四处看看，而脑袋里全是秘密，心里（像以前那样）想着其他勾当。丽塔 · 科恩也许讲的是实话，一直都是实话，想到有那种可能，太吓人了。他完全可能就这么站在那里整整一晚上，直到第二天早晨，脑子里还想着会在梅

1　由基督教牧师威廉 · 布思及其夫人于一八六五年在英国伦敦建立的国际慈善组织，以军队形式作为其架构和行政方针，以基督教作为信仰，自称“以爱心代替枪炮的军队”。

丽来这里上班时抓住她。但是，老天见怜，如果用这句话说，只过了四十分钟她就出现了，一个高大的身影，是个女的，要是别人不告诉他来这里找的话，他也许决不会把她当成自己的女儿。

他的想像力又一次让他失望。他感到似乎无法控制自己的肌肉，而这是他两岁时就掌握的东西——如果身上的一切甚至连同他的鲜血，一起喷洒到人行道上，他也不会吃惊。要扛住这些太难，要回到家中，对着多恩所换的新面孔告诉她这些也太难。就算在那中间有技术最先进的烹饪台、顶上有电动天窗的现代化厨房里，也无法使她找到回头的路。经历一千八百个夜晚，凭着作为一名杀人犯的父亲的想像力，他还是没有想到她隐姓埋名时的这个样子。要躲避联邦调查局也不必这样。她怎么成了这副模样，太可怕了。难道从自己的孩子身边跑开吗？害怕？她的灵魂需要安抚。“生命！”他对自己下命令，“我不能让她走！我们的生命！”梅丽这时已看见他，就算他早先有崩溃逃跑的可能，现在也晚了。

他又能跑向哪里？还是去做那个尽干徒劳无功之事的瑞典佬？那个承蒙上帝保佑、忘却了自我、丢掉了思维的瑞典佬？那个从前曾经有过的瑞典佬利沃夫……他或许可以求救于那位笨重的、面带伤疤的黑女人，期待自己能问她：“夫人，您知道我这是在哪里？您知道我要去哪里？”

梅丽看见他了。她怎么会错过他？甚至在只有生命、没有死亡的街上，在聚集着奋力拼搏、饱受折磨和忙于生计的人群中，而不像这样致命空旷的街上，她也不会错过他吧？这是她漂亮的、一眼就能认出的、六英尺三的父亲，是一个女孩能有的最英俊的父亲。她从街对面跑过来，这个可怕的生物，好像他自己还是个无忧无虑的孩子时常常想像的那种无忧无虑的孩子——那个从石头房子外面的秋千上跑下来的女孩——她扑进他的怀里，双臂绕在他的脖子上。从戴在脸下半部的面纱里——遮住嘴和下巴的透明面纱是从破尼龙袜撕下的一块——她对这个她越来越恨的男人说道："爸爸！爸爸！"无法对她加以指责，她与其他孩子一样，似乎她的悲剧就在于她不是其他人的孩子。

他们拼命地哭，这位可以依靠的父亲的中心工作就是维护一切秩序，不能忽略或允许哪怕是最小的混乱迹象——对他而言，将混乱远远挡在外面是直觉既定的通向确定性的道路，是生活赋予的每天应严格完成的任务——而这个女儿就是混乱本身。

6

她成了耆那教徒。她父亲开始还不明白怎么回事，直到她用流利的唱歌似的语调——若她能控制自己口吃，她本该在生活于父母的安全保护下的时候就使用这种流利的语调——耐心地告诉他。耆那教相对来说是印度宗教的小派别——他能接受这种事实。但他不清楚梅丽的宗教活动是典型正规的还是她别出心裁，她甚至认为自己所做的每一件事都是宗教信仰的一种表达方式。她戴面罩是为了在呼吸时不伤害空气中的微生物，不洗澡是因为尊重所有的生命形式，包括寄生虫。她不清洗，说是“不伤害水”。天黑后，她不到处乱走，甚至在自己房间里也一样，害怕踩扁任何活物。她解释道，每种形式的物体里都有灵魂，生命形式越低级，禁锢在里面的灵魂的痛苦就越剧烈。要超越物质世界、达到她所描绘的“永恒不朽的自我满足的福地”的唯一方法就是成为她虔诚崇拜的“完美的灵魂”。人们要达到这种完美只有通过苦行僧式的严于律己和自我否定，遵循阿西穆沙或者叫非暴力主义的教义。

她将摘录的五条“戒律”打印在卡片上，贴在窄小的泡沫橡胶简易床旁的墙壁上方，地板从未打扫过。她就睡在这里，房间里空空如也，只在角落里放有这床和一堆破布——她的衣服——她肯定是坐在另一个角落里随便吃一点赖以生存的东西。她看上去吃得很少，很少；从她的外表很难看出她就住在离旧里姆洛克东部还不到五十分钟路程的范围内，倒像是在德里或加尔各答，几近饿死的状态似乎不是虔诚的禁欲主义活动所致，而是作为最低种姓被人抛弃的结果，拖着印度教贱民的那种瘦弱的四肢，痛苦地到处游荡。

房间很小，让人感到幽闭恐怖，甚至比少年监狱的牢房还小，他失眠的时候总想到她要是被警察抓住，他就会到这样的地方去看她。他们从宠物医院步行到她家，先朝火车站方向走，然后转向西边，穿过通向迈卡特公路的地下通道。那条地下通道不过一百五十英尺长，但人们得锁好车门才敢经过。没有路灯，人行道上到处是破烂家具、啤酒罐、玻璃瓶、乱七八糟的其他东西，脚下还有车牌照，这地方十年没人打扫过，也许从来就没打扫过。他每走一步，碎玻璃都在鞋子下面嘎吱嘎吱响。一只酒吧椅搁在人行道中间，来自哪里？谁弄来的？还有一条绕成一团的男裤，真龌龊。是谁的？他出什么事了？就算看见一只胳膊或一条腿，瑞典佬也不会惊讶。一个垃圾袋挡住他们的路，黑色塑料袋上面打了结。里面装的什么？大得可以装进一具死尸。还有一些人体，活着的东西，蓬头垢面的人影在窜动，相貌凶险的家伙就躲在身后的暗处。黑色的横梁上面传来火车的噪音——进站时的车轮声。五六百列火车每天从头顶上轧过去。

要到梅丽住在迈卡特公路旁边的出租房，你不得不穿过这地下通道，这不仅在纽瓦克，这几乎是全世界最危险的一条地下通道。

他们步行去的，她不愿和他坐车。“我只走路，爸爸，我不坐机动车。”他只好将车停在铁路大街，任凭过路的人们去偷。他陪着她走了十分钟才到她家，这段路开始的那十步就足以让他泪流满面，幸亏他不住地对自己讲：“这就是生活！这就是我们的生活！我不能放她走。”要是不抓住她的手一起走的话，他也做不到。在一起穿过那可怕的隧道时，他提醒自己：“这是她的手，梅丽的手，除了她的手，其他都不重要。”他真想哭，在六七岁时她最爱玩陆战队员游戏，要么是他对她喊或她对他喊：“注意！立正！稍息！”她喜欢和他演练——“向前——走！向左转——走！向后转——走！向右四十五度——走！”她喜欢和他一起做陆战队体操——“你们这些人，趴下！”她爱称地面为“甲板”、他们的卫生间为“船头”、她的床为“卧铺”、多恩的食物为“军粮”，但她最喜欢的是在穿过牧场时，为他数帕里斯岛的行军节拍——骑在他的肩头——去寻找妈妈的牛群。“拜哟勒、拉、勒、拉、勒、拉哟勒。勒、拉、勒……”而且一点也不口吃。他们玩陆战队员游戏时，她一个字都不口吃。

她的房间在一楼，这房子在一百年以前大概是寄宿公寓，还不错，是座人们喜欢的寄宿公寓，客厅地面是褐色砂石，上面是整洁的砖墙，带弯曲的铁铸栏杆的铺砖楼梯通向上面两个房间的门口。这房子现在破旧不堪，被废弃在狭窄的小街上。这里剩下的还有另外两幢房子。令人难以置信的是，两棵旧里姆洛克悬铃树还保留着。这房子被夹在废弃的仓库房和疯长的草丛之间，大块的锈铁件、机械残片散落在乱草丛中。

房门上边的山形墙已没有了，檐口也被人拨拉下来，悄悄偷运到纽约某家古董店卖掉。纽瓦克到处如此，最古老的建筑物上装饰用的石头檐口——就算是四层楼高的檐口，也在光天化日之下被人用车载升降机摘走了，用十万美元一件的设备干的。警察在睡大觉，也许早被贿赂。谁干也没人阻止，也不去管是谁为赚点小钱就从某个办事处开来了车载升降机。伊萨克旧城区带火鸡图案的装饰中楣在华盛顿和林登都有市场，赤陶土的火鸡和巨大的满装花果、象征丰饶的羊角组成的中楣装饰——被人偷走。房屋着火，中楣一夜之间就没影了。黑人大教堂（贝瑟尼浸会大教堂关闭后被木条封上，但还是遭到抢掠、被铲平，威克里夫长老会教堂被大火严重毁坏）——檐口被盗。甚至有人居住的房屋、还未倒塌的建筑物，铝制排水管——也被偷走。水槽、落水管、排水管——无一幸免。人们能弄到手的一切东西都没了，顺手牵羊，拿了就走。倒闭的工厂里的铜管被人拉出来卖掉。不管哪里，只要窗户没有了，门被木条封起来，就等于暗示人们："进来吧，剥掉它，剩下什么，剥掉什么，偷走，卖掉。"把东西剥下来——这就是食物链。开车路过时，看见有牌子写着此房出售，就意味着什么也没有，没有可卖的东西。所有东西都被团伙用车偷走，被那些推着购物车满街乱窜的人偷走，被单独行事的盗贼偷走。这些人急红了眼，他们拿走一切。他们"席卷一切"，就像鲨鱼进食一般。

"如果一块砖还在另一块上面，"他父亲喊叫道，"他们马上就会想到灰泥也许有用，他们会掰开砖头、取走它。为什么不？灰泥！塞莫尔，这城市不是一座城市了——是具死尸！走吧！"

梅丽住的这条街是用砖铺就的，完整无损的砖铺的街道在全城已不到十二条了。最后一条鹅卵石街道，那条非常漂亮的老街，也在暴乱后大约三个星期被人偷光了。那里毁坏得最严重。瓦砾上还在冒烟，郊区的一个开发商夜里一点钟就领着人来了。他们开来三辆卡车，大约有二十人，夜里悄悄干的，没有警察打搅他们。这些人从狭窄的小巷挖起鹅卵石，把它们运走。小巷就在纽瓦克女士皮件厂后面的斜角上。瑞典佬第二天早晨来上班时，发现街道没有了。

“他们现在偷起街道来了？”他父亲问道，“纽瓦克连街道都保不住吗？塞莫尔，赶快走吧！”他父亲已经变成一种理智的声音。

梅丽住的这条街只有几百英尺长，被挤压在迈卡特公路——这里昼夜都有载重货车高速行驶——和马尔伯里街的遗址之间的三角地带。瑞典佬还记得最早从二十世纪三十年代起，马尔伯里街是一处唐人街的贫民窟。那时候，在纽瓦克的利沃夫一家，杰里、塞莫尔、妈妈、爸爸，常常在星期六下午，鱼贯而上地通过一条狭窄的楼梯到一个家庭饭店吃中国炒面当晚餐，然后开车回到克尔大街的家中。他父亲总会给孩子们讲有关马尔伯里街过去发生的难以置信的“中国人堂派之间斗争”的故事。

那是过去的故事。再也没有过去那样的故事了，什么也没有。只有一个褪色的、浸过水的床垫，像连环漫画中靠在电线杆上懒散的醉鬼。电线杆上还有一个标识指明你在哪个角落。就这些。

从她的屋顶望过去，他能看到半英里外商业化的纽瓦克的天际，那三个熟悉的、令人欣慰的单词，英语中最能给人保障的单词，从装饰得优美华丽的垂直墙面上一泻而下，那里曾是嘈杂的市区的中心——十层楼高、白色醒目的巨型大字，标志着金融的信心和机构的永恒，以及城市的进步、机遇和骄傲。你只有乘坐喷气式客机从北边飞到国际机场降落时，才能看见这几个坚不可摧的大字：**第一**

忠诚银行[1]。

剩下的就只有它了，那句谎言。第一，最后，**最后忠诚银行**。从下面，从他女儿现在住的地方，哥伦比亚和格林大街转角上——他女儿住的这地方甚至比她当年刚来美国时人生地不熟的曾祖父的还要糟，尽管他们刚上岸，就住在王子街的出租房——你可以看见一块巨大的标志牌用于掩盖真相。这种标志只有疯子才相信，童话里才有的标志。

三代人啊，他们渐渐衰老，工作、存钱、成功。在美国到处都兴高采烈的三代人，逐渐融入一个民族的三代人。现在到了第四代，一切却化为泡影。他们的世界被彻底毁灭。

她的房间没有窗户，只在门上方有个狭小的气窗对着光线暗淡的走廊，和一个被岁月侵蚀的石膏墙围着的二十英尺长的小便池。他走进房子闻到它的气味的时候就想用拳头砸它个稀烂。走廊通到外面街上。经过的那道门既没有锁，也没有门把，门框里连玻璃也没有。在她房间里，他没有看见水龙头或暖气片，想像不出她的卫生间像什么样子或在哪里。他暗自想道，走廊上那个也许就派那种用场。她用，也方便那些从公路钻进来或下面马尔伯里街上来的流浪汉。她本该比

1　英语为 First Fidelity Bank，即前文提到的三个单词。

这生活得好些，好得多，哪怕只是多恩所养的一头牛。在牛棚里，在气候最恶劣的时候，牛群还可以挤在一起，靠相互身体的接触取暖。冬天它们长出粗糙的皮毛，梅丽的母亲甚至在雨雪天，在天寒地冻时，早晨六点前就起来给它们喂草。他认为在冬天那些牛并不像那么不幸。他还想到他们称为“废物”的那两头牲口，多恩退休的巨兽康特和老母马萨利。按人的岁数讲，它们已经到了七十或七十五岁。它们上了年纪后才发现对方，然后再也不愿分开——谁要走开，另一个准会跟随，做什么事都在一起，这让它们活得很好，很幸福。看见它们每天一成不变的日程和所过的美妙生活真让人向往。不由想起晴朗的日子里它们在阳光下舒展四肢晒得暖洋洋的。他想到，她要是变成动物就好了。

让人无法理解的不只是梅丽为什么像个印度贱民似的住在这种简陋的小屋里，怎么会成为被通缉的谋杀犯，而是他和多恩怎么可能成了这一切的根源。他们的无伤大雅的缺点是怎样积累成这样一个人的？要是没有这种事情发生，要是她待在家里，高中读完后就上大学，还是会有问题。当然，也会出大问题。她很早就具有反叛精神，即使没有越南战争也会出问题。她可能好长一段时间沉溺于反抗的乐趣中，竭尽全力去体验自己能不受约束到怎样的程度。但是她会待在家里。你在家发点疯不算什么。你不会享受那么单一的乐趣，你不会达到那种程度以至于多次轻微发疯，你不会想到既然这么刺激，为什么不彻底疯狂一次？在家里，没有机会可以让你堕落到这样悲惨的地步；在家里，你不可能生活在混乱之中；在家里，你不会住在无法无天的地方。家里家外有巨大的差异，她想像这世界应该是怎么样，实际上却并非如此。但是，再没有不谐之音来打搅她的平静了。这里是她的里姆洛克幻想，其巅峰程度令人胆战心惊。

他们的灾难是悲剧性地由时间造成——他们没有足够的时间处理她的问题。当她是你的被监护人，当她在这里时，你还能做点事。如果你多花时间稳步地与自己的孩子交流，那些出问题的东西——双方造成的、判断上的错误——也许可以通过这种稳步的、耐心的交流有所好转。最后会一点一滴、一天天地得以补救，父母的耐心终会得到常有的那种回报，达到满意的效果……但是这个样子。这种事情的补救措施在哪里？一边是容光焕发、有张紧致新面孔的多恩，一边是在小床上盘脚打坐、穿着破烂毛衣、不合身的长裤、黑色塑料拖鞋、温顺地躲在令人恶心的面纱后面的梅丽，他能这样带多恩来见她吗？她的肩膀多宽啊，像他一样。但挂在这骨架上的却什么也没有。坐在他面前的不是一个女儿、一个妇人或一个姑娘，而是身着衣物的稻草人，瘦骨嶙峋的样子。那是收成极差的农场里生命的象征，不过是滑稽模仿出的人的模型而已。虽说还有一点像利沃夫家的人，但最多也只能糊弄鸟儿。他怎能带多恩到此？开车接多恩沿着迈卡特公路行驶，下公路后进入这条街，随后见到的就是仓库房、碎石块、垃圾、瓦砾……多恩看到这房间的情形，闻到这房间的气味，摸到这房间的墙壁，更别说这不清洗的皮肤，随意修剪、黏糊糊的头发……

他跪下来看她的索引卡片，在旧里姆洛克的时候，床上这个位置放的是从杂志上剪下的她一心崇拜的奥黛丽·赫本的照片。

我决不杀生，不管是纤细渺小的还是粗俗丑陋的，活动的还是静止的。

我痛恨所有谎言的罪恶，不管是起于愤怒、贪婪、恐惧，还是欢愉。

我厌恶获取人所不与的东西，不管是从村庄、城镇或山林，不管多与少、大或小、生物或非生物。

我弃绝所有的性乐趣，不管是与神、人或畜生。

我排除一切依恋，不管是多是少、是大是小、有生命或无生命；自己不趋从这类依恋，不促使也不容许人们如此行事。

作为商人，瑞典佬很机敏。如果需要的话，在他那男性亲切面具下——他很会利用这亲切面具——他能根据交易的要求非常精明地算计。但他不明白即使最冷静的算计在此又能怎样发挥作用，就算世上所有父亲的天赋聚集到他身上，他也做不到。他再次通读她那五条誓言，尽量严肃地对待它们，一种想法始终纠缠着他：为了净化——以净化的名义。

为什么？因为她杀过人，或者哪怕从未杀死一只苍蝇也可能需要净化？这和他有关吗？那次愚蠢的亲吻？已经过去十年了，再说那什么也不是，没有后果，当时对她而言也无任何意义。毫无意义、普通、短暂、可以理解、可以原谅、天真无邪的事……不！人们怎么能一次又一次地要求他严肃对待不该严肃对待的事情？这就是梅丽强加于他的东西，这种困境可以追溯到她当年在餐桌上抨击他们资产阶级生活的不道德的时候。谁会把那种孩童般的咆哮当回事？他做了任何父亲该做的事——他倾听着，听下去，当时他能做的只是不起身离开餐桌，直到她发泄完。他点点头，尽可能赞同他可以赞同的东西。他反驳她时——比如说，关于利润动机的道德功效——也总加以克制，以他所能把握的耐心和理智。这对他来说很不容易，他的利润动机是为了给一个孩子成千上万美元进行畸齿矫正、看心理医生、语言障碍矫正——更别提上芭蕾舞班、学骑马和修网球课程，所有这些，从小到大，她总认为缺一不可——就算不要什么对父母的孝顺，也至少有一丁点的感激。也许错误在于对不用认真的东西太较真，也许他不该那么专注地倾听她无知的咆哮，那么尊重她，而应该在桌上伸过手去扇她一耳光。

可是那又会教给她有关利润动机的什么呢——教她有关他的什么呢？他如果那么做了，如果，这张戴面纱的嘴就会被认真对待。他会严厉指责自己："是啊，我对她做过这事，因为当时愤怒之极，因为我的爆脾气。"但看起来他没有那么对待她，因为他厌恶发脾气，他其实不想有，或者根本不敢有这种脾气。他所做的是吻她。不是那原因，所有这些都不是。

但现实就是如此。我们在这里，她在这里，在这耗子洞里被这些"誓言"所禁锢。

在屈辱中的日子里她还过得好些。如果他非得在愤懑、肥胖、结结巴巴地发泄共产主义怒气的梅丽与这个戴着面纱、平静、肮脏、极富同情心、衣衫褴褛的稻草人一样的梅丽之间做出选择……可为什么要选？她为什么总被最便利的空洞思想所控制？从她学会了思考起，一些怪诞的想法就占据了她的大脑。生了个这样的女儿，多年在学校里成绩优异，后来却拒绝自己思维——这女儿要么以暴力反抗眼前的一切，要么对所有东西充满同情，甚至对我们呼吸的空气里的微生物也如此，他到底做了什么？为什么像她这样精明的姑娘却尽量让他人为自己思考？她为什么不能做到——像他每天的生活那样——人们做的那样，真实地生活？“可是，不会自己思维的是你！”当他说她可能在鹦鹉学舌地重复他人的陈词滥调时，她这么反驳道，“你就是那种从不会自己思维的人的实例。”“我真的是？”他说道，笑了起来。“对，你是我所见过的最因循守旧的人！你做的一切都是人们期、期、期望你做的！”“那也可怕？”“那不是思维，爸、爸、爸爸！那不是！是充当愚、愚、愚蠢的机、机、机器人！机、机、机器人！”“好吧，”他答道，相信过了这个阶段就会好，她会克服这坏脾气的，“我想你会忍受一个因循守旧的父亲——下次的运气会好些。”他装出不被她大大张开、飞快翻动、唾沫四溅的嘴唇吓坏，她正对着他的脸用力地喊出“机、机、机器人”，恰如一架失控的打铆机。一个阶段，他想，感到有些欣慰，就再未考虑这“一个阶段”的想法。也许这正是个说明你不愿自己思维的好例子。

幻想和魔力。总爱装扮他人。她一开始玩奥黛丽·赫本游戏时表现出的那种慈悲为怀的东西，只用了十年就进化成这样怪异的无私神话。先是关于他人的无私的废话，现在涉及的是完美灵魂。接下来是什么，德威尔外婆的十字架？回到长明蜡烛和圣心的无私的废话？总有宏伟的虚幻，最离谱的抽象概念——从未追寻自我，永远也不会。这无私精神的谎言和非人的恐怖。

是啊，他更爱那个像别人一样寻求自我的女儿，超过对这能言善辩、具有荒谬的利他主义思想的姑娘。

“你在这里多久了？”他问道。

“哪里？”

“这房间，这条街，就在纽瓦克。你在纽瓦克住多久了？”

“我六个月前来的。”

“你一直在……”要说的话很多，什么都想问，都想知道，他反而说不出什么。六个月。在纽瓦克住了六个月。对瑞典佬来说，已没有这里和现在，实际上只念叨这几个刺激性的字：六个月。

他站在她面前，俯视着她，盯着她，所有的力量都聚集到墙上，他不知不觉地摇动，先将重心摇到脚后跟上，似乎这样他就能离开她，穿越墙壁；然后摇到脚尖处，好像随时就可以抓住她，揽进怀中，冲出房间。他不能安稳地回到旧里姆洛克的家中睡个好觉，想到她还在这破布堆里，戴着面纱，坐在这垫子上，像这地球上最孤单的人。她睡在离过道几步远的地方，迟早会遇到麻烦。

这女孩十五岁时就已发疯。他和蔼地，也是愚蠢地容忍了那种疯狂。他虽不喜欢她的观点，可也觉得没什么关系，认为她在成长过程中自然会克服这些反抗意识。现在看看，她成什么样子了。漂亮的父母生下的最丑陋的女儿。我拒绝这样！我厌恶那样！我反对一切！那不可能，是吧？所有一切都是为了与他和多恩的相貌唱反调？所有一切都是因为母亲曾当过新泽西小姐？生活就是这样作践人？不可能是这样。我不接受！

“你入耆那教多久了？”

“一年。”

“怎么找到这些东西的？”

“学习各种宗教时。”

“你体重多少，梅丽蒂丝？”

“够重的啦，爸。”

她眼眶很大。面纱上边半英寸就是大大的黑眼眶，再上边几英寸的头发已不像从前那样披至后背，看似碰巧黏在头上而已，虽然仍像他一般的金发，却已不再又长又浓密，剪发本身就是一种暴力行为。谁剪的？她还是别人？用什么？为了遵守那五条誓言，她也不能这般粗暴，毫不留恋曾经那么漂亮的头发。

“可是你好像什么也不吃，”尽管他说话时注意不露声色，但呻吟一般、带着沮丧声调的话语还是从瑞典佬的口中冒出，“你吃什么？”

“我伤害植物，同情心还不够，还不能拒绝那样做。”

“你指的是吃蔬菜，是吗？那有什么不好？你怎么能拒绝？为什么要这样？”

“这是个人圣洁的问题，是对生命尊重的事情。我不会伤害生物，人、动物或植物。”

“可是你那样做会死的。你怎么能那么‘肯定’？你会什么都不吃。”

“你提到一个深奥的问题。你很聪明，爸爸。你问道：‘如果尊重所有生命形式，怎么生活？’答案是你不能。耆那教圣徒结束生命的传统方式就是‘撒拉卡纳’——自我饥饿。‘撒拉卡纳’仪式的死是完美的耆那教徒为圆满而付出的代价。”

“我不能相信你是这样，我必须告诉你我的想法。”

“你当然可以讲。”

“我不敢相信像你这样聪明的人，知道自己在说什么、在这里干什么以及为什么这样做。我不敢相信你在告诉我，那一刻终将会来到，到时候你连植物也不伤害，不吃任何东西，只是一心等死。梅丽，为了谁？为什么？”

“是的，是那样，爸爸。我相信你不会明白我所说的、所做的以及其中的原因。”

她对他讲话时，好像他是孩子，她是母亲一样，口气中只有同情与理解，还有他曾悲伤地对她表现出的充满爱意的容忍。这使他恼怒，一个疯子的屈尊俯就，而他既没有奔到门外，也没有跳起来做他该做的事，继续充当有理智的父亲，做一个疯子的有理智的父亲。做点什么！任何事！以一切符合常理的名义，别再这般理智。这孩子需要上医院。她即使只靠一块木板在大海中漂浮也不会比现在更危险。她已经滑到船边——怎么发生的已不是现在的问题，她必须立即得到拯救！

“告诉我你在哪里学的宗教。”

“图书馆里。没人到那里找你。我常在图书馆，所以读到这些东西，我读过很多。”

“你还是个小女孩时就读了很多书。”

“是吗？我爱读书。”

“你就是在那里成为这教派的成员的，就在图书馆。”

“是的。”

“教堂呢？你上某种教堂？”

“这个教派的中心没有教堂，这个教派的中心也没有上帝。上帝居于犹太教与基督教传统的中心。上帝也许说：‘拿走生命。’那不仅容许，而且义不容辞。整部《旧约》都是这种观点，甚至在《新约》里也有这种例子。在犹太教和基督教里人们认为生命属于上帝。生命不是神圣的，上帝才是。但在我们的中心，却不信上帝的绝对权威，而信仰生命的圣洁。”

从头到脚都被这种思想武装起来，满嘴是人们灌输给她的单调的圣歌——被咒语镇住的人们吟唱的无聊高调，这些人的骚动只有用最贴切的美梦编织而成的令人窒息的紧身衣才能控制。她那些毫不口吃的话语中所缺乏的不是生命的圣洁——缺乏的是生命的声音。

“你们有多少人？”他问道，绞尽脑汁地想搞清楚，可是她只会让他更迷惑。

“三百万。”

三百万人像她一样？不可能。在这样的房间里？封闭在三百万间可怕的房间里？“梅丽，他们在哪里？”

“印度。”

“我没问你印度的事，我不关心印度，我们不住在印度。在美国，你们有多少人？”

“不知道。这不重要。”

“我会认为几乎没有。”

“不知道。”

“梅丽，你是唯一的？”

“我的精神探索全靠我自己。”

“我不明白，梅丽，我搞不懂。你是怎么从林登·约翰逊转到这上面的？你怎么从A点一下子跳到Z点，这中间完全没有什么联系？梅丽，这些东西搅不到一起。”

“有联系，我可以向你保证，都连在一起。只是你看不出来。”

“你呢？”

“我能。”

“那么，给我讲讲。我想你告诉我，我就会知道你身上发生了什么事。”

“有一种逻辑关系，爸爸。你不准提高嗓门，我会解释的。所有一切都联系在一起。对这一点我想得很多。就是这么回事。阿西穆沙，也就是耆那教的非暴力概念，圣雄甘地都很喜欢。他不是耆那教徒，他属于印度教。他在印度寻找能真正代表印度，而不是西方，又有像基督教传教士开办慈善事业的那种影响的团体，结果他选中了耆那教。我们是个小团体，不属于印度教，可是我们的信仰与印度教相关。我们这一教派成立于公元前六世纪，圣雄甘地从我们这里获得阿西穆沙，即非暴力思想。我们是创造了圣雄甘地的那种真理的核心。而圣雄甘地又以他的非暴力思想成为产生马丁·路德·金的那种真理的核心。马丁·路德·金又成为发起民权运动那种真理的核心，而在他生命的尽头，当他超越民权运动，将视野扩大，反对在越南的战争时……”

一点也不结巴。曾经使她面部扭曲、憋得苍白，并用力敲击桌子的演说——本来会将她变成严阵以待、受语言攻击的演讲者，并被她毫不留情地反击——现在可以这么镇定自如、娓娓道来，虽然还是那种空洞的高调，却带着精神上的迫切性，语气非常温和文雅。她从语言矫正师、心理医生和口吃日记无法获得的一切，因疯狂而如愿以偿。将自己置于孤独无援、肮脏贫穷的危险境地，她赢得精神上和生理上的控制，对说出的每个词都运用自如。聪明才智不再被口吃的苦恼所压抑。

这聪明才智是他亲耳听到的东西，梅丽头脑反应敏捷、表达清晰、深思熟虑，这也是她早在童年时代就有的逻辑思维。然而听到这些东西又让他遭受从未想像过的痛苦。这种才智完美无缺，可是她疯了。她的逻辑是那种将权力与理智完全分离的逻辑，是她早在十岁的时候就纠缠不清的东西。真荒谬——这么理智地对待她是他的疯狂。坐在这里尽量表现出非常尊重她的宗教，可是她的宗教根本不管生活是什么或不是什么。他们两人装着似乎他来此是为了接受教诲，洗耳恭听，由她授课!

“……我们不认为拯救是以任何方式将人类灵魂与超越它自身的东

西结合起来。耆那教虔诚的精神就在其创立者摩哈维拉的语录中：‘啊，人啊，你是自己之友。为什么还寻求你之外的朋友？’”

“梅丽，真是你干的吗？我必须现在问你这个问题。你做过那事吗？”

这是他首先想问的。他们来到她的房间，在别的事情还没有这么痛苦地提及和审视之前，他就想问。他认为自己等这么久是不想让她觉得，自己优先考虑其他事情却不关心她，不管怎样说隔了这么久才终于见了面。现在话一出口，他才知道自己没问是因为无法承受可能听到的答案。

“爸爸，做什么？”

“你炸了邮局吗？”

“是的。”

“你打算把哈姆林商店也一起炸掉？”

“没有其他办法。”

“除了不去干。梅丽，你得告诉我，谁叫你去干的？”

“林登·约翰逊。”

“那不行。不！回答我。谁劝你参与的？谁对你洗过脑？为谁干？”

一定有外来压力。祈祷文中说：“让我免受诱惑。”如果人们不受他人指使，为什么这著名的祈祷文里这么说？即使上天赐予特权的孩子也不会自己去干这种事。上帝赐予她爱，赐予她充满爱心、讲求伦理道德并且丰衣足食的家庭。谁招募她、引诱她去干这事？

“你仍然有这么强烈的愿望，认为自己的后人是无罪的。”

“是谁？不要护着他们。该谁负责？”

“爸爸，你恨我一人就行了。”

“你说是你自己干的，并且知道这也会毁掉哈姆林商店。你这样说的。”

“是的。我是那可恨的人，恨我吧。”

他突然想起她在六年级或七年级写过的东西，那还是在进莫里斯顿高中之前的事。在蒙特梭利学校她们班上，老师问她们十个有关“哲学”的问题，每周一个。第一周，老师问：“我们为什么在此？”不像其他孩子写的那样——为了做好事，为了将世界改造得更美好，等等——梅丽的回答是用自己的提问：“猿为什么在此？”但老师觉得这种回答不确切，让她回家再认真想想这个问题——老师说：“展开思路去想。”所以梅丽回家后按老师的话做，第二天交上去时加了一句：“为什么袋鼠在此？”在这一点上，梅丽才被老师发现“有些固执”。给班上的最后一个问题是：“生活是什么？”梅丽的答案让她父母那天晚上笑作一团。其他孩子装模作样用心思考的时候，梅丽在桌边想了一小时，然后写出一个不同凡响、简单明了的句子：“生活只是一段你还活着的短暂时光。”瑞典佬说：“你知道，这比听起来要聪明。她是个孩子——怎么发现生命是短暂的？她了不起，我们早熟的女儿。这姑娘会上哈佛。”但是老师却不同意，她在梅丽的答案旁边写道：“这就完了？”是啊，瑞典佬想，就是如此。谢天谢地，就这些，即使无法忍受。

其实他一直就清楚：无需撒旦的协助，她内心所有的愤怒也会公开发泄出来。她没受人家的胁迫，也没人可以胁迫她。这孩子曾经给老师写过，不像其他孩子那样认为生活是美好的赐物，是难得的机会，是崇高的事业，是上帝的祝福，而认为只是一段你还活着的短暂时光。是啊，她的动机全来自她本人，只能如此。她的反抗行为就在于谋杀，而不是别的。不然的话，结果也不会是这种丧失理智的安详。

他尽力让理智再次显现。他费了多大的劲啊。一个理智健全的人接下来该说什么？如果在遭到攻击、再次被听到的那些直言不讳的话弄得几乎哭起来之后——这么直言不讳地说出口却难以置信的一切——一个人可以坚持住，仍然理智行事，那么他接下来该讲什么？如果他还感到自己像一位称职的父亲，那么作为一位理智的、负责的父亲该说些什么？

“梅丽，我能告诉你我怎么想的吗？我认为你被自己所做的事会遭到的惩罚吓坏了，你不是逃避对自己的惩罚，而是将事情揽到自己的身上。我认为不难得出这样的结论，亲爱的。看到你在此，看到你这个样子，这世界上不会只有我一个人才有这种想法。你是个好姑娘，所以你想赎罪。但是，这不叫赎罪，即使国家也不会对你这般惩罚。我不得不对你说这些，梅丽。我必须真实地告诉你这些东西给我的印象。”

“你当然可以。”

“看看你对自己做的事——如果你坚持这样的话，会死的。再这样过一年，你就会死掉——因为自我饥饿、营养不良、污秽不洁。你不能每天在那些铁道下来回穿梭。那条地下通道是流浪汉的聚集所——流浪汉不会照你的规则玩。他们的世界是残忍的，梅丽，是恐怖之地——暴力世界。”

“他们不会伤害我，知道我爱他们。”

这些话让他恶心，完全是小孩子气，感情用事、堂而皇之的自欺欺人。她从这些悲惨的人绝望的奔忙中看到了什么使她这样想？流浪汉与爱？一个住在隧道里的流浪汉会上百次地把你对爱的任何一点点悟性都揍没了。太可怕了。她讲话时完全摆脱了口吃，可是满嘴讲的都是这类废话。他曾经梦想——他这了不起的、聪明的孩子将来一定会摆脱口吃——那已经实现。以她急风骤雨的外向性格来说，她神奇般地控制住激动不安的口吃只是要表现这种非理智的清晰和冷静。多妙的报复啊：这就是你想要的，爸爸？好吧，给你。

她能流畅地解释和交谈，现在反而成了最糟糕的事情。

他感觉得到却不想让她听出来的苛刻严厉在他的话音里还是很明显，他说："你的结局会很惨，梅丽蒂丝。每天试探他们两次，就会发现他们对你的爱有多少了解。梅丽，他们的饥饿不是为了爱。有人会杀了你！"

"但那是重生。"

"我不信，亲爱的，我非常怀疑。"

"爸爸，你能让让步，认为我的猜测和你的一样好吗？"

"我们谈话时，至少能取下面纱吧？也让我看看你？"

"看我的口吃，是这意思？"

"我不知道戴那东西是否有助于消除你的口吃。你说是这样。你也告诉我口吃只是你避免对空气和生活在空气里的生物的暴力行为。对吗？你所说的是这意思吗？"

"是的。"

"那么……我可以让步。但我也要告诉你，我认为你即使带着口吃最终也能过上更好的生活。我没有忽视你遇到的困难，可是如果你非得这样走极端，才能摆脱那该死的口吃……我真的怀疑……这到底是不是最好的选择。”

“你弄不清楚我一心想干的事情，爸爸。当然我也不理解你想干的。”

“可是，我有动机，每个人都有动机。”

“你不能将灵魂的旅程限制在那种心理，不值得你那样。”

“那么，你来解释，请给我说说。你怎么解释你学的这些东西……在我看来，不过是苦难，没别的。你这样做，是让自己受罪，你选择的这一切都是受罪，梅丽，真正的苦难，没有别的。”——他的声音飘浮不定，他接着讲，理智，理智，责任，责任——“那样，只有那样——明白我讲的？——口吃才能消失？”

“我对你讲过。我已经没有什么渴求和自我。”

“亲爱的，亲爱的孩子，姑娘。”他一下子坐在地板上的污物之中，非常绝望，尽最大努力控制住自己。

在这极小的房间里，他们相对而坐，近在咫尺，除了从肮脏的气窗上透过来的一些光线外，没有其他光亮。她的生活不需要光亮。为什么？她也发誓拒绝电力的罪恶？她生活中不需要光，不需要任何东西。这便是他们生活的后果：她住在纽瓦克，一无所有；他住在旧里姆洛克，什么都有，除了她。他的好运也该对此负责？穷人对有钱人和占有者的复仇。所有那些自称的穷人，那些善于表演的丽塔·科恩，都尽力把自己想像成父辈最坏的敌人，模仿在那些最爱她们的人看来最讨厌的东西。

她曾经在一块纸板上用双色蜡笔写了一幅标语，是她亲手做的标语牌，就挂在她的书桌上方，替代他的威克瓦西足球队的三角旗。在她失踪前，标语牌挂在那里也无人在意。她曾经一直都很羞怯地想要那面旗，因为在一九四三年它被瑞典佬高中时的情人拿到缝纫课上，在这块橘黄和褐色的三角旗的底边毛毡上用很粗的白线缝了几个字：“献给享誉全城的利沃夫，许多个吻，阿伦娜”。那标语牌是他唯一敢从她房间取走并销毁的东西，那么做也花了他三个月。窃取他人的财产，不管是成人的还是孩子的，都有违他的本性。但在爆炸发生三个月后，他冲上楼去，钻进她的房间，将标语牌扯下来。那上面写着：“我们反对白鬼子的美国的一切美好和正统的东西。我们将掠夺、烧掉和摧毁。我们将给你们的母亲带来噩梦。”用很大的粗体字标明摘自“气象员格言”。因为他是个宽宏大量的人，也就忍受了这东西。“白鬼子”，他女儿亲手写的，在他家里挂了一年，每个红色的字母都用黑色阴影重重地勾勒出来。

即使他一点也不喜欢，他也不认为自己有权利对此唠唠叨叨——出于对她的财产和自由的尊重——他不能扯下来，哪怕是一幅糟糕的标语。他不可能采取那种尽管非常正当的暴力行动。现在可怕的噩梦真正出现，对他这个文明人的耐心的极限再次考验。她以为只要一举手，就会打击和杀害在身边漂浮着的无辜的小生命——所以在与环境的接触中，她的任何举动都会产生最为惊人的和可怕的后果——他想，如果取走她挂上的可憎的标语牌，会有损她的尊严、她的心理、第一修正案赋予她的权利。不，他不是耆那教徒，瑞典佬心想，但他也可能已经是了——他也那么具有同情心，那么天真地崇尚非暴力。他设下的目标的正当性所包含的极度愚蠢。

“丽塔·科恩是什么人？”他问。

“我不知道。她是谁？”

“替你来找过我的那位姑娘。一九六八年你失踪以后，她来到我的办公室。”

“没人替我来找过你，我没有派任何人。”

“来过的，一个矮小的姑娘。肤色苍白、梳着非洲大蓬头。我交给她的东西有你的芭蕾舞鞋、奥黛丽·赫本的剪贴簿和你的日记。是她把你变成这样的吗？她制造的炸弹？你还在家的时候常常和某人通电话——那些秘密交谈。”那些秘密交谈，像那标语牌一样，他也“尊重”。要是他当时扯下标语牌，拉掉她电话上的插头，将她关起来就好了！“是那人吗？”他现在问她，“请对我讲真话。”

“我只讲真话。”

“为了你，我交给她一万美元，付了现金。你拿到那笔钱了吗？”

她开心地笑了：“一万美元？没有，爸爸。”

“那么你必须回答我。谁是丽塔·科恩？她告诉我在哪里能找到你。是来自纽约的梅里莎吗？”

“你找到我了，”她回答道，“因为你一直在找，我从未指望不被你发现。你找到我是因为你必须找。”

“你到纽瓦克来就是为了我好找到你？这是你到此的原因吗？”

可是她回答道：“不是。”

“那你为什么要来？你怎么想的？考虑过吗？你知道办公室在哪里。你知道这多么近。梅丽，有什么逻辑？这么近，可……”

“我坐上车，就到了这里，你看。”

“就这样，巧合，没有逻辑，无逻辑可言。”

“这世界不是一个我有影响或想有任何影响的地方。我放弃对一切东西的影响。关于是什么构成巧合，你和我，爸爸——”

“你‘放弃对一切东西的影响’？”他叫道，“你，‘对一切东西的影响’？”他一生中最疯狂的谈话。她的无所不知主义——天真到荒谬的、极度疯狂的、毫不口吃的庄重，这房间和这外面的街道都令人心烦地明白无误，外界一切真真切切、强有力地控制着他。“你对我有影响，”他喊叫起来，“你在影响我！你不愿伤害一个微生物，却在伤害我！你坐在这里所说的‘巧合’就是影响——你的权力匮乏就是对我的权力，真该死！就是对你母亲、对你爷爷、对你奶奶、对一切爱你的人的权力——戴面纱是扯淡，梅丽，完全是胡说八道！你是这世界上最有权力的人！”

无法在思考中寻求安慰，这不是我的生活，这是我生活的梦幻。这不能给他减轻任何苦难。也无法消除对女儿的愤怒，和对小罪犯的愤怒——他居然还将她当做他们的救星。狡猾恶毒的江湖骗子，不费吹灰之力就将他骗得团团转。在四次十分钟的来访中，从他这里得到她想得到的一切。邪恶、厚颜、坚不可摧的神经系统，天知道这些孩子从何而来。

他想起来了，她们中间有一个来自他家，丽塔·科恩不过是来自其他人家。她们都是在他这样的家庭养大的，是由他这样的父母养大的。这么多人都是女孩，这些女孩的政治观点非常一致，她们的进攻性、好战性和“诉诸武力”的倾向丝毫不比男孩子逊色。她们的暴力和对自我改造的渴求里有某种极其单纯的东西。她们斩断自己的根基，将那些最残忍的革命者奉为楷模。她们像无法停止的机器一样，制造仇恨推动着顽强的理想主义。她们的狂暴一触即发，愿意做所想到的任何事情来改变历史。她们头脑里不用草图，毫无顾忌地签名，无所畏惧地以恐怖手段反对战争。她们敢于抓住枪口，以一切方法武装起来，用炸弹杀伤他人，恐惧、怀疑或内心矛盾都无法阻止她们——这些四处躲藏的女孩，危险的女孩，攻击者，执拗的极端分子，完全自我封闭。他从报纸上读到那些被当局缉拿的女孩的名字，这些人据称来自反战活动。他认为梅丽应该熟悉这些女孩，他在想像中也觉得这些人的命运是和他女儿联系在一起的：如伯纳丁、帕特丽夏、朱迪思、凯斯琳、苏珊、琳达……他父亲，愚蠢地观看了一个电视特别新闻节目，里面报道警方正在追踪那些地下气象员，他们中有马克·纳德、凯瑟琳·波定和简·阿尔贝特——都是二十几岁、犹太人、中产阶级、受过大学教育、以反战名义进行暴力活动。她们立志变革，决心推翻美国政府。他到处讲："我还记得犹太孩子在家做功课的那段时光。怎么搞的？我们这些聪明的犹太孩子到底出什么事了？在上帝的庇护下，他们的父母已不再受压迫，可是他们却跑到他们认为有压迫的地方。离开它就活不下去。犹太人以前逃离压迫，现在他们却逃离自由。他们曾经躲避贫穷，现在他们却躲避富有。疯了。他们的父母对他们太好，不能再恨父母，所以他们就去恨美国。"可是丽塔·科恩应自负其责：恶毒的母狗，见惯了的江湖骗子。

那么他该怎样解释她的来信，如果那上面全是她的想法？我们这些聪明的犹太孩子到底怎么了？他们疯了。某种东西把他们逼疯，使他们反对一切，将他们引向灾难。受人指使去干一些比别人干得好的事，这可不是聪明犹太孩子想做的。他们只有在不受人指使的情形下才会心安理得地干得比别人好。缺乏信任就是他们受人指使的疯狂行为。

然而在这地板上就有它更加令人心碎的形式之一：宗教皈依。若你不能让世界向你臣服，那么你就向世界臣服。

“我爱你，梅丽，”他对梅丽说，“你知道我会寻找你。你是我的孩子。可是你戴着面纱，体重只有八十八磅，这样生活。哪怕一百万年，我又怎么能找到你？即使在此，谁又能发现你？你以前在哪里？”他哭道，如同遭到女儿或儿子背叛的最愤怒的父亲一样，他气得不行，担心自己会像肯尼迪被枪击那样，脑浆喷涌而出。“你曾待在哪里？回答我！”

于是，她告诉他自己去过的地方。

他又怎么听得进？他纳闷：如果在她选择错误的道路之前他们生活中有某个转折点，那是哪里？是什么时候？他想：没有这种转折点不管她成功地欺骗了他们多少年，她从来就没有完全属于他们、受他们控制、处于他们影响下的那一刻。他考虑的是：他做的每一件事情都是徒劳。做的准备、练习、顺从，对根本问题坚定的献身，对最重要事情的努力，按部就班地构建系统，耐心检查每个问题，无论巨细，不随波逐流，不松垮拖拉，不懒惰虚度，忠实地完成每项义务，精力充沛地满足各种情况下的要求……列举出来可以长如美国宪法，他的忠诚条款——可是所有东西都毫无用处。这种徒劳的系统化一直如此。他凭借自己的责任感所控制的一切正是他本人。

他想：她不在我的权力之下，从来都不。她受某种狗屁不值的东西的控制，某种疯狂的东西。我们都是如此。他们的长辈不应对此负责，他们本人也不应对此负责，别的东西应该负责。

是啊，四十六岁时，到了一九七三年，这个世纪已走过几乎四分之三，人们不再讲究埋葬，到处是被害的儿童和他们的父母的尸体，瑞典佬发现我们都处于某种疯狂东西的控制中。只是时间问题，白鬼子，我们都如此！

他听见他们在笑，气象员们，黑豹党员们，狂暴的贱民廉洁大军，他们称他为罪犯，对他恨之入骨，因为他是有产阶级的一员。瑞典佬终于搞清楚了！他们欣喜若狂，消灭了他溺爱的女儿，摧毁了他的特权生活，将他最终引向他们的真理，引向他们所认为的真理，这是为了每个越南人，男人、女人和小孩，为了美国的每个被殖民的黑人，为了到处被资本家和他们无休止的贪婪所折磨的每个人。白鬼子，那疯狂的东西就是美国历史！就是美利坚帝国！就是大通曼哈顿银行、通用汽车公司、标准石油公司和纽瓦克女士皮件厂！欢迎登台，资本家走狗！欢迎加入被美国人操过的人种！

她告诉他，在爆炸后的那七十二小时里，她躲藏在莫里斯顿的语言矫正师谢拉·萨尔孜曼的家中。她安全抵达谢拉家，被接纳下来，白天藏在谢拉办公室的休息间，晚上住在办公室。她的地下流亡就这么开始了。两个月里她换了十五个化名，四至五天挪一个地方。在印第安纳波利斯她交上了一个参与该运动的牧师朋友，这人以为她不过是转入地下的反战活动家而已。她从公墓里的墓碑上选了一个名字，那是一个和她同年出生、很早就死掉的婴儿。她以婴儿的名义申请了一个出生证明的副本，于是就变成玛丽·斯托尔兹。随后，她获得了图书卡、社会保险号码，到十七岁时又拿到驾驶证。将近一年的时间，她在老年公寓里给人们洗盘子——这是通过牧师找到的工作——直到一天早晨，他用公用电话通知她，让她放下手上的活，到灰狗长途汽车站见面。他给她一张到芝加哥的车票，告诉她待上两天后再买票到俄勒冈——在波特兰的北边有一个公社，她在那里可以找到避难所。他交给她公社的地址和一些钱买衣服、食物和车票，于是她动身到芝加哥。抵达的当晚，才满十七岁的她就被人扣押、奸污、抢劫。

她在一家低级酒馆的厨房里洗盘子，以便赚足够的钱到俄勒冈去。那里的人不像老年公寓厨房里的人那么友善。在芝加哥她没有牧师给她指导，她担心尝试与地下运动联系会出错，被人发现。她怕极了，甚至不敢用公用电话与印第安纳波利斯的牧师联系。她又遭到强奸（在换第四次住房时），但这次没有被抢。做了六个星期的洗碗工后，她终于凑齐到公社去的钱。

在芝加哥，孤独感紧紧包裹着她，如同一股激流将她穿透。她没有哪一天，有些天里没有哪一小时不想给旧里姆洛克打电话。可她没那么做，每当她想起儿时的房间、快要彻底的放弃时，她便会找个便宜的小餐馆或快餐店，坐到吧台前的圆椅上，要一份火腿莴苣番茄三明治和香草奶昔。人们给她上菜时，她讲着熟悉的话，望着火腿片在烤炉上卷曲，盯着吐司弹跳起来，小心翼翼地拿掉牙签，吃着三明治，不时吸上一口饮料，注意咬碎生菜中无味的纤维，榨取香脆的火腿里带烟熏味的油脂和柔软的西红柿里的蜜汁，加入蛋黄酱痛饮所有东西，细嚼慢咽，沉思着将食物研磨储存到肚里，让自己的情绪安定下来——紧盯着三明治，就像她母亲饲养的牲畜盯着草料一样——这给她勇气，让她独自走下去。她吃掉三明治，喝光奶昔，想起怎么到此的，然后赶路。她离开芝加哥时，突然醒悟。她再也不需要家了，永远不会屈从于对家人和一个家的渴望了。

在俄勒冈她又卷入两起爆炸案。

不仅没能让她住手，福雷德·康伦的被害还鼓舞了她。经过福雷德·康伦的事件，她不但没有在良心上遭到谴责，反而完全摆脱了残存的恐惧和悔恨。那种杀人后的惊恐，如果说只是在无意之中杀害了一个无辜的人，一个她希望结识的好人，并未教她有关最基本的戒律。她太麻木，没有从多恩和他的教诲中学到什么。杀害康伦只证实了她作为理想主义革命者的激情，为了向罪恶的制度进攻，不管多么残忍、采取任何手段，她都不会畏缩。她已经证明，为了反对白鬼子美国的一切正统的东西，不能只是在卧室墙壁上胡乱涂鸦、说些屁话了事。

他说："是你安放的炸弹。"

"是的。"

"在哈姆林商店和俄勒冈都是你安放的炸弹。"

"是的。"

"俄勒冈死人了吗？"

"死了。"

"谁？"

"人们。"

"人们，"他重复道，"梅丽，多少人？"

"三个。"她说。

公社里食物充足。他们自己种植了许多粮食，不必像初到芝加哥那样，晚上到超市外枯萎的农产品中搜寻可吃的东西。在公社里她开始和自己爱上的女人睡在一起，那是一个纺织工的妻子，梅丽不摆弄炸弹时就学操作她的织布机。她安放了第二颗和第三颗炸弹后，装配炸弹就成了她的专长。她喜欢安全地将炸药连接到雷管和将雷管连接到伍尔沃斯闹钟时缠绕电线所需的那种耐心和精确。口吃就是在那时候开始消失的。她玩炸药时从不结巴。

后来那位妇女和她丈夫之间出了事，双方争吵很厉害，甚至大打出手。梅丽觉得应该离开公社使大家相安无事。

在爱达荷州东部躲藏时她就决定逃往古巴。当时她在土豆地里干活。晚上住在农场的木板房里，她开始学西班牙语。她与农场其他劳动者一起生活时，尽管男人们喝醉后令人害怕，性侵害事件也时有发生，她反而觉得自己的信仰更加坚定。她认为在古巴可以生活在工人当中，不用担心他们的暴力行为。在古巴她可以成为梅丽·利沃夫，而不是玛丽·斯托尔兹。

现在她得出结论，美国绝不会出现一场能消灭种族主义势力、反动派和贪婪的革命。城市游击战无力对抗有核力量的超级大国，后者绝不会放弃维护利润原则。既然她不能为在美国发动一场革命助上一臂之力，唯一的希望就是投身于现有的革命。那标志着她的流放生活的结束和生命的真正开始。

她把第二年花在寻找去古巴的途径上，去投奔用社会主义解放无产阶级、根除不平等的菲德尔[1]。但在佛罗里达她与联邦调查局有了首次近距离的交手。迈阿密的一个公园里挤满了多米尼加的难民，是个练习西班牙语的好地方。她很快就发现自己喜欢教那些孩子讲英语。他们亲切地称她为拉法福拉，意指结巴，他们在复述她教的英语单词时淘气地学她口吃的样子。讲起西班牙语来，她无可挑剔，这是她要逃往世界革命怀抱的另一个理由。

梅丽告诉父亲，有一天她注意到一个新来的还挺年轻的黑人流浪汉在观察她辅导孩子们。她马上就明白了这意味着什么。在那之前，她上千次地想到过联邦调查局，但都错了——在俄勒冈，在爱达荷，在肯塔基，在马里兰，联邦调查局监视着她打工的商店、洗盘子的小餐馆和自助餐厅、居住的破烂街区，以及躲在里面读报和研究革命思想家的图书馆。她为的是要学马克思、马尔库塞[2]、马尔克姆、弗朗茨·法农。法农是一位法国理论家，他的话被她当成睡觉前的祈祷文，与火腿莴苣番茄三明治和香草奶昔一样，是支撑她的圣餐。时刻牢记，肩负重任的阿尔及利亚妇女天生了解自己既充当"独自走上街头的妇女"，又有革命者的使命感。阿尔及利亚妇女不是特工，没有受训，无

1 指古巴领袖卡斯特罗。

2 德裔美国政治哲学家（1898—1979），其作品包括《爱欲与文明》（一九五五年）。

须指令，不用大惊小怪，她走上街头，提包里藏着三颗手榴弹。她不会感到自己在扮演什么角色，也没有人物可模仿。相反，这非常具有戏剧性，是妇女与革命者之间的延续，阿尔及利亚妇女直接上升到悲剧的地位。

他心想：从新泽西小姐堕落到白痴的水平。这就是我们送进蒙特梭利学校的新泽西小姐。她是如此聪明，这个在莫里斯顿高中总拿优秀和良好的新泽西小姐——这个新泽西小姐直接上升到令人羞辱的表演水平，上升到精神错乱的水平。

在任何地方，在她躲藏的每座城市里，她都认为看到了联邦调查局——但在迈阿密，在她坐在椅子上结结巴巴地教孩子们英语时才真正发现了。可是她又怎能不教他们？她怎能抛弃这些生来一无所有、注定一钱不值、连自己也认为自己是人类垃圾的人们？第二天，她来到公园时，发现那年轻黑人流浪汉用报纸盖住身体，装着在椅子上睡觉，她便转身回到街上，奔跑起来。直到看见一位牵着狗当街乞讨的大个子黑人妇女时，她才停下来。这女人摇晃着杯子，嘴里轻声地喊：“眼瞎啦，眼瞎啦，眼瞎啦。”在她脚边的人行道上有一件破旧的毛衣，梅丽意识到自己可以躲在里面。梅丽不能直接从她那里抢过来，于是问是否可以帮她行乞，那女人说当然行。梅丽又问是否可以戴上她的墨镜和穿她的衣服，那女人回答：“任何东西都行，亲爱的。”梅丽便站在迈阿密的阳光底下，穿上笨重的旧衣服，戴着墨镜，帮她摇晃杯子，那女人则唱道："眼瞎啦，眼瞎啦，眼瞎啦。"那天晚上，她孤独地躲在一座桥下。第二天，她又回去和黑人妇女乞讨，还是用那件衣服和墨镜伪装起来。最后，她搬去和她以及她的狗同住，照顾她。

她就是在那时开始研究宗教的。班尼丝，就是那位黑人妇女，每天早上，当她们，她、梅丽和那狗刚醒来，还在床上时，便对着她唱了起来。班尼丝患上癌症死的时候是最糟的：在诊所，在病房，在葬礼上，她是唯一的悼念者。失去这世界上最爱的人……让人最难受。

在班尼丝临死的那几个月里，她在图书馆找到那些书籍。她将犹太教和基督教的传统永远抛在脑后，发现阿西穆沙的最高道德教义：对生命的完全敬畏和不伤害任何活物的责任感。

她父亲再也不去猜想到底是什么时候失去对她的控制的，再也不考虑他所做的这一切是否徒劳，以及她被某种疯狂的东西所操纵的事情。他所想的是，这个玛丽·斯托尔兹不是他的女儿。原因很简单，他的女儿不可能遭受这么多的苦难。她是出生在旧里姆洛克的孩子，来自天堂的、拥有特权的姑娘。她不可能在土豆地里干活，在大桥下睡觉，在追捕的恐惧中流浪五年之久。她决不会和瞎女人与她的狗睡在一起。印第安纳波利斯、芝加哥、波特兰、爱达荷、肯塔基、马里兰、佛罗里达——梅丽决不会孤独地生活在这些地方，做一个与世隔绝的流浪者，洗刷盘子，躲避警察的追踪，在公园的椅子上与一贫如洗的人们为伍。她也不会最后又回到纽瓦克。不会的，在相距不过十分钟路程的地方，住了六个月，穿过地下通道就到了峭壁区，戴着面纱形单影只地走着。每天早晚路过那些垃圾，穿过那些污物——不！整个故事都是谎言，目的在于摧毁他们心中的恶人，也就是他自己。这故事是一幅讽刺画，一幅令人感动的讽刺画。她充当演员，这姑娘有专业水平，被人雇来折磨他，只因他拥有一切她们没有的东西。他们要将他折磨至死，就用这种在本国流亡的贱民的故事。就在这个国家里，她的家庭用尽各种方法成功地扎下根来。他不愿相信她说的任何事情。他想，强奸？炸弹？任何疯子都能攻击的人？那比苦难更糟，那是地狱，梅丽熬不过任何一项。她不可能杀了四人还能生存，绝不会充当冷血杀手还能活下来。

他意识到她并没有活下来。不管真相如何，不管她到底发生了什么事，她那种要将父母可鄙的生活抛在脑后、完全摧毁的决心，使她陷入摧毁自我的灾难之中。

当然，所有这些也可能降临到她身上。这类事情每天都在这世上发生。他不知道人们怎么应付。

“你不是我的女儿，你不是梅丽。”

“如果你愿意相信我不是，那也只好如此。也许那样最好。”

“你为什么不向我问问你母亲，梅丽蒂丝？应该我问你吗？你母亲在哪里出生的？她结婚前叫什么名字？她父亲的名字叫什么？”

“我不想谈论母亲。”

“因为你对她毫不了解。或者谈谈我，或者谈谈你装扮的这个人。给我讲讲在海边的房子，告诉我你读一年级时的老师姓名。你二年级的老师是谁？告诉我你为什么要装着是我女儿！”

“如果我回答这些问题，你只会更加痛苦。我不知道你想承受多大的痛苦。”

“啊，别管我的痛苦，年轻的女士——回答问题吧。你为什么要装扮成我女儿？你是谁？‘丽塔·科恩’是谁？你们俩的目的是什么？我女儿在哪里？我会将此事交给警察去管，除非你现在告诉我这里发生了什么事、我女儿在哪里。”

“我做这些并不是演戏，爸爸。”

可恨的顽固不化，不只是可恨的耆那教义，这狗屎也是如此。“不，”他说，“现在不是了——现在只是恐怖！你到底干了什么！”

“我杀了四个人，”她回答，口气就好像告诉他“下午我烤了巧克力果仁饼干”一样无辜。

“不！”他喊道。这耆那教义，这顽固不化，这异乎寻常的无罪感，完全是铤而走险，是想远离那四个死人。“这不行！你不是阿尔及利亚妇女！你不是来自阿尔及利亚，不是来自印度！你是来自新泽西旧里姆洛克的美国女孩！神经极为不正常的美国女孩！四个人？不！”现在他拒绝相信这些，他对这罪行不理解，也不可能理解。上帝那么眷顾她，这不可能是真的。他也是如此。他决不会生一个杀掉四个人的孩子。生活为她提供的一切，生活对她要求的一切，从出生之日起她身上发生的一切，都不会使这种事情成为可能。杀人？这根本不是他们的问题，仁慈的生活已经把这东西从他们生命中剔除。杀人是你无论如何也不会想到利沃夫家的人会去做的事。不，她不是，她不可能是他的孩子。“如果你真这么注重不讲谎话或认真办事，无论大小——所有这些废话，梅丽，完全没有意义的废话——我求你讲真话！”

“真话很简单。这就是真话。你应该放弃执念和自我。”

“梅丽，”他喊道，“梅丽，梅丽，”内心无法抑制的情感毫无约束地宣泄出来，无力控制自己不去反击，他张开男子汉坚实的臂膀，扑向污秽草垫上蜷缩一团的她。“不是你！你不可能干这些事！”她没有抵抗，任由他从脸上扯下用长袜尖做成的面纱。脚后跟位置是她的脸颊，没有什么能比放脚的部位更臭，可她却盖在嘴上。我们爱她，她爱我们——结果是，她将脸罩在一只袜子里。“你讲话！”他命令她。

但是她不说。他撬开她的嘴唇，毫不顾忌以前从未跨越的界限——反对暴力的戒律。这是一切理解的终结，再也没有理解的途径了。他也明白暴力不人道，并且徒劳。然而理解——相互理智地交流，不管要多久，可以取得共识——都是为了有一个能持续的结果。这位从未在孩子身上使用武力的父亲，他知道武力就意味着道德的沦丧，这时却扳开她的嘴，用手指抓住她的舌头。她有一颗门牙掉了，一颗漂亮的牙齿。这证明她不是梅丽。用这么多年的矫形器、固定器、晚上的牙托，所有这些装置都用来使她牙齿漂亮，保护她的齿龈，让她笑得更美——这不可能是同一个女孩。

"讲话！"他命令道，最后，终于闻到她真实的气味，最低贱的人类气味，只是没有烂肉和腐尸的恶臭。奇怪的是，她虽然告诉过他，为了不伤害水她不洗漱，他先前并没有闻到她有什么气味——不管是他们在街上拥抱时，还是坐在她草垫对面的昏暗的光线里——那不过是有些酸臭恶心、不熟悉的气味，他归因于那被尿水浸泡的房子。可现在，当他掰开她的嘴唇时，闻到的是人，而不是房子的气味，一个在自己的粪便中寻找乐趣的疯子的气味。他触及的是她的污秽，令人恶心。他女儿是一团散发着人粪恶臭的污物。她身上是一切腐烂生物的气味，这不是自然而成的气味，是故意弄成的。她能办到，她办到了，这种对生命的敬畏是污秽的最终形式。

他满脑子在想，哪里能有一块肌肉可以堵住自己的喉头，避免更深地滑落污秽之中，可并没有这样一块肌肉。一阵胃痉挛，未消化的分泌物沿食道涌上来，一股苦涩难闻的酸气冲到舌头，当他大声叫道“你是谁！”时，这酸水伴随这几个词，一下子喷到她脸上。

即使在昏暗的房间里，他抱住她时就非常清楚她是谁。无须她取掉面纱讲话，他也明白某种难以解释的东西取代了他所了解的。即使不再有口吃来标明她是梅丽·利沃夫，她那双眼也准确无误地证明是她。在深深砍凿出来的大眼眶里，那双眼睛就是他的。那身高是他的，眼睛是他的，整个人都是他的。她丢掉的牙是被拔了或敲掉了。

他退到门边时，她并不看他，而是焦急地在狭窄的房间里四下环顾，似乎他在狂暴中，极其残忍地伤害了与她孤独相处的微生物们。

四个人。毫不奇怪她为什么消失。他并不惊讶。这是他女儿，可没人能了解她。这杀人犯属于我。他呕吐到她脸上，这张脸，除了眼睛，根本不像她母亲的或她父亲的。面纱取掉了，但下面还有一层，总是这样?

“跟我走。”他请求道。

“你走吧，爸爸，走。”

“梅丽，你这是在让我做令人非常痛苦的事情。刚刚找到你，却要我离开。”他请求她，“请跟我走，回家吧。”

“爸爸，别管我。”

“但是我要看着你，不能把你留在这里，我必须看着你！”

“你见过我了，现在请走吧。如果你爱我，爸爸，就让我这样吧。”

最完美的姑娘，某人的女儿，被强奸了。

他脑海里全是她被人强奸两次的事情。四人被她炸飞了——太离奇，太不合常理，不敢想像。确实如此。看见那些面孔，听到那些名字，得知其中之一是三个孩子的母亲，第二个刚刚结婚，第三个快退休……她是否知道他们是干什么的或什么人……是否关心他们是谁？他什么也想像不出。不行。可以想到的只是强奸。只想到强奸，其他东西都被排除在外：他们的面孔、惨相、发型、家庭、工作、出生日期、住址和无辜。

不止一个福雷德·康伦——而是四个福雷德·康伦。

强奸。强奸使其他一切模糊不清。强奸是焦点。

有哪些细节？那些男人是谁？是她生活中的？也是反战人士？像她一样东躲西藏，熟悉的还是陌生人？流浪汉、吸毒者、手持匕首尾随她回家后闯进门厅的疯子？后来发生了什么？有没有囚禁她并用刀威胁她？他们打过她？强迫她做了些什么？没有人救她？就想知道他们强迫她做些什么？他要杀了他们。她必须告诉他这些人是谁。我想搞清楚这些人是谁，要知道在哪里发生的，是什么时候的事。我们得回去找到这些人，我要杀了他们！

他不得不想强奸的事，无法解脱，一刻也不行，一心只想去杀人。在他构筑的这些墙内她被人强奸。所有那些保护措施都不能阻止人们对她的强奸。告诉我一切！我会宰了他们！

但是太晚了，事情已经发生。他无法阻止它。只要能避免它的发生，他会在事前就宰了他们——可是他怎么能做到？瑞典佬利沃夫？下了球场，瑞典佬利沃夫什么时候碰过人家？没有什么比使用武力让这位肌肉发达的男人更难受。

她所在的那些地方。那些人。没有别人，她怎么生活？看她现在住的地方，一直以来她住的都像那样，或者更糟？是啊，她不该干那些事，永远也不该那么做，可是想想她不得不过怎样的生活……

他坐在办公桌前，看了那些不愿看的东西后，他必须换换心情。工厂里空荡荡的，只有守夜人牵着狗在尽责。在下面的停车场里，他沿着加粗的链条相连的围栏巡查。暴乱后围栏顶部加装了铁丝网，每天早晚他来这里停车时都在警告这位老板："离开！离开！离开！"他坐在这世界上最糟糕的城市剩下的最后一家工厂里，比在暴乱期间还要难受。当时春野大街在燃烧，南奥兰治大街火光冲天，贝根街遭到抢劫，消防警报不断响起，枪声此起彼伏，屋顶上的狙击手向街灯射击，打劫的人群在街头乱窜，孩子们扛着收音机、台灯和电视机，男人们抱着衣物，妇女们推起婴儿车，上面装满一箱箱的啤酒和饮料。人们将一件件新家具推到街中央，偷来沙发、婴儿床、餐桌，偷来洗衣机、烘干机、烤箱——不是偷偷摸摸地干，而是在光天化日公开行窃。他们势力太大，他们的合作无可挑剔。玻璃窗的碎裂给人刺激，拿东西不用付钱使人兴奋，美国人的占有欲让人目眩。这是入店行窃，每个人随心所欲地拿走想要的一切，荒唐的免费索取，大家无所顾忌，心里只想着，在这里！来吧！在纽瓦克燃烧着的狂欢节街道上有一股力量被释放出来，人们觉得这是一种补偿，是某种纯洁灵魂的东西，某种精神上的、普遍认为革命的东西。被搬到户外的家用电器在星光和焚毁中央街区的火光的辉映下的超现实情景预示着全人类的解放。是啊，就在这里，来吧，是啊，千载难逢的机会，人类历史上少有的变革关头之一：谢天谢地，旧的苦难已被火焰吞噬，永不复生。仅仅几个小时，取而代之的是另一种苦难，如此可怕、恐怖、无情和巨大，要想消除它需要再过五百年。这次用火——下次呢？大火之后呢？一无所有。纽瓦克的一切将不复存在。

在那段时间，瑞典佬和维基一直在工厂里。只有维基在他身旁，和他一起等着他的地盘也被炸掉，等待荷枪实弹的警察和端着冲锋枪的士兵，等待纽瓦克警察、州警察、国民卫队的保护——来自某人的保护——在他们把他父亲建立起来后交给他的企业烧掉之前……即使那时也不像现在这么糟。警车向街对面的酒吧开枪，他从窗户看到一名妇女倒下去，身体一弯就下去了，当街被打死。一名妇女在他眼前被杀掉……那也不比现在糟。人们尖叫、大喊，消防队员被炮火弄得动弹不得，无法救火。爆炸声如鼓声突然响起，半夜里一阵手枪子弹将维基贴着标语的临街的所有窗户都打得稀烂……可是这件事更糟。他们都走了，每个人都逃离冒着浓烟的瓦砾——工厂主、零售商、银行家、店主，还有各个公司和百货店的人们。在南街区的住宅区，每条街上，每天都有两部货车开走，到第二年都是如此。住户们纷纷逃离，抛弃那些他们曾经非常珍惜、现在却分文不值的房子，能换回多少算多少……可是他留了下来，拒绝离开，纽瓦克女士皮件厂还在这里，但是这也未能阻止她被强奸。即使在最艰难的时候，他也没有将工厂扔给野蛮人，没有抛弃工人，没有背叛他们，可是他的女儿还是被强奸。

在他办公桌后面墙上挂着的镜框中，有一封来自州长的内乱事务临时委员会的信，上面感谢塞莫尔·I.利沃夫先生作为动乱的目击证人，赞扬他的勇气和对纽瓦克的贡献。这是一封由十位杰出公民签名的信，其中有两位天主教主教，两位前州长。旁边镜框里是六个月前登在《星纪报》上的文章，上面有他的照片，标题为“手套厂留在纽瓦克大受赞扬”——可她还是被人强奸。

强奸已浸入他的血液，不可能再清理出去。那种气味进入了他的血液，还有那种景象、那些大腿、那些胳臂、那些头发、那些衣物。还有声音——碰击声、她的喊叫声、狭小地方的翻滚声。男人走过来时恐怖的咆哮声，他的咕哝声，她的呜咽声。强奸带来的震惊罩住一切。毫无疑问，她踏出家门就被他们从后面一把拽住，扔在地上。她的身体就在那里，他们想干什么都行。只是一些布料遮盖着她的身体，他们扯了下来，没有什么能隔开她的身体和他们的手。进入她的体内，塞满她的体内，他们那样干时拼命用劲，力大得要将人撕裂。他们打掉她的牙齿，其中有一个疯子骑在她身上，发泄一通狗屎。他们都叠在她身上，这些人，操着外语，哈哈大笑。他们想怎么干，就怎么干。一个接着一个，她看到后面有人还在等，可是束手无策。

他毫无办法，越来越疯狂，一心想做点什么，却无事可干。

婴儿床里的她的身体，摇篮车里的她的身体，开始站在他肚皮上时的她的身体。他下班回家，她倒挂在他身上，从她裤子和衬衣之间露出腹部。她从地上跳进他怀抱时的身体。她毫无顾忌地扑进他的怀抱，让他作为一位父亲触摸身体。在那跃起的体内有对他毋庸置疑的崇拜，似乎是非常精巧的身体，是完美造物的缩影，有一切小巧玲珑的魅力。这身体好像刚刚熨烫就被飞快地穿上——到处没有一点折皱。她表现出天真的自由，以及亲切感。她赤着脚踏来踏去，像只小动物。刚长好的脚爪，抓得紧紧的脚趾，细长的腿，讲求实效的腿，很结实，是身上最强壮的部位。冰激凌颜色的内裤。小孩身体的分叉处，她幼儿的臀部摆脱重力束缚的屁股，难以置信地属于上半个梅丽，不属于下半个。不胖，恰到好处。那条裂缝如同锥子造就——漂亮的斜面连接处，花瓣朝外开放，随着时间的推移进化成妇女折纸似的阴道。看似虚幻的肚脐、几何形状的躯干、胸腔上显出人体的精确。柔软的脊骨，瘦削的背脊像小型木琴的键盘。发育前的胸部处于可爱的冬眠，急需发育的各部位都在安静地等待。颈部已有一点女人的模样，日渐增长的脖子上出现了绒毛。脸，这才是她值得骄傲的。这张脸是她不能带走的东西，也预示着她的未来。这标记将会消失，但五十年后又会出现。关于她后来的经历，他这孩子的面孔揭示得实在太少了。那种年轻是他所能看到的全部内容。在时间的轮回中，这非常新颖。什么东西都还未定型，时间的威力在她脸上充分展现出来。头骨柔软，只见她尚未成型的鼻子上的闪光。眼睛的颜色。纯白的白色。湛蓝。清澈见底的双眼，那么无遮无盖。但是这眼睛，这窗户，精心擦洗的窗户，还未看出里面的任何东西。胎儿时的眉毛含义丰富，耳朵像杏干，味道极佳，一旦品尝起来就无法停止。小耳朵总显得比她更老练，怎么看也不像四岁孩子的。其实她的耳朵从十四个月起样子就未变过。她的头发有种超自然的精美和健康感。要更红些，更像母亲的头发，火红颜色。从她头发中可以闻到这一天的味道。那种无拘无束，将身体投入他的怀抱，小猫似的扑向强有力的父亲，这个令人放心的巨人。确实如此——将身体交给他。她的举动有寻求庇护的本能，与多恩在哺乳幼儿时说的感受一样强烈。女儿从地上跳进他的怀抱时，他感到的是他们之间绝对的亲昵。这种关系的形成在于他们知道，他不会过分的，他也不可能。那只是极度的自由和巨大的乐趣，与多恩的哺乳一样。是这样，无可否认。他觉得妙不可言，她也有同感，太好了。这一切是怎么发生在这个这么好的孩子身上的？她口吃。那算什么？有什么大不了的呢？这些是怎么降临到这个极为正常的孩子身上的？除非这是一种注定要发生在优秀的、极为正常的孩子身上的事情。疯子不做这种事情——正常孩子才去做。你对她保护了又保护——可是没有人能保护她。如果你不保护她，让人无法忍受；如果你保护她，也很难受，全都一样。她的自治精神糟糕透顶，世界上最坏的东西迷住了他的孩子。要是这巧夺天工的身体没有降生到人世间该有多好！

他给弟弟打电话。想从弟弟那里寻求安慰，他算找错人了。可是他能怎么办？提到安慰，一般说来，找兄弟、父亲、母亲、妻子，都不行。这就是为什么人们能做到自己安慰自己，生活中坚强些，还能安慰他人，就该满足了。但是他需要某种安慰来摆脱这强奸，需要将强奸从心里剔除。它正给他致命的刺痛，让他无法忍受，所以才给唯一的弟弟打电话。若他还有别的兄弟，他会另打的。兄弟中他只有杰里，杰里也只有他。女儿只有梅丽一个。她也只有他这唯一的父亲。别无他法，没有什么奇迹出现。

那是在星期五下午的五点半钟。杰里正在诊所给做过手术的病人看病。他说可以谈谈，病人们也可以等一下。“怎么回事？你怎么啦？”

他只需听见杰里的声音，感到话音里的不耐烦和有些尖刻的过于自信，就知道他什么忙也帮不上。“我找到她了。我刚从梅丽那里回来。我就在纽瓦克找到她的。她在这里。我在一个房间里见到了她。这姑娘经历了哪些事情，变成了什么样子，她住的地方——你想像不出，你根本无从去想。”他继续讲述她的事，不停地说，想把她对他说的事都告诉他，关于她在哪里住过，怎样生活，现在怎样了之类的事情。他尽量把这些灌进他的脑袋，他自己的脑袋，尽量在脑袋里腾出位置来容纳全部的东西。可是他无法找到足够的空间装下她那个房间里的一切。他告诉弟弟她被人强奸两次时，几乎哭出声来。

“讲完了吗？”杰里问。

“什么？”

“如果你讲完了，如果真是那样，告诉我你现在打算怎么办。塞莫尔，你怎么做？”

“我不知道还能做什么。她干的，是她炸掉了哈姆林商店，是她杀害了康伦。”他不能告诉他有关俄勒冈和另外三人的事，“她自己干的。”

“是啊，肯定是她干的。上帝啊，还能是谁？她在哪里，在那房间里？”

“是啊，糟透了。”

“回到那个房间，把她接回来。”

“我不行，她不让我那样干。她要我别打搅她。”

“让她的想法见鬼去吧。开着你该死的车回去，去将她从那狗屁房间拖出来，抓住她的头发。给她镇静剂，捆起来，接她走。听我的，你总是优柔寡断。我不是那种认为把家庭紧密联系在一起是生存中最重要事情的人——但你是那种人。开车回去接她！”

“那不行。我不能拖走她。有些事你不明白。一旦你越过界限，将人们逼回家——接着会怎样？这是蛮干——接下来怎么办？很难说，太复杂了。行不通的。”

“那才是有效的方法。”

“她杀了另外三个人，她已经杀了四个。”

“让那四个见鬼去吧。你怎么啦？你对她让步，这和你对父亲让步一样，也和你对生活中的一切让步一样。”

“她被人强奸，精神不正常，已经疯了。你只要看她一眼就知道。她被强奸了两次。”

“你认为还能发生什么事？你听上去很惊讶。她当然被强奸了。你动身去做点事，否则她会第三次遭到强奸。你爱她，还是不爱？”

“你怎能这样问？”

“你逼我问的。”

“请你现在别这样，不要把我拖垮，拆我的台。我爱女儿。我从未这样爱过世界上任何东西。”

“作为一件东西。”

“什么？指的什么？”

“作为一件东西——你爱她是把她当成该死的东西，就像你爱妻子那样。哦，要是有一天你意识到你为什么会做出你正在做的事就好了。你知道原因吗？有点明白吗？因为你担心造成糟糕局面！你害怕将野兽从袋里放出来！”

“你说些什么？什么野兽？什么野兽？”不，他并不期望最好的安慰，但是这种攻击——他为什么要进行这种攻击，甚至连假装安慰都做不到？他刚对杰里讲了这一切比他们的预料还要糟糕成千上万倍，他为什么还这样？

“你是干什么的？你知道吗？你总是在平息一切事端，总是在缓和矛盾。只要你认为会伤害某人的感情，你干的就是不讲真话。你做的一切就是妥协。你总是那么满足，总想找到事情美好的一面。举止适当，默默忍受一切，保持最后的礼节。你是个从不违规的孩子，无论这社会需要什么你都去做。礼节，礼节才是你该当面唾弃的东西。好啦，你女儿替你唾弃它，不是吗？四个人？她对礼节进行了多么严厉的抨击。”

挂断电话吧，他会孤独地待在过道里。前面是一个正在等待的男人，再前面的一个男人正在下面的楼梯上凌辱梅丽。他将会看到自己不愿看的东西，了解不堪了解的一切。他不能坐在那里去想像故事的其他细节。挂断电话后他就听不见杰里要说的东西了。他刚才出于某种目的讲了所有他想讲的关于野兽的话。什么野兽？他和人们的关系都这样——这不是对我的攻击，这是杰里的天性。没人能控制他，生来如此。我给他打电话之前就知道，我这一生都清楚。我们的生活方式不同，一个不能算弟弟的弟弟。我很害怕，生活在恐惧中，这就叫恐惧。我跟这世上最不该通话的人通话了。这是个舞着刀谋生的家伙，用刀对付磨难，用刀割掉腐烂的东西。我在崩溃的边缘，应付没人能应付的事情，可他还是同平常一样——举着刀朝我冲过来。

“我不是叛逆者，”瑞典佬说，“我不是叛逆者——你才是。”

“对，你不是叛逆者。你是做好一切事情的人。”

“我不同意这种说法。你的话如同侮辱。”他气愤地说，“把事情做好到底有什么错？”

“没什么，没什么。只是你女儿将自己的一生炸掉了。你从不把自己暴露给他人，塞莫尔。你总是将自己隐藏起来，没人知道你是怎样的人。当然你决不会让她知道你是谁。那就是为什么她要炸掉——那种外表。你那些该死的准则。好好看看她对你的那些准则做了什么。”

“我不知道你想从我这里得到什么。在我看来，你太精明。这就是你的反应？是吗？”

“你赢得奖杯，你总迈出正确的一步，大家爱戴你，你娶到新泽西小姐，看在上帝的分上。这就是你的思维。你为什么娶她？为了外貌。你为什么做这一切？为了外貌！”

“我爱她！我反对自己的父亲，我如此地爱她！”

杰里笑了起来：“你相信？你真认为自己勇敢地抵抗他？你娶她是因为逃不掉。爸爸在办公室将她骂得狗血淋头，你坐在那里屁都不敢放。是这样吧？”

“我女儿还在那间房里，杰里。讲这些有什么用？”

杰里并不听他的，只顾自己说。为什么杰里把这当成对哥哥讲真话的最佳时机？为什么有些人，在你最痛苦的时候，认为到了把话讲清楚的时候，装做进行性格分析，将这么多年对你的轻蔑发泄出来？你的苦难使他们的优越感变得如此富足，如此宽广，觉得发泄出来是多么舒畅？为什么这成了他对生活在我的阴影里进行抗议的时机？他若要对我讲这些，为什么不在我得意之时讲？他为什么甚至会认为是处在我的阴影里？迈阿密最了不起的心外科医生！心脏受害者的救星，利沃夫医生！

“老爹？他真不该让你轻易过关——你不明白？如果老爹说：‘看，你绝不会得到我的同意，绝不，我不想要这样一半那样一半的孙子。’你就必须做出选择。但是你从来不必选择，从来不必。因为他放你一马，大家总是让着你。那就是为什么现在也没人知道你是怎样的人。你的面纱没被揭开——塞莫尔，没被揭开。所以你女儿要将你炸飞。你从不正视任何事情，她因此恨你。你把自己藏起来，从不选择。”

“你为什么这样说？你想我选择什么？我们在谈什么？”

“你以为你知道人是什么？你根本不知道。你以为你懂什么叫女儿？你一点也不懂。你以为你了解这个国家是怎么回事？你丝毫也不了解。你所得到的一切都是假象。你所知道的只是该死的手套。这个国家令人恐惧。当然，她被人强奸。你认为她那一路的是些什么人？在外面她当然会被强奸。那不是旧里姆洛克，老伙计——她在那外面，老伙计，在美国。她进入那个世界，失去理智的世界，那里正发生许多事情——你还指望什么？一个来自里姆洛克的孩子，她当然不懂在那里该怎样行事，狗屎当然要淋到狂热者头上。她怎么会懂？她在外面的世界里像个野孩子。她不会满足的——她还在演戏。迈卡特公路旁的一个房间。为什么不可以？谁不愿意？你为她安排的生活是挤牛奶？为了哪一种生活？非自然的，全是人为的，所有一切。你的生活依据的是那些前提。你还在那位老人的梦幻世界里。塞莫尔，你还和娄·利沃夫一起待在手套天堂里。一个被手套垄断、处于手套的重棒威胁下的家庭，生活中唯一的东西——女士手套！他还在讲述那位卖手套时每选一种颜色都要到水池洗手的妇女的事？哦，哪里，过时的美国在哪里？那个一位妇女有二十五双手套的举止高雅的美国在哪里？你的孩子将你的准则炸到天国里去了，塞莫尔，你还认为你懂生活是什么！”

生活只是一段你还活着的短暂时光。梅丽蒂丝·利沃夫，一九六四年。

“你想要美国小姐？好吧，你得到她了，复仇也伴随而来——她就是你的女儿！你想成为真正的美国运动员，真正的美国陆战队员，真正的美国能人，怀抱漂亮的异教徒孩子？你渴望像其他人一样归属于美利坚合众国？好吧，你现在做到了，大个子，全靠你的女儿。这地方的现实就在你的嘴边。在你女儿的帮助下，你已经陷在那堆狗屎里够深的啦，真正令人疯狂的美国狗屎。疯狂的美国！精神错乱的美国！真该死，塞莫尔，如果你是个爱女儿的父亲的话，真该死。”杰里对着话筒咆哮——让那些在走廊等着的康复期的病人见鬼去吧。他们想让他检查新装的瓣膜和动脉血管，想告诉他，因为延续的这段生命他们多么地感激他。杰里大声叫道，声嘶力竭，好像他想做的就是大喊大叫，让医院的规矩见鬼去吧。他是爱咆哮的外科医生之一：你不同意他的观点，他咆哮；你干涉他，他咆哮；你站在那里无所事事，他咆哮。他不做医院要他做的，父亲期望他做的，或者妻子们想他做的。他做自己想做的，做自己高兴做的。他告诉人们他一天中的每一分钟他是谁，在干什么。他没有什么可保密的，不管是他的意见、他的挫折、他的欲望，还是他的口味或他的仇恨。在他意志的范围内，他从不含糊，从不妥协，他就是国王。他不去浪费时间对自己做过或没做过的事情后悔，或者向他人表明自己是多么令人讨厌。信息很简单：我就是你看到的这个样子——没有可选择的。他不愿忍受任何东西，总是畅所欲言。

这两人是兄弟，同父同母，在长大成人的过程中，一个的进攻性被消除，另一个则暗暗养成。

“你若是个爱女儿的父亲，”杰里对瑞典佬喊道，“决不会把她留在那房间里！决不会让她离开你的视线！”

瑞典佬在办公桌前痛哭流涕。似乎杰里一生都在等待这个电话，某种荒诞、紊乱的东西使他对哥哥如此愤怒，现在没有什么他不能说。他这一生，瑞典佬想，就等着用这些可怕的东西攻击我。人们总能准确无误地做到：知道你要什么，却不给你。

“我不想离开她，”瑞典佬说，“你不明白。你不想明白。那不是我离开的原因。离开她我伤心得要命！你不理解我，你不愿意。你为什么说我不爱她？太可怕了，不敢想像。”他突然看到自己呕吐到她脸上的情景，大哭起来，“一切都令人恐怖！”

“现在你开始懂了。好样的！我哥哥开始形成自己的看法了。这是他自己的而不是其他人的，除了人云亦云，学会了别的东西。这很好，有进展。思想有些不稳定，一切都很可怕。你准备怎么办？什么都不干。好吧，想要我来应付她？你要我来接她，要还是不要？”

“不要。”

“那你为什么给我打电话？”

“不知道。想让你帮帮我。”

“没有谁能帮你。”

“你心肠太狠，你对我太狠。”

“是啊，我看起来不太友善，一直都这样。问问父亲就知道了。你才是那种看起来很友善的人。可是看看，你落到什么地步了。不愿冒犯他人，总责备自己，各方面都忍让。当然，这是‘自由’——我清楚，一个宽宏大量的父亲。但是那意味着什么？核心是什么？总想把所有人团结到一起。看看，你成了该死的什么样子！”

“我没有发动越南战争，我没有发动电视大战[1]，我没有让林登·约翰逊成为林登·约翰逊。你忘了这一切是怎么开始的。她为什么要扔炸弹，那场该死的战争。”

“是的，你没有发动战争。你制造出美国最愤怒的孩子。从她还是个小孩起，她说的每个字都是一颗炸弹。”

“我尽可能给她所有东西，每样东西。我给了她一切。可以向你发誓，我给了她一切。”现在他哭得自如了，已没有什么东西介于他和哭泣之间。这是一种惊奇的新体验——他哭着，似乎这样哭一直是他生活的目标。这么多年来，能像这样哭是他隐藏得最深的野心。现在他达到目的，回忆起他给予的一切和她索取的一切，那种同时的给予和索取塞满了他们的生命，从某一天起一言难尽（不管杰里说什么，不管他现在乐于强加到瑞典佬头上的所有责备），真的说不清楚，在她看来变得那么讨厌。“你谈起来，好像我应付的这些事任何人都能应付。但

1　亦指越南战争，它是历史上第一场被以美国为首的世界电视媒体进行大规模转播的战争。

是没有谁做得到。谁也不行！谁也没有对付这种东西的武器。你认为我无能？你认为我不称职？我不称职的话，你上哪里还能找到称职的人……如果我……明白我说的话吗？我应该是哪样的人？我不称职的话，其他人又怎样？”

“哦，我理解你。”

轻松自如的哭泣对瑞典佬而言，总像走路时失去平衡，或者故意给人留下坏印象一样难。轻松自如的哭泣是他有时几乎要嫉妒别人的东西。妨碍他哭泣的大男子的障碍剩下的碎块和残片，也被弟弟对他的痛苦的反应粉碎了。“如果我真是你说的那样……”他讲道，“……那还不够，不够，那么，那么……我告诉你——我告诉你，任何人表现出来的都不够。”

“你终于明白！真是那样！我们都不够。我们没有谁够！包括把一切事情都做好的人！把事情做好，”杰里厌恶地说，“在这世上把事情做好。看，你会抛弃自己的外表，和你女儿斗一斗意志力，是吗？在运动场上你那样做过。你就是那样得分的，记得吗？你用自己的意志与其他人竞争，你得分了。如果有用的话，把它当做一场比赛。可是没有用。你以前参加的是典型的男人运动，你是个爱行动的人，但这次不是典型的男人运动。好吧，你没有想到那样做，你只发现自己会打球、做手套、娶美国小姐。与美国小姐待在一起，哑口无言、反应迟钝。玩扮演白人新教徒的游戏，一个来自伊丽莎白的小个子爱尔兰姑娘，和一个来自威克瓦西高中的犹太男孩。那些奶牛、养牛协会、殖民地旧美国，你认为这一切外表的东西无需任何代价。优雅漂亮、天真无邪。可是那也得付出代价，塞莫尔。我也该扔颗炸弹。我也想成为耆那教徒，住在纽瓦克。那白人新教徒的狗屁胡说！我不清楚你内心到底有多少话不能讲出来，但这就是你受到的蒙蔽。咱们老爹确实彻底压制你。你想要什么，塞莫尔？你想摆脱出来？那也不错。其他任何人早就摆脱了。就这么办吧，摆脱出来。想想她对你生活的鄙视，摆脱她。承认你本身有某种东西她非常仇视，别管那该死的，再也不去看那母狗。只当她是个怪物，塞莫尔。即使怪物也有出处——即使怪物也需要父母。但是父母不需要怪物。摆脱她！你如果不愿摆脱，如果这是你打电话的原因，那就看在上帝的分上，去接她回来。我去对付她。怎么样？最后的机会，最后的帮助。你要我来，我会收拾办公室，乘飞机来。我会到那里，我可以保证，把她从迈卡特公路拖走，这小混蛋，这自私自利的该死的家伙，她在和你玩狗屁游戏！她不会和我玩，告诉你。你想还是不想？”

“我不想那样。”杰里认为他明白这些事情，他却不明白。他认为事情总是相互关联的。但是，根本没有联系。我们怎样生活和她干的这些事有联系？她在哪里长大和她的所作所为有联系？这和其他事情一样，不能联系起来——是同一团乱麻的一部分！他这个人什么都不知道。杰里咆哮道。杰里以为靠咆哮、喊叫就能逃避困惑。可是他喊叫的一切都错了，没有一项是真的。原因，明确的答案，该谁负责？理由。可是没有理由。她不得不成为这个样子。我们都如此。理由在书上。我们能在这古怪的惨景发生后再回到一家人过去生活的样子吗？不可能。也没有可能。杰里想尽量说出道理，可是你不行。这完全是另一回事，他对此一窍不通。没人理解，这不合常理。这是混沌，彻头彻尾的混沌。“我不想那样，”瑞典佬告诉他，“我受不了。”

“对你来说，太粗暴了。在这世界上，太粗暴了。女儿即使是个杀人犯，这样干还是太粗暴。作为新兵训练员，还是太粗暴。好吧，大个子瑞典佬，温和的巨人。我的候诊室里挤满了病人。你自己看着办吧。”

第三部

失乐园

7

那是在水门事件听证会的那年夏天。利沃夫一家几乎每天傍晚都在屋后走廊上看十三频道重播的当天会议。农庄设备和牛群卖掉以前，他们在温暖的傍晚，总能从这里观察多恩正在山丘上吃草的牛群。房子外面是一块面积达十八英亩的草场。许多年来，他们在夏天将牛群赶到那里，就不去管它们了。若是它们躲在附近，离开了人们的视线，穿着睡衣的梅丽总想在睡觉前出去看看。多恩会大叫道："过来，孩子们。过来，孩子们。"人们上千年都这样呼唤它们。它们会做出回应，爬上山坡，从沼泽里、从藏身之处钻出来，迎着多恩的声音走过来，吼着回答。"我们这些姑娘不漂亮吗？"多恩总这样问女儿。第二天日出时，梅丽和多恩就去将它们赶到一起。他常听多恩说："好吧，我们穿过大路。"梅丽打开大门，手拎棍子，带上澳大利亚牧羊犬阿普。母亲和幼小的女儿驱赶十二、十五或十八头牲口，每头重约两千磅。梅丽、阿普和多恩把牲口圈起来，给它们喂草料，人手不够时兽医和住在同一条街上的那个男孩也来帮忙。梅丽帮我喂草料。小牛乱跑时梅丽会追上它。塞莫尔来干的话，那两头母牛会很不高兴。它们在草地上乱踢，对着他直摇头——梅丽不一样，它们了解她，它们只是告诉她需要什么。它们熟悉她，很清楚她会怎样对待它们。

她怎么能对他说“我不想谈母亲”？看在上帝的分上，她母亲到底做了什么？她母亲犯了哪样罪？这些听话的母牛的温和的主人也有罪？

他父母上周和他们在一起。他们每年夏末都从佛罗里达来玩。多恩甚至不用操心怎样招待他们。每当她从新房工地回到家里，或从建筑师办公室开车回来时，他们早已坐在电视机前，她岳父正在充当委员会的助理辩护律师。她的岳父母白天观看整个过程，晚上还温习一遍。在白天留给自己的空余时间里，瑞典佬的父亲就给委员会成员写信，吃晚饭时读给大家听。“亲爱的威克参议员：您对在骗子迪克[1]的白宫发生的事情很吃惊吧？别做傻瓜，哈里 · 杜鲁门[2]早在一九四八年就把他看穿了，当时称他为骗子迪克。”“亲爱的古内参议员：尼克松如同伤寒携带者，他接触的每一样东西都染上毒了，包括您。”“亲爱

1　指理查德 · 尼克松，美国第三十七任总统（1969—1974）。

2　美国第三十三任总统（1945—1953）。

的贝克参议员：您想知道**原因**吗？因为他们是一伙臭名昭著的罪犯，那就是**原因**！”“亲爱的塔西先生，”他给委员会里的纽约律师写道，“我为您喝彩，上帝保佑您。您让我觉得身为美国人和犹太人很自豪。”

他把最大的轻蔑留给了一个相对而言并不重要的人物，一位名叫卡门巴克的律师，此人安排募集了大量非法捐款用于水门事件的活动。他的那些丑行其实还够不上这老头的关注。“亲爱的卡门巴克先生：如果您是犹太人，做出您所做的这些事，满世界的人都会说：‘看这些犹太人，真正的守财奴。’可是，谁是守财奴，我亲爱的乡村俱乐部先生？谁是盗贼和骗子？谁是美国人，谁是歹徒？您流利的谈吐绝对骗不了我，乡村俱乐部先生卡门巴克。您的高尔夫球骗不了我，您的行为举止骗不了我。我一直很清楚，您洁白的双手实际上很肮脏。现在全世界都知道，您应该感到羞耻。”

“你们以为我能得到那个狗杂种的回音？我应该把这些收进书里出版，应该找人把它们印出来免费散发，人们就会了解作为一名普通美国人的感受。这些杂种……看啊，看看这位，看看他。”尼克松的前幕僚长埃利希曼出现在屏幕上。

“他让我恶心，”瑞典佬的母亲说，“他和那位特里西娅[1]。”

1　指特里西娅·尼克松（1946—　），尼克松的长女。

“喂，她不重要，”她丈夫说，“这才是真正的法西斯分子——这一伙人，冯·埃利希曼、冯·哈德曼、冯·卡门巴克——”

“她还是让我恶心，”她妻子说，“你会认为她是位公主，就像大家谈论她的那样。”

“这些所谓的爱国者，”娄·利沃夫对多恩说，“会控制这个国家，把它变成纳粹德国。你知道《不会在此发生》[1]那本书吗？真是一本好书，我忘记作者了，但是那种思想更适合现在。这些人将我们带到某种恐怖的边缘。看这杂种。”

“我不知道更恨哪一个，”他妻子说，“他还是另一个。”

“他们是一路货色，”老头告诉她，“他们可以互换，那伙人都这样。”

梅丽的事。即使她在这里，和大家一块坐在电视机前，她父亲还是会如此恼怒。瑞典佬明白这一点，但既然她已经走了，造成她这样的后果，还有谁比水门事件这群恶棍更可恨？

还在越南战争期间，娄·利沃夫就开始将自己写给约翰逊总统的信的副件寄给梅丽。他这些信对梅丽的行为产生的影响比对总统大得多。眼看十几岁的孙女对战争和他一样愤怒不已，并且开始有点出格

1 美国作家辛克莱·刘易斯发表于一九三五年的政治半讽刺小说。

的时候，老头感到很沮丧。他将儿子叫到一边说道：“她为什么要在乎这些？她从哪里搞到这种垃圾？谁给她灌输的？和她到底有什么相干？她在学校也这样吗？她不能在学校里这样干，她会丢掉学校里的机会，错过上大学。在公众场合，人们不能容忍这些，他们会把她的脑袋割下来。她只是个孩子……”为了控制梅丽，如果他做得到的话，让她少这样结结巴巴地喷发出愤怒言词，他常装做与她结成联盟，给她寄去从佛罗里达报纸上剪下来的文章，还在边缘上写下自己的反战口号。他来玩时，从夹在胳膊下随身带来的专用文件夹里取出自己写给约翰逊总统的信，对她大声朗读——以他的努力来避免她伤害自己，尾随这个孩子，好像他自己也是个孩子。“我们必须在萌芽时就把它掐掉，”他对儿子倾诉道，“这样下去不行，绝对不行。”

“好吧，”他说——在他对梅丽读了给总统的又一封请愿信后，便想起美国是个多么伟大的国家，罗斯福是位多么伟大的总统。他自己的家庭在多大程度上全靠这个国家，对他和他的亲人来说是怎样的失望，那些美国男孩到世界的另一端去为别人的战争卖命，他们原本应该待在家里和自己心爱的人在一起——“你认为爷爷怎样？”

“约、约、约翰逊是个战犯，”她会说，“他不愿停、停、停止战、战、战争，爷爷，因为您让他停。”

“他也是个想尽职的人，你知道的。”

“他是条帝国主义走狗。”

“啊，那是一种说法。”

“他和希特勒之间没有什么区、区、区别。”

“你夸大了，亲爱的。我不认为约翰逊不管我们。但是你忘了希特勒对犹太人做了些什么，梅丽，亲爱的。你那时还未出生，所以你不记得。”

“他没有做过约翰逊对越南人做的那些事。”

“越南人并没有被投入集中营。”

“越南就是一个大、大、大集中营！那些‘美国男孩’不成问题，就像人们常说的，‘及时把纳粹党徒赶出奥斯威辛[1]，好过圣、圣、圣诞节。”

“我得和这家伙讲政治，亲爱的。我不能在信上称他为杀人犯，又指望他听我的。塞莫尔，明白吗？”

“我认为没有作用。”瑞典佬说。

“梅丽，我们的感受和你一样。”她爷爷告诉她，“你明白吗？相信我，我知道一读报纸就气得发疯是咋回事。考哥林神甫[2]，那个狗杂

1 纳粹德国时期建立的集中营。

2 即查尔斯·爱德华·考哥林（1891—1979），加拿大裔的美国神甫和政治活动家，在布道广播中赢得许多观众，后因亲法西斯被禁止。

种。英雄查尔斯·林德伯格[1]——亲纳粹，亲希特勒，这个国家所谓的民族英雄。杰拉尔德·L. K.史密斯先生[2]。伟大的比尔博参议员[3]。当然我们在这个国家里有狗杂种——土生土长的，很多这样的家伙，谁也不否认。兰金先生[4]、迪尔斯[5]先生和他的委员会。来自新泽西的J.帕内尔·托马斯先生。孤立主义者、顽固分子、愚昧无知的法西斯分子，他们就在美国国会。J.帕内尔·托马斯之流的江湖骗子，最终被关进监狱的骗子们，他们的工资却来自美国的纳税人。讨厌的人们，最坏的一帮。还有麦卡南先生、詹纳先生、芒德特先生、威斯康星来的戈培尔先生、尊敬的麦卡锡先生[6]，都该在地狱烧死。他

1 美国飞行员（1902—1974），于一九二七年五月二十—二十一日首次单独飞越大西洋。

2 美国牧师（1898—1976），于一九五九年出版《十字架和国旗》一书，声称六百万犹太人并没有在二战纳粹屠杀中被杀害，而是移民去了美国。

3 指西奥多·G.比尔博（1877—1947），美国政治家，宣扬白人至上，为种族隔离辩护，是3K党成员。

4 即杰尼特·兰金（1880—1973），美国改革家和政治家，在其家乡蒙大拿州是该地争取妇女选举权运动的代表，后来成为美国众议院第一位女议员（1917—1919和1941—1943）和唯一对两次美国参加世界大战投反对票的议员。

5 即马丁·迪尔斯（1901—1972），美国议员，因其在一九三八—一九四五年对美国事务委员会有争议的领导而闻名。

6 即约瑟夫·雷芒德·麦卡锡（1908—1957），美国参议员（1947—1957）。他指责许多人为共产党，并指挥一个永久委员会的分会进行调查和审判。一九五四年他受到议会的谴责。

的伙伴科恩先生[1]，丢人现眼。一个犹太人，一种耻辱！这里和每个国家一样，总有一些狗杂种，他们被外面那些有投票权的天才选进政府。报纸又是怎么回事？赫斯特先生[2]、麦考密克女士[3]和韦斯特布鲁克·派格勒先生[4]，他们是真正的法西斯分子和反动派走狗。我恨死他们。问问你父亲。塞莫尔，我有没有——恨过他们？”

“您恨过。”

“亲爱的，我们生活在民主制度下。感谢上帝。你不必到处乱跑、仇恨你的家人。你可以写信，你可以投票，你可以站在肥皂箱上发表演讲。上帝啊，你可以做你父亲做过的事——参加海军陆战队。”

“啊，爷爷——海军陆战队员本身就是问、问、问——”

“那么，让它见鬼去吧，梅丽，参加另一方。”他说，一时失去控制，“那怎么样？你可以参加他们的海军陆战队，如果你想的话。有人做过，真的，看看历史。假如你想，等你长大了，你可以到那边为另一

1 即罗伊·马库斯·科恩（1927—1986），美国律师，因是约瑟夫·麦卡锡的助手而声名狼藉。

2 即威廉·伦道夫·赫斯特（1863—1951），美国报刊和杂志出版商，一八八七年创办旧金山考察人报，建立世界上最大的出版业帝国，由二十八家主要报纸组成。

3 即安妮·伊丽莎白·奥哈拉·麦考密克（1882—1954），英裔美国新闻作者，纽约时报的驻外记者，第一个获得普利策新闻奖的女性（1937）。

4 美国新闻记者（1894—1969）。

方打仗。我不主张你那样做，人们不喜欢。我想你很聪明，知道他们为什么不喜欢。‘叛徒’这个名字不好听。但是有人那样做过，那是一个选项。看看本尼迪克特·阿诺德[1]，看看他，他就干过。就我所知，他到了另一方，从学校去的。我想，我就敬重他。他有勇气，为自己相信的东西起来抗争。他为自己的信仰去冒生命危险。但是，梅丽，据我看来，他碰巧走错了路。他在革命战争中到了另一边。我认为他错到底了。现在你不会碰巧走错，只会碰巧走对。这个家庭百分之百反对该死的越南战争。你用不着反叛自己的家庭，因为你的家庭并没有人不同意你的意见。你不是这附近反对战争的唯一的人。我们都反对。鲍比·肯尼迪[2]也反对——”

“现在就要。”梅丽厌恶地说。

“好吧，就现在。现在比不是现在好，不是吗？现实一点，梅丽——不这样的话，毫无益处。鲍比·肯尼迪反对战争，尤金·麦卡锡参议员反对战争，杰威兹参议员反对战争，他还是共和党人。弗兰克·丘奇参议员反对战争，怀纳·莫尔斯参议员反对战争。他真

1 美国独立战争时的将领和叛徒，妄图以两万英镑将西点要塞出卖给英方，遭到挫败，后逃亡至英国。

2 指罗伯特·F.肯尼迪，曾任美国司法部部长、纽约州国会参议员。美国第三十五任总统约翰·肯尼迪是他的兄长。

不错，我佩服这人。我写信告诉他了，还有幸得到他签名的回复。富布赖特[1]参议员当然也反对战争，大家认为是他提出了东京湾决议——”

“富、富、富——”

“没有谁说——”

“爸爸，”瑞典佬说，“让梅丽讲完。”

“对不起，乖乖，”娄·利沃夫说，“讲吧。”

“富、富、富布赖特是种族主义者。”

“是吗？你说些什么？来自阿肯色州的威廉·富布赖特参议员？谈谈这些吧。我猜你就是这样弄错的，我的朋友。”她诽谤了他的一名英雄，这人曾起来反对乔·麦卡锡。听见她这样讲富布赖特，他费了最大努力才控制住自己，没有对她破口大骂。“现在也让我把要讲的讲完。我刚才在说什么？讲到哪里了？塞莫尔，我到底讲到哪里了？”

“您讲到，”瑞典佬说，不偏不倚地在两个强人之间扮演调解人，这比做任意一方的对手要好些，“你们都反对战争，想阻止它。你们没有理由争论这个问题——我相信这就是您的观点。梅丽觉得给总统写

1　即詹姆斯·威廉·富布赖特（1905—1995），美国政治家、参议员（1945—1975），一九四六年提出富布赖特法案，确立了美国与外国的学者和学生交流进修的方案。

信远远不够。她认为毫无用处。您认为，不管是否有用，这是您能做的，您打算这样做，至少继续让人们记下您的意见，以供日后参考。”

“确实如此！”老头叫道，“喂，注意我在此对他说的话。‘我是个至死不渝的民主党人。’梅丽，听到了吧——‘我是个终身不渝的民主党人——’”

可是他对总统讲的任何东西都未能结束战争，他对梅丽说的任何话也未能在萌芽状态掐掉那场大灾难。家里只有他早就看出它的来临。“我看到它正在靠近，看得一清二楚。我看到了，我了解它，我感觉到它，我和它搏斗。她已失去控制，出了某种差错，我能闻到它的气味。我告诉过你们：‘必须为那孩子想点办法，那孩子有问题了。’然而大家总是一只耳朵进，一只耳朵出。你们对我说：‘爸，别紧张。’你们劝我说：‘爸，别太夸张，那只是一阵子的事。娄，别管她，不要和她争论。’‘不，我不会把她扔在一旁。这是我的孙女，我决不会把她扔在一旁。我决不会放任自流，失掉一个孙女。那孩子有些神志不清。’你这样望着我，好像我疯了。你们都这样认为。只有我没疯，我是对的，我完完全全正确！”

他回到家时，没有谁给他留言。他一直祈祷有玛丽·斯托尔兹的消息。

“没什么事？”他对多恩说，她正在厨房里用园子里摘来的蔬菜做色拉。

“没有。”

他为自己和父亲倒上饮料，拿着杯子来到后面走廊，电视还在放。

“你们要做牛排，亲爱的？”母亲问他。

“牛排、玉米、色拉，还有梅丽的大牛排番茄。”他本来指多恩的番茄，可是说出来后并不纠正。

“没有谁家的牛排做得像你们家那么好。”等他这些话带来的震惊消失后，她才说道。

“谢谢你这么说，妈。”

“我的大孩子。谁还会想要个更好的儿子？”她说，当他拥抱她时，她在这一周里第一次控制不住自己，“对不起，我想起了那些电话。”

“我明白。”他说。

“她还是个小姑娘。你常来电话，你让她讲，她总是说：‘嗨，奶奶！猜猜我要说什么？’‘不知道，亲爱的——说什么？’接着她便告诉我。”

“来吧，你的状态很久以来都太糟了，你能坚持的，来吧，振作起来。”

“我在看那些快照，那时她还是个婴儿……”

“别去看，”他说，“尽量别看它们。你做得到的，妈，你不得不这样。”

“啊，亲爱的，你这么勇敢，这么让人开心，我们来看你，心情好多了。我多么爱你。”

“好的，妈，我也爱你。但是在多恩面前你不能失去控制。”

“是的，是的，不管你说什么。”

“这才对嘛。”

他父亲还在看电视——奇迹般地自我控制了整整十天——对他说：“没有新闻。”

“没有。”瑞典佬回答。

“什么也没有。”

“是啊，什么也没有。”

“好吧，”他父亲说，装作认命的样子，“好吧——如果是那样，就别管它啦。”他继续看电视。

“塞莫尔，你认为她还在加拿大？”母亲问。

“我从不认为她在加拿大。”

“可是那些孩子都去那里……”

“喂，我们不谈这个好吗？问问是没错，可是多恩会进进出出——”

“对不起，你说得对，”他母亲说，“我非常抱歉。”

“情况并没变，妈妈，一切照旧。”

“塞莫尔……”她犹豫不决，“亲爱的，就一个问题。如果她去自首将会怎样？你父亲说——”

“你为什么用那事去烦他？”他父亲说，“他对你说了多恩的事，要学会控制自己。”

“我，控制自己？”

“妈妈，您不该再去想这些。她走了。她也许永远不想再见到我们。”

“为什么？”他父亲插话道，“她当然想再见到我们，我不相信你说的！”

“现在谁能控制自己？”他母亲问。

“她当然想再见我们，问题是她不能。”

“亲爱的娄，”他母亲说，“有些孩子，即使在普通家庭，长大后也一走了之。”

“但不是在十六岁。看在上帝的分上，也不在那种情况下。你谈什么‘普通’家庭？我们就是一个普通家庭。这是个需要帮助的孩子，是个陷入麻烦的孩子，我们不是一个对陷入麻烦的孩子弃而不管的家庭！”

“她二十一岁了，爸，二十一。”

“二十一，”他母亲说，“去年一月份。”

“可是，她不是孩子了，”瑞典佬对他们说，“我说这些就是想要你们别灰心，你们俩都应该这样。”

“哎，我不会，”他父亲说，“我还有那点理智，可以保证我不会。”

“是啊，你不必担心。我只是认为大概永远见不到她了。”

比起他们永远见不到她来，让他们看见他将她留在那个房间的地板上会更糟些。在过去的这几年里，他一直都在努力，如果不能使他们完全放弃，也要将他们引向适应，让他们以务实的心态面对未来。他现在怎么能告诉他们梅丽身上发生的事，找到合适的词语来描述，又不至于毁掉他们？如果他们去看她，心里对将要看到的东西没有丝毫的准备。人们为什么想知道？他们为什么非知道不可？

“儿子，你能肯定我们永远见不到她了？”

“五年了，这么长的时间过去了，这就是充分的理由。”

“塞莫尔，有时我走在街上，跟在人们的后面，如果一位姑娘个子高——”

他握住母亲的手："你认为是梅丽。"

"是的。"

"我们都这样。"

"我忍不住。"

"我理解。"

"还有每次电话铃响的时候。"她说。

"我知道。"

"我对她说过，"他父亲说，"她决不会打电话的。"

"为什么不？"她对丈夫说，"为什么不给我们来电话？那是她可以做的最安全的事，给我们来电话。"

"妈，这些猜测都没有什么意义。今晚为什么不可以尽量少谈一些？我知道您忍不住有这些想法。您不能抛开它，我们都不能。可是您得试试。您不能靠想像就让想发生的事发生，尽量把自己解脱出来。"

"不管你说什么，亲爱的，"他妈妈回答，"我现在感觉好些了，只是谈谈而已。我不能一直闷在心里。"

"我知道，可是我们不能在多恩周围这样悄悄谈。"

比起和他无所顾忌的父亲打交道——此人一生这么多时间都处于同情与对抗、理解与茫然、温和的亲近与粗暴的挑衅的过渡之中——

理解他母亲并没有那么困难。他从不害怕和她斗，从不会猜测不出来她站在哪一边，或者担心她接下去会被什么东西激怒。不像她丈夫，她苦心经营的不是别的，只是对家庭的热爱。她的个性很简单，孩子们过得不错对她而言是最重要的。很早从孩童时开始，他和她交谈会感到似乎直接进入了她的内心。和父亲在一起，他也很容易进入他的内心，但他会首先遭遇他的头骨，那争吵者的头骨，他会尽量不流血地打开它，取出想得到的东西。

他惊讶地发现她变成一个多么小的女人。她身上没有被骨质疏松症消耗的东西，却在过去的这五年里被梅丽消耗了。这位在他年轻时快活的母亲，进入中年后人们也常夸她的青春活力，现在成了老太婆，弯腰驼背，受伤、迷茫的表情嵌在脸上的皱褶里。当她没有察觉到人们在注视着她时，眼里总浸满泪水。从那双眼睛看来，她早已习惯生活在痛苦之中，可又惊讶痛苦竟是如此漫长。他少年时代的所有记忆（那些东西不管多么难以置信，他知道是真实的，甚至近于冷酷、缺乏幻想的杰里，一旦被问起也会承认）都是他母亲罩着大家，那是一位身体健康、高个子、肤色浅红、笑声爽朗的金发美女，在这充满阳刚之气的家里，作为女人，倍感快活。小时候他没有像现在这样觉得奇怪和惊讶，你居然凭着人们的笑声就能和看见他们的面容一样判断出是谁来。在她当年有什么值得笑的时候，她的笑声轻盈，如同飞翔的鸟儿，升高，再升高，非常欢快。你若是她的孩子，那笑声，还会升高。他甚至用不着处在同一间房里，就知道母亲在哪里——听见她的笑声，他就能在房子的平面图上标出她的位置，这张图与其说是在他脑子里，还不如说就是他的大脑（他的大脑皮层不是分成额叶、顶叶、颞叶和枕叶，而是被分为楼下、楼上和地下室——客厅、餐厅、厨房等）。

上周她从佛罗里达来时，感到压抑的是藏在钱包里的那封信。那是娄·利沃夫写给被杰里抛弃的第二位妻子的，他们最近才分手。丈夫让西尔维娅·利沃夫去寄一叠信，可是她不能寄这一封。她到没人的地方把它打开，现在她到北方来把信给塞莫尔看。“如果苏珊拿到这信，你知道杰里将会怎样？你知道杰里会怎样暴跳如雷？他不是没有脾气的孩子。他从来就不是。他不像你，亲爱的，他不善于和人打交道。但你父亲总是到处插手，结果怎样他才不关心呢，所以他常常在不应该的地方插手。他所做的就是把这信寄给她，将杰里置于不利的地位。那样的话，你弟弟不知道会付出什么代价——绝对糟糕透顶。”

这封信有两页，上面写道：“亲爱的苏茜，这里的支票是给你的，没人知道这事。当这钱是你捡来的。请把它放在无人知道的地方，我什么也不说，你也不要讲。我想让你知道，我心里没有忘记你。这钱归你了，拿它干什么都行。我会照看这些孩子的。假如你想投资，我非常希望你那样做，我的建议是买黄金股票。美元将变得一钱不值，我自己就刚投入一万美元买了三种黄金股票。我给你这些股票的名称：本宁顿采矿公司、卡斯特威普发展公司、西雷维根矿业公司，是些实实在在的投资项目。我是从《巴灵顿通讯》上获得这些名称的，这份杂志从未误导过我。”

钉在信纸上——这样她打开信时才不会飘落下来、掉到沙发下面弄丢的——是签付给苏珊·R.利沃夫的一张七千五百美元的支票。她那天打电话来过后，已经拿到了一张两倍这么多钱的支票了。当时她哭着叫着请求帮助，她说杰里早晨离开她，和办公室新来的护士好上了。办公室新来护士的职位是她自己以前的，那是在她和杰里好上之前的事，最后导致杰里与第一位妻子离婚。据瑞典佬的母亲讲，当杰里发现那一万五千美元支票的事以后，他就打电话来“用各种脏话”骂父亲。那天晚上，娄·利沃夫一生中第一次感到胸部疼痛，她不得不在凌晨两点钟请来医生。

而现在，四个月过去了，他又犯老毛病。“塞莫尔，我该咋办？他到处乱嚷：‘第二次离婚，第二次家庭破裂，破裂的家庭里有了更多的孙辈，又有三个了不起的孩子失去父母的指导。’你知道他会怎样闹下去。这么没完没了，日复一日，我想自己快疯了。‘我儿子是从哪里学到这么擅长离婚的？我们这家有史以来谁离过婚？没有谁！’我再也受不了了，亲爱的。他对我叫喊道：‘你的儿子为什么不去妓院？从妓院娶个妓女了事！’他还要和杰里再斗一场，杰里也不示弱，杰里没有你这样考虑周全。他从来如此。还在他们为那件衣服争吵的时候就这样了。杰里当时用仓鼠皮做出那件衣服——你记得吗？那时候你可能在服役。不知杰里从哪里弄来仓鼠皮，我想是从学校里，他为某个姑娘做了一件衣服。他觉得自己做了件使她高兴的事。可是她收到这东西后，大概是通过邮递，紧紧裹在盒子里，盖子一打开，臭气熏天，姑娘哭了起来。她母亲打来电话，当时你父亲气得失控，他感到极度羞耻。于是，他们吵起来，他和杰里，把我吓得要死。十五岁的孩子朝着自己父亲大喊大叫：他的‘权利’，他的‘权利’，人们能在布罗德街和市场街上听到他喊的‘权利’。杰里不肯退让，他根本就不懂‘退让’的道理。现在他不是朝着一个四十五岁的男人吼叫，而是朝着一个患有心绞痛的七十五岁的人吼叫。这次就不会是消化不良，也不是头疼，只会是不折不扣的心脏病发作。”“不会有心脏病发作的，妈妈，镇静些。”“我做错了吗？我这一生从未碰过其他人的信件。可他怎么能把这东西寄给苏珊？她不会保密的，会像上次那样干。她会用来对付杰里——她要告诉他。这次杰里肯定会杀了他。”“杰里不会杀他，他不想杀他，也不会的。寄去吧，妈妈。信封还在吗？”“在。”“没有撕掉？你没撕？”“我不好意思告诉你——没有撕，我用的是蒸汽。但是我不想让他突然死掉。”“他不会的。他也没有。你别管这事。用那信封把支票和信都寄给苏珊。杰里来电话时，你就到外面走走。”“他的心绞痛又犯了咋办？”“如果他又心绞痛，你再叫医生。你只是别管这事。你不可能防止他的自我伤害。那样干已经太迟了。”“啊，谢天谢地，我还有你。你是我唯一的依靠。你自己有这么多麻烦，经历了这一切，可你还是家中唯一说话没有完全丧失理智的人。”

“多恩支撑得住吗？”他父亲问。

“她不错。”

“她看起来精神很好，”他父亲说，“那姑娘似乎恢复了。卖掉那些奶牛是你做的最明智的事情。我从来就不喜欢它们。我不明白她为什么需要它们。感谢上帝，她做的整容手术，我以前反对，可是我错了，完全错了。我不得不承认。那家伙做得不错。感谢上帝，我们的多恩看起来再也不像经历过那些事情的人了。”

“他做得太好了，”瑞典佬说，“祛除了所有的磨难，使她的容貌复原。”她从镜子里再也看不到那些痛苦的痕迹。这是明智的行动：她从眼前直接将那东西除掉。

“但是她在等待，我看出来了，塞莫尔。一位母亲明白这类事情。也许你能从脸上抹去痛苦，可是你无法从内心抹去记忆。在那张面孔下面，可怜的东西在等待。”

“多恩并不可怜，妈。她是位勇士。她没有问题，她曾大踏步地走过来。”真的——在那一段时期，他坚强地忍受着痛苦，她却取得重大进展，靠的是发现它无法容忍，靠的是遭它打击、被它摧毁，靠的是彻底的自我暴露。她不像他那样抵御打击，她承受打击，完全崩溃。她重新站起来时，便决定放弃自我。这里面没有不值得赞许的道理——首先放弃的是被那孩子攻击的面孔，然后是被那孩子攻击的房子。毕竟这是她的生活，她将让原来的多恩站起来，继续往前走，这就是她最后要干的事。“妈，我们别谈这个。到外面去，我去生火。”

“不，”他母亲说，好像又要哭，“谢谢你，亲爱的。我在这里陪你爸爸看电视。”

“你已经看了一整天，到外面帮帮我。”

“不，谢谢你，亲爱的。”

“她在等他们询问尼克松，”他父亲说，“等他们把尼克松带上来，在他心窝钉上木桩，你母亲会快乐无比。”

“难道你不会吗？”她说。“他睡不着，”她告诉瑞典佬，“因为那可恶的家伙，他半夜里爬起来给他写信。有的信我要亲自审查，我不得不干脆阻止他那样干，说的话那么肮脏。”

“那个臭人！”瑞典佬的父亲恨恨地说，“那条凄惨的法西斯走狗！”带着可怕的威力，滔滔不绝的辱骂从他嘴里涌出来。这种针对美国总统的尖酸刻薄的话语，梅丽要不是拥有总能增大她仇恨的杀伤力的机关枪似的结巴，即使在她最疯狂的时候也不会如此厉害。尼克松解放了他，使他什么都敢讲——如同约翰逊解放了梅丽一样。似乎在他对尼克松的毫无保留的仇恨中，娄·利沃夫仅仅模仿了孙女对约翰逊的辱骂和厌恶。抓住尼克松，要想法抓住这狗杂种。抓住尼克松，一切都好办了。如果我们能给尼克松涂满柏油粘上羽毛，美国又会恢复正常，就不会有这些可恨的无法无天的东西，就不会有这些暴力、威胁、疯狂和仇恨。把他放进笼子，把骗子关起来，我们就可以让我们伟大的国家恢复原来的样子！

多恩从厨房跑过来，看看出什么事了，不一会，大家都泪流满面，相互挽着手臂，紧紧地搂成一团，在宽大的后走廊上哭了起来，似乎炸弹就安放在房子下面，现在被炸得只剩下这走廊了。瑞典佬束手无策，不知怎样去阻止他们或控制自己。

这家人似乎从来没有这样悲惨。他聚集所有力量来减轻那一天的恐怖带来的余震，以免自己崩溃——他下定决心使自己重新鼓起勇气。那是在他急匆匆地穿过地下通道、发现自己的车还完好无损的在那里以后。他把车停在了风险极大的唐内克区的一条街上。杰里在电话上给他沉重的打击，他还是以这种决心使自己第二次振作起来。他在停车场围栏的铁丝网下，拿着车钥匙，第三次下定决心。他小心翼翼，虽痛苦万分还是装成坚不可摧，精心制作了充满自信的虚假外表。他决心保护所爱的人免受她杀的那四人的伤害——尽管这般煞费苦心，他还是出现口误，说什么“梅丽的大牛排番茄”而不说“多恩的”，这会让他们感觉到某种无法控制的可怕的事情发生了。

那天晚上，除了利沃夫一家人，还有六位客人一同就餐。首先到达的是多恩的建筑师和妻子，比尔和杰西·沃库特，他们这么多年来一直是友好的邻居，就住在这条路上几英里远的沃库特家的老房子里。比尔·沃库特开始设计利沃夫家的新房子后，他们熟悉起来，成了常来聚餐的客人。沃库特家族很早以前就在莫里斯顿赫赫有名，有当律师、法官和参议员的。他是这里地界协会的主席。这个协会表现的是新一代保守主义者的历史良知，沃库特领导人们斗争，最终虽没能阻止287号州际公路穿越莫里斯顿的历史中心，但还是成功地顶住修建喷气机机场的企图，因为那将毁掉大沼泽，它位于查塔姆的西边，县里许多野生动物都在那里。他现在着手的是努力使霍帕康湖[1]免受污染物的毁灭。沃库特汽车的保险杠上写着，“莫里斯，绿色、安宁和清洁”。他们第一次见面时他就友善地在瑞典佬的车上贴了一张。“我

1 新泽西州最大的淡水湖泊，为纽约人的夏季旅游胜地。

们需要所有的援助，”他说，“抑制现代弊病。”当他得知新邻居来自城市，对莫里斯高地的乡间景色毫不了解，便自告奋勇地带他们到县里各地看看，结果花了整整一天，第二天还要继续。瑞典佬只好撒谎说他和多恩和孩子星期天早上必须到伊丽莎白去看岳父母一家。

多恩当时就反对这次出行，沃库特那种有产阶级的举止在首次见面时就激怒她了。在他宽泛的谦恭礼仪中她发现有某种令人不安的自高自大的东西。她相信，在风度翩翩的年轻乡绅看来，她不过是故作风雅的可笑的爱尔兰人，一个掌握了模仿诀窍的姑娘。她试着像那些比她优越的人一样行事，只是为了在闯入他家独有的院子时不会显得愚蠢滑稽。信心，那才是使她不安的东西，伟大的信心。是啊，她当过新泽西小姐，但是瑞典佬好几次发现她和常春藤盟校那些身穿设得兰羊毛衫的富家子弟在一起。她那种怕被冒犯的自卫常常让人觉得奇怪。一接触他们，体会到等级差异的痛楚时，她就会觉得信心不足。“对不起，”她说，“我知道这只是我们爱尔兰人的怨恨而已，但我不喜欢被人看不起。”她的这种怨恨潜移默化地吸引着他——面对敌意，他自豪地想，我的妻子可不是弱者——也让他不安和失望；他宁愿把多恩当做一位美貌超群、极具成就感、引人注目而不必感到怨恨的年轻女人。“他们和我们之间的唯一区别”——她所说的“他们”指新教徒——“是我们这一边多喝一点酒。那也不算什么。‘我的凯尔特人新邻居，和她的希伯来人丈夫。’我能听见他和其他头面人物这么说。抱歉，你要是不介意也没关系，只是我无法恭维他对我们卑微的出身的轻蔑。”

沃库特性格中主要的东西——她认为甚至不必和他谈话就很清楚——是他深知他和他的举止有多少上流社会的渊源，所以出游的那天她非常愿意待在家里，独自照看婴儿。

她丈夫和沃库特八点整就朝着县的西北角斜插过去，返回时朝南沿着旧铁矿蜿蜒的山脊行驶。沃库特一直都在讲述十九世纪那些光荣岁月。当时铁矿业最重要，上百万吨从这块地里开采出来，从希贝尼亚、布恩顿直到莫里斯顿，这些乡镇和村子布满轧钢厂、铁钉厂、铸造厂和翻砂车间。沃库特把布恩顿的旧厂址指给他看，以前用于莫里斯—伊萨克铁路的车轴、车轮和铁轨都是这里造出来的。他还带他参观肯威尔的炸药公司的厂房，这里生产的炸药用于采矿，用于第一次世界大战，还生产出 TNT 炸药，或许还为政府在皮卡汀尼建立兵工厂铺平了道路，使人们在那里为第二次世界大战生产出大炮弹。一九四〇年就在肯威尔的工厂发生过军火爆炸——死亡四十二人，由于人为的疏忽大意，起先还怀疑是外国特工或间谍作案。他开车带他沿着莫里斯旧运河西段走了一阵子，驳船从菲利普斯堡把无烟煤由此运到莫里斯的铸造厂。沃库特微微一笑，接着讲——让瑞典佬更为惊讶——

从非利普斯堡直接穿越特拉华州就是伊斯顿。“而伊斯顿，”他说，“就有为从旧里姆洛克来的年轻人服务的妓院。”

莫里斯运河东端的终点是泽西城和纽瓦克。瑞典佬孩童时代就听说过纽瓦克运河的尽头。他们上街时只要接近雷蒙德大道，他父亲就会提醒他，在瑞典佬出生时高街旁边还有一条真正的运河流过，就在犹太人的居民区附近，一直穿过现在宽阔的市内干道，也就是从宾夕法尼亚车站下面的布罗德街到帕塞克大街，再连接到过街天桥的雷蒙德大道。

在瑞典佬年轻的心里，莫里斯运河的“莫里斯”从不和莫里斯县联系在一起——那地方在当时似乎和内布拉斯加州一样遥远——而只会想到他父亲野心勃勃的大哥莫里斯。一九一八年，他才二十四岁，就成了一家鞋店的老板，和妻子一块经营——那是在渡口街的一个唐内克小门市。周围是贫穷的波兰人、意大利人和爱尔兰人。在接到陆军妇女队的战时合同使纽瓦克女士皮件厂出现在地图上之前，它是这家人最大的成就——莫里斯最终在流行性感冒发作时期突然去世。甚至在他们那天的出游中，沃库特每次提到莫里斯运河的时候，瑞典佬便会首先想起他从没见过的死去的叔叔，一个他父亲非常想念的可爱的兄弟，这孩子以前一直认为雷蒙德大道下面的那条运河是以他命名的。甚至当他父亲买下中央大街上的工厂时（距离运河朝北流向贝勒维尔的转弯处不到一百码，市里建在旧运河河道下面的地铁就从工厂的后面穿过），他依然把运河的名称和他家的奋斗史，而不是和州里更宏大的历史联系起来。

参观了华盛顿在莫里斯顿的司令部后——他在那里礼貌地装作从未看到过那些滑膛枪、炮弹、老式望远镜，如同纽瓦克四年级学生一样——他和沃库特往西南走了一程，来到莫里斯顿郊外一处可以追溯到美国革命时期的教堂公墓。战争中死去的士兵们被安葬在这里，另外还有二十七名士兵被安葬在同一墓穴里，他们是一七七七年春天流行乡间营地的天花病的受害者。在这些古老的墓碑中间，沃库特像上午在路上一样精通历史，让人受益。那天吃晚饭时，多恩问起沃库特带他走了些什么地方，瑞典佬笑道："我花的钱很值得。这家伙是个活的百科全书。我一生中从未这么感到自己无知。""很枯燥？"多恩问。"为什么，一点也不。"瑞典佬告诉她，"我们玩得很开心，他是个好人，很不错。比你第一次看见他所想的要好得多，沃库特身上还有很多别的，不只会跟老同学搞关系。"他特别想到了伊斯顿的妓院，却谈起了"革命[1]时期的家庭"。"那不稀奇。"多恩说。"这家伙什么都

1　泛指北美十三殖民地脱离大英帝国，并创建美利坚合众国的一连串事件和思潮。历史学界普遍视一七六〇年代的抗税运动为源头，经历美国独立战争（1775—1783），最后以美国制宪会议（1787）结束。

知道。”他说，装作不在意她的嘲讽，“比如说我们去的那处旧墓地，它在附近最高的山顶，所以落在老教堂北面屋顶的雨水会向北流到帕塞克河里，最终进入纽瓦克湾，而落在南面的雨水则朝南流入拉里坦河的支流，最后到达新不伦瑞克。”“我不相信。”多恩说。“那是真的。”“我才不信，不会到新不伦瑞克。”“哦，别像个孩子，多恩，这在地理上很有意思。”他故意加了一句“非常有趣”，让她明白他一点也没有爱尔兰人的怨恨。他不值得有这种怨恨，她碰巧也不值得。

那天晚上，他在床上想，等梅丽上学读书时，他要巧妙地说服沃库特同意带她同样去走这一趟，这样她会实地学习她长大成人的这个县的历史。他想让她看看，在世纪之交，从白宫来的铁路由哪里进入莫里斯顿，还运来亨特登县的果园的桃子。三十英里的铁路只是为了运输桃子。当时大城市里的那些富裕人家对桃子有一种狂热，他们会从莫里斯顿用船将桃子运往纽约。桃子专列。还不重要？天气晴朗时，七十车皮的桃子从亨特登县的果园拉来。在一场枯萎病将它们毁于一旦之前，那里有两百万棵桃树。到时候他也可以自己给她讲有关火车、桃树和枯萎病的事，亲自带她去看铁轨原来铺设的地方，不需要沃库特为他干。

“莫里斯县第一个沃库特。”沃库特在墓地指着一块经过风吹雨打的褐色墓碑告诉他。墓碑顶上刻有带翼的天使，紧靠教堂的后墙。“托马斯，来自爱尔兰北部的新教徒移民，一七七四年到达，二十岁，参加当地的一个民兵组织，二等兵，一七七七年一月二日，参加第二次特伦顿战役，此役为华盛顿第二天在普林斯顿的胜利奠定了基础。”

“我不知道这些。”瑞典佬说。

“他后来在莫里斯顿建立后勤基地，为大陆军的炮兵列车供应物资。他战后买下莫里斯顿一家铁厂，毁于一七九五年的山洪暴发，两次山洪暴发，那是一七九四年和一七九五年。他是杰弗逊强有力的支持者。州长布卢姆菲尔德的任命救了他的命，莫里斯县代理法官，法院院长，最后是县书记员，那就是他，坚定的、多子多孙的家族创始人。”

“很有意思。”瑞典佬说——有意思是指他当时觉得沃库特讲的这些无聊至极，他觉得有意思的是自己以前从未遇到这样的人。

“到这边来，”沃库特说，带着他往前再走了大约二十英尺，来到另一块顶部刻有天使的浅褐色旧墓碑面前，靠近底部有一首难以辨认的四行押韵诗，“他的儿子威廉。他有十个儿子，一个在三十多岁时死去，其他人都长寿，遍及莫里斯全县。没有一个农民，都是法官、治安官、不动产所有者、邮局局长。沃库特家的人到处都是，甚至在沃伦，还进入苏萨克。威廉富起来了，搞收费公路开发、银行业。新泽西州一八二八年的总统选举团成员，拥护安德鲁·杰克逊[1]。杰克逊获胜后，他得到很高的法官职位任命，在州最高法院。他从未当过律师，那时候没有多大关系，去世时是位受人尊敬的法官。看见这石头上的字吗？‘善良有用的公民’，这是他的儿子——在这里，这一个——他的儿子乔治，为奥古斯特·芬德利工作，后来成为合伙人。芬德利是州立法委员，奴隶制问题迫使他加入共和党……”

瑞典佬告诉多恩，也不管她是否愿意听——不，她才不想听——“这是美国历史的一课。约翰·昆西·亚当斯[2]、安德鲁·杰克逊、亚伯拉罕·林肯、伍德罗·威尔逊[3]。他祖父是伍德罗·威尔逊的同班同学，在普林斯顿。他告诉我那个班级的事，我现在忘了。一八七九年？我记的日子太多，多尼。他给我讲了一切。我们所做的就是在山顶教堂后面的墓地到处走走。有点意思，上了一堂课。”

然而，一次足矣。他尽量注意倾听，心里一直在想沃库特家的人在大约两个世纪里所取得的这些成就——尽管沃库特每次提到“莫里斯”时指的是莫里斯县，瑞典佬总认为“莫里斯”指的是莫里斯·利沃夫。他不记得一生中其他时候比此时在感情上更像他父亲——而不像

1 美国第七任总统（1829—1837）。

2 美国第六任总统（1825—1829），任国务卿（1817—1825）时帮助制定门罗主义。

3 美国第二十八任总统（1913—1921），曾获一九一九年诺贝尔和平奖。

父亲的儿子，只像父亲——他在这些沃库特家人的墓地里走来走去。提起祖先，他们家无法和沃库特家相比——他们大概用两分钟就可以把祖先的事讲完。追溯到纽瓦克以前，追溯到原来的国家，没有谁知道什么。没来到纽瓦克的时候，无人知道他们的姓名或有关他们的事情，以及他们以哪种方式谋生，更别提他们为谁投票。可是沃库特能拉出一长串先辈，没完没了。对于利沃夫家的人来说，进入美国每走一步，前面就有另一步要走，然而这家伙早在那里了。

那就是沃库特为什么要故意强调吗？是想把多恩谴责他的那些东西表现得更清晰，他只对你笑笑就明白无误地表现出的东西——只是要显示出他是谁，而你不是？不，那种思维不太像多恩的，倒像极了他父亲的。犹太人的怨恨和爱尔兰人的怨恨一样糟，还会更糟。他们搬家来到这里不是为了陷入那一类东西里面。他自己也不是常春藤盟校的学生。他同多恩一样，是在东奥兰治低级的乌普萨拉学院接受的教育，原以为“常春藤盟校”是某种衣服的牌子，后来才明白它和大学有关。情形一点一点地清晰起来，当然——那是一个非犹太人的世界，建筑物上挂满常春藤，那些人口袋里有钱，穿着打扮有某种风格。不接受犹太人，不了解犹太人，也许还不那么喜欢犹太人。也许他们不喜欢爱尔兰天主教徒——他应该相信多恩的话，也许看不起他们。但是沃库特还是沃库特。人们应该按照他自身的价值衡量他，而不是按照“常春藤盟校”的价值办。只要他对我很公正和尊敬，我也这样对待他。

他想，从这些东西得出的结论是这家伙谈起历史来会令人心烦。瑞典佬不愿再想这些，还是等其他人去证实吧。他们去那里不是为了生山对面的邻居的气，他们甚至看不见邻居的房子——他们去那里，就像他对母亲开玩笑说过的那样：“我想占有金钱买不到的东西。”其他人举家离开纽瓦克后，都搬到梅普尔伍德或者南奥兰治郊外舒适的街区。相对而言，他们却搬到边界上。他和海军陆战队员在南卡罗来纳的那两年里，常常激动不已：“这就是以前的南方，我到了梅森-狄克逊分界线以下[1]。我到南方啦！”可是他不能从南方赶过来上班，只能跳过梅普尔伍德和南奥兰治，跃过南山自然保护区，继续前行，尽可能地走到新泽西的西边，但还是要保证在一个小时内能赶到中央大街。为什么不？一百英亩的美国土地。大地被砍伐干净，原先并不是为了农业，而是为了给以前那些铁厂提供木材，它们每年要消耗一千英亩土地上的树木。（女房产商几乎和比尔·沃库特一样熟悉本地历史，同样乐于讲述给来自纽瓦克那些街上的潜在买主。）仓库、水车贮水池、水车动力水流、磨坊地基遗址，这里当时给华盛顿的军队提供过粮

1　即美国马里兰州与宾夕法尼亚州的分界线，以前美国南方和北方由此区分。

食。房子后面不远有一处废弃的铁矿。革命刚结束时，原来的木结构房子和那家锯木厂被烧掉了，取而代之的是这一幢——根据刻在地窖门上方石头上和前厅房角大梁上的日期，这房子建于一七八六年。外墙是用革命军以前在这些山上建营地炉灶收集来的石头砌成。这正是他一直梦想着的石头房子，以前用做厨房、现在成了餐厅的那一面有复斜屋顶。壁炉与他所见过的完全不同，大得足以烧烤一头公牛。外面嵌着烤炉门，可以用吊架将铁壶挂在火上，一根十九英寸厚的过梁有十七英尺长，横跨整个房间。其他房间还有四个较小的壁炉，都能使用。原来的烟囱、木质的雕刻和装饰线条，在一百六十多年来层层油漆后几乎什么也看不清了，只等人们去维修和剥开。中间走廊有十英尺宽。楼梯栏杆和支柱是用浅色条纹的虎槭木雕刻而成——据女房产商讲，虎槭那时在这里很少见。上下两层的楼梯两边各有两个房间，共八个房间，加上厨房，还有宽大的后走廊……为什么不能是他的？为什么不可以拥有？“我不想紧挨着别人住。我那样住过，我就是那样长大成人的。我不想从窗户看到的是门阶——我想看到土地。我想看到小溪到处奔流。我想看到牛群和马群。开车过去，就能看到瀑布。我们不用像其他人那样生活——我们现在可以按自己所想的方式生活。我们这么做了，没有谁阻止我们。他们做不到。我们结婚了。我们可以到任何地方，做任何事。多尼，我们是自由的！”

然而，想这么自由也不是毫无痛苦，他们有来自父亲的压力。他要他们在南奥兰治郊区的纽斯特德开发区买一幢现代住房，里面一切东西都是崭新的，而不是一座老朽的“陵墓”。“你不可能给它供热。”娄·利沃夫那个星期六第一次看见这巨大空旷的、带出售招牌的旧石头房子时便预言道。房子在崎岖的乡间小路中间，离最近的火车站，莫里斯顿的拉克瓦纳站，也有十一英里。有淡黄色藤条座椅、带屏风门的绿色列车从这里把人们一直运到纽约。附带一百英亩土地、一座快散架的仓库和一座倒塌的磨坊，等待出售快一年了，所以它的卖价大约只是在纽斯特德两英亩土地上的建筑的一半。“给这地方供热要花你一大笔钱，可你还会冻死。下雪天，塞莫尔，你怎么去乘火车？在这些路上，你走不了。不管咋说，他究竟为什么需要那块地？”娄·利沃夫质问瑞典佬的母亲，她正穿着大衣站在两个男人的中间，尽最大努力不参与他们的谈论，只注视着路边的树梢。（或者说，瑞典佬当时是这么以为的，后来他才知道，她当时在徒劳地寻找路灯。）“你准备拿这些地干什么？”他父亲问他，“供养饥饿的亚美尼亚人？你知道什么？你在做梦。我怀疑你是否知道这是什么地方。让我们坦率地谈谈——这是个狭隘的、偏执的地区。二十年代此处的三K党十分猖獗。你知道吗？三K党。就在这里，人们在房子上点燃十字架。”“爸，三K党已经不存在了。”“哦，不存在？这里是顽固的共和党人的新泽西，塞莫尔。这里从头到脚都是共和党人。”“爸，艾森豪威尔[1]是总统——全国都是共和党的。艾森豪威尔当了总统，罗斯福已经死了。”“是啊，罗斯福在世时，这里也是共和党的。新政时期[2]都是共和党的。想想这个吧。这里的人为什么恨罗斯福，塞莫尔？”“我不知道为什么，因为他是民主党嘛。”“不对。他们不喜欢罗斯福，是因为他们不喜欢犹太人、意大利人和爱尔兰人。那就是他们搬到这里从头开始的原因。他们不喜欢罗斯福，是因为他让自己适应这些新来的美国人。他了解他们需要什么，并尽量给予帮助。可这些杂种才不这样。他们对犹太人一天也不让。儿子，我说的就是这些顽固分子。谈的不是正步走——而是仇恨。这就是怀恨在心的人们住的地方，就在这里。”

正确选择应该是纽斯特德。在纽斯特德他不会有一百英亩地的头疼，在纽斯特德有顽固的民主党。在纽斯特德，他可以和家人一起生活，周围是年轻的犹太人夫妇，孩子可以和犹太人朋友一块长大。纽瓦克女士皮件厂也近在咫尺，从南奥兰治大道直接进来，最多半个小时……“爸，我开车到莫里斯顿只要十五分钟。”“要是下雪，你就不

1 美国第三十四任总统（1953—1961）。

2 新政指二十世纪三十年代由富兰克林·罗斯福总统颁布实行的一种旨在恢复经济、改革社会的政策。

行了。要是遵守交通规则，你就不行了。”“我坐八点二十八分的快车，八点五十六分就到布罗德街，步行到中央大街，九点过六分就开始工作了。”“下雪呢？你还是没有回答我。火车停了呢？”“股票经纪人都坐这列火车上班，还有到曼哈顿的律师、商人，那些有钱人。不是牛奶车——不会停的。早班车上他们有豪华车厢，看在上帝的分上，这不是边远山区。”“我差点就要信你了。”他父亲回答道。

可是瑞典佬像以前的拓荒者，没人能劝阻。父亲认为不切合实际和不明智的东西在他看来，却是勇敢的行为。与娶多恩·德威尔差不多，买下那幢房子和那一百英亩地，搬到旧里姆洛克住，也是他做过的最大胆的事。父亲认为是火星那样遥远的东西，对他而言就是美国——他似乎在革命时期的新泽西安下家来。在旧里姆洛克，开门就看到整个美国。他喜欢这个主意。犹太人的怨恨、爱尔兰人的怨恨——见鬼去吧。一对二十五岁的夫妇，一个不满周岁的婴儿——需要他们极大的勇气到旧里姆洛克。他听说皮革业有过好几个强壮、聪明、有天赋的小伙子被他们的父亲打垮了，他决不让这种事情发生在自己身上。他爱上了老头子也爱的这一行，取得了长子继承权，现在要更进一步，住在想住的地方。

不，我们不想承受任何人的怨恨。我们离那些怨恨有三十五英里远。他说的不是人们很容易跨越宗教的界限，也不是指没有歧视——

他会像海军陆战队训练营新兵一样去面对它，好几次都迎头而上，把它顶下去。她也与喧嚣的反犹主义发生过摩擦，那是在大西洋城的盛会上。她的女伴不屑地提到一九四五年，那次是贝丝·麦耶森当选美国小姐，她将其称为“犹太姑娘获胜的一年”。小时候，她听到很多人对犹太人随意挖苦的话，但大西洋城才是真实的世界，使她惊讶。那时候她不愿提起这些，她担心他会对她翻脸，责备她那么礼貌地保持沉默，而不让那愚蠢的女人打住。特别是她的女伴还说：“我承认她很漂亮，可是怎么说也让那次盛会非常难堪。”并不是说一直会有多大影响。多恩不过是参赛者，才二十二岁——她能说什么或做什么？他的观点是根据他们的亲身经历，两人都清楚这些歧视确实存在。在旧里姆洛克这种文明化的社区里，宗教的分歧不会像多恩现在遇到的那样难以应付。如果她能和犹太人结婚，就肯定能做新教徒的友好邻居——绝对行，只要她丈夫能办到。新教徒不过是另一种叫法。也许他们在她长大的地方很少——他们在他长大的地方也很少——可碰巧的是，他们在美国不少。让我们正视这一点，他们就是美国。如果你不坚持母亲信奉的天主教优越，我不坚持父亲信奉的犹太教优越，我敢肯定，我们会在这里发现许多人也不坚持他们父母信奉的新教优越。再也不会有谁支配别人。那是战争的起因。我们的父母不适应机遇，不适应战后世界的现实，人们在此可以和谐地生活，各种各样的人相处在一块，而不管他们的出身怎样。这是新的一代，不必考虑任何人的怨恨，他们或者我们。上层社会也并不可怕，只要你熟悉了他们，你知道你会发现什么吗？他们也是想与别人和谐相处的人。让我们理智地对待这些东西。

后来证明他再也不必那么煞费苦心地劝多恩少谈沃库特的事。郊游后，沃库特没有打搅他们的生活。多恩提到那次郊游时，称之为“沃库特家族墓地游”。再没有像沃库特家和利沃夫家以前那种社交活动，甚至泛泛之交也不多。尽管瑞典佬星期六上午还在沃库特家后面的牧场露面，参加每周一次的触式橄榄球赛，有沃库特的本地朋友和其他像瑞典佬一样的小伙子，还有退伍军人，他们带着新组成的家庭源源不断地从伊萨克县周围涌向这片开阔地。

他们中有一位眼镜商，名叫巴克·鲁宾森，矮个子、肌肉强健、内八字脚，有着天使般的圆脸。他曾当过山坡高中的四分卫替补队员，他们队在感恩节的比赛中是威克瓦西的传统对手，那是在瑞典佬高中快毕业的时候。巴克·鲁宾森来的第一周，瑞典佬就无意中听到他讲起瑞典佬利沃夫高中时的事情，扳着手指数道：“全城足球队的目标，全城、全县篮球队的核心球员，全城、全县、全州垒球队最好的一垒手……”瑞典佬平常会觉得这是人们对他的敬畏，可是这么露骨地说出来，在这种环境，完全不合他的秉性。他来此只想表示身为邻居的好意，只想和其他人一样玩玩球就行，但他似乎并不介意站在那里忍受巴克的过分热情的是沃库特。他从未与沃库特吵过架，也没有任何理由，然而看到他平常喜欢作为一个谦逊的人隐藏起来的一切，被巴克这么动情地揭示给沃库特，觉得心里比想像中的还舒坦，几乎有一种自己从未察觉的欲望得到了满足——复仇的欲望。

一连几个星期，巴克和瑞典佬都被分到了同一个队里，新来者简直不敢相信自己的好运：其他人只知道新邻居是叫塞莫尔，巴克一有机会就叫他瑞典佬。哪怕其他人空闲在那里，拼命挥手——瑞典佬还是巴克所能看到的唯一的接球手。“大个子瑞典佬，来啊！”只要瑞典佬回到人群，刚刚接过鲁宾森又一次传球，他就会叫喊起来——大个子瑞典佬，高中毕业后没有谁这样叫，除杰里以外，然而杰里喊起来总带着嘲讽。

一天，巴克搭瑞典佬的便车到附近的修车厂，他的车正在那里修理。他们坐在一起，巴克突然宣布道，他也是犹太人，他和妻子最近才去一个莫里斯顿的教堂。他说，在这里，他们才和莫里斯顿的犹太人社区的联系逐渐多起来。“在一个非犹太人的城镇，知道自己附近有犹太朋友会觉得有人大力支持你。”巴克对瑞典佬这么说。虽然不大，莫里斯顿这个社区却是个出名的犹太人社区，其历史可以追溯到内战以前，里面有好几位在镇上影响很大的人物。其中一位是莫里斯顿纪念医院的理事——通过他的不懈努力，两年前第一批犹太人医生被邀请成为该医院的工作人员——他也是镇上最好的百货商店的老板。成功的犹太家庭在西大街这些大灰泥房子里已经住了五十年，尽管总的说来，人们并不认为这地方对犹太人特别友好。孩童时代，巴克被家人带到自由山，那是附近山区里的度假小镇，每年夏天他们在那里的里贝曼饭店住上一个星期，巴克就是在那里突然爱上莫里斯乡间的美景和宁静的。不用说，在自由山，犹太人玩得开心：十或十一家大饭店都是犹太人的，成千上万的夏季游客全是犹太人——度假者自己开玩笑地称这地方是“弗里德曼山”。如果你住在纽瓦克、帕塞克或者泽西城的公寓里，到自由山住上一周就如同进了天堂。莫里斯顿虽然非犹太人居多，但还是一个来自世界各地的律师、医生和股票经纪人的社区。巴克和他妻子喜欢到社区看电影，喜欢那些商店，它们都好极了。他们也喜欢那些漂亮的建筑，犹太店主们在那条斯比德维尔大街上挂满霓虹灯招牌。然而，瑞典佬知道战前位于自由山边界的高尔夫球场标志上画着纳粹党十字架吗？他知道三 K 党在布恩顿和多佛尔举行过集会，那些村民、工人、三 K 党党员聚在一起吗？他知道人们在草地上焚烧十字架，距离莫里斯顿的中心绿地还不到五英里吗？

从那天起，巴克总是尽量抓住瑞典佬，他本来就是非常值得一抓的人物。他拉他去参加莫里斯顿犹太社区的活动，即使不马上加入会堂，至少也要他到教会联赛打篮球，参加会堂支持的球队。鲁宾森的使命激怒了瑞典佬，就像他母亲当年那些做法一样。多恩怀孕几个月后，她令人惊讶地问他是否应该在孩子出生前，让多恩改变信仰。“妈妈，一个自己都觉得信奉犹太教没什么意思的人，是不会要求妻子皈依的。”他一生中对她从未这般严厉，他也很伤心，她走开时眼泪都快流出来了。那天他拥抱了她许多次才使她明白，他并未和她“生气”——只是想表明他已是个成人，有成年男子的一些特权。现在他和多恩谈起鲁宾森——那天晚上他们躺在床上谈了很多关于他的话题。“我来这里可不是为了那种东西，我其实从来就没有。过去常常和父亲一块参加圣洁日活动，根本不明白他们在干什么。即使看见父亲在那里也不懂什么。那不是他，也不像他——他朝着他不必鞠躬的东西鞠躬，那是连他都弄不懂的东西。他是为了祖父而鞠躬的。我不理解那些东西中有哪一件与他作为一个男人有关。手套厂的事才与他作为一个男人有关，这谁都清楚——那一切东西。父亲谈起手套时知道自己在说什么。他是什么时候开始信这玩意的？你应该听到他讲过。如果他了解皮革与了解上帝一样少，这个家早就落到贫民窟了。”“喂，巴克·鲁宾森没有谈上帝，塞莫尔。他想做你的朋友，”她说，“不过如此。”“我在猜。可是我对那东西毫无兴趣，多尼，从我记事起就这样。我从来都不懂。谁懂？我不知道他们说些什么。我走进犹太教会堂，感到一切都陌生，总是如此。小时候进希伯来人学校，我待在教室里总是急不可待地想到球场玩。我认为：'如果在这房间里再多待一会，我就会病倒。'那些地方有不健康的东西。不管哪里，只要靠近那些地方，我知道都不是我想待的。从少年时代起，工厂才是我想的地方。从幼儿园起，球场就是我想的地方。而这里是我第一眼就看上的地方。我为什么不能住在自己想的地方？我为什么不能和自己想的人在一起？这不是这个国家的意义所在吗？我要住在我想的地方，不到自己不愿去的地方。这才是做个美国人——不是吗？我和你在一起，和孩子在一起，白天在工厂，其他时间在这里，这就是我在世界上始终想的地方。我们占有一块美国的土地，多恩。就是再努力也不会比这更幸福。我做到了，亲爱的，我做到了——我做到了我一生该做的！"

有一段时间瑞典佬没去玩触式橄榄球，省得自己总要岔开巴克·鲁宾森有关犹太会堂的话题。和鲁宾森在一起，他感觉自己不像他父亲——他感觉自己像沃库特……

不，不。你知道他感觉自己实际上像谁？不是在他偶尔作为巴克·鲁宾森的接球手的每周那一两个小时里，而是在其他时候觉得像谁？他不能告诉任何人，当然：他二十六岁了，刚当上父亲，人们会嘲笑这种孩子气。他自己也在嘲笑。这是你心中牢记的孩提时代的东西之一，不管你多大了。他在旧里姆洛克觉得自己很像的是约翰尼·阿普瑟德[1]。谁关心比尔·沃库特？伍德罗·威尔逊认识沃库特的祖父？托马斯·杰弗逊认识他祖父的叔叔？别提比尔·沃库特。约翰尼·阿普瑟德，那才是我要的人。不是犹太人，不是爱尔兰天主教徒，不是新教教徒——不，约翰尼·阿普瑟德只是个快乐的美国人。个头高大、脸色红润、幸福快乐，也许不太聪明，但不需要那么聪明——做个伟大的漫游者就是约翰尼·阿普瑟德的全部心思。完全的肉体上的快乐，迈开大步，提着一袋种子，带着对大地景色的无比热爱，无论走到哪里便播下种子。多美的故事啊。四下看看，到处走走。瑞典佬一生都喜欢这故事。谁写的？没有谁，就他所知。他们只是在小学里学过。约翰尼·阿普瑟德，到处种苹果树。那一袋种子。我喜欢那只口袋。也许那是他的帽子——他把种子装在帽子里？没关系。"谁教他做的？"梅丽问他，她已经长大些了，喜欢在睡觉前听故事——虽说还是个婴儿，你想给她讲别的故事，比如只装桃子的火车的故事，她会叫喊："约翰尼！我要听约翰尼！""谁教他的？没有谁教他，亲爱的。你用不着教约翰尼·阿普瑟德种苹果树。他自己要干的。""谁是他的妻

1 即约翰·查普曼（1774—1845），常称作"苹果佬约翰尼"，阿普瑟德（Appleseed）意为"苹果种子"。他是一位出生于马萨诸塞州的园丁和果农、拓荒者。

子？”“多恩。多恩·阿普瑟德。那就是他的妻子。”“他有孩子吗？”“他当然有孩子。你知道她的名字吗？”“什么？”“梅丽·阿普瑟德！”“她把苹果种子种在帽子里吗？”“她当然种。她不是种在帽子里，亲爱的，她是把它们装在那帽子里——然后她再撒下它们。越远越好，她把它们扔出去。她到处撒下种子，随便落到哪里的土地上，你知道会怎样？”“怎样？”“一棵苹果树长起来，就在那里。”每次他走进旧里姆洛克的村子，他都控制不住自己——周末的第一件事，就是穿上靴子，走五英里山路到村子里去，再走五英里山路回来。早晨很早就去走这一趟，只是为了取星期六的报纸，他忍不住——他想：“约翰尼·阿普瑟德！”那种乐趣。那种单纯的、轻快的、不加控制、迈开大步的乐趣。他不管是否再去打球——他只想出去，迈开步子走走。似乎球类活动为他扫清障碍，能够这样做了，一小时之内大步流星地来到村子，在百货店买份拉克瓦纳版的《纽瓦克新闻》。店门前只有一台太阳石油公司加油机，农产品用盒子和粗麻布口袋盛着，放在台阶上。五十年代只有这一家商店。自从第一次世界大战后哈姆林的儿子诺斯从父亲手里接过来就没有什么变化——他们卖洗衣板和浴缸。外面挂着一块弗罗斯特软饮料的招牌，另一块是钉在墙板上的弗雷奇曼酵母片的招牌。还有匹兹堡油漆的，甚至在外面有一块上写着“锡拉丘兹犁头”，是当年这商店兼卖农具时挂在那里的。诺斯·哈姆林记得早在他童年的时候，马路对面有一家车轮铺，他还记得望着马车轮子滚过斜坡进入水流里冷却，也记得那时后面有一家酒厂，是众多酿造本地著名的苹果白兰地的酒厂之一，只是在禁酒法案通过后才关闭。商店后面只有一个窗口，那就是美国邮政局——就一个窗口和三十个左右带号码锁的柜子。哈姆林综合商店里面有邮局，外面有告示牌、旗杆和加油机——成了以前农庄社区的集会地。从沃伦·迦玛列·哈定[1]的年代就是这样，诺斯那时当上老板。街的斜对角，就在以前的车轮铺旁边，是一个六间房的校舍，也是利沃夫的女儿上的第一所学校。孩子们坐在商店前的台阶上，你的姑娘可以和你在此碰面。一个聚会处，一个迎接客人的地方。瑞典佬喜欢这里。他熟悉的《纽瓦克新闻》上面有一个专栏，在第二版，标题为《拉克瓦纳一带》。甚至这也让他高兴，不只是能在家读报了解莫里斯的本地新闻，拿在手里带回家就让他开心。“拉克瓦纳”这个词里里外外他都喜欢。他在前面柜台上拿起报纸，玛丽·哈姆林在上面潦草地写着“利沃夫”。如果需要，再买一夸脱牛奶、一条面包、一打由上边保罗·哈姆林的农场运来的新鲜鸡蛋，对老板说声“再会，诺斯”就转身，迈着大步回家。他一路经过自己喜欢的白色牧场围栏、绵延起伏的草地、玉米地、萝卜地、仓库、马

1 美国第二十九任总统（1921—1923）。

群、牛群、水塘、小溪、泉水、瀑布、豆瓣菜、木贼草、草坪、大片大片的树林，他对所有这些东西有一种乡村新定居者对大自然天生的热爱。他走近自己所爱的百年树龄的枫树、坚固的旧石头房子——走过时还装出到处播撒苹果种子的样子。

有一次从楼上的窗户，多恩看见他从小山脚走近房子时正在这样做，甩出胳膊，甩出去时似乎不像投球或挥动球拍，倒像从购物袋抓出一把把的种子，用力撒到这块有丰富历史的土地上，和比尔·沃库特一样，他把这里看成自己的了。“你在那里练习什么？”她取笑地说。他闯进屋来，由于这种活动，看起来非常英俊，大个头、性感、脸色红润，如同约翰尼·阿普瑟德本人，身上好像发生了某种奇迹。人们举起酒杯为某个年轻人祝福时，他们说：“祝你身体健康，好运常来！”他们心中想像的情景——或者说他们应该想到的——是一个尘世间人类标本，正是这种无拘无束的男子汉形象。他兴高采烈地冲进卧室，发现独自一人待在那里的是只小巧玲珑的动物，他的妻子，剥去了少女的束缚，完完全全、满心欢喜地属于他。“塞莫尔，你在哈姆林商店里到底干什么了——学芭蕾舞？”轻松，太轻松了，他用那双充满保护欲的大手将一百零三磅重的她从地板上举起来。她身穿睡衣赤脚站在那里，他用奇大无比的力气把她紧紧抱住，他似乎想团在一起，捆在一起，成为牢不可破的整体，一个了不起的、新的、无可挑剔的存在，美国新泽西州旧里姆洛克阿卡狄山路的身为丈夫和父亲的塞莫尔·利沃夫。他在路上做的事情——似乎是一种可耻的或浅薄的行为，他不能让自己曝光，甚至对多恩也不能忏悔——是在和自己的生命做爱。

至于他与年轻妻子生理上的亲密程度，他实际上更加小心翼翼。周围有人时他们显得一本正经，没有谁能猜出他们的性生活的秘密。在多恩之前，他从未和约会的任何人睡过——在海军陆战队时和两名妓女睡过，那实际上算不了什么。只是他们结婚后才发现他是多么地充满激情。他有巨大的耐劲和力气，她的娇小与他的魁梧是两人的长处，他将她举起的那种方式，在床上和她在一起时他身体的那种粗大，似乎刺激了他们两个。她说，做完爱他进入梦乡后，她感到自己好像在和一座山睡觉。有时她激动不已，觉得自己睡在一块巨大的岩石旁边。她躺在他身下时，他支撑住自己，与她保持一段距离，以免压碎她。由于他的耐力和干劲都不错，他能坚持很长时间却一点不累。他一只手就能将她拎起来，让她转过身，双膝着地，或者使她坐在他膝上轻松自如地移动她这一百零三磅。他们结婚好几个月后，她达到性高潮时开始喊叫。高潮总来，她总在叫，可他却不知该怎么办？“怎么啦？”他问她。“不知道。”“伤着你啦？”“没有。我不知道它从何而来。也许是精液吧，你射进我里面就让我流泪了。”“可我没伤着你。”“没有。”“使你快乐吗，多尼？喜欢吗？”“喜欢。这有点……能达到其他东西都不能达到的地方。那就是眼泪所在的地方。你接触到我身体上其他东西都到不了的那个部位。”“好吧，只要不伤着你就行。”“没有，没有。只是有些奇怪……有些奇怪……奇怪的是不再孤独。”她说。只是在他第一次为她咬时，她才停止喊叫。“这样你就不哭了。”他说。“这完全不同。”她应道。“怎么？为什么？”“我猜……不知道。大概我又感到孤独了。”“想我停下来？”“哦，不。”她笑了，“完全不用。”“好吧……”“塞莫尔……你怎么知道这么干的？以前干过？”“从来没有。”“你为什么要干？告诉我。”他无法解释得像她那样好，所以就没有解释。他一心想做点别的，于是一只手抬起她的臀部，把她的身体举到自己的嘴上。将脸凑到那里，动起来。他从来没有在那里干过。心醉神迷地串通一气，他和多恩。当然，他没有理由相信她居然这样为他干，可是有个星期天的早晨，她真的做了。他不知该怎么看。娇小的多恩，用美丽的小嘴唇含住他。他惊呆了，他们都如此，这是两人的禁忌。从此，这样干了许多年，再没停止。“你身上有某种让人心动的东西，”她悄悄对他说，“特别是你到了不能控制的时候。”让她如此心动，她告诉他，这个非常克制、心地善良、彬彬有礼、很有教养的男人，总是这么善于运用自己的力量。他掌握着巨大的力量，而内心却没有暴力，哪怕有时他越过界限无法回头，越过任何人对任何事情感到尴尬的那个点，已经到了无法对她评判，或者认为她大概是个坏女孩，她这么渴求他给予，而他自己也一样，在快要达到让人大叫的性高潮的最后的三四分钟……“这让我感到自己女性魅力十足，”她告诉他，“使我觉得非常有力……两种感觉都有。”做完爱，她从床上爬起来，头发凌乱、脸色晕红、头发飘落得到处都是，眼上的化妆污成一团，嘴唇肿胀，走进卫生间小便。他会跟着她，等她擦干净后将她从马桶上抱起来，在卫生间的镜子前两人看看自己的模样。她会和他一样感到惊讶，不是发现自己有多漂亮、性交弄得她看上去有多漂亮，而是发现了自己的另一副模样。社会性的面孔消失了——这才是多恩！但是这一切是人们不知道的秘密，只能如此。特别不能让孩子知道。有时多恩赤着脚跟在牛群后面走了一天，他会在晚饭后拖着椅子到她面前替她搓脚，梅丽会做鬼脸，还说：“喂，爸爸，真恶心。”那是他们当着她的面唯一的真正无拘无束的亲昵行为。除此之外，孩子们通常在家中从自己父母身上能看到的是他们期望看到的爱的表示，如果不继续下去的话他们会想念。他们在卧室里的生活是个秘密，女儿也不比其他人更了解。就这么持续下去，多年如此，直到那颗炸弹爆炸，多恩也住进医院。她出院后，那种事也就停止了。

沃库特娶了他祖父的公司律师的孙女，那是芬德里的沃库特，一家莫里斯顿的公司，他曾经被期望进入这家公司。从普林斯顿毕业后，他谢绝了到哈佛法学院工作的机会——普林斯顿和哈佛法学院花了百多年时间才有机会教育一个沃库特家的孩子——他却与自己出身的这个世界的传统决裂，搬到曼哈顿一家低级的画室，成为一名抽象派画家，一个新人。在交通繁忙的哈得孙街肮脏的窗子后面，经过三年令人沮丧的狂热绘画后，他娶了杰西，回到泽西城，开始在普林斯顿钻研建筑学。他从未完全放弃艺术家的梦想，虽然他的建筑工作——主要是在莫里斯县的富人区修复十八世纪和十九世纪的老房子，从萨默塞特、亨特登县一直到宾夕法尼亚州的巴克斯县，将旧仓库改建成雅致的乡间房屋——使他愉快地忙碌着，他还是每隔三四年都在莫里斯顿的一家画廊举办自己的画展，还讨好似的邀请利沃夫家的人参加开幕仪式，他们也总会到场。

在任何社交场合瑞典佬都不会像站在沃库特的画前这样难堪。进门时拿到的小册子告诉你，这些画受中国书法的影响，可在他看来却什么也不像，甚至不像中国的。从一开始，多恩就发现它们有“思想激发性”——对她而言，它们表现出比尔·沃库特最不可能的一面，一种她以前连一点迹象都没有看出的敏感性——然而这画展激发瑞典佬想得最多的是，他应该在一幅画前假装看多久方可移到下一幅继续假装看。他真正想做的是倾过身子，看看每幅画旁边贴在墙上的题名，认为它们也许有点帮助，但是当他这么做时——尽管多恩告诉他不要那样，拉住他的上衣，轻声说：“忘了它们，看画。”——他只觉得比看画还要难受。《作品16号》《图6号》《冥思11号》《无标题12号》……画布上只有一抹长长的灰色的污痕，如此苍白地划过白色的背景，看起来似乎沃库特并不想画画，只想将它擦掉？参考画廊夫妻俩所编写并签名的小册子上的画展说明，也没有多大作用。“沃库特的书法是如此的有力，其外形消解。在其自身能量的光辉之中，笔画也将自己融化……”究竟为什么一个像沃库特这样的家伙，对大自然并不陌生，对这个国家的伟大历史剧情也很了解——还是一个了不起的网球手——究竟为什么要画这些一钱不值的画？瑞典佬不得不认为这家伙并不是个冒牌货——一个像沃库特这样受过教育、如此自信的人为什么要花这么多精力去把自己打扮成冒牌货？——由于自己对艺术了解不多，他只好暂时将这种疑惑搁置一旁。瑞典佬有时也许会接着想：“这家伙有毛病，有某种极大的不满，这个沃库特没有得到他想的东西。”但是瑞典佬也会读读那本小册子之类的东西，然后意识到自己对正在谈论的东西一无所知。“格林尼治村[1]的那些岁月已过去二十年了，沃库特雄心依旧：他创造出，”小册子上接着写道，“一种个人对具有普遍意

1　位于纽约曼哈顿下城区的一个大型居住区，二十世纪曾为纽约艺术家的聚居地。

义的各种主题的表现，这些主题包括展示定义人类现状的永恒的道义上的困境。”

读着小册子，瑞典佬从未想到这些画上的含义那么多，因为它们是如此空洞，因为画中一无所有，你反而可以认为它们画出了一切——所有这些辞藻只不过以另一种方式说明沃库特平庸，不管他多么认真地尝试，却根本无法为自己打造出艺术气质，或者说，在这一点上，有关这种气质的严格定义在他出生时就束缚了他。瑞典佬也没有想到，他是对的，这个家伙看起来自以为是，好像完全适应了他居住的地方和周围的人们。这可能漫不经心地泄露了一个事实：他的不合时宜，体现了他长久以来的一种隐秘的渴望，他根本不懂怎样才能达到目的，只知道稀奇古怪地画一些看起来什么都不像的画。很显然，他最好的表达自己渴望的方式就是这种东西。可悲。然而不管怎样可悲，也不管瑞典佬问了还是没问，懂还是不懂，了解还是不了解这位画家，都不要紧。多恩带着新面孔从日内瓦回来一个月后，这种表现各种展示人类现状主题的书法式的画作中的一幅，终于挂到利沃夫家客厅的墙上。这下变成利沃夫有点可悲了。

沃库特一直想从《冥思27号》中抹去的是一束褐色的条纹，而不是灰色的那些，背景淡紫色，也不是白色。按多恩的说法，那些黑色标志着画家对形式主义的革新。她对他这样解释，瑞典佬不知该怎样回答，对“形式主义”也没有兴趣，只是勉强说“有意思”。他小的时候，家里从不在墙上挂艺术品，更别说“现代”艺术——他的家并不比多恩家有更多的艺术。德威尔家有宗教绘画，那些东西也许可以说明多恩为什么突然成了“形式主义”的鉴赏家：一种隐藏起来的有关成长的尴尬。在多恩和她兄弟的相框旁边，只有圣母马利亚和耶稣心脏的画。那些有欣赏水平的人，都在墙上挂着现代艺术作品，我们也要在墙上挂现代艺术作品，把形式主义的东西挂在墙上。不管多恩怎样否认，这里不是有某种东西出现吗？爱尔兰人的嫉妒？

她直接从沃库特的画室买回这幅画，刚好花掉他们买牛犊康特时所用的一半钱。瑞典佬对自己说：“忘掉那笔钱，一笔勾销——你不能把一头牛当做一幅画。”他就这样努力控制自己的不满，看着《冥思 27 号》挂在原来挂着他心爱的梅丽画像的地方，一幅完美的画像，留着金色刘海、脸蛋有些过分粉红的光彩照人的孩子，她那时才六岁。那是纽霍普一位快活的老绅士为他们作的油画。他在画室里身穿工作服、头戴贝雷帽——耐心地用温酒招待他们，给他们讲自己在卢浮宫临摹的学画经历——他到他们家来了六次，叫梅丽坐在钢琴旁边让他画。那幅画连镀金的画框只花了两千块钱。可是瑞典佬听说，如果他们从画廊买《冥思 27 号》，还要多给百分之三十，这是沃库特少收的，所以五千美元还算便宜。

他父亲看到这幅新画时，他的评价是："这家伙要了你多少？"多恩极不情愿地答道："五千块。""第一层颜料就花了这么多钱，打算画成什么？""打算画成什么？"多恩酸酸地答道。"啊，还没画完，我希望它还没有……是吧？""还没有'完成的'，"多恩说，"就是这幅画的创意所在，娄。""是吗？"他再看。"啊，如果这家伙真想完成它，我可以告诉他怎么画。""爸，"瑞典佬说，想制止进一步的批评，"多恩买它是因为她喜欢。"其实他也想告诉这家伙该怎么画完（也许在言辞上和父亲心里想的差不多），他非常乐意挂上多恩从沃库特那里买来的任何东西，只要她买。不管是不是爱尔兰人的嫉妒都行，这幅画是另一个迹象，表明她心中生存的欲望超过了死亡的打算，那曾经使她两次住进精神病院。"那幅画是狗屎，"他事后对父亲说，"但关键是那东西是她想要的。关键是她又有了想要的东西。请你，"他警告他，自己感到——很奇怪，就算有一点挑衅吧——快发怒了，"别再提那幅画。"娄·利沃夫就是娄·利沃夫，他再来旧里姆洛克时，第一件事便是走到那幅画前大声说道："知道吗？我喜欢这东西。我开始习惯它了，我实际上喜欢它。瞧，"他对妻子说，"看看这家伙怎么没画完。看见了吧？模糊的地方？他有意画的，那叫艺术。"

沃库特的货车后面放着利沃夫家新房子的大纸板模型，准备晚饭后给客人展示。草图和蓝图纸已经在多恩的书房里堆放了几个星期。其中一张表上，沃库特标出一年中每月第一天，阳光以怎样的角度射入窗子。“充足的阳光，”多恩说，“阳光！”她叫道，“阳光！”要是不这么残忍地直接表露出来就好了，这真正衡量出他对她遭受磨难的程度和她所设计的解救方法了解多少，暗示她还是非常憎恨他喜欢的那幢石头房子，他喜欢的那些老枫树。那些巨大的树木为房子挡住夏日的炎热，每年秋天又用金色的花冠庄重地罩住草坪，他在那中央曾经为梅丽悬挂秋千。

到旧里姆洛克的开始几年瑞典佬总想着那些树木。我拥有那些树。拥有那些树木比拥有工厂更令他惊讶，拥有那些树木比一个在政府大街运动场和毫无田园浪漫的威克瓦西街道上的孩子拥有庄重的旧石头房子——革命战争时期华盛顿曾两次在他们房子所在的山上建起过冬营地——更令他惊讶。拥有树木令人迷惑——不同于拥有企业或拥有房屋。如果有什么的话，拥有它们靠的是信任，信任。是啊，为了所有后代，从梅丽和她的孩子起。

为了抵御冰暴和狂风，他用钢缆固定每一棵枫树，四条钢缆形成一个朝天的平行四边形，沉重的树枝在上面壮观地伸展开来，高达五十英尺。避雷针从树干一直伸到树尖，为了安全起见，他每年都检查一次。每年两次给这些树木喷药防虫，三年上一次肥，定期请园艺家来剪除枯枝和全面检查私家花园的状况。梅丽的树木。梅丽家的树木。

秋天里——就像他常常安排的那样——他肯定会在太阳下山前从办公室回到家里，她总在那里——也像他所安排的——在前门那棵周围撒满落叶的枫树上高高荡起，他们最大的树，他在树上为她搭建秋千时，她才两岁。她向上荡起，几乎钻进树叶里，树枝展开来刚好越过他们卧室的窗户……尽管对他来说，每一天结束时的这些宝贵的时刻曾经象征着他的每一个愿望的实现，但在她看来，它们却没有该死的任何意义。后来事实证明她对这些树木的感情和多恩对待这房子差不多。她关心的是阿尔及利亚。她爱阿尔及利亚。秋千上的孩子，树上的孩子。以前在那树上、现在躺在那房间地板上的孩子。

沃库特夫妇很早就过来了，这样比尔和多恩便有时间在一起讨论怎样将一层的房屋与两层的车库连接起来的问题。沃库特到纽约去了几天，这是他们遇到的最后的问题，几个星期来想了又想，到底怎样才能在大不相同的建筑物之间构成和谐的联系，多恩急于把它解决好。即使车库装饰得有些像仓库，多恩还是不想它太靠近，担心它影响房子的独特性，可是她也觉得沃库特建议的二十四英尺长的通道会让房屋看来像个汽车旅馆。他们几乎每天都在一起冥思苦想，不仅是尺寸问题，现在还要考虑要不要做成温室花房的效果，而不是当初设计的那种简单的通道。多恩有时感觉到沃库特在向她施加影响，不管多么和蔼，总是想让她接受与他过时的建筑美学思想有关的决定，而不是她心里所想的、他们的新房应有那种纯粹的现代派风格。在这种情形下，她会感到恼怒。在对他非常气愤的那几次，她甚至在想，找这个人是不是一种错误，尽管他在本地承包商中很有威信——保证一流的建筑工程——有良好的专业信誉，却“基本上是个古董修补者”。她刚离开伊丽莎白和娘家（还有墙上那些画和过道里的塑像）时很害怕势利小人，但多年过去了，她基本上了解沃库特那一套。他们发生争执的时候，他那种乡绅的自信是她最要挖苦的东西。然而只要沃库特一回到她身边，往往在二十四小时以内，愤怒的蔑视就消失，因为他突然发现了——用多恩的话说——“一个完美优雅的计划”，不管是洗衣机安装的位置还是卫生间的顶灯，或者是通向车库上面客房的楼梯。

除了外面货车上的十六分之一比例的模型，沃库特还带来新的透明塑料材料的样品，让她考虑是否用做通道的墙壁和屋顶。他拿进厨房给她看。他们俩就待在那里，足智多谋的建筑师和严厉苛求的客户，从头开始争论——多恩在清洗莴苣、切西红柿、剥沃库特用袋子从自家园子里带来的几十根玉米——关于采用透明通道，而不是沃库特最早建议的那种连接在车库外面的木板通道的优缺点。以前在这样的傍晚，从朝着小山的后阳台上，可以看见夏末落日的辉映下多恩的牛群身影。瑞典佬此时在这里准备着烧烤的焦炭，与他在一起的是父亲和杰西·沃库特。这些天来很少看见她和比尔出来参加社交聚会，据多恩讲，她正经历着被沃库特厌倦地描述为“狂躁症发作前的平静阶段”。沃库特打电话时问他是否可以把妻子也带来吃晚饭。

沃库特家有三个男孩、两个女孩，都已长大成人，在纽约生活和工作。根据各方面的反映，杰西曾是这五个孩子尽责的母亲。他们走后，她才开始酗酒，最初只是为了给自己提提神，再就是抑制痛苦，最后则因为酗酒本身。在这两对夫妇第一次见面时，杰西健全的心智给瑞典佬留下深刻印象：精力如此旺盛、爱好户外活动、生活乐观、毫不做作或枯燥无味……她就是那样打动瑞典佬的，此前也只有他妻子能做到。

杰西是费城的一个极富有的女继承人，出自女子精修学校[1]的姑娘。她那时候白天，偶尔晚上，穿着溅满泥浆的马裤，将头发梳成柔软的亚麻色辫子。这些辫子和她纯洁的、圆圆的、毫无瑕疵的面容——多恩说如果你一口咬进去，你在那里面找不到脑子，只会发现一个麦

1　起源于十九世纪的欧洲的短期培训学校，上流社会的年轻女子进入这类学校，主要研修社交礼仪、艺术文化，包括语言、历史、插花等，为进入上流社会、嫁作人妇做好准备。

金托什苹果——她常被人们当成四十几岁的明尼苏达农庄姑娘。有些日子，她将头发盘在头顶，看起来既像年轻小伙子又像年轻姑娘。瑞典佬怎么也想不到杰西的天资中缺乏某种东西，使得她不能沿着正常的航向驶入老年，她本该是一位令人赞美的母亲和活泼的妻子，可以耙拢树叶，举行聚会，招待任何人的孩子，她在古老的沃库特庄园举行的七月四日野餐会是深受朋友和邻居们喜爱的传统节目。那时瑞典佬觉得她的性格是一种混合物，你在那里面发现一切东西都能对绝望和无聊产生剧毒。他猜想得到，在她心中有一个干净利落、紧紧编织而成的信念之核，如同她的发辫。

然而她的生活也被人干净利落地劈成了两半。现在那头发成了一个铁灰色绞索的神经节，总是缺乏梳理。杰西已是个五十四岁憔悴的老太婆，营养不良的酒鬼，将高高凸起的酒鬼肚皮藏在不成形的布袋般的连衣裙下面。她所能找到的话题——偶尔她能走出家门，来到人们中间时——就是她以前的“乐趣”，那还是在她滴酒未沾，没有丈夫，没有孩子，脑袋里什么也不想之前，那还是在她极大地满足于做个可以依靠的人而生机勃勃（当然他看来是这样）之前的事。

人们是具有多面性的生物，这并不让瑞典佬感到奇怪。甚至当某人让你失望，你再次意识到这一点的时候也不过有些震惊而已。让他吃惊的是人们似乎从他们自身跑出来，脱离构成他们现在这模样的原材料，耗干他们自己，变成他们曾经为之深表同情的另一类人。似乎在他们的生活还富裕和充实的时候，他们暗地里已经厌恶自己，等不及要抛弃他们的理智、他们的健康、他们所有的分寸感，以便于堕落成另一个自我，真正的自我，完全被人迷惑的大笨蛋。似乎与生活和谐相处只是一种偶然的东西，有时也许会降临到幸运的年轻人身上，在其他时候人类缺乏与之真正的亲密关系。多么奇怪。而且他觉得自己也很奇怪，他总觉得仰仗上帝的恩赐，他能列入众多与世无争的普通人之中，可实际上，他是一种畸形，是真实生活的外来者，只因他如此根深蒂固。

“我们在佩奥利郊外有一个地方，”杰西对他父亲讲，“总养着动物。我七岁时得到了最漂亮的东西。人们送我一匹小马和马车。那以后就没有什么能阻止我。我非常喜欢马，一辈子都骑马，给人表演和狩猎。在弗吉尼亚的学校里我参与了追猎，在弗吉尼亚上学时，我是鞭子。”

“等等，”利沃夫先生说，“喂，我不明白追猎和鞭子是什么。慢点，沃库特夫人。你这里的小伙子来自纽瓦克。”

她噘起嘴来——他称她“沃库特夫人”——看上去有些责怪他这样称呼好像自己比她低一等似的，瑞典佬知道这只是父亲称她“沃库特夫人”的部分原因。对于娄·利沃夫而言，她是“沃库特夫人”，还因为他有对她敬而远之的轻蔑，看不惯她的杯中之物，不到一个小时这已是她第三杯苏格兰威士忌，还有她的香烟——第四支了——正在颤抖的手指间燃烧。她这么缺乏控制力让他大惑不解——任何人的缺乏控制力都让他大惑不解，特别是喝醉酒的非犹太人。酗酒是潜伏在非犹太人中间的恶魔——“鼎鼎有名的异教徒们，”他父亲说，“公司的董事长们，也像印第安人一样喝烈性酒。”

“杰西，”她说，“请叫我‘杰西’。”她笑得很痛苦和做作，瑞典佬估计，她只掩饰了十分之一的苦恼，她现在觉得自己真应该留在家里和狗在一起，看看电视，喝着自己的珍宝牌威士忌，而不是因为可笑的冲动，扮演妻子的角色陪丈夫到外面来。她在家里，珍宝牌威士忌旁边就是电话，能伸手越过酒杯，拿起电话就拨打。即使穿戴不整齐，她也可以告诉她认识的人自己有多么喜欢他们，而且不用面对这种面对面的恐惧。一连数月过去，杰西也许不来一个电话，可是当他们晚上睡觉后，她也许一连来三次电话。“塞莫尔，我只是想告诉你，我多么喜欢你。”“好吧，杰西，谢谢你，我也喜欢你。”“是吗？”“当然，是的。你知道的。”“是的，我喜欢你，塞莫尔。我一直喜欢你。知道我喜欢你吗？”“是的，我知道。”“我总是敬佩你。比尔也一样。我们一直敬佩你和喜欢你。我们喜欢多恩。”“是啊，我们喜欢你，杰西。”爆炸后的那晚，半夜左右，梅丽的照片出现在电视上，全美国的人都知道她前一天在学校里对人说过旧里姆洛克要面临惊人之事。杰西想走三英里路到他们家来看看，可是独自走在没有铺平的乡村公路上，扭伤了脚脖子，在那里躺了两个小时，还差点被一辆小货车碾死。

“好啦，我的朋友杰西，告诉我。追猎和鞭子是什么？”你不能说他父亲不想和人们友好相处，尽管他真的做不到。只要她是他孩子的客人，就是他的朋友。哪怕他多么讨厌那香烟、那威士忌、那蓬乱的头发、那破旧的鞋子和那粗麻布帐篷遮盖下的变形的身体——还有一切她滥用的特权和她生活中的耻辱。

“追猎是一项追踪活动，不是猎狐。是用一根线，由骑马跑在前面的人放下……系着的袋子里发出一种气味，制造出一种打猎的效果。猎狗在后面追。有很大、很大的围栏，隔成一种跑道。很有趣，可以飞快地奔跑。巨大的，厚厚的灌木栅栏，八到十英尺宽，顶上有金属条。很刺激，那里有许多障碍赛，优秀骑手也多，大家都去，飞快地穿越那些地方，真的有趣。”

在瑞典佬看来，她对自己的困境迷惑不解——一个醉醺醺的女人，在外面的聚会上无法控制地胡扯八拉一通——与他父亲故作亲切的“我什么也不懂”的提问差不多，让她凄惨地讲下去，每个含糊不清的字都未能刺激她的嘴唇，使其像铃声一样清脆地发出一个来。像那声清晰的“爸爸！”从他的耆那教女儿的面纱后面响亮地发出的那样。

他正用煤钳垒起最红的炭堆，不用抬头他也知道父亲在想什么。有趣，他父亲想，和他们有什么关系？这乐趣是什么？什么东西这样有趣？他父亲一直搞不懂，自从儿子在克尔大街以西四十英里的地方买下房子和一百英亩土地，他总在想：他为什么要和这些人住在一起？忘了酗酒吧，清醒同样糟糕。他们用两分钟就可以把我烦死。

多恩对他们反感有一个简单的理由，他父亲有另一个。

"不管怎样，"杰西说，手上夹着香烟，费力地下着某种结论，"那就是为什么我要牵着马去上学。"

"你牵着马上学？"

她又不耐烦地噘起嘴，也许是因为这个父亲，以为在用他的问题帮她摆脱困境，却比平常更快地将她赶到崩溃的边缘。"是的，我们俩同时上火车。"她告诉他，"我很幸运，不是吗？"她问，让两个利沃夫惊讶不已，似乎她毫不在意尴尬的处境——好像那不过是个可笑的幻觉，是令人恶心的自以为是的清醒的人们想从醉鬼那里听到的东西——她挑逗地将手放在娄·利沃夫脑袋的一侧。

"对不起，我不明白你怎么将马带上火车。这马有多大？"

"那时候马都装在运马货车上。"

"啊哈。"利沃夫先生说，似乎他这一辈子对非犹太人的欢乐感到的迷惑终于有了答案。他从自己头发上拿下她的手，把它紧紧地握住，仿佛要将他所知道而她已忘却的一切有关生命的东西挤进她身体。此时，杰西在那种力量的鼓动下，对眼前的情况未能觉察，没有想到这一夜还未结束时便会出丑，她摇摇摆摆地接着讲。

“他们都跟着马球队走了，坐上冬季列车到南方去。列车在费城停下，我把自己的马也和他们的放在一起，离我的铺位两节车厢远，我对家人挥手告别，真的不错。”

“那时你多大？”

“十三岁。我一点也不想家，只是觉得非常，非常，非常”——她说着就哭了起来——“有趣。”

十三岁，他父亲在想，小屁孩[1]一个，你对家人挥手告别？那算什么？与他们有关？你十三岁时对家人挥手告别究竟有什么意思？难怪你现在成了酒鬼。

可是他嘴里却说：“好极了，忘了它吧，为什么不？你周围都是朋友。”尽管这样做令人讨厌，可还是得做。他从她一只手里拿走酒杯，从另一只手里取下她刚点上的香烟，把她搂进怀里，这可能是她一直都在渴望的。

“我知道自己又该做个父亲了。”他轻声地对她说，她什么也说不

1　此处为意第绪语。

出，只是哭，让瑞典佬的父亲抱着自己摇晃着。她这一生中只是在另一个场合见过他一次——大约在十五年前，他们到沃库特家的草坪上参加庆祝七月四日的野餐会——她尽力学双向飞碟射击，那也是与娄·利沃夫的犹太人意识不符的娱乐活动之一。为了“乐趣”就扣动扳机，用枪射击。他们疯了。

就在那天，他们回家时看见一块公理会教堂自做的标牌，上面写着“帐篷出售”，梅丽拼命地求瑞典佬停下来给她买一顶。

如果杰西因为十三岁时曾对家人挥手告别，十三岁时什么都不带，只牵着马孤独地被人运走，就可以趴在他父亲肩头哭泣，他的那种记忆——“爸爸，停下，他们在卖帐、帐、帐篷！”——那时她才六岁，有什么不可以使他为了他的耆那教女儿快哭出来？

想到应该让沃库特知道杰西在这里的事，同时他也需要时间使自己的心绪平静下来。他突然感觉到这种情形的分量，尽量从自己的思想里驱除它，至少要维持到客人回家以后——他已身陷这种情形，是作为一个父亲，自己的女儿不仅仅偶然杀了一个人，而是借真理和正义之名，非常冷漠地杀掉另外三个。这个女儿抛弃了从他和她母亲身上学到的一切，事实上现在已经抛弃整个文明，以洁净开始，以理智告终——瑞典佬让父亲暂时独自照料杰西，从房子后面转过去，来到厨房的后门找沃库特。透过门上的玻璃他看见桌上那一叠纸，那是沃库特新画的一批图，可能画的就是那讨厌的通道。此时，他在水槽边看见沃库特本人。

沃库特身穿紫红色亚麻裤，罩着宽松的夏威夷衬衫，上面是五彩缤纷的热带花卉，这可以用西尔维娅·利沃夫看到人家穿着打扮令人讨厌时最恰当的一个词语“花哨”来形容。多恩认为那种打扮是过于自信的沃库特向外展示的一部分，她刚来旧里姆洛克时还很年轻，曾经非常可笑地被他这种外表镇住。按多恩的理解——她告诉瑞典佬时，他觉得依然带有一点那种老怨恨——夏威夷衬衫传达的信息很简单：我是沃库特三世，我敢穿周围其他人不敢穿的东西。“在莫里斯县这个伟大的世界里，你越以为自己了不起，”多恩说，“就越觉得自己可以出风头。那件夏威夷衬衫，”她讥讽地笑了笑，“白种新教徒的极端主义——白种新教徒小丑似的五颜六色。这就是我在这里生活学到的——然而威廉·沃库特三世们也有他们小小的、苍白的表现过头的时刻。”

就在一年前，瑞典佬的父亲也得出过同样的结论：“我注意到这些有钱的异教徒在夏天的表现。夏天一到，这些保守的、正统的人穿上最不可思议的服装。”瑞典佬笑起来：“这是一种特权形式。”他说，重复多恩说过的话。“是吗？”娄·利沃夫问，也和他一块笑。“也许吧，”娄总结道，“但是，我不得不佩服异教徒：要穿那些裤子和衬衫，你得有勇气。”

当然，你若看见沃库特在村子里那样穿着打扮，一个魁伟的家伙，高大、结实，也许不会想到——如果你是瑞典佬的话——他那些画把乱涂一气当作特性。照多恩的说法，一个像瑞典佬这样对抽象艺术一窍不通的人，也许很容易认为身穿那种衬衫的家伙，作的画应该跟那幅著名的画类似，描绘费尔波在古老的波罗运动场第二回合将丹普西打出圈外的场景[1]。可是，艺术创作的成功很明显不是用瑞典佬利沃夫能理解的方法，或者为了他能明白的那些道理。瑞典佬认为，这家伙洋洋得意的一切都与他穿的这些衬衫有关——他的浮华、大胆、挑战，也许还有他的沮丧和绝望。

是啊，也许不都这样，瑞典佬站在外面巨大的花岗岩台阶上透过厨房门往里看时才发现这一点。他没有推开门直接走进自家的厨房说，杰西非常需要她丈夫的帮助，这是因为他看到沃库特在多恩上面弯着腰的样子，多恩此时在水槽边弯着腰剥玉米。瑞典佬看到时的第一反应——尽管多恩不需要这种指导——似乎沃库特在教多恩怎么剥玉米，从后面朝她弯下身去，把手放在她的手上，教她干净利落地剥掉

1 指乔治·贝洛斯创作于一九二四年的那幅名画，画中的两位主角均为当时著名的拳击运动员。

玉米壳和穗丝的窍门。可是，如果他只是在教她剥玉米，为什么在他蓬开着的华丽的夏威夷衬衫下面，他的屁股那样扭动？为什么他的脸颊那样贴着她的？为什么多恩在说——如果瑞典佬正确地解读了她的口型——“别在这里，别在这里……”为什么别在这里剥玉米？厨房和别处一样好。不，他过了一会才弄明白：第一，他们不只是在一起剥玉米；第二，并不是所有的欢腾、浮华、大胆、挑战、沮丧和绝望、对保守的稍许反抗都可以通过穿那些衬衫得到满足。

所以，这就是她为什么总对沃库特不耐烦——要我放松警惕！总谈起他的冷酷、他的教养、他虚假的热情，只要我们上床时，总那样谈到他。当然，她要那样谈——她不得不，她爱上他了。对这房子的不忠绝不只是针对房子——它就是不忠。“那位可怜的妻子不是无缘无故地酗酒。他总是克制。忙着保持礼貌，”多恩说，“这么普林斯顿，”多恩说，“这么正确无误。他努力让自己变得简单。特权白人的温柔。他的生活完全背离他们家族以前的东西。这个人有一半时间都不在那里。”

可是，现在沃库特在那里，就在那里。瑞典佬很快就转身返回阳台，去照看火上烤着的牛排，他相信自己亲眼目睹的情景，正是沃库特把自己放到他想放的地方，一边准确地告诉多恩他放在哪里了。“那里！那里！那里！那里！”他似乎不想克制什么。

8

晚饭时——在外面的后阳台上，夜幕渐渐降临，瑞典佬感到夜晚似乎停滞不动、被悬浮起来了，他内心产生出一种忧伤，觉得再没有什么东西可遵循，没有什么事情可发生，觉得进了一口用时间雕凿而成的棺材，他永远无法逃离——客人中还有尤曼诺夫家的马西亚和巴里、萨尔孜曼家的谢拉和希利。只是在几小时前瑞典佬才知道，谢拉·萨尔孜曼这位语言矫正师曾在爆炸发生后将梅丽藏起来。萨尔孜曼夫妇没有告诉过他。要是他们说了——她一到那里就打来电话，那时他们对他负责一点……他不能想下去。他若再往下想的话，假如不让梅丽去逃亡，一切都不会发生了……这样想也没用。他坐在餐桌旁，只顾发呆——静止不动、软弱无力、反应迟钝，看不见他超乎常人的乐观所表现出的爽朗大方和生机活力。这一生作为商人、运动员和美国海军陆战队员的敏捷都未能使他适应被俘虏、被关进毫无未来的箱子里的处境。他在里面不去想他的女儿会怎样，不去想萨尔孜曼是怎样帮助她的，不去想……想他妻子会怎样。他该快些吃完，不去想他唯一能够想的那些东西。他应该永远这么做。不管他多么渴望出去，他都要死死地停在这一刻，留在盒子里。否则，这世界将爆炸。

巴里·尤曼诺夫，瑞典佬以前的队友和高中时最亲密的朋友，是哥伦比亚大学的法律教授。每当瑞典佬的父母从佛罗里达飞过来时，巴里和他妻子都会应邀赴宴。看见巴里，他父亲总是那么开心，部分原因是巴里从一个移民裁缝的儿子变成了大学教授，还由于娄·利沃夫——错误地，虽然瑞典佬装作并不在意——感谢巴里·尤曼诺夫让塞莫尔放下棒球手套进入商界。每年夏天娄都会提到巴里“顾问”——从高中时起他就这样称呼他了——想起巴里为利沃夫家做的好事，他用职业的严肃态度树立了榜样。可是巴里总说，他要是球玩得有瑞典佬百分之一好的话，没有谁能让他靠近法学院。

在瑞典佬最终彻底禁止梅丽到纽约之前，她好几次来纽约时都和巴里、马西亚·尤曼诺夫一块过夜。梅丽从旧里姆洛克消失后，瑞典佬也是向巴里进行法律咨询的。巴里带他去见曼哈顿的公诉人谢威兹。瑞典佬要谢威兹对他实话实说——如果他女儿被抓住并证明有罪，对她最重的惩罚是什么？——他被告知：“七至十年。”“但是，”谢威兹说，“如果那么做是由于反战运动的激情所致，如果是意外发生，如果尽量采取了措施以防对他人的伤害……我们怎么知道她是一个人干的？我们不知道。我们甚至连是不是她干的也不知道。没有重大的政治背景，没有那么多的言论，没有那么多的暴力演讲，只是这么个孩子，她自己会故意杀人？我们怎么知道她制造炸弹或引爆炸弹？要制造炸弹，你必须非常老练——这孩子能点燃一根火柴吗？”“她理科很好，”瑞典佬说，“她化学课得了优秀。”“她在化学课制造过炸弹？”“没有，当然没有——不会的。”“那么，我们不知道她会不会点燃火柴，不是吗？这都可以是为她进行的辩护。我们不知道她做了什么，我们不知道她的目的是什么。我们什么都不了解，其他人也一样。她也许得过西屋科学奖，我们却不知道。什么是能被证明的？也许很少。既然你问我，最糟糕的是七至十年。可是我们可以假设她被当成少年犯处理。根据《少年法》，她将被判二至三年，即使她对任何事情都承认有罪，案底也会保密，谁也看不到。看，这一切要看她在杀人案里的作用。不用想得太糟。如果孩子来的话，即使她与之有关，我们也许也能帮她解脱，不再留下什么。”就在几小时前——他知道在俄勒冈的公社里，制造炸弹是她的专长，从她自己那不再口吃的嘴里，他听到她要负责的不是一次意外的死亡，而是冷酷地杀害了四个人——有时他全靠谢威兹的话才没有放弃。这人不空谈，只要走进他的办公室你就能看出来。谢威兹这种人总想被证明是正确的，总想说服别人，这是他的与生俱来的使命。巴里有言在先，他说谢威兹不是那种让人感觉很好的人。他说，如果孩子来的话，我们也许也能帮她解脱，这并不是针对瑞典佬的期望而言的。但这是在过去，他们认为可以找到一个相信她不知道怎样点燃一根火柴的陪审团。这是在那天下午五点钟以前。

巴里的妻子马西亚是纽约的一位文学教授，即使根据瑞典佬宽宏大量的看法，也是个“难缠的人”，一个好战的反传统人士，自我意识惊人，擅长嘲讽，惯于发布处心积虑的预言，让世上的统治者惶惶不安。她的一言一行都清楚标明她的立场。她能在那里纹丝不动——你讲的时候，她咽下一切，指头轻轻叩击椅子扶手，甚至点头示意好像完全赞同——其实是在告诉你，你所说的一切都不对。为了容纳她所有的信念，她身穿带着印染的束腰长袍——阅历极深的女人，邋遢的外表不仅是对传统的挑战，更标志出她是位一针见血的思想家。在她与严酷的事实之间无需废话和陈词滥调。

然而巴里很欣赏她。没人有他们俩这么大的反差，也许他们算是常说的那种差异相吸。巴里是这么深思熟虑、热情周到——从少年时起他就是如此，是瑞典佬认识的最可怜的孩子，勤奋向上的绅士，棒球队可靠的接球手，最后成为毕业班致辞代表，服完兵役后享受退伍军人福利进了纽约大学。他就是在那里遇见马西亚·谢瓦兹并和她结婚的。瑞典佬很难理解，一个这么强壮，也并不是不漂亮的小伙子怎么会在二十二岁时放弃与这世上其他人交往的欲望，选择马西亚·谢瓦兹，一个如此固执己见的女大学生。有她在场，瑞典佬必须奋力挣扎才能保持清醒。可是巴里喜欢她，坐在那里听她讲话，毫不在乎她是个脏兮兮的懒人，甚至在大学里也穿得像人家的祖母，轻松欢快的双眼因罩着沉重的眼镜而显得更大，让人难受。她各方面都与多恩恰恰相反。马西亚，一个自我造就的革命者——是啊，要是梅丽聆听着马西亚的教诲长大……可是多恩？漂亮、娇小、对政治不感兴趣的多恩——为什么是多恩？你到哪里寻找原因？怎么解释这种不相称？只是他们的基因玩弄的一个把戏？在要求停止越南战争的向五角大楼进军的游行中，马西亚·尤曼诺夫和二十几名其他妇女被扔进囚车。正如她渴望的那样，她在华盛顿哥伦比亚特区一座监狱里关了一夜。她在里面并没有停止抗议演说，直到早上他们全部被释放。如果梅丽是她的女儿，那还说得过去。要是梅丽只斗斗嘴，只用语言和这个世界干，就像这尖刻的长舌妇一样就好了。那么，梅丽的故事也不会以一颗炸弹开始和结束，那会完全是另一个故事。可是一颗炸弹。一颗炸弹。一颗炸弹讲完了整个该死的故事。

很难说清楚巴里娶那女人的事，也许是他家里太穷的缘故。谁知道？她的敌意、她的高人一等的神态、她给人的不洁感觉，所有这些都让瑞典佬觉得是作为朋友无法忍受的东西，更别提伴侣了——似乎恰恰是这些特性让巴里更欣赏他的妻子，真让人大惑不解，但确实如此。一个理智健全的人会崇拜另一个理智健全的人连半小时都难以忍受的人物。只因这是一个谜，瑞典佬才尽量克制自己的厌恶，调整自己的评判，只将马西亚·尤曼诺夫看做来自另一世界的怪物，来自学术圈子，来自知识分子成堆的地方。在那里永远做个反叛人物，不管对他们说的什么提出挑战，都会受到赞赏。他们以否定方式所获得的东西让他难以理解。在他看来，每个人在成长过程中如果能克服这些东西会更有出息。马西亚虽然常常刺激他人和研究他人，也并不意味着她真的喜欢这样做。当他发现这就是她在曼哈顿与人交往的方式时，他不认为她恶毒，而且也不相信巴里·尤曼诺夫——曾经比他亲弟弟还亲近的人——会娶一个恶毒的人。和往常一样，瑞典佬由于无法判断因果关系，只好不作任何反应（这与他父亲的条件反射似的怀疑态度不同），让这成为他一生的策略，显得宽厚和仁慈。他只是认为马西亚"难缠"，最多会说："啊，我们就当她是一盏不省油的灯好啦"。

但是多恩讨厌她。讨厌她是因为她清楚马西亚也看不起她，因为她曾经是新泽西小姐。多恩不能忍受人们只把那件事情当做她的一生，而马西亚特别令人气恼的是她把她那种用根本解释不了多恩的故事来解释她的爱好——现在也几乎无法解释她——如此洋洋得意地展示出来。他们第一次见面时，多恩告诉尤曼诺夫两口子有关她父亲的心脏病，家里没有收入，她意识到大学的校门将对她兄弟关上……整个奖学金的事，丝毫没能让马西亚·尤曼诺夫把新泽西小姐当成笑话之外的任何东西。马西亚懒得掩饰她的真实想法，她望着多恩时只当眼前并无一人，认为多恩装模作样地养牛，认为她这么做是为了改变形象——并不是一项严肃的活动，多恩每天干十二到十四小时，每周七天。据马西亚看来，这是一种关于*房屋与花园*的美丽幻想，是由一个富有的愚蠢的女人设计出来的，这个人不是住在臭烘烘的新泽西，不，不，而是住*在乡村*。多恩讨厌马西亚，因为她毫不掩饰的优越感，这是针对利沃夫家的财产，针对他们的欣赏水平，针对他们喜爱的乡村生活。对她的讨厌已经超过讨厌本身，多恩相信马西亚私下里非常开心梅丽被指控干了那种事情。

马西亚感情中特殊的位置留给了越南人——越南北方的人们。她在政治信念或国际事务中表示同情的看法上从未妥协过，即使近在咫尺、亲眼目睹灾难降临到丈夫最好的朋友身上也不改变。这使得多恩对其大加谴责，可是瑞典佬并不相信，倒不是因为他能为马西亚的荣誉担保，而是因为巴里·尤曼诺夫的正直不容置疑。“我不许她跨进这个家！一头猪都比那女人更有人性！我不管她拿了多少个学位——她毫无感情，是个瞎子！她是我一生中遇到的眼睛最瞎的、最自以为是、心胸狭隘、令人讨厌的所谓的聪明人，我不想她到咱家来！”“可是，我也不便邀请巴里单独来。”“那么巴里也不来。”“巴里必须来。我想让巴里来。父亲特别想在这里看到巴里，他希望如此。是巴里，多恩，是他带我去见谢威兹的。”“是那个女人将梅丽拉进去的。你不明白？那就是梅丽去的地方！到纽约——到他们那里！是他们给她提供的藏身之处！有人做过，有人不得不做。她家里有真正的扔炸弹的人——刺激了她。她将她藏起来不给我们，在梅丽最需要父母时将她藏起来不给我们。马西亚·尤曼诺夫就是把她转入地下活动的人！”“梅丽以前并不愿住在他们那里。她在巴里家只住了两个晚上。就是那样。第三次她没有露面。你不记得了。她到其他地方过夜，再没有到尤曼诺夫家去。”“马西亚就是那个人，塞莫尔。谁还与她有联系？这个好牧师，那个好牧师，把鲜血泼到征兵登记本上。她那么喜欢她的反战牧师，那么亲密——可他们不是牧师，塞莫尔！牧师不是伟大的思想直率的自由主义者。否则他们不可能成为牧师。那正是牧师不应该做的事情——就跟他们不应该停止为去那里的孩子们祈祷一样。她为什么喜欢这些牧师是因为他们不是牧师。她爱他们不是因为他们在教会，是因为他们在做其他事情。在她看来，这些人在给教会抹黑。他们在做教会以外的事，不是扮演牧师的正常角色。这些牧师在侮辱伴随像我这样的人成长起来的东西，那就是她喜欢的。这条肥母狗对这一切东西都有兴趣。我恨她，恨死她！”“好啦。我听够啦。你想怎么恨她都行，”他说，“但是不要为她没有做过的事情，她并没有那样做，多恩。你用虚构的东西把自己逼疯。”

那不是真的。不是马西亚拉梅丽进去的。马西亚只动嘴——总是这样：毫无意义、故弄玄虚的谈话，那些为了不择手段地展示自己决不示弱、争强好胜的言辞，只表现出马西亚作为知识分子的虚荣心和她古怪的信仰，她所有的姿态积累成她独立的心理。是谢拉·萨尔孜曼将梅丽拉进去的，这位莫里斯顿的语言矫正师。这可爱、和蔼、语气轻柔的年轻女士，有一阵子给梅丽那么多的希望和信心。这位老师给梅丽提供了那些“策略”去克服她的障碍，并取代奥黛丽·赫本成为她心中的女英雄。在多恩服用镇静剂、在医院进进出出的那几个月里，在谢拉和瑞典佬不再忽视自己生命的全部职责之前的那几个月里，在这两位很有条理的、举止端庄的人能够控制自己以免危及他们珍贵的稳定感之前的那几个月里，谢拉·萨尔孜曼成了瑞典佬利沃夫的情妇。第一个，也是最后一个。

情妇。一种最不像瑞典佬式的关系，不协调、难以置信，甚至可笑。“情妇”，在那种失去光泽的生活氛围里不太可能——可就是在梅丽失踪后的那四个月里，这便是谢拉对他的意义。

大家在餐桌上谈的是水门事件和《深喉》[1]。除了瑞典佬的父母和沃库特夫妇，大家都去看过这部X级影片，它是由一位名叫琳达·拉芙蕾丝的年轻色情片女演员主演的。这部电影已经不局限在成人影院上映了，在泽西城所有社区影院都很火爆。让他吃惊的是，谢拉·萨尔孜曼说，那些选民竭尽全力把虚伪的、假装强调道德虔诚的共和党政客推选为总统和副总统，他们应该利用这部充满夸张细腻的口交场面的影片。

"去看这部电影的也许不是同一批人。"多恩说。

"是那些麦戈文[2]的支持者？"马西亚·尤曼诺夫问她。

"在这桌上是的。"多恩回答道，早已被她无法容忍的这个女人在晚宴的开场白激怒了。

"喂，"瑞典佬的父亲说，"这两件事情之间到底有什么联系，这对我来说是个谜。首先，我不明白你们这些人为什么要花那么多钱去看那种垃圾。纯粹是垃圾——顾问，我说得对吗？"他看着巴里希望他赞同。

1 指一九七二年上映的一部美国电影。

2 乔治·麦戈文（1922—2012），一九七二年美国总统大选民主党候选人，最终败于共和党总统尼克松。他支持堕胎的权利，反对越南战争，是一九七〇年代美国自由派的标志性人物。

“是一种垃圾。”巴里说。

“那你们为什么要让它进入你们的生活？”

“它溜进来的，利沃夫先生，”比尔·沃库特友好地对他说，“不管我们喜不喜欢。外面有的东西都会溜进来。它朝里面涌，社会不一样了，恐怕您没听说过。”

“啊，我听说过，先生。我来自纽瓦克旧城区，听到许多不想听的东西。看，爱尔兰人管理过城市，意大利人管理过城市，现在让有色人管理城市。这不是我想说的，我没有什么可反对的。轮到有色人接触钱柜了？我不是昨天才出生。在纽瓦克，腐败是这场游戏的名称。新的、第一位的是种族，再就是税收，还加上腐败，这就是你们的问题。七美元七十六美分。这就是纽瓦克的税率。我不管你们多大还是多小，我在这里告诉你们，这种税率你们不可能经营一家企业。通用电器在一九五三年就搬走了。通用、西屋电气公司、雷蒙德大道上的布瑞尔冰激凌、赛璐珞合成树脂，都离开了这座城市。它们都是大雇主。在暴乱之前，在种族仇恨加深之前，它们都走了。种族问题是蛋糕上的糖霜。街道无人打扫，烧毁的汽车无人拖走，人们住在废弃的房子里，废弃的房子在燃烧。失业、污秽、贫困，更加肮脏，更加贫困。教育没有了，学校是灾难。每个街角都是辍学的学生，他们无事可干，只好贩毒，只好惹事。那些政府建的贫民区——我最好别提贫民区。警察接受贿赂。人所共知的每一种弊病。早在一九六四年夏天我就对儿子说：‘塞莫尔，走吧。’‘搬走。’我说。可是他不听。帕特森要毁了，伊丽莎白要毁了，泽西城要毁了。你两眼瞎了，看不见要发生的事。我这样对塞莫尔讲：‘纽瓦克是第二个沃茨[1]，’我告诉他，‘你以前在这里听我说，那是一九六七年的夏天。’我就是那样预言过。塞莫尔，是吗？实际上可以精确到某一天。”

“确实如此。”瑞典佬承认。

“制造业在纽瓦克完了。纽瓦克也完了。暴乱还是很厉害，和华盛顿、洛杉矶和底特律相比，就算没有更糟，也差不多了。但是，记住我说的话，纽瓦克这个城市再也不能恢复元气。它不行。手套业？在美国？毁掉了，也完蛋了，只有我儿子还在坚持。又过了五年，除了政府合同，美国不会再生产一双手套，波多黎各也没有。他们已经到了菲律宾，那些大家伙。将来要到印度，到印度尼西亚、巴基斯坦、孟加拉——你们会看到的，全世界到处生产手套，除了这里。如果只是工会，我们不会破产。当然工会不明白这个道理，可是有些厂商也不明白——‘我不会再多给狗杂种们五美分了。’这家伙现在开着凯迪拉克，冬天待在佛罗里达。不，很多厂商没有想通。工会根本不了解来

1　洛杉矶市的一个区，一九六五年种族紧张和暴力冲突的地区。

自海外的竞争，我毫不怀疑。工会也加快了手套业的消亡，他们态度强硬，总能得逞，导致人们无法赚钱。工会的计件要求将许多人赶出这一行，或者迁往海外。在三十年代，与我们的竞争主要来自捷克斯洛伐克、奥地利和意大利。战争来临挽救了我们，是政府合同。军需官一下订购了七千七百万副手套，手套商富起来。可是战争结束了。我要说的是，即使早在那些好日子里，末日也已经来临。我们的衰败是因为我们绝对竞争不过海外。我们加速了进程是因为缺乏对两方面的正确判断。不管怎样都无法挽回。能够阻止它的只有一样东西——但我也不赞成，我想你们也不能阻止世界贸易，你们也不应该——能阻止它的唯一办法是设置贸易关卡，不只是百分之五的关税，而是百分之三十、百分之四十——”

“娄，”他妻子说，“你说的哪样东西与这电影有关？”

“这电影？这些该死的电影？啊，当然，它们并不新鲜，你知道。我们曾有过一个玩皮纳克尔纸牌的俱乐部，那还是在几年前……还记得，周五夜间俱乐部？我们有个做电器生意的家伙。你记得他，塞莫尔，阿贝·萨克斯？”

“当然。”瑞典佬说。

“啊，我不愿意告诉你们，可是他家里有各种各样的电影。真的有。在马尔伯里街，我们常带孩子到那里去吃中国餐，那里有一间酒吧，你可以进去，想买什么乱七八糟的东西都行。你们知道吗？我去看了五分钟就回厨房了，值得称赞的是，我亲爱的朋友也这样，他现在去世了，多好的伙计，我的心也跟着去了，手套剪裁工，见鬼，他的名字叫——”

“阿尔·赫贝曼。”他妻子说。

“对。我们两个玩了一个小时的金拉朱纸牌，直到放电影的客厅里喧闹起来，原来是那狗屁电影，那放映机，随便你们称之为什么的东西起火啦。我从没有那么高兴过。那是三十年、四十年以前，到现在我还记得坐在那里和阿尔·赫贝曼玩牌，其他人在客厅里像白痴一样地淌着口水。”

他现在把这些讲给沃库特听，只朝着他一个人说道。看起来，虽然娄·利沃夫旁边就坐着一个女醉鬼作为明证，虽然无可争议的事实证明他有犹太人的渊博知识，可是出身名门的非犹太人的无政府状态还是让他难以想像，所以在餐桌上的这么多人中间，只有沃库特最能欣赏他的这番老生常谈。他们应该是能够控制自我的可靠的人。不是他们吗？他们标出疆界。不是他们吗？他们制定规矩，就是那些到这里来的我们其他人都同意遵循的规矩。早在一九三五年，他坐在那间厨房里，耐心地玩牌，直到正义的力量终于战胜邪恶，让那肮脏的影片在浓烟里化为灰烬，沃库特能不钦佩他？

"啊，对不起，利沃夫先生，我要说的是，您再也不能只靠玩牌就挡住它，"沃库特对他说，"过去有把它挡在外面的办法，可现在没有了。"

"把什么挡在外面？"娄·利沃夫问。

"您谈的那些，"沃库特说，"纵容。掩饰为意识形态的变态。永久的抗议。那时候您可以走开，可以旗帜鲜明地反对，如您所说，甚至可以用玩牌来抵抗它。但现在越来越难找到解脱的办法。奇形怪状的东西正在取代人们在这个国家所喜爱的一切普通的东西。今天，被他们称做'受压抑'的东西是让人们深受其辱的根源——就像过去不受压抑的那样。"

"是这样，是这样。让我告诉你阿尔·赫贝曼的事。你要谈过去的世界和以前的样子，我们就说说阿尔吧。多好的伙计，阿尔，英俊的家伙。靠剪裁手套富起来。那时候你做得到。有点雄心的夫妻可以弄几张皮子做起手套来。他们最后有了一间小屋，两个男人剪裁，几个妇女缝纫，就可以做手套，就可以熨烫，然后出货。他们赚钱了，自己当老板，可以一周干六十小时。很久很久以前，还是在亨利·福特支付前所未闻的每天一美元的报酬时，一名优秀的剪裁工每天能挣到五美元。但是，那时候一名普通妇女有二十双、二十五双手套算不了什么，很常见。妇女有手套柜，每套服装有各种手套配搭——各种颜色、各种样式、各种尺寸的。任何天气，妇女外出不能没有手套。那时候，妇女在手套柜台花上两三个小时，试戴三十双手套，也没什么奇怪。桌子后面的女士有个水槽，每换一种颜色她都要洗一次手。精美的女士手套，我们有四分之一扣，每扣分四个尺寸，直到八扣半。手套剪裁是个了不起的职业——过去是，不管怎样。现在所有东西都是'过去的'。像阿尔那样的剪裁工总是穿着衬衫系上领带。那时候剪裁工没有衬衫和领带是决不工作的。你可以工作到七十五岁，甚至八十岁。人们可以像阿尔那样开始，在十五岁，或者更早，干到八十岁。七十岁还是童子鸡。他们可以空闲时干，星期六和星期天。这些人总有工作，有钱送孩子上学，有钱把房子装修漂亮。阿尔能够拿起一张皮子对我开玩笑说：'你想要什么，娄，八又十六分之九？'不用尺子就一下剪断，只用他的眼睛就能量得准确无误。剪裁工是主角。当然，所有这些技能的骄傲现在都消失了。在那些可以剪裁十六扣白色手套的匠人中，我认为阿尔·赫贝曼也许是在美国能做到的最后一人。当然，那种长手套已经消失了。另一个'过去的东西'。有一种八扣的手套在那时候流行起来，用丝绸衬里，但也在一九六五年消失。我们当时有许多更长的手套，只好剪去上端，做成短手套，用剪下来的做另一只手套。从拇指缝这里每一英寸钉上一颗扣子，所以谈起长度我们仍然用多少扣。感谢上帝，在一九六〇年，杰基·

肯尼迪[1]走出来，戴着到手腕的小手套、到肘关节的手套和到肘关节以上的手套，还有平顶小圆帽。忽然间，手套又流行起来。手套业的第一夫人。戴的是六扣半的。手套业的人们为那位太太祈祷。她自己在巴黎购物，但那有什么？那个女人把精美的女士皮手套又放回地图上了。但是，他们暗杀了肯尼迪，杰奎琳·肯尼迪也离开白宫。这件事和超短裙成了女士时装手套的末日。暗杀肯尼迪和超短裙的到来，两者连在一起，敲响了女士时装手套的丧钟。在那之前，这是个十二个月、全年不变的行业。那时候，女人不戴手套是不出门的，甚至在春天和夏天也是如此。现在手套是用来御寒、开车或运动——"

"娄，"他妻子说，"没有谁在谈——"

"请让我讲完。请别打断我。阿尔·赫贝曼很爱读书。没受过教育，可是他爱读书。他最喜欢的作家是沃尔特·司各特爵士[2]。沃尔特·司各特爵士在他的一部经典小说中，有一段手套匠和鞋匠之间关于谁是更好手艺人的争论，结果手套匠赢了。你们知道他说什么？'你做的一切，'他对鞋匠说，'是为脚做一只连指手套。你用不着分清每个脚趾。'沃尔特·司各特爵士是手套匠的儿子，难怪他会赢这场争

1 指杰奎琳·肯尼迪，约翰·肯尼迪总统的夫人。

2 英国历史小说家（1771—1832），主要作品有《艾凡赫》（1819）等。

论。你们不知道沃尔特·司各特爵士是手套匠的儿子吧？除了沃尔特爵士和我的两个儿子，你们知道还有谁？威廉·莎士比亚。他父亲是个一字不识、连自己的名字也不会写的手套匠。你们知道朱丽叶在阳台上时罗密欧对她说什么？大家都知道这句‘罗密欧，罗密欧，你在哪里？罗密欧’——她说的。可是罗密欧说什么啦？我十三岁就开始在一家制革厂干，但我能回答你们，因为我有朋友阿尔·赫贝曼，很不幸，他已经去世了。七十三岁时，他从家里出来，在冰上滑倒，摔断了脖子。太可怕了。是他告诉我的。罗密欧说：‘看见她将面颊靠在手上的样子吗？我要是那只手上的手套就好了，我就能抚摸那面颊啦。’莎士比亚，历史上最著名的作家。”

“娄，亲爱的，”西尔维娅·利沃夫再次轻声地说道，“这和大家谈的有什么关系？”

“别插嘴。”他说，很不耐烦，根本不看她一眼，朝她挥动着一只手，不理睬她的反对。“可是麦戈文，”他继续说，“我一点也不明白这种说法。麦戈文与那部恶心的电影有何关系？我为麦戈文投了票。我在整个公寓大楼里都为麦戈文的竞选运动出力。你们应该听听我是怎样忍受犹太人那些话的。尼克松怎样为以色列做过这事，为以色列做过那事，但是我提醒他们别忘了早在一九四八年哈里·杜鲁门就将他称为狡猾的迪克。现在看吧，他们得到的回报，我那些为冯·尼克松先生和他的暴风部队投过票的好友。我可以告诉你们谁常去看那些电影：社会渣滓、流浪汉以及没有父母监管的孩子。我儿子为什么要带他可爱的妻子去看这样一部电影，我到死也不会明白。”

“去看看，”马西亚说，“另一半人是怎么生活的。”

“我儿媳是位淑女。她对这些事情不感兴趣。”

“娄，”他妻子对他说道，“也许并不是每个人都这么想。”

“我不相信。他们都是聪明的、受过教育的人。”

“您太看重智力了，”马西亚对他开玩笑道，“它并不抹灭人性。”

“那是人性，那些电影？告诉我，当孩子们问时你怎么对他们讲？说它不错，健康有趣？”

“您一点也不用告诉他们，”马西亚说，“他们不会问。现在他们直接去。”

让他大惑不解的是，现在发生的一切看起来并不使她难受，一位教授，犹太教授——和孩子们在一起的人。

“我认为孩子们不会去，”希利·萨尔孜曼插话道，似乎既想打断这无聊的谈话，又想安慰瑞典佬的父亲，“我认为是青少年。”

“萨尔孜曼博士，你赞成吗？”

希利对娄·利沃夫这么多年还坚持使用的头衔一笑置之。希利是个面色苍白、身体肥胖、肩背浑圆的男人，系上领结，穿着条纹绉纱薄西装，一位勤奋的家庭医生，嗓音总是那么和蔼可亲。那种苍白、那种体态、过时的金属框眼镜、无发的脑门、耳朵上边鬈曲的银丝——这种天然的性欲匮乏在瑞典佬与谢拉·萨尔孜曼偷情的那几个月里，让他特别为他感到难过……然而他，可爱的萨尔孜曼博士，在家里接纳了梅丽，把她藏起来，不仅躲开了联邦调查局，还躲开了他，她的父亲、她在这世界上最需要的人。

我就是那样的人，瑞典佬一直在想，为自己有秘密而愧疚——甚至当希利和蔼地对瑞典佬的父亲说这番话的时候，“我赞成或者反对都与他们去不去看那些电影没什么关系。”

多恩第一次提出要到一位日内瓦医生的诊所做整容手术是从《Vogue》杂志上读到的——他们不了解这医生，一点也不懂该怎么进行——瑞典佬悄悄地找过希利·萨尔孜曼，单独到他办公室见面。他们自己的家庭医生是瑞典佬尊敬的人，一个谨慎、认真的老人，他也会给瑞典佬出主意，回答他的问题。他会替瑞典佬劝多恩放弃这种想法。瑞典佬却给希利打电话，问他可不可以去他那里谈谈有关家里的问题。他到达希利的办公室后，方才明白自己是到那里去忏悔的，去讲出已经过去四年的事情，也就是在梅丽失踪后他与谢拉的私情。希利笑着问他：“我怎样帮你？”瑞典佬当时觉得自己几乎要说：“请原谅我。”在整个谈话过程中，瑞典佬每次开口讲话都必须尽力打消想将一切告诉希利的念头，想说："我来这里不是为了整容的事。我来是因为做了我永远不该做的事。我背叛了我妻子，背叛了你，背叛了我自己。"但这样讲的话，又会背叛谢拉，不是吗？如果谢拉没有擅自向他妻子赔不是，他就不认为自己可擅自向她丈夫忏悔。不管他多么渴望摆脱这个玷污了他、压迫着他的秘密，想用一次忏悔为自己卸下重负，可是他有权牺牲谢拉来解脱自己吗？牺牲谢拉？牺牲多恩？不，这里有一种叫做伦理维护的东西。不，他不能这么一心只顾自己。拙劣的伎俩、背信弃义的花招，也许今后并没有什么好处——可是瑞典佬只要开口讲话，他就特别想对这位和蔼可亲的人说："我是你妻子的情人。"以便从希利·萨尔孜曼身上神奇般地找回那种宁静，这也是多恩一直希望在日内瓦找到的东西。然而，他只对希利讲了他是多么反对整容手术，只列举了反对的理由。让他惊讶的是，他听到希利说，多恩也许早就有了看起来还不错的打算。"如果她认为这有助于她重新开始，"希利说，"为什么不给她机会？为什么不给这女人每一个机会？没有什么不对，塞莫尔。这就是生活——不是无期徒刑，只是生活。做拉皮没有什么不道德的。想这样做的女人并不轻佻。她从《Vogue》杂志得到启发的？你不该为此感到担惊受怕，她只是找到她想找的东西。你不知道有多少妇女到我这里来，她们经历过可怕的伤害，想随便谈谈，结果发现她们心中只有这东西：整形手术。没看《Vogue》杂志，情感上和心理上的暗示也会产生结果，她们得到解脱。那些得到解脱的人，不能小看。我自己也不知道它是怎么发生的，我并不是说它总会发生，但是我看到它反复发生，那些失去丈夫、病入膏肓的女人……你好像并不相信我。”其实瑞典佬知道他看起来像什么：一个满脸写着“谢拉”的人。“我知道，”希利说，“它看起来像用纯粹肉体的方法去对付感情深处的东西。但是，对许多人来说，这是绝妙的获救策略。多恩也许正是她们中的一员。我想你不会像清教徒那样看待这件事。如果多恩特别想做整容，如果你陪她去，如果你支持她……”那天晚些时候，希利给在工厂的瑞典佬打来电话——他打听过拉普兰特医生的情况了。“我们这里也有和他一样好的医生，我敢肯定。但是你如果想到瑞士去，让她离开这里，在那里恢复，有什么不行？这个拉普兰特是位顶尖好手。”“希利，谢谢你，你真是太好了。”瑞典佬说道，在希利的慷慨大度的反衬下，他比任何时候都更加厌恶自己……然而同样是这家伙，与他同谋的妻子一道为梅丽提供藏身之处，不仅躲开了联邦调查局，还躲开了她的父亲和母亲。这是事实所能达到的最荒谬的程度。人们戴的是哪一种面具？我以为这些人站在我的一边，可是站在我这边的全是面具——是这么回事！整整四个月，我自己也戴上面具应付他，应付我妻子，我受不了。我到那里去告诉他，告诉他我背叛了他。我没有去，只是不想把这种背叛搞得更复杂，也因为他也不曾告诉我他曾经多么残忍地背叛过我。

“我赞成或者反对，”希利在对娄·利沃夫说，“都与他们去不去看那些电影没什么关系。”

“但你是医生，”瑞典佬的父亲坚持说，“一个受人尊敬的人，一个讲究伦理道德的人，一个有责任心的人——”

“娄，”他妻子说，“亲爱的，你也许垄断了谈话。”

“请让我讲完。”对着餐桌上的众人，他问道，“是吗？我一个人在讲？”

“绝对没有，”马西亚说，友好地将手臂搭在他背上，“很高兴听到您这些错觉。”

“不知道你指的什么。”他对她说。

“指的是自从您带孩子们去吃中餐和阿尔·赫贝曼穿衬衫系领带剪裁手套起，美国的社会情况也许已经改变了。”

“真的？”多恩对她说，“它们变了？没有谁告诉我们。”为了克制自己，她起身到厨房去。那里还有几名本地的高中女生等着多恩的指示，她们是在利沃夫家每次有客人赴宴时来此帮忙上菜和打扫卫生的。

马西亚坐在娄·利沃夫的一边，杰西·沃库特在另一边。杰西刚倒满的一杯苏格兰威士忌——一定是她想法在厨房里弄到的——被他端走了，放到她够不着的地方。大家开始喝冷黄瓜汤。她动了动想起身走开，他不让她站起来。“坐着别动，”他说，“坐着吃。你不需要那东西。你需要食物。吃饭。”每次她在椅子上动，他都用力地按住她的手，提醒她哪里也不能去。

两座很高的陶瓷枝形烛台上燃着十几支蜡烛。瑞典佬坐在母亲和谢拉·萨尔孜曼之间，他觉得每个人的眼睛——非常具有欺骗性，甚至马西亚的眼睛也这样——似乎都被那种烛光赐予了精神上的理解，大家和蔼友善，肝胆相照，生动表现出人们渴望从朋友那里寻找的全部意义。谢拉和巴里一样，每年劳动节都会来，因为他的家人很在乎她的光临。瑞典佬打电话到佛罗里达时，几乎没有哪一次父亲不问：“那位可爱的谢拉怎么样？可爱的女人，她怎么样？”“她是多么尊贵的女人，”他母亲说，“这么有涵养。亲爱的，她不是犹太人吗？你父亲说不是。他坚持认为她不是。”

他不能完全理解为什么这种争执会持续数年，但是关于满头金发的谢拉·萨尔孜曼的宗教信仰的话题却成了他父母生活中必需的东西。多恩几十年来一直尽量容忍瑞典佬并不完美的父母，就像他容忍她不完美的母亲一样。在她看来，这个话题是他们最莫名其妙的焦点——也是他们最让人恼火的（特别是当多恩知道了她青春期的女儿梅丽认为谢拉具有多恩没有的东西，便渐渐信任这语言矫正师而不再信任母亲的时候）。“除了你，世界上就没有金发碧眼的犹太人？”多恩问他。“这与她的相貌没有任何关系，”瑞典佬解释说，“是与梅丽有关。”“她是犹太人与梅丽有什么关系？”“我不知道。她过去是语言矫正师。他们敬畏她，”瑞典佬说，“因为她给梅丽做的那一切。”“她不是这孩子的母亲，不是吗？——难道她是？”“他们知道，亲爱的，”瑞典佬心平气和地回答道，“只因为矫正语言障碍，他们把她看成了某种魔术师。”

他也一样，只是在她作为梅丽的语言矫正师时他还不觉得怎样——那时候他只是感到她的沉着镇静是一种奇怪的刺激，让他老想到性——但是当梅丽失踪和多恩也被悲伤带走后，就不同了。

猛力地摆脱了自己狭隘的自尊自大，他觉得内心有一种难以言说的需求豁然敞开，一种深不可测的需求。他只好求助于一种陌生的解决方法，没有意识到这样做根本行不通。这位安静的深思熟虑的女人曾经让梅丽对她不那么陌生，教她如何克服语言恐惧和控制那些精细的婉转曲折表达的器官。然而，跟悖论似的，这却增强了梅丽孩童时逃离控制的意识。在这女人身上，他发现了一个自己想与之合为一体的人。这个在婚姻框架里正确无误地生活了二十年的人，决心要失去理智、非常虔诚地坠入爱河。直到三个月后他才开始明白，这样做根本无济于事，不得不这样告诉他的人正是谢拉。他没有找到浪漫的情人——只找到坦白直率的情人。她理智地告诉他，对她的这一切爱慕意味着什么，他和她在一起与将自己关在心理诊所的那个多恩差不多。她还对他解释道，他只是在毁掉一切——但是他当时正处于那种状态，总是对她说，他们一块逃到庞塞后，她可以学西班牙语，在那边的大学里教语言矫正技巧，他可以从庞塞的工厂操纵他的企业，他们可以生活在丘陵地带的现代化庄园里，到处是棕榈树，下边是加勒比海……

她没有告诉他的是梅丽就在她家——爆炸发生后，梅丽就藏在她家。除了这事，她对他什么都讲。本来应开始的坦白刹住了。

每个人的脑袋都像他那样不可靠吗？他是唯一看不清人们想干什么的人吗？每个人都像他那样滑来闪去，进进出出，每天上百次，从聪明到还算聪明，到和其他人一样愚蠢，再到世上最愚蠢的杂种？是愚蠢将他变形，这笨蛋父亲的笨蛋儿子，还是生活只不过是一场骗局，每个人都得心应手，只他除外？

他也许对她描述过这种机能不全的感觉。他可以对谢拉谈，谈他的怀疑、他的困惑——她身上所有的恬静使她能做到这些。这位女魔术师曾给梅丽很好的机会，可惜被她扔掉了。按照梅丽的说法，她以一种“奇妙的漂浮感”至少置换了这个结巴一半的受挫感。这位头脑清醒的女人的职业就是为受难者提供第二次机会，这位情人懂得一切，包括怎样窝藏杀人犯。

谢拉和梅丽待在一起，却对他只字不提。

他们之间所有的信任，就像他曾经懂得的所有幸福（也像福雷德·康伦被害——像一切事情）一样，是一次意外。

她和梅丽待在一起，却只字不提。

而且现在还只字不提。在她罕见的炯炯目光的注视下，其他人讲话时的那种急迫感在她看来不过是一种病理表现。为什么人们要那样说？整个晚上她一言不发，不谈论琳达·拉芙蕾丝、理查德·尼克松[1]或者 H.R.赫尔德曼[2]和约翰·埃利希曼。她胜过其他人靠的是她的脑袋里没有装入那些把其他人的脑袋塞得满满的东西。她总将自己隐藏起来的做法曾被瑞典佬当做是表示优越性的面具。现在他想："冷冰冰的母狗。为什么要这样？"她曾对他说："你任凭人家对你施加影响，绝对是这样。没有什么像其他人的需要这样能迷住你。"于是他说："我猜你指的是谢拉·萨尔孜曼。"和平常一样，他还是错了。

他认为她无所不知，可她有的只是冷酷。

1　美国第三十七任总统（1969—1974）。

2　理查德·尼克松总统在任期间的白宫幕僚长（1969—1973）。

现在他心里翻滚的是一种对所有人恼怒的怀疑。没有那些保障、那些最后的保障，他似乎一天之内从五岁跳到一百岁。他想，在所有的东西中，只要他知道在他们餐桌对面的牧场上还有多恩的牛群、有那头大牛康特保护着他，就能给他安慰，给他帮助。如果多恩还有康特，如果康特还在……深感解脱、超脱现实的片刻转眼即逝。接着他意识到，康特随着牛群在这漆黑的牧场上漫游当然能带来安慰，因为这种时候，梅丽总会在客人中穿来穿去。就在这里，梅丽，穿着马戏团印花的睡衣，靠在父亲椅子的后背上，对着父亲耳朵轻言细语。沃库特夫人喝威士忌，尤曼诺夫夫人有狐臭，萨尔孜曼医生是秃头。一种恶作剧似的聪明劲毫无害处——那时候并非无法无天，只是孩子气，完全在限度之内。

此时他下意识地说："爸爸，再来点牛排。"他知道这是徒劳的——一个好儿子的努力——即使不能让这个放弃自我克制的父亲平静下来，也想让他别对非犹太民族人性中的机能不全这一点那么恼怒。

"我要告诉你们，我会为谁取点牛排——为这位年轻女士。"他从站在一旁的姑娘端着的大浅盘里叉起一片，放进杰西的盘子。他与杰西展开较量，把她当成一个该全面负责的项目。"现在拿起刀叉，吃，"他对她说，"你能吃一点红肉，坐好。"她似乎相信要是不这样做的话，他完全可能诉诸武力。杰西 · 沃库特醉醺醺地咕噜道：“我会的。”但她又开始笨拙地将肉扒来拨去，瑞典佬担心他父亲甚至会为她把肉切开。那些粗俗的做法尽管很卖力，却也无法重建这个灾难深重的世界。

“这可是一件严重的事，是关于孩子的事。”让杰西获取了营养后，他又有心情来谈《深喉》了。“如果这都不算严重，那还有什么？”

“爸爸，”瑞典佬说，“希利这么说不是指它不严重。他也认为很严重。他说的是一旦你对青春期的孩子讲了，就不一样了，因为你不能将这些孩子拉进房间里锁起来，然后扔掉钥匙。”

他女儿是个失去理智的杀人犯，躲在纽瓦克一个房间里，躺在地板上；妻子有了情人，趴在家里厨房的水槽上摩擦身体；他自己的旧情人明知故犯，将灾难带给他家；他却在煞费苦心地规劝自己的父亲：一方面这样，而另一方面那样。

“您会感到吃惊，”希利对这老头说，“现在的孩子们很容易就能学会很多东西。”

“可是让人堕落的东西不应该让他们这么容易就学到手！依我看，如果他们轻易就能学到这种东西，就把他们关在房间里。我记得以前孩子们在家里做作业，并不出去看这种电影。这是我们谈到的一个国家的道德问题。啊，不是吗？我在胡说？这是对正派和正派人的侮辱。”

“可是，正派是什么东西，”马西亚问他，“总是令人那么感兴趣？”

这个问题让他大吃一惊，他只好焦急地环顾四周，想在这餐桌上找哪位用足够渊博的知识的回答来震住这个女人。

沃库特，这个家庭伟大的朋友总算站了出来。比尔·沃库特来为娄·利沃夫解围。“正派有什么不好？”沃库特问道，对马西亚随意地笑了笑。

瑞典佬不敢看他。最要紧的是他不能想到还有这两个人——谢拉和沃库特——他不敢看。多恩觉得比尔·沃库特英俊？他从不这样认为。圆脸盘、大鼻子、噘着下嘴唇……猪样的杂种。肯定有其他东西才使她在厨房水槽上那样疯狂。是什么？悠然自信？就是那东西让多恩动心？安逸舒适就因为是比尔·沃库特，自满自足就因为是比尔·沃库特？是因为他做梦也没有想到要藐视你，即使你和他都知道你现在很糟？是他的恰当得体让她那样做，那种完美无缺的适当举止，多么恰当地扮演莫里斯县历史的管家？是他流露出来的那种神情，从来不用为任何东西拼搏，或者在乎任何人，或者束手无策，即使怀中的妻子是无可救药的酒鬼？还是因为他已经进入了那个世界，期待着连威克瓦西的三项全能运动员都还没开始期待的某些东西，我们之中谁也没期待，所以我们其他人即使累死累活地得到这些东西，也仍然感觉自己根本无权占有？那就是她为什么要在水槽上发情——因为他天生的权力感？或者是值得称赞的环保主义？伟大的艺术？干脆是他的鸡巴？亲爱的多恩，是它吗？我需要一个答案！我今晚就要！只是为了他的鸡巴？

瑞典佬忍不住想像沃库特操他妻子的细节，与他无法控制自己不再想那些强奸犯操他女儿的细节差不多。今晚，这种想像不会让他安下心来。

“正派？”马西亚对沃库特说道，也狡诈地对他微笑，“你会不会认为正派、文明和传统的诱惑太被高估了？这不是我能想到的对生活最丰富的回应。”

“你认为什么才叫‘丰富’？”沃库特问她，“直接越轨？”

这位贵族建筑师觉得文学教授很好笑，她装出咄咄逼人的样子，想吓唬老实人。他乐了，很开心！但瑞典佬不能将宴会变成为了他妻子的大战。事情够糟了，用不着在父母面前与沃库特交手。他要做的就是不去听他讲的东西。可是每当沃库特讲话时，每个字都令他反感，震动他，使他充满敌意、仇恨和狠毒的想法。在沃库特不讲话时，瑞典佬又会望着桌面，猜想究竟那张脸上有什么东西能够让他妻子如此激动。

“可是，”马西亚说，“没有越轨，就不会有这么多的知识，是吧？”

“我的天，”娄·利沃夫叫道，“这可是我从来没有听说的。对不起，教授，你究竟在哪里有这种想法的？”

“《圣经》，”马西亚有滋有味地说，“最早的时候。”

“《圣经》？哪本《圣经》？”

“以亚当和夏娃开始的那一本。那不是人们在《创世记》里给我们讲的吗？那不是伊甸园故事告诉我们的吗？”

“什么东西？告诉我们什么？”

“没有越轨，就没有知识。”

“啊，那不是他们想用伊甸园教给我的东西，”他回答道，“不过那时候我只读到八年级。”

“娄，他们教您什么？”

“那就是天上的上帝叫你别做什么，你就绝对不能做——说的正是这个。你做了就会自食其果。做了这一辈子就会遭殃。”

“听从天上那位好上帝的话，”马西亚说，“所有可怕的东西都会消亡。”

“啊……对的，”他答道，虽然还不确定，却意识到正被人取笑。

"看，我们离题了——我们要谈的不是《圣经》。忘掉《圣经》吧。这不是谈《圣经》的地方。我们谈的是电影，是那里面的一个成年妇女。大家都这么讲，她在摄影机前面，为了钱，为了让成百上千万的人看看，小孩、每个人，公开做出她能想到的一切丢脸的事。这就是我们在谈的。"

"丢谁的脸？"马西亚问他。

"她自己，看在上帝的分上。首先是她自己。她将自己变成地球上的垃圾。你不会对我说你赞成这样做吧。"

"啊，她没有把自己变成任何东西的垃圾，娄。"

"相反，"沃库特说道，大笑起来，"她还吃掉智慧树[1]。"

"还有，"马西亚宣布道，"这使她成为超级影星，至高无上。我认为拉芙蕾丝小姐正在享受一生中的好时光。"

"阿道夫·希特勒也享受过一生中的好时光，教授，他同时还把犹太人铲进焚尸炉。那并不能说明他正确。这个女人正在毒害年轻人的心灵，毒害国家。她在这种交易中将自己变成地球上的垃圾——我说完了！"

娄·利沃夫在争论时总使出浑身解数。好像是为了观察一个固执

1　指伊甸园中的树，亚当和夏娃曾吃过上面的禁果。

己见、仍被自己对世界的幻觉束缚着的老头，才促使马西亚坚持下去。引诱、撕咬、吸血，她的拿手好戏。瑞典佬真想宰了她。别惹他！不惹他，他就会闭上嘴！不应该让他这样越说越有劲，没完没了——住口吧！

但他很早就学会迂回处理这个问题，一方面克制自己，表面上看似将自己的个性屈服于他父亲，实际上他在尽力与父亲周旋——处理父亲的问题，就是要维持对父亲的孝顺，不要冲撞这个不屈不挠的老头——然而这并不是她几十年的生活经历中要考虑的问题。杰里干脆叫父亲滚开，多恩几乎被他逼疯，西尔维娅·利沃夫持续地、焦躁不安地容忍他，她唯一有效的抵抗就是冷落他，自己孤独地生活。她发现自己一年年地被蒸发掉。可是马西亚把他抓住，只当他是个傻瓜，他仍然认为靠自己愤怒的力量就能将当下的堕落转变为过去的堕落呢。

“那么，娄，你想要她干别的什么？酒吧招待？”马西亚问。

“为什么不行？那也是工作。”

“不太像，”马西亚回答，“不是一种能吸引这里任何人的工作。”

“哦？”娄·利沃夫说，“他们宁愿她干什么？”

“不知道，”马西亚说，“我们不得不对姑娘们进行民意测验。你喜欢干什么，”她对谢拉说，“酒吧招待还是色情片影星？”

可是谢拉不愿卷入马西亚的嘲弄，两眼似乎注视着远方，超脱面前的一切，一直望到自我的中心，她的回答明白无误。瑞典佬还记得谢拉第一次见过马西亚和巴里·尤曼诺夫后，在旧里姆洛克那房子里，他问她："他怎么会爱上这人？"但她并不像多恩那样回答说："因为他是个无性的怪人。"谢拉回答道："宴会结束后，大家也许都会那样去看某个人。有时大家那样去看每一个人。""你呢？"他问她。"我认为那永远是夫妻俩的问题。"她答道。

聪明的女人。可是这聪明的女人窝藏过一个杀人犯。

"多恩怎么认为？"马西亚问，"酒吧招待还是色情片演员？"

她甜蜜地微笑着，展现出她最佳的天主教姑娘的姿态——这姑娘坐在桌前一点也不懒散，让修女们很开心——多恩说："操你妈的，马西亚。"

"这是什么谈话？"娄·利沃夫问。

"餐桌上的谈话。"西尔维娅·利沃夫答道。

"什么东西让你这么不耐烦？"他问她。

"我没有不耐烦。我在听。"

这时，比尔·沃库特说道："还没有谁问过你，马西亚。你喜欢做什么，好像你选定了？"

她对这种蔑视的暗讽开心大笑起来："啊，他们肮脏的电影里有高大肥胖的女人。她们也出现在男人的梦里。这不仅仅是为了喜剧性的安慰。注意，你们这些人对琳达太严厉啦。为什么有的姑娘在大西洋城脱掉衣服是为了奖学金，被奉为美国女神，而在色情电影里脱掉衣服就是为了肮脏的金钱，被当做妓女？为什么这样？为什么？好吧——没人知道。严格说来，伙计们，我喜欢‘奖学金’这个词。一名妓女来到旅馆房间。男人问她要多少钱。她说：‘好吧，如果你要我脱掉，我要三百美元奖学金；如果要我再脱，我要五百美元奖学金；如果要我再脱再脱——’”

“马西亚，”多恩说，“不管你怎么搞，今天晚上你都气不了我。”

“我不行？”

“今晚不行。”

餐桌中央有一盘漂亮的插花。“从多恩的花园采的。”他们坐下来就餐时，娄·利沃夫就骄傲地对他们讲了。大浅盘装着切成厚块的牛排番茄，拌上油和醋，周围摆放一圈鲜红的洋葱片，那是刚从园子里摘来的。还有两只木桶——旧食物桶，他们以每只一美元的价格从克林顿市的旧货店买的——里面喜气洋洋地衬着红色印花大手帕，边上镶满玉米穗，那是沃库特帮她剥下的。餐桌两端的柳条篮子里有新鲜的法式面包，这些棍子面包是从麦克弗森店里买来后，在烤箱里再加热过，用手撕下时的感觉很妙。桌上摆着上好的勃艮第葡萄酒，和五六瓶瑞典佬最好的波马特酒，四瓶已经打开，这些酒是他五年前买下来准备到一九七三年再喝——根据他的藏酒记录，波马特酒放进窖里的时间只比发生梅丽杀害康伦医生的事件早了一个月。是啊，今晚早些时候，他发现那上面写着一九六八年一月三日，就在他用来手工登记每次购买量的螺旋芯活页簿上……“一九六八年一月三日”——他写道，完全没有想到他女儿会在一九六八年二月三日去干那种事，激怒所有美国人，可能除了马西亚·尤曼诺夫以外。

负责上菜的两个高中孩子每隔几分钟就从厨房出来，默默地给周围各位添上他烧的牛排，切开后放到锡盘子里还滴着血。瑞典佬这套餐刀是德国霍弗里兹牌的，用的是德国最好的不锈钢。为了在旧里姆洛克的家中过第一次感恩节，他到纽约去买来这套餐具和大切肉板。他曾经对这种事很在乎，喜欢在圆锥锉上把刀刃磨好再去抓火鸡。他喜欢那种声音。这些东西可悲地讲述着他对家庭的慷慨，总想让他的家人享受最好的，让他的家人拥有一切。

“对不起，”娄·利沃夫说，“谁能回答这东西对孩子们的影响吗？你们全都离题了。我们还没看够青少年的悲剧吗？色情、毒品、暴力。”

“离婚。”马西亚插进来帮他。

“教授，别让我谈起离婚。你懂法语吗？”他问她。

“我懂，如果需要的话。”她说，笑了起来。

“那好，我有个儿子在佛罗里达，塞莫尔的弟弟，他的专业就是离婚。我以为他的专业是心脏外科，但不是，是离婚。我以为送他到了医学院——我以为账单都是从那里寄来的。但不是，是那所离婚学院，那就是他拿到的文凭——离婚。对孩子来说，还有比离婚这个幽灵更糟糕的东西吗？我认为没有。它哪里是终点？什么是极限？你们都没有在那种世界里长大，我也没有。我们生长在那个时代，与现在完全不同。那时对社区、家、家庭、父母和工作的感情……啊，完全不同，这些变化让人无法理解。我有时认为，一九四五年以来的变化比历史上所有这些年的都要大。我不知道这么多事情会有什么结局。人们在那部电影里看到的对他人的感情匮乏，还有对地区的感情匮乏，就像在纽瓦克发生的事情一样——这是怎么出现的？你用不着尊敬你的家庭，你用不着尊敬你的国家，你用不着尊敬你居住的地区，可是你得知道你有他们，你得知道你是他们的一部分。因为你不这样的话，就会孤独地待在那里，我同情你。我真的这么想。我说得对吗，沃库特先生，还是我错了？”

“您是指您想知道极限在哪里？”沃库特回答。

“啊，是的。”娄·利沃夫说。瑞典佬注意到他——并不是第一次——提到孩子和暴力时，根本没有觉得这个话题与他最亲近的家庭的生活纠缠不休。梅丽是被他人为了罪恶的目的所利用——这种说法很关键，他们紧紧抓住不放。他细心地观察他们中的每一个人，以确保没有谁对这种说法有片刻的动摇。只要他还活着，这个家中谁也不能怀疑梅丽的绝对清白。

在瑞典佬的禁忌盒子里的这么多东西中，他不敢想像的是当他父亲知道了死亡的是四个人后会有怎样的感受。

"您是对的，"比尔·沃库特对娄·利沃夫说，"想知道极限在哪里。我猜这里的每个人都想知道极限在哪里，每次读报时都在担心结局怎样，除了那个越轨的教授。可是我们都被传统压抑——我们不是伟大的反叛者，比如威廉·巴勒斯[1]、萨德侯爵[2]和圣人让·热内[3]。让每个人都随心所欲的文学流派，这个认为文明是压迫、道德更糟糕的辉煌的流派。"

他脸也不红。"道德"令他眼都不眨一下，"越轨"对他而言也很陌生。似乎在这些人中不是他——威廉三世，在沃库特家族那一长串

1 威廉·巴勒斯（1914—1997），美国作家，"垮掉的一代"文学运动创始人之一。

2 全名为多拿尚·阿勒冯瑟·冯索瓦·德·萨德（1740—1814），法国作家，作品涉及色情、暴力和违反伦常的哲学。

3 以荒诞主义戏剧闻名的法国作家（1910—1986），生平颇为传奇，幼时被父母遗弃，后沦为小偷，在监狱中创作了具有很大程度自传性质的《鲜花圣母》和《玫瑰奇迹》。

在墓地自我标榜为德行高尚的人中的最后一代——越轨到最严重的程度，破坏一个已经被摧毁一半的家庭的和睦。

他妻子有个情人。就是为了这个情人，她才去接受整容的磨难，去追求、去赢得他的欢心。是啊，现在他才明白那封动情的书信，拼命地感谢整容医生“为了我的美貌，您花掉了五小时的宝贵时间”，那样感谢他，好像瑞典佬没有为他那五个小时支付一万两千美元似的，这还得加上他们在诊所套房里住的两个晚上所支付的另外五千美元。太美妙了，亲爱的医生。我似乎被赐予了新的生命，从内到外感觉都是如此。在日内瓦，他整个晚上都握着她的手坐在旁边，陪伴她经历恶心和疼痛，而所有这一切却是为了另一个人。为了这另一个人，她才建造这所房子。他们两人在为对方设计这所房子。

梅丽失踪后，他就该逃到庞塞和谢拉一起生活——不，谢拉使他恢复理智，重新变得正直起来，回到妻子身边，生活还和从前一个样，回到连情妇都明白他不能伤害的妻子身边，更别提在这样的危机中抛弃她。然而这另外两人却能做到。在厨房里一看见他们，他就明白了。他们的约定。沃库特抛弃杰西，她抛弃我，这房子就归他们俩。她认为我们的灾难已经结束，她要埋葬过去，从头开始——面容、房屋、丈夫，焕然一新。不管你怎么搞，今天晚上你都气不了我。今晚不行。

他们是亡命之徒。多恩对丈夫说，沃库特的生活完全背离他们家族以前的东西——好啦，她的生活也正在脱离她以前成形的东西。多恩和沃库特：两只食肉动物。

到处都是亡命之徒。他们就在大门里面。

9

一个姑娘从厨房出来告诉他，有人给他来了电话。她轻声说："我想是从捷克斯洛伐克打来的。"

他到楼下多恩的书房接电话，沃库特将新房子的大纸板模型搬到那里。把杰西留在阳台上，让她和瑞典佬、他的父母，还有酒待在一起后，沃库特肯定是先到货车上取来模型，拿进多恩的书房，把它安放在书桌上，接着再去厨房帮她剥玉米。

丽塔·科恩来的电话。她知道捷克斯洛伐克的事，因为"她们"在跟踪他：夏天早些时候，她们曾跟踪他到过捷克领事馆，那天下午跟着他到过猫狗医院，跟着他到过梅丽的房间，然而梅丽在那里还说根本没有丽塔·科恩这个人。

"你怎么能这么对待自己的女儿？"她问。

"我对女儿没做什么。我去见了女儿。你写信告诉我她在哪里的。"

“你对她讲了饭店里的事，你告诉她我们没有性交。”

“我没有提到任何饭店。不知道所有这些是怎么回事。”

“你在撒谎。你对女儿说没有搞过我。我警告过你，我在信中警告过你。”

房子的模型就摆在瑞典佬面前。现在他能看到以前从多恩的解释中想像不出的东西——长长的单坡屋顶确实让阳光通过与前墙等长的一排高大的窗户直射到中间门廊。是啊，他现在看到太阳怎样呈弧线划过南面的天空，阳光将洗净——在“光”后面说“洗”看起来就能让她如此愉快——把白色的墙壁通通洗一次，由此为每个人改变一切。

纸板屋顶可以拆下，他将它拎起来后直接看到各个房间。所有内墙都有，里面的门、壁橱也设计好了。厨房里还有橱柜、冰箱、洗碗机和炉灶。沃库特甚至在客厅里连小件的家具都用纸板做好，一张大书桌靠在西面窗下的墙边，一只沙发，几只边桌，一把长软椅，两把安乐椅，在房间这么长的壁炉前面放着一只矮茶几。卧室里的凸窗下是嵌入的抽屉——多恩称之为震颤派样式抽屉——对面便是大床，等待着它的两个主人。两头的墙上有固定书架。沃库特做好了几本纸板小模型的书放在上面，甚至还有书名。他擅长做这些东西，也更能做这些，瑞典佬想，比他的绘画强。是啊，如果我们能用十六分之一英寸替代一英尺，生活不是就没有那么枉费心机了吗？卧室里唯一缺少的就是一条纸板做的鸡巴，上面写着沃库特的名字。沃库特应该做个十六分之一英寸比例的多恩，肚子朝下，屁股翘到天，他的鸡巴从后面插进去。瑞典佬站在多恩的书桌前，望着多恩的纸板美梦，承受丽塔·科恩的愤怒的时候又发现这种东西，他也许好受些。

丽塔·科恩与耆那教有什么关系？一样东西与另一样有什么关系？不，这并没搅在一起，梅丽。这种咆哮与你有何关系，你甚至连水都不愿伤害？没有什么东西搅在一起——没有一点关系。只是在你的大脑里它有点关系。没有哪里有任何逻辑。

她一直在跟踪梅丽，尾随、盯梢，可是她们并无联系，她们从来都没有！这就是逻辑！

"你走得太远、太过分。你以为你在操纵演出，爸、爸、爸爸？你什么也不能操纵！"

然而，他是否在操纵演出都无所谓了，如果梅丽与丽塔·科恩有联系，以任何方式，如果梅丽说不认识丽塔·科恩是在对他撒谎，那么她也容易撒谎说爆炸后曾由谢拉收留过。如果真是那样的话，当多恩和沃库特逃出去住在这纸板房里的时候，他和谢拉肯定也可以跑到波多黎各。如果他父亲因此一命呜呼，好吧，他们只能埋了他。那就是他们要做的：将他深深埋到地下。

（他突然间想起祖父的死对父亲的影响。当时瑞典佬还是个孩子，才七岁大。前一天晚上，他祖父被急匆匆地送进医院，父亲和叔叔们整晚都坐在老人的床边。父亲回家时已是早上七点半。瑞典佬的祖父去世了。父亲钻出轿车，只走到房子前面的台阶就坐下来。瑞典佬躲在客厅的窗帘后面望着他。父亲一动不动，甚至母亲出来安慰他的时候也是如此。他在那里静静地坐了一个小时，身子一直朝前弓着，胳臂肘撑在膝头上，双手紧紧捂住脸。他脑袋里有那么多的泪水，他只好用强壮的双手那样把它托住，免得它从他的身躯上掉下来。当他又能抬起头时，便开车回去上班了。）

梅丽在撒谎？梅丽已经被洗过脑？梅丽是同性恋？丽塔是她的女朋友？梅丽在操纵整个疯狂的事情？她们不是为了别的，一心只想折磨我？是那种游戏，整个游戏就为了折磨我、给我痛苦？

不，梅丽没有撒谎——梅丽是对的。丽塔·科恩并不存在。如果梅丽相信，我也相信。他用不着去听从子虚乌有的人的话。她设计的这场戏也不存在，她充满仇恨的谴责、她的权威、她的力量都不存在。如果她不存在，她就没有力量。梅丽会有这些宗教信仰和丽塔·科恩吗？你听到丽塔·科恩在电话里咆哮就知道她是哪种人。对她来说，不管是在地球上还是在天上都没有什么神圣的生命形式。她与绝食、圣雄甘地、马丁·路德·金有什么相干？她不存在，因为这里面没有她的位置。这些也不是她讲的话，不是一位年轻姑娘讲的话。这些话毫无根据，是对某人的模仿。有人告诉她该做什么和说什么。从开始这就是一出戏。她也是一出戏，她自己做不到这些，背后有人，有腐败堕落、愤世嫉俗、变态扭曲的人安排这些孩子做这些事情。他们从丽塔·科恩和梅丽·利沃夫身上夺走她们一切天生的美好的东西，引诱她们参与这场戏。

“你想将她拉回到你们那些愚蠢的享乐中？把她从她的神圣状态拖进那种浅薄的、丧失灵魂的、只为生活的假象里？你们是这个地球上最低级的物种——你还不明白？你真的相信，以你对社会的理解，你这种没有因财富的罪恶受到惩罚而还在享乐的人，还会有什么东西，不管哪样东西，可以提供给这个女人吗？确切地说有什么？完全过着一种邪恶信仰的生活，就是那样，极端的吸血动物的行为！你不知道这女人是谁？你还未意识到这女人变成什么了吧？你一点也猜不出来她在与什么交往吧？”来自一个根本不存在的人的对中产阶级的持续控告，对他女儿堕落的祝贺和对他这个阶级的严厉责难：有罪！按照那根本不存在的人的说法。“你想将她从我这里带走？你，看见她时感到恶心吧？恶心，是因为她拒绝受到你们可耻的渺小的道德世界的束缚？告诉我，瑞典佬——你怎么会如此精明？”

他挂上电话。多恩有沃库特，我有谢拉，梅丽有丽塔，也许她没有丽塔——丽塔能留下来吃晚饭吗？丽塔能在这里过夜吗？丽塔能穿我的靴子吗？妈妈，你能开车送我和丽塔到村子里去吗？——我突然父亲死了。如果不得不这样，那也只好如此。他熬过他父亲的死亡，我也会熬过我父亲的死亡，我能熬过一切。我不在乎它有什么意义或者没有什么意义，它合适或者不合适——他们再也与我不相干了。我不存在了。他们现在是与一个没有责任心的人打交道，他们对付的这个人什么也不在乎。丽塔和我能炸掉那邮局吗？能。你不管要什么，亲爱的。不管谁死了，死吧。

疯狂与挑衅。一切都无从辨认。一切都不可靠。没有能聚到一块的环境了。他也不再是一个整体。他甚至连受苦受难的能力也已丧失。

一种极妙的想法控制了他：他受苦受难的能力也已丧失。

但是那种想法不管多妙，在他离开这房间后就行不通了。绝不应该挂断电话——绝不。她会让他为此付出巨大的代价。六英尺三英寸，四十六岁，一家上百万美元的企业，被一个不计后果、身材娇小的荡妇再一次弄得四分五裂。这是他的敌人，她真的存在。可是她从何而来？她为什么要给我写信、打电话、向我进攻——她与我可怜的、崩溃的女儿有什么关系？一点也没有！

她又一次让他汗流浃背，脑袋成了痛得嗡嗡直响的圆球，整个身子感到疲惫不堪，似乎到了死亡的边缘。然而他的敌人没有多少实实在在的东西，像个神秘的怪物。可不是一个影子敌人，并不是空洞无物——但又是什么？一名信使。对的。彻底挫败他、指控他、掠夺他、躲避他、抵御他，使他完全处于迷茫混乱，靠的是随意乱讲那些钻进她脑袋的疯话，用她精神错乱的陈词滥调把他包围，彻头彻尾地像一名信使。可是，谁的信使？来自何方？

他对她毫不了解，只知道她完美地表现了她那一类人的愚蠢，只知道他依然是她眼中的恶棍，她对他的仇恨也是肯定无疑的，只知道她现在二十七岁，不再是个孩子。一个女人，可是被古怪地固定在她的位置上，行为举止像人类肢体的机械运动，像一只大喇叭，是被装配成一只大喇叭的人的肢体，为的是要发出震耳欲聋的声音。这声音令人分裂和发狂。五年过去了，声音依旧，只是含义更多。梅丽的堕落是耆那教，丽塔·科恩的堕落是越来越甚。他对她毫不了解，只知道她要控制越来越多的东西——越来越、越来越超乎想像。他知道自己是在和一个不屈不挠的破坏者打交道，应付那么瘦小的人身上所具有的如此重大的东西。五年过去了，丽塔又回来啦。出了什么事，又将发生某种无法想像的事情。

他绝对闯不过今晚这一关。自从他将梅丽留在那个小房间，留在面纱后面，他就知道自己不再是那个总能避免被压碎的男人了。

我已经放弃了渴望和自我。这全靠你。

有人打开了书房的门："你还好吗？"原来是谢拉·萨尔孜曼。

"你要什么？"

她随手关上门进了房间："在餐桌上的时候你脸色不好，现在看来更糟。"

多恩的书桌上方挂着一个有康特照片的相框。康特赢来的那些蓝色绸带都钉在照片的两侧。这就是多恩每年登在西门塔尔养牛杂志上的康特的广告照片。是梅丽从多恩建议的三条广告词中选了一条。那是某天晚饭后在厨房里的事。**康特能为您的牛群创造奇迹。若要用公牛，那便是康特。一头能够产生一个牛群的公牛。**梅丽开始时为她自己的建议争辩——你能依靠康特[1]——只是遭到瑞典佬和多恩的分别反对后，梅丽才选中"**一头能够产生一个牛群的公牛**"这一句。在康特担当多恩优雅时髦的超级明星期间，这句话成了阿卡狄养牛协会的口号。

从前这书桌上摆放着一张梅丽的快照。那时她才十三岁，站在他们那头身躯长长的获奖公牛、金证莱牛种牛的前面，手牵着它鼻环上的皮绳。作为一名四健会少年，她已经学会怎样牵牛、怎样洗刷和对付一头公牛，先是一岁的小牛犊，然后才是大家伙。多恩教她怎样控制康特——举起拉着皮绳的手，它的头就会抬起，稍微把手里的皮绳

1 康特字面意为依靠。

拉紧一点，动一动，先让康特知道自己的优势，但也要和它交流。这样的话，它会比她将手懒散地放在一边时更听话一些。尽管康特不难对付，也很温顺，多恩还是提醒梅丽绝对不要信任它。它有时也会发脾气，甚至对梅丽和多恩也如此，这两个是它在这世界上最熟悉的人。就在那张照片里——他喜欢这张照片，就同他喜欢登在《德威尔-朗多夫信使》第一页上多恩身穿铜扣休闲西装站在壁炉前照的那张一样——他看得出多恩耐心地教梅丽和梅丽认真地向她学习的全部内容。可是照片没有了，随之消失的还有多恩儿童时期的纪念物，一张春湖上漂亮木桥的照片，木桥跨过湖面通向圣凯瑟琳教堂。那是在春天灿烂的阳光下拍的，杜鹃花在桥的两端盛开，饱经风霜的宏伟教堂的铜圆顶在这种背景的衬托下显得金碧辉煌。在那里，她还是个孩子时，就把自己想像成身穿洁白婚纱的新娘。现在多恩的书桌上摆的只是沃库特的纸板模型。

“这就是新房子？”谢拉问他。

“你这母狗。”

她没有动，直勾勾地盯着他，不说话，也不动一下。他可以从墙上取下康特的相框，用它敲打她的脑袋。她依然会静止不动，依然用某种方式不让他了解她发自内心的反应。在五年前，长达四个月，他们是情人。她那时候都能对他隐瞒，为什么现在要告诉他真相？

“别管我。”他说。

但是当她转身按照他粗暴的要求做时，他抓住她的胳膊，猛力旋转直接撞在紧闭的房门上。“你收留了她。”他压低声音，但冲出喉管的粗声粗气的话根本掩饰不住自己的愤怒。她的头骨被他的双手紧紧夹住。她的头以前也曾被他有力地握住过，但是，绝对，绝对不像这样。“你收留了她！”

“是的。”

“你从不告诉我！”

她没有回答。

“我可以杀了你！”他说，这么说着却放开了她。

“你见到她了。”谢拉说，双手优雅地抱在胸前。荒谬的镇定，就在他威胁要杀她以后。这可笑的自我控制，总是这种可笑的、细心的自我控制的思维。

“你知道一切。”他咆哮道。

“我知道你所经历的东西。能为她做点什么？”

“靠你？你为什么要让她走？她到了你家。她炸掉一幢楼房。你全知道——你为什么不给我打电话，和我联系？”

“我不知道那件事。那天晚上我才知道。她到我那里的时候，只是有些失常。她坐立不安，我不知道是怎么回事。我以为是家里出事了。”

“可是，过几个小时你就知道了。她和你一起待了多久？两天，三天？”

“三天。她第三天就走了。”

“那么，你知道发生什么事了。”

“我后来才知道。我不敢相信，可是——”

“电视上播了。”

“她那时还在我家。我已经答应她我会帮她。她没有什么问题不能对我讲，我也能为她保密。她要我相信她。那是在看新闻之前。那时候我怎么能背叛她？我是她的医师，她是我的病人。我总想做对她最有利的事。还有什么选择？让她被捕？”

“给我打电话。那就是选择。给她父亲打电话。如果你当时就找到我，对我说‘她很安全，别为她担心’，不让她离开你的视线——”

“她是大姑娘了。你怎么能不让她离开你的视线？”

“你把她关在你家里，把她留在那里。”

“她不是动物。她不像猫或鸟，你可以关在笼子里。她要去做她想做的任何事情。我们相互信任，塞莫尔，在那个时刻伤害她的信任感……我想让她知道在这个世界上还有她可以信任的人。”

“在那种时刻，信任不是她所需要的，她需要我！”

“可是我确信他们要搜查的就是你家。给你打电话有什么好处？我不能开车送她出去。我甚至在想他们会知道她在我家。突然间，似乎很明显那是她最可能待的地方。我开始想到我的电话已被窃听。怎么给你打电话？”

“你总可以想法联系。”

“她刚到的时候，非常激动，一定是出什么事了，她只是大声地喊叫有关战争、有关家庭的事。我以为是家里发生了什么可怕的事情。她肯定遇到很糟糕的事。她与以前大不一样，塞莫尔，那姑娘身上发生了非常可怕的事情。她说起话来似乎非常恨你。我不敢想像……但有时候你会把人往最坏处想。我想那就是我们在一起时我一直要弄清楚的东西。”

“什么？你在谈什么？”

“真的有什么事情不对头？她真的遭受了什么事情才去那样做？我也糊涂了。我想让你明白，我从不相信那是真的，我也不想相信。可是，我当然也会猜想。任何人都会。”

“还有？还有呢？和我偷情——和我保持短暂的关系，你到底发现了什么？”

“发现你对人和蔼、有同情心。你尽量做好每一件事，是个聪明正直的人。你和她炸掉那幢楼之前我所想像的一样。塞莫尔，请相信我，我只是想让她安全。我接纳她，给她洗澡，把她弄干净，给她地方睡觉。我真的不知道——”

“她把那房子炸飞了，谢拉！有人被杀！该死的电视全在播放！”

“可是我不知道，直到打开电视。”

“那么，晚上六点钟你也知道了。她在那里待了三天。你却不和我联系。”

“和你联系有什么用？”

“我是她父亲。”

“你是她父亲，可她炸飞了一幢楼。把她带回你这里有什么好处？”

“你还不明白我说的话？她是我女儿！”

“她是个非常坚强的姑娘。”

“坚强得可以在这世界上照顾自己？不！”

“把她交到你手里也不会有什么作用。她不会静下心来吃她的饭、做她的事。你不可能炸掉房子后又去——”

“你的责任就是告诉我她到了你家。”

“我认为那样只会让他们更容易发现她。她经历了这些事，比以前坚强多了，我认为她可以自己处理。她是个坚强的女孩，塞莫尔。”

“她是个疯女孩。”

"她陷入麻烦了。"

"啊，我的天！父亲就不能对陷入麻烦的女儿起点作用？"

"我相信父亲起了很大的作用。那就是我为什么不能……我只是以为家里发生了可怕的事情。"

"可怕的事情发生在综合商店。"

"可是你应该见过她——她长得那么胖。"

"我应该看见过她？你以为她一直在哪里？你的责任是和她的父母联系！不应该让这孩子漫无目的地乱跑！她从来就没有像那样需要我，从来就没有像那样需要父亲。你却告诉我她从来就没有像那样不需要我。你犯了一个严重的错误。我希望你清楚这一点。一个可怕，可怕的错误。"

"那时候你能为她做什么？那时候谁能为她做什么？"

"我应该知道。我有权知道。她是个未成年人，是我的女儿，你有义务通知我。"

"我的首要义务是对她，她是我的病人。"

"她已经不是你的病人了。"

"她曾经是我的病人，一位特殊的病人。她已经取得了一些进展。我的首要义务是对她。我怎么能伤害她的信心？她本来就受过伤害。"

"我一点也不相信你说的这些。"

“这是原则。”

“原则是什么？”

“就是不能背弃病人对你的信任。”

“还有另一条原则，白痴——反对杀人的原则！她是一名在逃犯！”

“别这样谈她。当然她跑掉了。她还能怎么办？我想她也许会去自首。但是她会自己安排，以她自己的方式。”

“那我呢？她母亲呢？”

“是啊，见到你我很难受。”

“你见到我长达四个月，天天难受？”

“每次我都在想，如果让你知道，也许完全不同了。但是我不清楚到底会有什么区别。不会有什么变化，你已经完全崩溃了。”

“你这毫无人性的母狗。”

“我也没有其他办法。她要我别说，她要我相信她。”

“我不明白你怎么会这样目光短浅。我不明白你怎么会这样轻信一个女孩子的话，很明显，她疯了。”

“我知道很难去面对。整个事件都让人难以理解。可是，尽量将这事怪罪于我，以为我本来可以做点什么，那情况就会不一样——这也不可能使她的生活有所改变，也不可能使你的生活有所改变。她在逃。不可能让她回来到那里。她已经不是以前的那个女孩，有什么不对头。我觉得带她回来毫无意义。她变得那么胖了。”

“别说那些！那有什么意义！”

“我只是在想，她那么胖，那么气愤，肯定是家里出了非常糟糕的事情。”

“你想那是我的错。”

“我没有那样想。我们都有家。那里常常是一切事情变糟的地方。”

“所以你就自作聪明地让这个杀了人的十六岁的孩子逃进黑夜之中，孤立无援，没人保护。你明白只有上帝才知道她将会遇到什么。”

“你谈起她来好像她是个毫无防御能力的女孩。”

“她是个毫无防御能力的女孩。她一直是个毫无防御能力的女孩。”

“只要她炸掉那房子就没有什么办法了，塞莫尔。我完全可以背弃她的信任，但那又有什么用？”

“我会和女儿在一起！我可以保护她不让那些事情在她身上发生！你不知道她身上发生了什么事情。你没有见过我今天看到她的样子。她完全疯了。我今天见到她，谢拉。她一点也不胖——她是一根棍子，一根披着破布的棍子。她住在纽瓦克的一个房间里，那是想像得到的最糟糕的环境。我无法对你描述她是怎么生活的。如果你告诉我，就完全不同！”

“我们要是没有那段情——将会完全不同。当然，我知道你可能会受到伤害。”

“因为什么？”

“因为我看见过她。要全部翻出来？我不知道她在哪里。我没有任何关于她的消息。全部经过就是这些。她没有疯。她感到不安，很气愤，但没有疯。”

“炸掉百货商店还不算疯？制造炸弹、在百货商店的邮局安放炸弹还不算疯？”

“我说的是在我家里她还没有疯。”

“她已经疯了。你知道她已经疯了。如果她还去杀其他人那会怎样？连那么点责任心也没有？她干的，你清楚。是她干的，谢拉。她又杀了三人。这事你又怎么想？”

“别说这些来折磨我。”

“我在告诉你！她又杀了三人！你完全可以制止！”

“你在折磨我。你在尽量折磨我。”

“她又杀了三人！”他说着便从墙上扯下康特的照片，朝她脚上砸去。但那也未使她恼怒——似乎让她恢复了自我控制。她以自己惯有的方式，毫不生气，甚至没有一点反应，威严、沉默。她转身离开房间。

“能为她做什么？”他怒吼道，一直跪在地上，小心翼翼地收集散落的碎玻璃，装进多恩的废纸篓。“能为她做什么？能为任何人做什么？什么也不能做。她当时十六岁了。十六岁，而且完全疯了。她是个未成年人，是我女儿。她炸掉了一幢房子。她是个疯子。你没有权利放她走！”

没有玻璃，他还是把那不可动摇的康特的照片又挂在书桌上方。此时去聆听人们无休止的关于这样那样的闲聊似乎是命运交给他的职责，他从刚才所处的野蛮状态回归到实实在在、有条不紊的荒谬的晚餐上来。那是残存的、能让他免于崩溃的东西——一顿晚餐。在他生活中整个事业持续地冲向毁灭的时刻，他所能抓住不放的就是——一顿晚餐。

他恪尽职守地回到烛光通明的阳台上，脑袋里想着一切他弄不明白的东西。

*

菜没有了，沙拉也被吃掉，大家已经用过点心，那是麦克弗森店里买的新鲜的草莓大黄馅饼。瑞典佬看到大家重新就座吃最后一道菜。沃库特，依然把他邪恶的狗屎隐藏起来，躲进夏威夷衬衫和紫红色裤子里，他已换坐到桌对面与尤曼诺夫夫妻交谈。他们都和蔼可亲，一起欢笑，话题已不是《深喉》了。其实《深喉》从来就不是真正的话题。在《深喉》的下面不断涌现的是比它可恨得多、更为出轨的关于梅丽、关于谢拉、关于希利、关于沃库特和多恩的话题，关于邻居和朋友间的放荡、背叛、欺骗、奸诈、不和的话题，残忍的话题。嘲笑人类的正直，废除所有道德的责任——这就是今晚的话题！

瑞典佬的母亲走过去坐在多恩旁边，多恩此时正在与萨尔孜曼夫妇交谈。他父亲和杰西已不见踪影。

多恩问："有要紧事？"

"是捷克的那家伙，那位领事，有我需要的信息。我父亲呢？"

他盼望她说"死了"，可是她四下望望，只说了声"不知道"，又回头看着希利和谢拉。

"爸爸和沃库特夫人走开了，"他母亲小声说道，"他们一起去了什么地方。我想是在屋里。"

沃库特朝他走过来。他们的个子差不多，都很魁梧，但瑞典佬总是更强壮一些，一直可以追溯到他们二十多岁的时候。那时梅丽才出生，利沃夫一家刚从纽瓦克的伊丽莎白大街公寓房搬到旧里姆洛克来，这位新来者星期六早上开始在沃库特家后面的触式橄榄球活动中露面。到那里为的是好玩，呼吸新鲜空气，享受摸着球的感觉和友情，想结交一些新朋友，瑞典佬丝毫没有想到炫耀或显得高人一等，除了他毫无选择的时候以外：沃库特在球场下和蔼可亲，总能为他人着想。他一上场就乱动手脚，连瑞典佬都觉得他不像运动员的样子——瑞典佬认为这样太可耻和遭人烦，是这种临时玩玩的活动里最糟糕的行为，即使沃库特那个队碰巧落后也不该如此。这种事情一连发生了两个星期后，他决定在第三个星期做他任何时候都可以做的事——打倒他。所以在球赛快结束时，用一个快速的动作——借助另一个人的重量来造成这种伤害——他马上就成功地接住了巴克·鲁宾森的一个长传，当他有把握沃库特就趴在他脚下的草地上时，才一跃而起，攻门得分。跃起时，他最先想到的是“我不喜欢被人看不起”，这正是多恩不愿加入沃库特家族墓地郊游时说的那句话。他独自冲向球门线，并没意识到多恩的易受攻击的脆弱性是怎样影响了他，也没有想到那种可能性极小的事情——她觉得自己作为一名爱尔兰管道工的女儿在伊丽莎白长大，在这里肯定会遭人耻笑——使他怎样不安分（他当着她的面排除了这种可能性）。当他得分后回过头来，他看见沃库特还躺在地上，他想道，“两百年的莫里斯县历史直挺挺地躺在那里——那将会教你小看多恩·利沃夫。下次你会全场球赛都在地上玩”，然后，他才一路小跑回去看看沃库特怎样了。

瑞典佬一踏上阳台他就清楚，自己会毫不费力地拿着沃库特的脑袋在石板上猛撞，想撞多少次就多少次，直到把他送入他那了不起的家族墓地。是啊，这家伙有毛病，一直是这样，瑞典佬早就知道——从那些糟糕的绘画中知道，从他在后院临时球赛中粗鲁的打法上知道，甚至在墓地的时候就知道，当时沃库特花了整整一个小时以异教徒的方式招待一个犹太人观光者……是啊，从一开始就有了极大的不满。多恩说那是艺术，现代艺术，一直单调地展示在他们客厅的墙壁上，那就是威廉·沃库特的不满。可是，现在他拥有我的妻子。他有了修补过的重新充满生机的一九四九年的新泽西小姐，以取代他不幸的杰西。成功了，现在都到手了，这贪婪的、盗窃成性的狗杂种。

“你父亲是个好人，”沃库特说，“杰西到外面来时一般没有谁这样关注她。那就是为什么她不愿出来。他是个非常慷慨大方的人。他很坦率，对吧？没有什么不讲。你可以了解他的全部。不用提防他人，问心无愧，自己创业发家，很厉害，一个令人惊讶的人，真的。了不起的人。他总有自己的特性，即使我这样出身的人也不得不羡慕这一切。”

啊，我敢说你是这样，你这狗杂种。取笑我们，你这淫棍。就这样笑吧。

“他们在哪里？”瑞典佬问。

“他告诉她，只有一种方法吃新鲜馅饼。那就是坐在厨房的餐桌边，就着一杯上好的冷牛奶。我猜他们正在厨房里喝牛奶。杰西学了她不必知道那么多的关于手套制作的知识。那也不错，没什么坏处。我希望你不介意我不能把她留在家里。”

“我们并不想让你把她留在家里。”

“你们都很善解人意。”

“我刚才看到你的房子模型，”瑞典佬告诉他，“就在多恩的书房里。”但是他现在看到的是沃库特左边脸上的一颗痣，一颗黑痣，就在从鼻子到嘴角的褶皱里。沃库特除了大鼻子，还配上一颗丑陋的痣。她觉得那颗痣吸引人？她吻那颗痣吗？她根本没有注意这家伙脸上有点胖？或者说，考虑到是一个旧里姆洛克上层社会的男孩，她就不在乎他的长相，就像伊斯顿妓院那些女郎一样泰然自若、职业性地无所谓？

“啊哈。”沃库特说，亲切地装作他是多么地没有把握。他用这双手玩球、穿那些衬衫、画那些画、操邻居的妻子，还成功地做到这一切，让人觉得自己始终都是一个理智的、深不可测的人。全是外表和托词。他努力，多恩说，让自己变得简单。高贵时超过绅士，低贱时不如耗子。酗酒是藏在他的妻子身上的魔鬼，性欲和敌意则是藏在他身上的魔鬼，是封存起来的、文明化的、掠夺性的。他是为了加强他们家族的进攻性——出身的优越性——那种小心谨慎的作风的进攻性。这仁慈的环境保护主义者，这老谋深算的掠食者，保护着他生来就有的，同时也秘密地获取他所没有的。这是威廉·沃库特的文明化的野蛮，是他动物行为的文明形式。相比之下，我更喜欢牛群。“本来计划在晚饭后给你看——还要加上长篇大论。”沃库特说。“能想像没有长篇大论？”他问道，“我认为不行。”

当然——做到无人知晓才是目的。然后你便可以有条不紊地生活，窃用那些漂亮的妻子。在厨房里他就应该用煎锅砸这两人的脑袋。

“不能想像，完全不能。”瑞典佬说。由于他控制不住要和沃库特讲话，他又说道，“很有趣。我现在明白了你那些关于光线的想法。我想让阳光照到所有那些墙上，那会很壮观。我想在里面你会感到非常愉快。”

沃库特笑了起来：“你，你指的是你。”

可是瑞典佬并没有听出自己的错误。他没有听到，因为一个重要的想法出现在脑海里：他应该做什么，却没有做。

他应该控制住她，不应该把她留在那里。杰里是对的。开车去纽瓦克，马上动身，带上巴里。他们两人能够降伏她，用车把她带回旧里姆洛克。如果丽塔·科恩在那里？我就杀了她。如果她在我女儿附近，我将汽油淋在那头发上，让那小阴道烧起来。毁掉我女儿，在我面前炫耀她的阴部。毁掉我的孩子。这就是意义——他们毁掉她就是为了得到毁掉她的乐趣。带上谢拉，带上谢拉。安静下来。带着谢拉一起到纽瓦克。梅丽听谢拉的话。谢拉可以和她谈谈，把她弄出那个房间。

"——让我们来访的知识分子把一切都搞错吧。她玩法国人攻击资产阶级的那种游戏时的自鸣得意的无礼行为……"沃库特对瑞典佬讲，他对马西亚的装腔作势感到好笑，"我想在她看来，她不用遵从一般宴会上应该讲些什么的规矩。但这依然令人吃惊，我常常纳闷，空虚怎么会总是伴随着聪明。她真的丝毫没有意识到她谈的什么。知道我父亲常说什么？'全是脑袋，没有智慧。越机灵，越愚蠢。'很恰当。"

要不要带上多恩？不。多恩不想和他们的灾难再有任何关系。她只是在等待中才和他在一起，直到房子建起来。自己去干吧。开着你该死的车回去，去接她。你爱她，还是不爱？你对她让步，这正和你对父亲让步一样，也和你对生活中的一切让步一样。你害怕将野兽从袋里放出来。对她进行了多么严厉的抨击。你把自己藏起来，从不选择！可是他怎么才能将梅丽带回家，现在，今晚，戴着那面纱，父亲也在此？如果他父亲见到她，会当场毙命。那么到其他地方？他能带她到哪里？他们两人到波多黎各去生活？多恩不会关心他到哪里。她只要沃库特。他必须在她再次踏进那条地下通道之前接走她。别去想丽塔·科恩。别去想那个毫无人性的蠢货谢拉·萨尔孜曼。他才不在乎。给梅丽找个地方住，没有那条地下通道的地方。那才是重要的。就从地下通道着手，以免她在那里被人杀掉。在早晨之前，在她离开那房间之前——就从那里开始。

他在不断地崩溃，以他自己了解的唯一的方式。那实际上不是真正的崩溃，而是在下沉，整个晚上都由于重负下沉而逐步消失。这人从未完全放开过，爆发过，只是下沉……但是现在，非常明确该做什么。黎明前将她从那里接出来。

多恩以后[1]。多恩以后的生活难以想像。没有多恩，他将一事无成。可是她想要沃库特。"特权白人的温柔。"她说过，差不多是打着哈欠表达了她的观点。然而，那种温柔对小小的爱尔兰天主教姑娘却有可怕的魔力。梅丽·利沃夫的母亲需要的就是威廉·沃库特三世。这位戴绿帽子的丈夫清楚。当然，现在才清楚这一切。谁能带她回到她一直都向往的梦境？美国先生。有沃库特做伴，她将回到原来的轨

1 前段最后一句中的"黎明"一词与妻子名字多恩（Dawn）相同，因而引起联想。

道。春湖、大西洋城，现在是美国先生。摆脱我们孩子的污点，在她信任状上的污点，摆脱炸毁商店的污点，她又可以开始过洁白无瑕的生活。可是我被商店挡住了去路，她也明白这一点，知道我不被容许前行，我再也没有任何用处。这是她和我并肩而行的终点。

他取过一张椅子，坐到妻子和母亲的中间，甚至当多恩正在讲话时，他握住了她的手。握一个人的手有一百种不同的方式。有和小孩握手的方式，和朋友握手的方式，和年迈的父母握手的方式，和即将分别、濒临死亡、已经去世的人握手的方式。他握着多恩的手，用的是一个男人对他爱慕的女人的方式。所有的激情都传输到他的紧握之中，似乎加在手掌上的压力可以引起两个灵魂的转移，似乎手指的交错连接象征着每一种亲昵。他握住多恩的手，似乎他对自己的生活处境一无所知。

就在此时他想道：她也想回到我的身边。可是她不能，因为一切太糟糕。她还能怎么办？她肯定认为她是毒药，生了一个杀人犯。她必须戴上一顶新皇冠。

他应该听父亲的话，永远别娶她。他公然反抗他，仅此一次，但那就是所需要的——奏效了。他父亲曾说过："有成百上千的犹太姑娘，可你非要找她。你在南卡罗来纳找到一位，邓尼伟，可你看到了光明，扔掉了她。你回到家，在这里发现了德威尔。塞莫尔，为什么？"

瑞典佬不能对他说："南卡罗来纳那位姑娘很漂亮，可是没有多恩一半漂亮。"他不能对他说："美貌的威力是个毫无理性的东西。"他才二十三岁，能说的只是："我爱上她了。"

"'爱上'，那是什么意思？当你有了孩子，'爱上'会为你做什么？你怎么抚养孩子？作为天主教徒？作为犹太人？不，你将来养大的孩子既不是这种也不是那种——全是因为你'爱上'。"

他父亲说得对，发生的一切不出所料。他们养大的孩子既不是天主教徒也不是犹太人，先是一个结巴，然后成了杀人犯，最终变为耆那教徒。他这一辈子都在努力，决不犯任何错误，可那就是他所做的。他将所有的冤屈都封闭起来，藏在自己心里，尽一个人的能力把它深埋下去，可是它还是冒了出来，只因一位姑娘漂亮。他生命中最严肃的事情，似乎从他一出生起，就是避免他所爱的人们遭受苦难，就是好心待人，永远和蔼可亲。那就是为什么他要带着多恩到工厂办公室与父亲秘密见面——努力打破宗教僵局，避免使他们中的任何一位不开心。那次见面是他父亲提出来的：面对面，在"那位姑娘"（娄·利沃夫宽厚地在瑞典佬面前这样提到她）与"食人魔鬼"（那位姑娘这样称呼他）之间进行。多恩并不害怕，让瑞典佬吃惊的是，她居然同意。"我身穿泳装走上T型台，不是吗？那不容易，你可能不懂。两万五千人。那不是种非常有尊严的感觉，穿着鲜亮的白色泳装和鲜亮的白色高跟鞋，被两万五千人盯着看。我穿着泳装出现在游行队伍里，那是在肯顿，七月四日。我不得不那样做，我恨那一天。我父亲几乎死掉。可是我做了。我用胶带将该死的泳装粘到皮肤上，塞莫尔，这样它就不会往上缩——把胶带贴在自己屁股上。我觉得自己像个畸形人。可是我接受了新泽西小姐这个工作，所以就去干。一项非常累人的工作，州里每一个城市，每次出场五十美元。如果你工作卖力，酬金增加，于是我就去干。拼命去做完全不同的、吓死我的那种事——可是我做了。圣诞节我突然向父母宣布联合县小姐的消息——你认为那很有趣？可是我做了。如果我能做那一切，我就能做这事，因为这不是做一个站在巡游花车上的傻女孩，这是我的生活，我的整个未来。这是为了永远！但是你得在场，你会的吧？我不能独自到那里去。你必须在那里！”

她这么令人难以置信地勇敢，他毫无选择，只好说，“我还能在哪里？”在去工厂的路上他警告她别提玫瑰经念珠、十字架或天堂，尽量离耶稣远一点。“如果他问家里是否挂着十字架，就说没有。”“可那是撒谎。我不能说没有。”“那么说有一个。”“那是谎话。”“多尼，如果你说三个也没有多大益处。一个和三个是一样的。你的意思同样表达清楚了。就这样说，为了我，说有一个。”“我们看着办。”“你用不着提起其他东西。”“其他什么东西？”“圣母马利亚。”“那不是东西。”

“塑像，好了吧？忘了它。如果他问：‘你们有塑像吗？’就告诉他没有，只对他说：‘我们没有塑像，没有画，就一个十字架，完了。’”他解释说，宗教饰物，就像在她家餐厅和她母亲卧室里的那些塑像，和她母亲贴在墙上的那些画，都是让他父亲难受的东西。他不是在维护他父亲的地位。他只是解释说，那个人是以某种方式成长起来的，他就是那种方式的人，没有谁能改变，所以，为什么要去激怒他呢？

反对父亲不是件轻松的事，不反对父亲也不是件轻松的事——这是他慢慢发现的。

反犹主义是另一个让人头疼的话题。小心你说的关于犹太人的话。最好只字不提犹太人。还要离神甫远一点，别谈论神甫。“别告诉他关于你父亲小时候在乡村俱乐部当球童时和神甫之间的事情。”“我为什么会告诉他那件事？”“我不知道，但是别靠得太近。”“为什么？”“我不知道——只是别那样。”

其实他知道为什么。如果她告诉他，她父亲第一次发现神甫们有生殖器是在衣帽间里，当时他周末去做球童，那之前他根本没有想到他们生理上也有欲望，他自己的父亲很有可能要问她：“你知道他们在行割礼后用犹太小男孩的包皮做什么？”而她肯定会说：“我不知道，利沃夫先生。他们到底用包皮做什么？”利沃夫先生会回答——他最喜欢的一个玩笑——“他们把它们寄回爱尔兰。他们等着，直到收集够了，就把它们寄到爱尔兰，用它们做出神甫来。”

那是一次瑞典佬永远也无法忘记的谈话，主要原因并不是他父亲说的那些东西，那些他早就预料到了。多恩将它变成了一次难忘的交流。她很坦率，并没有那么认真地编造有关她父母的事情或任何他知道对她来说很重要的事情——她的勇气才是令人难忘的。

她比未婚夫要矮足足一英尺多，按照其中一个对丹尼·德威尔[1]很有信心的裁判在大赛后的说法，她未能进入大西洋城比赛的前十名，只是因为脱掉高跟鞋后身高才五英尺两英寸半，而在那一年有五六个同样聪明和漂亮的姑娘，所以肯定就要看身材了。这种娇小（是否真的使她在筛选时丧失资格——也难以给瑞典佬满意的解释，为什么亚利桑那小姐应该夺得那次的桂冠，而她才五英尺三英寸）只是加强了他对多恩的倾心。在一个像瑞典佬这样天生就有责任感的年轻人看来——而且这个英俊男孩总在努力不让人只把他看做徒有惊人的外表——多恩只有五英尺二，这件事在他内心更加激起一种男子汉挺身而出、提供保护的冲动。在那次多恩与他父亲的漫长而艰难的谈判之前，他全然不知自己爱上了一位如此坚强的女孩。他甚至怀疑自己是

1 多恩的名字。

否真的想要和如此坚强的女孩谈恋爱。

除了她家十字架的个数，她彻底撒了谎的另一件事就是洗礼，在这一点上她最后似乎快要停止抵抗了，好不容易才熬了三小时的谈判，就在这时，瑞典佬觉得令人吃惊的是他父亲竟然马上就放弃了这个话题。后来他才意识到父亲故意拉长谈判的时间，直到这位二十二岁的姑娘快要筋疲力尽，这时他在洗礼这个问题上来了个一百八十度的大转变，只和她聊了圣诞节前夕、圣诞节和复活节圆帽就收场了。

梅丽出生后，多恩还是给她进行了洗礼。她本来可以自己举行洗礼，或者请她母亲来干。但她还是想正式一些，所以请了一位神甫和一些教父教母，把孩子带到教堂举行洗礼。在娄·利沃夫偶然在旧里姆洛克那房子的一间无人使用的卧室抽屉里发现洗礼证书之前，无人知道此事——只有瑞典佬，多恩当天晚上就告诉他了，刚洗礼过的婴儿已经入睡。她已去除原罪、注定将上天堂。等洗礼证书重见天日的时候，梅丽已经是一个六岁大的家中宝贝，她引起的不安很快就平息了。尽管如此，那并不意味着瑞典佬的父亲能够动摇自己的信念，他认为梅丽生活中的艰辛背后就是那次秘密的洗礼：那件事和圣诞树、复活节圆帽，足够让这女孩永远也弄不清楚她到底是谁。那件事，还有她的德威尔外祖母——她也无济于事。梅丽出生七年后，多恩的父亲第二次心脏病发作，在安装炉子的时候突然去世。从那时起，没有什么能将德威尔外祖母拖出圣吉纳维芙教堂。她每次只要遇到梅丽，便诱使她上教堂，只有上帝知道她们在那里给她灌输了什么。瑞典佬现在要相信父亲得多——关于这事，关于一切事情，真的，比起他自己成为父亲之前——总是对他说："爸，梅丽把这一切不当一回事。对她来说那只是外祖母和外祖母做的事情。和多恩的母亲一起上教堂对梅丽来说并不意味着什么。"可是他父亲不买账："她跪下了，不是吗？她们到那里做的那一套，梅丽跪在地上——对吧？""是啊，当然，我猜也是这样，她跪下了。但是那对她毫无意义。""是吗？对我却很有意义——意义很大！"

娄·利沃夫退却了——也就是说，在儿子面前——不将梅丽的尖叫声归罪于洗礼。但是他和妻子在一起的时候，他就没有这样小心了。他愤怒地想到那位姓德威尔的女人使孙女受"某种天主教废话"的罪，他大声地质问，梅丽第一年的高声尖叫把全家人都吓得要死，难道不是那次秘密的洗礼一直在暗地里作祟吗？也许发生在梅丽身上的一切糟糕的事情，甚至那件最糟糕的，都起源于那个时候和那个地方。

她尖叫着来到这世上，尖叫声没有停止。这孩子尖叫时嘴张得太大，脸上细小的血管都裂开了。医生起先以为是腹痛，可是持续了三个月。为了找到另外的答案，多恩带她去做了各种检查，看了各种医生——然而梅丽从不让你失望，她当场也会叫起来。有一次多恩甚至从尿布上挤出一些尿来，拿去让医生化验。那时，他们有性格开朗的迈拉做管家，一个高大、欢快的酒吧招待的女儿，来自莫里斯顿的小都柏林。如果梅丽闹起来、放声尖叫，她总是抱起梅丽，让她依偎在她枕头似的丰满胸脯上，低语柔情地安抚她，就像对自己亲生的孩子一样。可是迈拉这样做，效果并不比多恩的好多少。为了控制引发那种尖叫的机能，没有哪一种方法多恩没有尝试过。她带梅丽去超市时，事先要做充分的准备，似乎要用催眠术让孩子进入安静的状态。要去购物，她总会给她洗个澡，睡会儿觉，换上漂亮的干净衣服，把她在车上安顿好，用购物车推着她四下转悠——也许一切都很正常，直到有人走上前来，在推车上弯着腰说道："啊，多可爱的宝宝。"那就糟了：接下来就是无法安抚的二十四小时。晚饭时，多恩会对瑞典佬说："所有努力全白费了，快要把我逼疯了。如果有用的话，我宁愿倒立起来——可没有用。"梅丽第一个生日的家庭电影里面，大家都在唱《生日快乐》，梅丽却坐在她的高脚餐椅上高声尖叫。但是只过了几个星期，没有什么明显的原因，这种尖叫的狂怒开始减弱，然后次数越来越少，到她一岁半时一切都变得美妙，并保持下来，直到开始结巴。

梅丽身上出现的毛病是她爷爷那天早晨在中央大街见面时就预料到的。瑞典佬坐在办公室角落的一张椅子上，完全脱离战线，每当多恩提到耶稣，他都痛苦地透过玻璃观看车间里正在缝纫机上工作的一百二十名女工——其他时候他总盯着自己的脚。娄·利沃夫铁青着脸坐在桌前，那不是他最喜欢的、在外面生产车间喧闹的活动中心的书桌，而是他很少使用的、躲在玻璃隔间里寻求安静的书桌。多恩并没有哭，没有崩溃、撒谎，真的，几乎没有——只是坚守自己的阵地，就靠她那六十二点五英寸[1]。多恩——她为这样的严加盘问唯一做过准备的一次是在她参选新泽西小姐时的面试。这一项占总分比例挺高，当时她站在五位就坐的裁判面前，回答有关她生平的问题——感觉不错。

下面是瑞典佬永远也忘不了的问话的开场白：

德威尔小姐，你的全名是什么？

玛丽·多恩·德威尔。

玛丽·多恩，你脖子上戴十字架吗？

我有。高中时我戴了一段时间。

那么，你认为自己是信教的人。

不。那不是我佩戴的原因。我戴它是因为我参加过静修，回家后才开始戴十字架。那不是一个很大的宗教标志，只象征着参加过这种

1 即上文提到的多恩的身高，五英尺两英寸半，一英尺等于十二英寸。

周末静修，我在那里交了许多朋友。这方面的意义远远超过作为一个虔诚的天主教徒的标志。

你家里有十字架吗？挂起来吗？

只有一个。

你母亲虔诚吗？

啊，她上教堂。

多久去一次？

经常。每个星期天，从不间断。还有就是在大斋节[1]期间，他们每天都去。

她从那里得到什么？

从那里得到？我不知道我是否清楚。她得到安慰。待在教堂里能得到安慰。我奶奶死后她常去教堂。有谁死了或病了，它会给你某种安慰。有点作用。你为了某种目的念玫瑰经——

玫瑰经就是用念珠？

是的，先生。

你母亲也那样做？

1 每年复活节前的四十天，基督徒视之为禁食和为复活节作准备而忏悔的季节。

啊，当然。

我明白了。你父亲也像那样？

像哪样？

虔诚。

对，对，他是的。上教堂让他觉得自己是个好人。他在尽自己的职责。我父亲在道德方面很保守。他成长时受到的天主教影响比我的要严厉得多。他是个工人，管道工，烧油的。在他看来，教会非常强大，能使你做正确的事情。他这个人很在乎对与错、做坏事要受到惩罚，以及性生活戒律的这些问题。

我不会不赞成。

我想你也不会。当你谈到这些时，你和我父亲没有太大的区别。

除了他是个天主教徒，一个虔诚的天主教徒，而我是个犹太人，区别也不太小。

啊，可能也算不上太大。

算。

好吧，先生。

耶稣和玛丽怎么样？

什么怎么样？

你怎么看他们？

作为人？我没有把他们当做人来看。我记得小时候我告诉母亲，我爱她超过爱其他任何人，她却告诉我那样不对，我应该更爱上帝。

上帝还是耶稣？

我认为是上帝，也许是耶稣。但是我不喜欢，我想最爱她。除那以外，我不记得有将耶稣当成一个人或个体的特殊情形。对我来说只有一次这些人是真的，耶稣受难日那天人们进行苦路祈祷[1]，你跟耶稣上山到他受难的十字架前。那个时候他才成为一个真人。当然，还有马槽里的耶稣。

马槽里的耶稣。你怎么看马槽里的耶稣？

我怎么看？我喜欢马槽里的婴儿耶稣。

为什么？

啊，那种情形里有令人非常开心和欣慰的东西，并且重要。谦卑的时刻。周围全是稻草、小动物，大家拥抱到一起。多么美妙、温暖的场景。在那里你想像不到寒冷和风雪，总燃着一些蜡烛。大家都崇拜那个婴儿。

好了。大家都崇拜那个婴儿。

1 耶稣受难日指复活节前的星期五，被基督教徒作为耶稣受难节予以纪念。苦路祈祷是一种重现耶稣被钉上十字架过程的宗教活动。

是的。我看不出那有什么不好。

觉得犹太人怎样？我们来谈点实质问题，玛丽·多恩。你父母关于犹太人说了些什么？

（停顿）啊，我在家里很少听到谈犹太人。

你父母关于犹太人怎么说？我想听你回答。

我认为，比起你以为可能听到的更值得注意的是，我母亲也许意识到她不喜欢犹太人，但是她并没有意识到，也许也有人不喜欢她作为天主教徒。我记得有一件事情我不喜欢。在山坡路那里我有一个朋友是犹太人，我记得那时我不喜欢的是我会上天堂，可她不会。

为什么她不能上天堂？

如果你不是基督徒，你就不能上天堂。这似乎让我很难受，夏洛特·威克斯曼不会在天堂上陪我。

玛丽·多恩，你母亲怎么反对犹太人？

请叫我多恩好吗？

多恩，你母亲怎么反对犹太人？

啊，问题不在于是不是犹太人，而在于你不是天主教徒。在我父母看来，你们和新教徒混在一块。

你母亲怎么反对犹太人？回答我。

好吧，就是你常常听到的那些。

我没有听到,多恩。你必须告诉我。

啊，主要是固执。(停顿) 贪财。(停顿) 他们会用“犹太人闪电”这个词。

犹太人闪光?

犹太人闪电。

那是什么意思?

你不知道什么是犹太人闪电?

还不知道。

为了获取保险金而纵火。那是闪电。你从未听说过?

没有,我头一次听说。

你感到吃惊。这不是我的本意。

是啊,我真的感到吃惊。其实我们可以开诚布公地谈谈这事,多恩。这就是我们到这里的目的。

不是指所有犹太人，指的是纽约的犹太人。

那新泽西的犹太人呢?

(停顿) 啊，是的，我想他们可能与纽约犹太人不同。

我明白了。不适用于犹他州的犹太人,犹太人闪电。还有蒙大拿州的犹太人。对吧?也不适用于蒙大拿州的犹太人。

我不知道。

你父亲和犹太人又怎样？让我们敞开谈谈，省去大家今后许多烦恼。

利沃夫先生，即使说过这些东西，大部分时候什么也不说。我家里不大说什么。一年两三次我们到饭店去，我父亲、母亲、弟弟和我在一起，我常常很惊奇地发现周围的家庭都在不停地谈论。我们只是坐在那里就餐。

你改变了话题。

对不起。我并不是要这样寻找借口，只是我不喜欢。我想表明的是，这些也不是他们强烈感受到的东西，不包含有真正的愤怒或仇恨。我要指出的是，他在很少的场合带贬意地使用“犹太人”这个词。不管怎样，这算不上真正的问题，只是每过一段时间会出点事。那倒是真的。

他们怎么看你嫁给犹太人？

他们和你看到儿子娶了天主教徒的感觉是一样的。我的一个堂妹嫁给了犹太人。他们也许会取笑，但不是什么大的丑闻。她岁数有点大了，所以大家都很高兴，她总算找到人了。

她这么老了甚至犹太人也行。她多大了，一百岁？

她三十岁。但也没有谁哭。那不算什么大问题，除非有谁想侮辱谁。

那又怎样?

啊，如果你对别人很气愤，你也许会说些贬损的话。我认为和犹太人结婚并非是大不了的事情。

直到怎样培养孩子的问题出现。

啊，是的。

那么,你和你的父母怎样解决这个问题?

我会自己解决这个问题。

什么意思?

我想给我的孩子洗礼。

你肯定喜欢那样。

你怎么自由都行，利沃夫先生，但洗礼不一样。

什么是洗礼？为什么这么重要?

哦，那是技术性地洗掉原罪。它的作用是，小孩死了后他们可以上天堂。如果他们死前没有接受洗礼，他们只能到地狱的边境。

啊,我们不想那样。让我问你其他事情。假如我说行,你可以给孩子举行洗礼。你还要别的吗?

我想等时候到了，我的孩子们应该有第一次领受圣餐的仪式。还有一些圣礼，你知道的——

你所要的只是洗礼,你认为那样的话,如果孩子死了,就能上天堂,

还有第一次圣餐仪式。给我解释一下它是什么。

就是我们第一次吃圣餐。

那又是什么？

这是我的身体，我的血——

这和耶稣有关？

是的。你不知道那事？你知道，那时候所有人都跪下。“这是我的身体，吃了它。这是我的血，喝了它。”然后你说“我的主，我的上帝”，再吃了耶稣的身体。

我不能到那一步。对不起，我做不到那样。

好吧，只要有了洗礼，其他东西我们以后再费心吧。我们为什么不把这事留给孩子自己到时候去决定？

我宁愿不把它留给一个孩子，多恩。我宁愿自己来做决定。我不想让一个孩子去决定吃耶稣的事情。不管你做什么事情，我都最大限度地尊重，但是我的孩子不会去吃耶稣。对不起。那不可能。这就是我能为你做的。我将容许你举行洗礼。那是我能为你做的一切。

完了？

我还给你圣诞节。

复活节？

复活节。她要复活节，塞莫尔。你知道，对我来说复活节是什么，亲

爱的多恩？复活节标志着巨大的送货量。巨大，巨大的压力，要将手套做好，让人们在购买复活节服装时有货。我给你讲一个故事。每个新年的除夕，我们都把这一年的订单全部完成，送大家回家。然后我和男女工头一起，我打开一瓶香槟酒，但在我们还未喝好第一口的时候，总会接到一家商店的电话，来自威尔明顿，特拉华州，那里的客户要一百打短小的白色皮手套，二十多年以来，我们都知道会有订购一百打短小的白色皮手套的电话打来，就在我们为新年干杯的时候，那些手套都是为复活节准备的。

那是你的传统。

是的，年轻女士。现在告诉我，复活节究竟是什么？

他起来了。

谁？

耶稣。耶稣起来了。

小姐，你弄得我非常难懂。我以为那是你们游行的时刻。

我们确实游行。

那么，好吧。我让你游行。那怎么做？

我们复活节吃火腿。

你复活节要一只火腿。你的复活节会有一只火腿。还有别的？

我们戴着复活节圆帽上教堂。

我希望，还戴一副精美的白手套。

行。

你想在复活节上教堂去，还带着我的孙辈？

是的。我们将是我母亲所说的那种一年一次的天主教徒。

是那样吗？一年一次？（他两手拍在一起）**让我们为这握手。一年一次。你赢了！**

好吧，也会一年两次，复活节和圣诞节。

你圣诞节做什么？

孩子还小时，我们只是去做弥撒，他们在那里唱那些圣诞颂歌。他们唱所有圣诞颂歌的时候，人们必须在场。否则的话，就不值得去了。你在收音机里听到圣诞颂歌，但是在教堂里他们要等到耶稣出生后，才对你唱圣诞颂歌。

我不关心那事。我怎么也不会对那些圣诞颂歌感兴趣。这在圣诞节要持续多少天？

啊，有平安夜、半夜弥撒。半夜弥撒是一种大弥撒——

我不知道这是什么意思。我也不想知道。我给你平安夜，我也给你圣诞节和复活节。但是我不让你去做那种他们吃他的事情。

教义问答。教义问答怎样？

我不能让你做那事。

你知道是什么吗?

我用不着知道它是什么。我只能做到那样。我认为这是慷慨的提议。我儿子将告诉你,他了解我——我对你做了更多的让步。什么是教义问答?

你到那里上课和了解耶稣。

绝对不行。好啦?清楚了?我们握手吧?我们要把这些写下来?我能相信你还是我们应该把这些写下来?

这让我害怕,利沃夫先生。

吓坏你了?

是的。(眼泪快下来了)我认为我不会进行这场战争。

我钦佩你正在进行这场战争。

利沃夫先生,我们以后再解决它。

以后绝对不行。我们现在解决,或者永远别提。我们仍然想谈谈受戒礼[1]。

如果是个男孩,他将参加受戒礼,然后他必须接受洗礼。那时候他能决定。

1 犹太男孩到十三岁时参加的成人仪式,此后被认为已成人并开始承担他的道德与宗教责任。

决定什么？

他长大后，他可以决定更喜欢哪一种。

不，他不会决定任何事情。你和我要在这里马上决定。

我们为什么不能等等看？

我们不会看到。

（转身看着瑞典佬）我再也不能和你父亲谈下去了。他太固执。我只会输的。我们不能这样谈判，塞莫尔。我不想要受戒礼。

你不要受戒礼？

希伯来圣经和所有那些？

对的。

不。

不？那么，我认为我们不会达成协定。

那么，我们就不要孩子。我爱你的儿子。我们只是不要孩子。

而我就永远做不成爷爷。是那样吗？

你还有一个儿子。

不，不，那不行。没有什么难受的，我认为每个人都应该按自己的方式行事。

我们不能等等看今后怎样？利沃夫先生，那是很多年以后的事。我们为什么不能让他或者她决定自己想要什么？

绝对不行。我不让哪个孩子来做这样的决定。他究竟会怎样决定？他知道什么？我们是成年人。孩子不是成年人。（在书桌边站起来）**德威尔小姐，你漂亮得像一幅画。祝贺你有这样的进展。并不是每个姑娘都能达到你的水平。你的父母肯定感到非常骄傲。谢谢你来到我的办公室。谢谢你，再见。**

不，我不离开。我不会走。我不是一幅画，利沃夫先生。我是我自己。我是新泽西州伊丽莎白的玛丽·多恩·德威尔。我二十二岁。我爱你的儿子。那是我到这里的原因。我爱塞莫尔。我爱他。让我们继续谈，求求你。

他们达成了交易，年轻人结婚了，梅丽出生，悄悄洗礼。多恩的父亲一九五九年死于第二次心脏病发作之前，两家人每年感恩节都在旧里姆洛克聚餐，让大家吃惊的是——也许除了多恩——娄·利沃夫和吉姆·德威尔总是一直在给对方讲述各自少年时代的生活经历。两种伟大的记忆碰在一起，没有办法限制他们。他们关注的东西甚至比犹太教和天主教更严肃——他们谈的是纽瓦克和伊丽莎白——整天里谁也无法将他们分开。“所有的移民都在下面那个码头上。”吉姆总是从码头开始。“在胜家的工厂里干活，它是那里的大厂。当然，那里还有造船厂。但是伊丽莎白的每个人在不同的时期总在胜家的厂里干过。有的也许在纽瓦克大街，在巴里饼干公司。人们制造缝纫机或者做饼干。但大多数是在胜家的厂里。看，就在码头上，在那边的尽头，靠近河岸。那一带最大的雇主。”德威尔说。“是的，所有的移民，他们过来的时候，可以在胜家的厂里找到工作。它是这附近最大的家伙。它和美孚石油公司。美孚石油公司就在林登市的海湾区。就在那时候人们称为大伊丽莎白的边上……市长？乔·布罗费。当然，他有煤炭公司，他也是那座城市的市长。然后是吉姆·科克接手……啊，当然还有赫格市长。罕见的人物，我的舅子内德能够告诉你关于弗兰克·赫格的所有事情。他是泽西城的专家。如果你在那座城里投对票的话，就有一份工作。我所知道的是那个棒球场。泽西城有个很大的棒球场。罗斯福运动场。非常漂亮。他们从来没有抓住赫格，你知道，从来没能把他送进监狱。后来他住在岸边的一个地方，靠近阿斯伯里帕克。他占有多么漂亮的地方……实际上，知道吗，伊丽莎白是个伟大的运动城市，但是没有伟大的运动设施。从来没有一个你只付五十美分左右就可以进去的棒球场。我们有露天场地，有布罗费运动场、玛坦诺公园、瓦拉南科公园、所有公共设施，我们还有伟大的球队和队员。麦基·麦克德莫特为圣帕特里克的伊丽莎白队担任投手。纽科比，那个有色人家伙，也是伊丽莎白的男孩。现在虽然住在科罗尼亚，他却是伊丽莎白的孩子，为杰弗逊队担任投手……在亚瑟河游泳，正是那样。真的，只要假期一到，我都这样。一年两次旅行到阿斯伯里帕克，那就是度假。在亚瑟河里游泳，钻到哥萨尔斯桥下面。光着背，你知道，我回家时头发上沾满油，母亲总会说：‘你又到亚瑟河游泳了。’我说，‘伊丽莎白河？你以为我疯了？’然而我的头发一直都被油污粘在一起，你知道……”

并不是这么容易让两位亲家母找到共同的话题一起聊下去。桃乐茜·德威尔虽然在感恩节上话多了一些——她的话多和紧张程度一样——话题常常是教堂。“圣帕特里克教堂，原来就在那里，在码头上，属于吉姆那个教区。德国人创立了圣迈克尔教区，波兰人有圣阿德尔贝特教区，在第三大街和东泽西大街。圣帕特里克教堂就在杰克逊公园后面，很近。圣玛丽教堂在伊丽莎白南面，在西端区，我父母就是从那里发家的。他们在默里街做牛奶生意。圣帕特里克、在伊丽莎白北边的圣心、圣礼、圣灵怀胎教教堂，全是爱尔兰人的。还有圣凯瑟琳教堂，那是在威斯敏斯特。啊，就在城郊。实际上它在山坡路，但是马路对面的那所学校是在伊丽莎白的范围里。还有我们的教堂，圣吉纳维芙教堂。圣吉纳维芙教堂开始时是一座传教士教堂，你知道吗，它只是圣凯瑟琳教堂的分支，只是一座木结构的教堂。现在它是一座大型的漂亮的教堂。但是现在这座建筑——我记得第一次进去的时候——”

那真是要多烦人就有多烦人：桃乐茜·德威尔唠叨个不停，谈起伊丽莎白来，似乎还在中世纪，农夫耕作的田野边只有地平线上的几处教堂的尖顶把大地分割开来。桃乐茜·德威尔滔滔不绝地讲述着圣吉纳、圣帕特里克、圣凯瑟琳，而西尔维娅·利沃夫此时却坐在她的对面，谦虚好客，只顾点头微笑，但是她脸色苍白如纸。她坐在那里，默默忍受，礼貌的举止支撑她熬过去。总的说来，事情从来没有接近大家预料中那样糟糕的程度。毕竟只是一年一次大家才团聚，并且是在这种中性的无宗教色彩的感恩节，大家都吃相同的食物，没有谁溜出去吃可笑的东西——没有库格尔[1]，没有鱼饼冻[2]，没有苦草，只有大火鸡，供两亿五千万人吃——一只巨型火鸡把所有人都喂饱。暂时停止那些可笑的食物、可笑的方式、宗教的排他性，暂时停止犹太人三千年的乡愁，暂时停止基督、十字架和为了基督徒而被钉死在十字架上。此时，新泽西州和其他地方的每一个人，能够比一年中的其他时刻更为消极地对待他们非理智的东西。暂时停止所有冤屈和怨恨，不只是德威尔家和利沃夫家这样，而是美国所有不相信他人的人们都这样。它是美国最美妙的田园牧歌，持续二十四小时。

1 犹太人吃的一种传统菜肴，常用面条、土豆等烘焙而成。

2 将白鱼、梭子鱼、鲤鱼等去骨鱼肉切碎相混后进行烹饪，犹太人将其作为冷菜在节日里食用。

“太好了。总统套房。三间卧室，一个客厅。那是你在当上新泽西小姐的那段时间里能享受的东西。美国客轮公司，我猜因为没有被预订掉，我们上船时就给了我们。”

多恩给萨尔孜曼夫妇讲述他们去看瑞士西门塔尔牛的旅行：“我以前没有去过欧洲，途中大家告诉我：‘没有什么像法国一样，只要早晨进入勒阿弗尔[1]，你就能闻到法国的气味。你会爱上它。’所以我等着，早晨很早，塞莫尔还在床上。我知道船已在码头靠岸，我跑上甲板，用力闻起来，”多恩说道，笑了，“到处只是大蒜和洋葱的气味。”

她带着梅丽跑出船舱，他这时还在睡觉。但在她的故事里，她是一个人在甲板上，惊奇地发现法国闻起来并不像一朵硕大的鲜花。

“坐火车到巴黎，很壮观。你看见延绵不断的树林，每一棵树都排得整整齐齐。他们把森林栽成直线。我们玩得很开心，亲爱的，不是吗？”

“我们是那样。”瑞典佬说。

“我们到处转悠，口袋里插着很大的长棍面包，露出一大截。它们实际上在说：‘喂，看看我们，来自新泽西的乡巴佬夫妇。’我们大概就是他们取笑的那种美国人。但是谁管它？我们到处走，一点点地咬

1 法国北部海滨城市，是仅次于马赛的法国第二大港口。

着面包，什么都看看，卢浮宫、杜伊勒里宫的花园——确实漂亮。我们住在克利翁酒店。整个旅程中最好的招待。我喜欢它。然后我们登上夜班列车，就是东方快车，到苏黎世去，搬运工没能及时叫我们起来。塞莫尔，记得吗？”

是的，他记得。梅丽最后身穿睡衣站在月台上。

“太可怕了。火车已经开动。我只好拿起我们所有东西，从窗户扔出去——你知道，那就是那里的人从火车里出来的方式——我们衣服都没有穿好便跑了出来。他们总是不叫醒我们。太吓人了。”多恩说，想起当时的情景又笑起来，“我们终于到了。塞莫尔和我，带着行李箱，穿着内衣。不管怎样，”——她有一阵笑得太厉害，讲不下去了——“我们到了苏黎世，我们住进漂亮的饭店——能闻到羊角面包和馅饼的美味——到处是法式甜点，那一类东西。啊，太好了。所有的报纸用藤条挂在架子上，你取下报纸，开始吃早餐，妙极了。从那里我们乘车到楚格[1]——西门塔尔牛的交易中心，然后去卢塞恩，它很漂亮，绝对漂亮。我们再到洛桑的美岸大酒店。还记得美岸大酒店吗？”她问她丈夫，她的手还被他紧紧地握着。

他肯定记得。永远也忘不了。巧合的是，那天下午他自己也想到

1　瑞士中北部城市，畜产品和木材集散地。

美岸大酒店，就在他开车从中央大街回旧里姆洛克的时候。梅丽在吃下午茶，乐队在演奏，那是在她被强奸以前。她和侍者领班跳舞，他的六岁大的孩子，那是在她杀掉四个人以前。梅丽小姐。住在美岸大酒店的最后一个下午，他独自一人到大堂外边的珠宝商店去，为多恩买了一条钻石项链。当时梅丽和多恩一起在外面散步，最后一次看看日内瓦湖上的船只和对面的阿尔卑斯山。他设想她把这钻石项链和那桂冠一起佩戴的样子。她将桂冠收藏在衣橱上面的帽子盒里，这顶有两排人造钻石的银冠是她作为新泽西小姐戴上的。既然他不能让她把桂冠戴给梅丽看——“不，不行，这样太傻，”多恩告诉他，“对她而言，我是‘妈妈’，那就很好了。”——他绝对不可能让她和这条项链一起戴。他了解多恩，明白她的自尊心和自己的差不多，知道连以甜言蜜语哄骗她试试，在卧室里将项链和桂冠戴起来，为他一人摆摆姿势都是不可能的。她做任何事情都没有比拒绝充当前选美女王那么固执。“那不是选美盛会，”很久以前当人们执意要问她作为新泽西小姐的那一年里的事情，她就已经这样告诉他们了，“参与那次盛会的大多数人都会和任何将它说成是一次选美盛会的人搏斗，我也是她们之一。任何级别的奖项都只是一种奖学金。”她头发上面的桂冠可不是奖学金桂冠，而是选美女王的，所以他在美岸大酒店商店第一眼看到这条项链时，就想像出她戴上的样子。

他们的相册里有一系列相片是他们刚结婚时他喜欢看的，有时也拿出来给客人看看。它们让他为她特别感到骄傲，这些是在一九四九年至一九五〇年拍的光面纸相片。那时候她还保住了自己每年干活五十二周的工作，新泽西小姐奖学金盛会的负责人喜欢将这份工作描述为州里的官方"女服务员"——一份为每一种活动向尽可能多的城镇和组织提供食宿的工作。真的，干起活来像条狗，五百美元现金的奖学金作为补偿，一个盛会奖杯，还有每次五十美元的出场费。当然，也会有一张她出现在新泽西小姐加冕礼上的照片，那是一九四九年五月二十一日，星期六的晚上。多恩穿着无背带真丝晚礼服，上边是硬直的扇贝形状，腰部束得很紧，下面是垂及地面的非常艳丽的长裙，绣上许多花朵，彩珠闪闪发光。她头戴桂冠。"穿着晚礼服，戴上桂冠，你不觉得可笑，"她告诉他，"但如果你穿上衣服，再戴桂冠，肯定会感到可笑。小女孩总爱问你是不是公主。人们会问这桂冠是不是钻石的。只穿着衣服，戴上那东西，塞莫尔，你绝对会感到愚蠢。"但是她很少显出愚蠢——即使穿着极为简单的裁缝做的衣服、戴上桂冠，她也显得美丽无比、令人眩晕。有一张她穿着衣服、戴上桂冠的照片——还有她的新泽西小姐的绶带，用胸针别在腰间——在一次农业展览会上和一些农场主在一起，另一张戴着桂冠和绶带，是在一次厂商大会上和一些商人在一起。她还有一张是身穿无背带真丝晚礼服，出现在州长在普林斯顿的官邸——德拉姆斯瓦克特里，和新泽西的州长阿尔弗雷德·E.德里斯科尔翩翩起舞。再就是一些她在州里参加游行、剪彩、慈善募捐活动的照片，帮助各地盛会加冕时的照片，百货商店开张和汽车展开幕时的照片——“那就是多尼，喧宾夺主的强者”。在一些参观学校的照片上，她坐在礼堂的钢琴前面，一般都演奏通俗的肖邦的《波洛涅兹舞曲》。那是她当选新泽西小姐时演奏的，放弃几段黑键音符就可以在两分半钟里演奏完，而不至于在州里竞赛时超时。在所有这些照片里，不管她为配合活动穿什么衣服，头上总戴着桂冠，无论是她丈夫还是在前来询问她的小女孩们看来，她都像一位公主——比他在《生活》杂志上看到的那一连串欧洲公主更接近人们想像中的公主。

还有在大西洋城的照片，那是九月份的美国小姐选美大赛。她身穿泳装和晚装的照片，让他纳闷她怎么会输呢。她告诉他：“当你走上那展示台时，你想像不出自己穿着泳装和高跟鞋是多么可笑。你知道，等你走一会后，下端开始往上缩，而你又不能把手伸到屁股后面去拉下来……”可是她一点也不显得可笑。每当他看见那些泳装照片，他都会大声说：“啊，她真漂亮。”而且观众也站在她这一边。在大西洋城，大多数观众自然要支持新泽西小姐，但在各州巡游时，多恩也立刻受到大家的欢迎，这显示出超越了本地的自豪感。那时候的大赛没有电视转播，人们只好挤进大会堂里观看，瑞典佬和多恩的弟弟一起坐在大会堂里。事后他打电话告诉父母说多恩没有胜出，但还是讲了人们对她的欢迎，毫不夸张地说："她把大家都镇住了。"

在他们的婚礼上，以前的那五位新泽西小姐，不管怎么说，肯定没有谁能和多恩的相比。她们成立了一个联谊会，这些前新泽西小姐在五十年代有一段时间，参加相互间的婚礼。他注定要遇到至少十位赢得州里桂冠的姑娘，而在为州比赛彩排的日子里成为这位或那位新娘的朋友的姑娘人数更是大约翻了个倍。姑娘们甚至被命名为海边胜地小姐、中央海岸小姐、哥伦布节日小姐、北方之光小姐，然而，没有哪一个在任何一项里能与他妻子匹敌——天赋、智力、个性和体态。如果他有时碰巧不得不对人家讲，多恩没有成为美国小姐是他无法理解的事情，多恩总要求他别这样到处说，这会让人家觉得她因为没能成为美国小姐，还始终耿耿于怀，实际上在许多方面，输掉反而是一种解脱。只要能平平安安地过去，不让自己和她家人受辱就令人感到欣慰。诚然，新泽西人给予她这么多的支持，她却没能夺冠或甚至进入前十名，她感到惊讶，也有些沮丧，但是那也可能是一种暗地里的赐福。虽然失败对他这样的竞争者来说算不上安慰，也不是任何一种赐福，他还是钦佩多恩的优雅——优雅是在那次盛会上人们喜欢用在所有落选姑娘身上的形容词——尽管他还不解其意。

首先，落选使她能恢复与父亲的关系，由于她坚持做他强烈反对的事情，这种关系差点儿被完全破坏。“我不管他们的奖品是什么东西。”她对他解释大会奖学金的事情时，德威尔先生这么说道，“整个该死的东西，”他告诉她，“就是要抛头露面。那些姑娘要站在那里让大家观看。他们给的钱越多，它就越糟。回答是不行。”

德威尔先生终于同意到大西洋城则应归功于多恩最喜欢的那位姨妈的劝说技巧。她母亲的妹妹佩格，是一位教师，嫁给了有钱的内德叔叔。她在多恩小的时候还带她到春湖的旅馆去玩。“看见自己的孩子在那上面，会让任何一位父亲感到不安，”佩格以多恩常常钦佩和很想模仿的温柔老练的口吻对姐夫讲道，“它肯定会使一位父亲不愿和他的女儿再有什么牵连。如果是我的女儿，我也会有那种感觉。”她对他说，“而我没有父亲们看女儿的那种自然感情。它会让我烦恼，当然如此。我认为你的感觉和许多父亲一样。他们真的感到骄傲，他们骄傲得纽扣都噼里啪啦地裂开了，全都那样。可是在同时，‘啊，我的天，那是我的孩子在上面。’但是吉姆，这很纯洁，没有可责备的，用不着担心什么。那些糟粕的东西很早就被剔除了——去为货车司机大会服务了。这些只是来自小镇的普通孩子，正直、可爱的姑娘，她们的父亲开着杂货店，不参加乡村俱乐部。他们把她们培养成像初进社交界的少女，可是没有任何大的背景。她们只是好孩子，将回到家安定下来，和邻居的男孩子结婚。那些裁判是认真的人。吉姆，这是选美国小姐。如果让那些姑娘名誉受损，他们是不会答应的。它是一种荣誉。多恩想让你也到那里分享这种荣誉。吉米，如果你不在那里，她会很不高兴。重要的是，如果你是唯一不在那里的父亲，她会垮掉的。”“佩吉，这不值得她去做，不值得我们所有人做。我不会去。”她开始对他反复说明他的责任不仅是对多恩，也是对这个国家。“她赢得本地赛的时候，你不愿来。她赢得州里大赛的时候，你也不愿来。你能告诉我，她在全国大赛取胜时你也不会到场？如果她被选为美国小姐，而你不在那里上台去自豪地拥抱你女儿，他们会怎么想？他们会认为：‘伟大的传统，美国传统的一部分，然而她的父亲不在那里。美国小姐和她家人的照片，没有哪一张上面有她的父亲。’告诉我，第二天将会怎么样？”

于是他屈尊俯就地去了——这有悖于他更好的判断力——同意在那个重要的夜晚和多恩的其他亲属一起到大西洋城，然而它是一场灾难。多恩看见他等在那里，身穿节日盛装，在大厅里和母亲、姨妈、叔叔、表兄弟们在一起，联合县和伊萨克和哈得孙这些县的德威尔家族的每一个人都来了。她的女伴能让她做的只是和他握握手，他气得失控。那是大赛的规矩，担心在一旁观看的人因为不知道是她父亲，看到有拥抱的表示会以为在背后搞什么名堂。这一切没有什么不当之处。但吉姆·德威尔刚从第一次心脏病恢复过来，脾气很不好，所以也就误解了。他认为她现在是个了不起的人物，敢于拒绝自己的父亲，对父亲不理睬，并且是在这种公众场合，在所有这些人面前。

在大西洋城的那一周里，她受到大赛人员的严格监视，根本就不容许她去见瑞典佬，有女伴在场也不行，甚至在公众场合都不能见面。在最后那一晚之前，他都待在纽瓦克，和她的家人一样，只能满足于在电话上和她交谈。可是，多恩对父亲真诚地讲述这种难处——关于她有一个星期不准与她的犹太人情郎见面的事——并没有打动他。回到伊丽莎白后，她尽力去缓解他的怨恨，他许多年后都还记得她的“势利”。

“那只是一家旧世界的旅馆，最美妙的地方。”多恩告诉萨尔孜曼夫妇，“巨大无比，金碧辉煌，就在岸边，和电影里见到的差不多。宽敞的房间俯瞰着日内瓦湖。我们喜欢那里。我让你们厌烦了。”她突然说道。

“没有，没有。”他们齐声回答。

谢拉假装倾听多恩说的每一个字。她不得不装下去。即便如此，她也无法完全从多恩书房里的那场感情爆发中恢复过来。如果她能够的话——啊，那就很难说清楚她是哪样一种人了。她根本不像他想像的那种。并不是因为她在他面前扮成其他东西或其他人的样子，而是因为他对她的了解并不比他对其他人的了解多一点。怎样看穿人们的内心是他尚未具备的技巧和能力。他只是缺乏打开那把锁的密码。每个对他闪现出友好征兆的人他都当成友好，每个对他闪现出忠诚征兆的人他都当成忠诚，每个对他闪现出聪明征兆的人他都当成聪明，所以他不能看穿他的女儿，不能看穿他的妻子，不能看穿他唯一的情妇——也许甚至从未开始看看他自己的内心。他是怎样的人，除去他身上闪现的所有征兆？人们到处站着大喊大叫："这就是我！这就是我！"每次你看见他们的时候，他们都会起身告诉你他们是谁。实际上他们并不比别人清楚他们是谁、是干什么的。他们也相信自己闪现的征兆，他们应该站在那里大叫："这不是我！这不是我！"如果他们还有点正直的话，他们就应该那样。"这不是我！"于是，你也许知道该怎样对付这个世界里闪现出的狗屁胡说。

谢拉·萨尔孜曼也许在听，也许没有听多恩说的每一个字，但是希利·萨尔孜曼肯定在听。这位好心肠的医生不只是表现得像好心肠的医生，还似乎有点被多恩的魅力迷住了——在这吸引人的外表魅力的下面，就像她在人前展现的那样，是尽可能的迷人的直率。是啊，她总算熬过来了，从她的神色和举止上看，似乎什么事情也没有发生。他认为，任何事情都有它的两面性：紧贴在一起，它过去的模样和它现在的模样。可是多恩讲起来，似乎过去怎样现在还一个样。他们的生活走过这种悲惨的弯路后，她去年成功地回归自我，很明显，靠的是干脆不去想某些事情。所回归的不只是整过容、娇小勇敢、经常崩溃、喂养牛群、能果断改变自己命运的多恩，而是原来那位在新泽西州伊丽莎白市山坡路的多恩。一扇大门，某种心理上的大门，被安装在她的脑子里，这是一扇牢固的大门，任何有害的东西都无法穿过。她把这大门锁了起来，正是这样。不可思议，也许他这么认为，直到他终于明白这扇门有一个名称：威廉·沃库特三世之门。

是啊，如果你没见过四十年代的她，在这里你会再次见到伊丽莎白市艾尔莫拉区的玛丽·多恩·德威尔，一位崭露头角的爱尔兰美女，来自正在发迹的劳动家庭，家人都是圣吉纳维芙教堂教区受人尊敬的居民，那是城里最漂亮的教堂——离她父亲和父亲的兄弟们曾担任过祭台助手的那座在码头的教堂只有几英里远。她又一次具有她曾经有过的那种力量，二十岁时不管讲什么都能引起别人的兴趣，不知怎的，还能触及你的内心，这并不是那些在大西洋城夺冠的选手经常能做到的。但是她能做到，甚至能在成人心里揭示出那些很幼稚的东西，依靠的只是通过这张确实完美、令人惊讶的心形脸蛋焕发出的普普通通的、充满活力的热情。也许在她开口说话、表现出她的态度和任何普通人没有太大差异之前，人们看到她这种样子会感到害怕。发现她根本不是一位女神，也没有什么兴趣装成女神——在她身上发现几乎是一种毫不做作的姿态——人们更加目不转睛地望着她闪亮黝黑的头发，那不比猫大的有棱有角的面具，还有那双眼睛，硕大苍白，几乎是那么惊人的敏锐和易受伤害。根据这双眼睛透露出的信息，人们绝对不会想到这女孩长大后将成为一位精明的商人，毅然决定以养牛来赚取利润。常常在瑞典佬的心中激起一番柔情的是，她这个毫不脆弱的人看起来却如此弱不禁风和不堪一击。他的心目中总有这样的印象：她是（曾经是）多么的有力，而她的那种美貌又让她显得多么脆弱，对于他——她的丈夫来说，在人们认为婚姻生活早已钝化了那种痴迷以后很久还是如此。

然而谢拉装作在倾听她的演讲，坐在她旁边显得多么平凡，平凡和得体，明智、庄重和阴郁。如此地阴郁。她内心的一切都捂得紧紧的，被隐藏起来。谢拉心里没有什么感人至深的东西，多恩心里倒是有不少，他的心里也曾有过。曾经记下那一切的感觉还在他的心里。很难理解他怎么会觉得这位严谨厉害、藏而不露、身份叵测的女人居然比多恩更具吸引力。他一定是多么可怜，多么精疲力竭，一个心碎绝望的人儿，从那崩溃的一切逃出来，不停地往前赶。其他人陷入麻烦早就会逃之夭夭，将事情搞得更糟。对他所有的吸引力只在于谢拉是另一个人而已。她的仁慈、直率、镇定和自我控制，在开始时都不重要。从那种令人不知所措的巨大灾难面前龟缩回来——破天荒地与自己一帆风顺的生活脱离开来，从未这般声名狼藉、受辱丢脸——在眩晕迷茫之中，他转向了妻子以外的另一个女人，他本人对她也了解甚少。他就是这样到达那里的，被人纠缠，前来寻求庇护——规矩正直的人有了这么可怜的理由，如此迷恋老婆、从无过错地专注于一夫一妻制的人，却在特殊时刻将自己置于一种他本应憎恨的处境：虚伪可耻的失败。他这样紧抓不放与贪色没有多大关系。他无法献出多恩曾从他身上索取到的那种充满激情的爱。对于一个被突然扭曲的人——令人极度憎恨的人的父亲——性欲冲动是很自然的事情。他到那里为的是寻求幻觉，躺在谢拉身上，就像一个在寻求蔽护的人，正在挖掩体将自己隐藏起来，一具藏着的巨大的男性躯体，一个正在消失的男人：因为她是局外人，也许他同样能变成局外人。

正因为她是局外人才将所有事情弄得一团糟。在多恩的旁边，谢拉是一架衣冠楚楚的非人的思维机器，一根接了个大脑的人体针，是他根本不想触摸的人，更别提和她睡觉。多恩才是那种女人，能使他拥有他以前破纪录的运动生涯中都未曾得到的本领：超越父亲，勇敢地抗拒父亲的本领。她做到这一点是因为她看上去与众不同，言谈上却和谁都一样。

这是更大、更要紧、更有价值、能使他人成为你终身伴侣的东西？还是在每个人的婚姻的核心里都有某种无理智、无价值、离奇古怪的东西？

谢拉应该明白，她了解一切。是啊，她对那事也有答案……她已经到了现在这一步，谢拉说，她这么坚强，我想，她能自己处理好。她是一个坚强的女孩，塞莫尔。她是个疯女孩。她疯了！她陷入麻烦。父亲就不能对陷入麻烦的女儿起点作用？我相信父亲起了很大的作用。我只是以为家里发生了可怕的事情……

啊，他要妻子回到自己身边——说他多么想妻子回来都不算夸张，这是一位非常想做个好母亲的妻子。这女人极度厌恶被人看成是宠坏的或虚荣的，担心人们认为她对曾经有过的迷人的显赫还那么轻浮地念念不舍。即使闹着玩，她也不愿为家人戴上放在衣橱上面帽盒里的桂冠。他的耐心已经耗尽——他要多恩马上回头。

“那些农场怎样？”谢拉问她，“在楚格的那些。你刚才要给我们讲那些农场的事。”谢拉的兴趣在于把所有事情都弄清楚——他怎么会想与她有任何关系呢？这些深沉的思想家是他难以忍受长期相处的一类人。这些人从来没有生产过任何东西，或目睹过生产过程，他们不知道用什么原料生产，不知道公司该怎样运行。除了一幢房子或一辆车以外，他们从未出售过任何东西，也不懂得该怎样出售。他们从未雇用过、解雇过、训练过一名工人，或被工人欺骗过——这些人毫不了解建立企业或经营工厂的复杂性和危险性，可他们还以为自己知道一切值得知道的东西。所有那些意识，所有那些内省的、谢拉式的、对人们灵魂的暗处和缝隙的关注，都与他所了解的生活背道而驰。按照他的思维方式，很简单：你只要像利沃夫家族的人这样拼命工作，坚持不懈地完成自己的任务，让一切自然而然、有条不紊地进行，日常的生活便是一个可以触摸的、在眼前展开的故事，一个在深层里波澜不惊的故事；起伏波动可以预料，竞争搏斗也能控制，惊奇诧异也令人满意，动荡不停只是带你前行的波动。你可以完全相信这种潮汐式的波浪发端于海外相距成千上万英里的他国——所以在他看来，曾几何时，美貌的母亲、强壮的父亲、聪明欢快的孩子，他们的组合能与那三头熊的铁三角相匹敌[1]。

“我被迷住了，是的。哦，很多，很多农场，”多恩说，想到那些农场心里非常高兴，“他们带我们观看他们最好的牛群。多么温暖的牛舍。我们是在早春到达那里的，牛群还没有在外面放牧。它们在房子底层圈养，上面是牧人房间。陶瓷炉子，非常华丽……”我不明白你怎么会这样目光短浅。这样轻信一个女孩子的话，很明显，她疯了。她

1 指英国传统童话故事《金发姑娘和三只熊》中的熊爸爸、熊妈妈和熊宝宝一家。

在逃。不可能让她回来到那里。她已经不是以前的那个女孩。有什么不对头了。我觉得带她回来毫无意义。她变得那么胖。我只是在想，她那么胖，那么气愤，肯定是家里出了非常糟糕的事情。那是我的错。我没有那样想。我们都有家。那里常常是一切事情变糟的地方。“……他们给我们倒上他们自己酿的酒，给我们吃小点心，非常友好，”多恩说道，“我们第二次去时是秋天。牛群整个夏天都在山里度过，他们给它们挤奶。夏天产奶最多的牛第一个下山，脖子上挂一个大铃铛，那是一号奶牛。他们在它角上挂满鲜花，举行大型庆祝活动。他们从山上牧场下来时，排成单行，一号奶牛走在前面。”如果她还去杀其他人那会怎样？连那么点责任心也没有？她干的，你清楚。是她干的，谢拉。她又杀了三人。这事你又怎么想？别说这些来折磨我。我在告诉你！她又杀了三人！你完全可以制止！你在折磨我。你在尽量折磨我。她又杀了三人！“所有人，孩子们、姑娘们、妇女们，这些在整个夏天都忙于挤奶的人，穿上漂亮衣服赶来，都穿着瑞士的服装，还有乐队演奏音乐，广场上举行盛大的庆典。随后那些牛群都进房子下面的牛舍过冬，非常干净舒适。啊，真的壮观，值得一看。塞莫尔给他们那些牛拍了许多照片，我们能在投影机上放映。”

“塞莫尔拍了照？”他母亲问，“我以为你说什么也不肯拍照的。”她侧过身去吻了他，“我的好儿子。”西尔维娅·利沃夫轻声说，眼里流露出对大儿子的钦佩和赞美。

“啊，他那时拍过，了不起的儿子。他当年是个徕卡相机迷。”多恩说，“你拍了非常漂亮的照片，亲爱的，不是吗？”

是啊，他拍过。那正是他。这个了不起的儿子拍出漂亮的照片、给梅丽买瑞士女孩服装、在洛桑为多恩选购珠宝，还对弟弟和谢拉讲过梅丽杀了四个人。为了纪念楚格之行和他们生命中荣耀的带有瑞士风情的情形，他为家里买了陶瓷枝状大烛台，现在有一半已盛满蜡滴。然而他还是对弟弟和谢拉讲过梅丽杀了四个人。他是一个徕卡相机迷，却告诉了那两位——这世界上他最不信任、他无法控制的两人——梅丽干了什么。

“你们还到过哪里？”谢拉问多恩，小心翼翼地不让她觉得自己会在车上把那件事告诉希利，后者肯定会叫喊起来：“我的天，我的天。”他是这么温柔正派的人，因此可能会哭起来。但是他们在回到家的那一刻，他要做的第一件事就是给警察打电话。他以前曾经窝藏过这名杀人犯，整整三天，非常可怕、糟糕、很伤脑筋。但那次只死了一个人，尽管很糟，你的心思还可以在数字上打转——由于他妻子一再坚持，他居然愚蠢地同意了，没有其他选择。那姑娘是她的病人，曾经做出过承诺，职业的良心也不容许……可是四个人。吃不消，无法接受。四个无辜的人，把他们杀掉——不，这是野蛮、可憎和堕落。这是罪恶，他们肯定可以选择：法律、对法律的义务。他们知道她在哪里。他们保守这种秘密会受到起诉。不，不会再脱离希利的控制。瑞典佬全明白。希利会给警察打电话——他不得不打。“四个人。她就在纽瓦克。塞莫尔·利沃夫知道地址，他去过那里，他今天和她在一起。”希利正如娄·利沃夫描述过的那样——“一名医生，一个受人尊敬、道德观念强、富有责任心的人。”——他也不会让妻子成为这个肮脏可憎的女孩、这个世界上被压迫阶级的杀气腾腾的救世主、谋杀了四个人的罪犯的同谋犯。丧失理智的恐怖主义行径与虚假的意识形态混在一起——她干了人所能及的最坏的事情。那将是希利的理解，然而瑞典佬怎样才能改变它？在他自己也无法以另一种态度对待这事的时候，他又怎能使希利改变看法？马上将他拉到一边，瑞典佬心想，告诉他，现在就对希利解释，不管说什么，只要能阻止他采取行动都行。不让他想到把她交出去是作为一个遵纪守法公民的责任，是保护无辜生命的方式——告诉他："她被人利用。她容易受人控制，是个有同情心的孩子，一个很不错的孩子。她只是一个孩子，和坏人混在一起了。她绝不可能自己策划出那种事情。她只是仇恨那场战争。我们都那样。我们都曾经感到愤怒至极、束手无策。她只是个孩子，一个正在迷茫的青春期、高度紧张的女孩子。她太年轻，没有任何真正的经验，她使自己陷入了根本不懂的东西。她在企图拯救生命。我并不想给她一种政治借口，因为没有什么政治借口——没有什么能自圆其说，没有。可是你不能只看到她所做事情的骇人听闻的影响。她有她的理由，她认为那很充分，而那些理由现在已不重要——她已经改变了她的哲学，战争也结束了。我们之中没有谁真正理解发生的那些事情，没有谁真正清楚原因。那后面藏有更多的东西，很多，远远超出我们的理解。当然，她错了——她犯了一个悲剧性的、可怕的、惊人的错误。我不是在为她辩护。她再也不构成对任何人的威胁。她现在成了一个皮包骨头、可怜的女孩，连一只苍蝇也不伤害。她安静了，无害了，不是一个铁石心肠的罪犯。希利，她是一个过去做了可怕的事情、现在灵魂深处都在忏悔的已经崩溃的人。通知警察有什么好处？当然，正义必须得到声张，可是她已不再是一种威胁。你没有必要牵连进来。我们用不着找警察来保护谁。也没有复仇的必要。她已经遭遇到复仇，相信我。我知道她有罪。问题不在于她是否有罪，而是现在该怎么办。把她交给我，我来照料她。她不会做任何事情——我可以保证。我保证她受到看管，会对她提供帮助。希利，给我一次机会使她回归人一样的生活——别报警！”

但是他知道希利所想的是：谢拉已经为那个家庭做了够多的啦。他们两人都是如此。那个家庭现在真正有了麻烦，可是再也不能得到萨尔孜曼医生的帮助。这不是一次整容手术。四个人死了，那姑娘应该上电椅。是的，四这个数目甚至可以将希利变成一个愤怒的公民，愿意去拉下电闸。他会坚持将她交出去，因为她是一个应该受到惩罚的小母狗。

“那第二次？啊，我们到处都去了，”多恩说，“在欧洲，你到哪里并不真正重要，到处都是那么漂亮，我们差不多就是那样游玩的。”

但是警方知道了。从杰里那里。不可避免。杰里已经通知了联邦调查局。杰里。她的地址告诉了杰里。告诉杰里。告诉任何人。坐在这里如此难受，居然忽略了会暴露出梅丽所干事情的征兆！受到打击，毫无行动——握着多恩的手，再次回忆大西洋城、美岸大酒店、与侍者领班跳舞的梅丽——完全没有注意自己不计后果的泄密，丧失了作为瑞典佬利沃夫的这一生的天赋，而是任意漂浮，逃离给人打击的重锤。这就是这个世界的本质，梦想，梦想，绝望地梦想。此时在佛罗里达，头脑发热的弟弟，总把他往坏里想，对他来说，根本算不上弟弟。他从很早就对瑞典佬天生所得的一切反感，讨厌他们两人不得不去对付那种不可能做到的尽善尽美，这怒气冲天、意志坚决、不计后果的弟弟。他做事从不半途而废，他最喜欢做的事情就是清账——是的，最后的清账，让全世界看看……

他把她交出去了。不是他的弟弟，不是希利·萨尔孜曼，而是他。他才是这样做的人。要怎样才能让我闭嘴？我讲出来想得到什么？解脱？孩子气的解脱？他们的反应？我在寻求像他们的反应那样可笑的东西？张开嘴，他已将事情搞得要多糟就有多糟——把梅丽对他讲的东西都告诉他们，瑞典佬就是这么做的：因为四人被杀把她交出去。现在他安放了自己的炸弹。不想，也毫不了解在做什么，甚至没有人强迫，他却屈服了——他做了应该做的，他做了不该做的：把她交出去。

要再花上整整一天的时间才能闭上他的嘴——完全不同的一天，不是今天。不要带我进入今天！看到太多，发生得太快。他善于忍耐，可以不看，他具有多么强大的力量让一切走上正轨。可是对这额外的三次谋杀，他面临的是不可能拉上正轨的东西，连他也没有办法。听人们说这件事已经够可怕了，但只有在他复述的时候，他才明白到底有多么可怕。一加三。四个。而这件杀人不眨眼的工具就是梅丽。女儿强迫父亲看，也许这就是她一直想做的。她赋予他这种视力，让他清楚地看到，有的东西绝不可能被拉上正轨，让他看看不能看、看不见、不想看的东西，直到一再加三，变成四。

他发现我们要从一点走到另一点是多么艰难，我们真的从一点走到了另一点又是多么不可能。出生、继承、世代、历史——完全不行。

他明白我们不是从一点走到另一点，只是看起来在这样做。

他发现事情就是这样，从数字四到所有数字，他都清楚，那是无限的。秩序是短暂的，他曾经认为大部分是秩序，只有极少的是动乱。他的想法正好相反。他做起了自己的白日梦，可是梅丽替他破坏了。在她心中的不是那场具体的战争，然而，那确实是一场战争，她带回了美国——带回了她自己的家。

此时他们听见他父亲叫道："不！"他们听见娄·利沃夫尖叫："啊，我的天！不！"厨房里的女孩们也叫喊起来。瑞典佬立刻明白发生了什么事。梅丽戴着面纱出现了，还告诉爷爷死掉的是四人！她乘火车从纽瓦克来，步行五英里才从村子走到这里。她自己来了！现在大家都知道了！

晚餐时想到她步行穿过那条地下通道就不止一次地让他不寒而栗——身着破衣和凉鞋，独自穿过污秽和黑暗，走在地下通道里那些知道她爱他们的流浪汉中间。然而，他在餐桌前束手无策时，她早已远离那地下通道——他马上就想像出——已经回到这乡下，到了可爱的莫里斯县的乡村，这里是被十代美国人耗费几个世纪的时间开垦出来的。九月里，这山间小路两旁已长满红色和深橙黄色的山柳菊，许许多多的紫菀、一枝黄和野胡萝卜花缠结在一起，大片的白色、蓝色、粉红色、深红色的花朵艺术性地盖满它们不起眼的茎梗。所有这些花，她都在四健会的活动中学会了怎样辨认。他们一块散步时，她还教过他这个城里的男孩如何识别——"爸，你知道这花瓣顶端怎么有个切、切口？”——菊苣、委陵菜、草原蓟、加罗林雪轮、斑茎泽兰，残存的黄花野生芥菜顽强地从田野里长出来，三叶草、西洋蓍草、野生向日葵，少量的紫花苜蓿也从临近的农场蔓延过来，开出普普通通的淡紫色花朵，还有长着一串白色花瓣的白玉草，她喜欢在手掌中猛力拍响花瓣背后张开的花囊。她喜欢采下笔直的毛蕊花的天鹅绒似的舌形叶子放在运动鞋里——仿效早期的移民，根据她的历史教师所说，用毛蕊花当做鞋垫——她总像个孩子，撕开马利筋结构精巧的果实，用力将带着种子的绒毛吹到空中、散落开去，感觉与大自然融为一体，把自己想像成永远吹着的微风。印第安小溪在她左边奔流向前，上面有一座座小桥，沿途都有筑堤而成的游泳水潭，直达开阔的鳟鱼溪流。她曾和父亲在那里钓鱼——印第安小溪由山路下面穿过，从它发源的大山向东奔去。她左边还有银柳、红枫和一些沼泽植物，右边是快要结果的胡桃树，再过几个星期果实就会掉下来，剥开壳时她的手指会被染得黑黑的，徐徐发出刺鼻的酸味。她右边还有黑樱树、田里的作物和收割后的土地。山丘上面是狗木树，再过去就是林地——枫树、橡树、洋槐，茂密、高大、笔直。她过去常在秋天收集它们的豆荚。她喜欢收集各种东西，给每一种都编目，对他讲解一切，用他给她的袖珍放大镜查看带回家的每一只变色龙似的蟹蛛，她用潮湿的广口瓶装着，给它喂些死苍蝇，最后她将它放回到一枝黄或野胡萝卜花上面（“注意现在要发生的事，爸”）。在那里它马上就调整了自己的颜色，准备伏击猎物。朝西北走就进入一个平坦宁静之处，在光照下还有些生机，步行在画眉黄昏时的叫声中：经过她憎恨的白色牧场围栏，走过她憎恨的草场、玉米地、萝卜地，又走过她憎恨的仓房、马群、牛群、水塘、小溪、山泉、瀑布、豆瓣菜、奔腾的急流（“妈，拓荒者利用它们冲刷罐子和烧锅”）、草场、数英亩的树林。她从村子过来，沿着父亲兴高采烈的约翰尼·阿普瑟德走过的那条路。直到最初的几颗星星出现时，她才到达她憎恨的那些上百年的老枫树和巨大的旧石头房子，这些东西都留下了她的身影，这也是她憎恨的；这幢住着一个大家庭的房子也留下了她的身影，然而这些人也是她所憎恨的。

在这一时刻，这个季节，穿过这种长期以来只让人联想到安慰、美丽、甜蜜、快乐、和平的风景，这个前恐怖分子走来了。独自回来，从纽瓦克回到她憎恨和拒绝的这一切，回到她蔑视的这个连贯的、和谐的世界。她这个最奇怪的、最不可能的进攻者，在四面楚歌的时刻，以青年人的破坏方式将这个世界翻了个底朝天。她从纽瓦克赶回来，立刻，立刻就向她父亲的父亲坦白了她伟大的理想主义使她干了些什么。

“四个人，爷爷。”她告诉他，可是他的心脏承受不了这事。离婚对于一个家庭已够糟的了，但是谋杀，并且谋杀的不只是一个，而是一加三？杀了四个？

“不！”爷爷对着这个脸上蒙着面纱、散发着大粪臭气、宣称是他们心爱的梅丽的入侵者叫喊，“不！”他的心脏能量耗尽、停止工作，他死了。

娄·利沃夫脸上有血。他一直站在厨房的桌边，紧紧捂住太阳穴，说不出话来。这位曾经气质非凡的父亲，身高五英尺七，却一度像是这家里身高六英尺的巨人，现在他沾满血点，要是没有那个大肚皮，看上去几乎不像他。除了不让自己哭泣的克制外，他的脸上没有什么表情。甚至这样克制，他也显得非常无能。他不能阻止任何事情。他从来就没有做到，虽然现在他才看似准备好相信生产一种精确到四分之一英寸的华丽的女士时装手套并不能保证创造出一种生活，让他所爱的每一个人都达到完美。相差太远。你以为能保护一个家庭，可你连自己也保护不了。这人身上似乎没有剩下什么，没有谁能让他放弃自己的使命。他在对付动乱、对付人的错误和缺陷的长期问题的圣战中，从未忽略过任何人——从他所站的位置，在这个急迫的、不屈的身躯上已经什么都看不出来。仅仅在三十分钟前他还能伸出头去，甚至和他的同盟者唱反调。这位战士尽力忍受了对一切的失望。他的心中早已没有什么结实的东西可以将离经叛道置于死地。应有的东西并不存在，离经叛道随处可见。你无法阻止。令人难以置信，不该发生的发生了，应该发生的却没有发生。

产生秩序的旧系统已不起作用。剩下的只是他的恐惧和惊奇，现在暴露无遗。

坐在桌边的是杰西·沃库特，面前放着空掉一半的点心盘和一杯一口未喝的牛奶。她手举叉子，尖齿上被血染红。她用它刺了他。这是水槽边的姑娘告诉他们的。另一位姑娘尖叫着跑到屋外，所以只有这个留在厨房的姑娘一边哭，一边尽量讲述发生的事情。姑娘说道，沃库特夫人不愿吃，利沃夫先生开始给她喂馅饼，一次一口。他对她讲解喝牛奶要比喝苏格兰威士忌好得多，对她自己、对她丈夫和对她的孩子们都要好得多。不久她也会有孙辈的，对他们也要好些。她每咽下一口，他都说："好的，杰西，好姑娘，杰西，多好的姑娘。"他还告诉她，如果她戒酒了，对这世界上每个人都要好得多，甚至对利沃夫先生和他的妻子也是如此。在他几乎给她喂完整块草莓大黄馅饼后，她说道："我来喂杰西。"他太高兴了，很高兴和她在一起。他大笑起来，把叉子递给她，而她却对准他的眼睛扎过去。

事后发现她只扎偏了不到一英寸。马西亚对厨房里的人说道："对于醉得像这个婴儿的人来说，还不算糟。"沃库特此时被眼前的这一幕吓坏了，超出了他妻子以前为了羞辱她那位内心文明、通奸偷情的伴侣所做过的任何事情。他看上去根本不是所向无敌的，对他自己和其他人来说也根本不那么重要；他似乎像瑞典佬在那场友谊赛中将他撞翻在地的那个早晨一样愚蠢——沃库特轻轻地将杰西从椅子上扶起来。她没有表现出懊悔，一点也没有，似乎被人摘去了所有接收器官和传输器官，没有一个细胞提醒她已经跨越了文明生活的根本界限。

“少喝一杯。”马西亚对瑞典佬的父亲说道，后者的妻子正用湿餐巾轻轻擦洗他脸上细小的伤口，“你会瞎的，娄。”此时，这肥胖的、无人制止的、身着长袍的社会批评家控制不住自己地说。马西亚身子一沉，坐进杰西空出来的椅子里，面对那杯盛得满满的牛奶，双手捂着脸。她开始嘲笑他们对整个系统的脆弱性的无知，一遍一遍又一遍地嘲笑他们所有人，这些社会的栋梁。让她非常开心的是，他们正飞快地走下坡路——像历史上某些人经常做的那样，嘲笑和欣赏疯狂的动乱已经蔓延到了多远，特别享受看到那些本应强壮的东西易受伤害、不堪一击、软弱无力的另一面。

是啊，他们的要塞被撞出了裂缝，甚至在这个安全的旧里姆洛克。既然它被打开，就无法再合拢，他们永远不能复原。每件事情都与他们作对，每个人和每件事都与他们的生活唱反调。来自外面的所有声音都在谴责和否定他们的生活！

他们的生活到底错在哪里？究竟还有什么比利沃夫一家的生活更不应该承受责难？

图书在版编目(CIP)数据

美国牧歌/(美)菲利普·罗斯(Philip Roth)著;
罗小云译.—上海：上海译文出版社，2019.11
(菲利普·罗斯全集)
书名原文：American Pastoral
ISBN 978-7-5327-8202-4

Ⅰ.①美… Ⅱ.①菲… ②罗… Ⅲ.①长篇小说—美
国—现代 Ⅳ.①I712.45

中国版本图书馆 CIP 数据核字(2020)第 065711 号

美国牧歌
[美] 菲利普·罗斯 著 罗小云 译
责任编辑/吴洁静 装帧设计/胡枫

上海译文出版社有限公司出版、发行
网址：www.yiwen.com.cn
200001 上海福建中路 193 号
浙江新华数码印务有限公司印刷

开本 890×1240 1/32 印张 17.25 插页 5 字数 274,000
2020 年 6 月第 1 版 2020 年 6 月第 1 次印刷
印数：0,001—6,000 册

ISBN 978-7-5327-8202-4/I·5036
定价：88.00 元